NEVER BE MY DATE

*Liebe Leser*innen,*
dieses Buch enthält potenziell triggernde Inhalte.
Deshalb befindet sich am Ende des Buches eine
Content Note.
Achtung: Diese enthält Spoiler!
Wir wünschen euch das bestmögliche Leseerlebnis.
Euer Carlsen Verlag

Wir produzieren nachhaltig

- Klimaneutrales Produkt
- Papiere aus nachhaltigen und kontrollierten Quellen
- Hergestellt in Europa

FSC
www.fsc.org
MIX
Papier | Fördert gute Waldnutzung
FSC® C083411

Lektorat: Larissa Bendl
Umschlagbilder: shutterstock.com / © coldsun777
Umschlaggestaltung: Zero Werbeagentur
Illustration: @Antonia Sanker
Zitate: S. 250 ff.: Erster Akt / Fünfte Szene, S. 37–38; S. 267: Zweiter Akt / Erste Szene, S. 42–43; S. 267 ff.: Zweiter Akt / Zweite Szene, S. 44–49: aus William Shakespeare, Romeo und Julia, Aus dem Englischen von August Wilhelm Schlegel, Nikol Verlagsgesellschaft mbH & Co. KG, Hamburg 2020
Satz: Pinkuin Satz und Datentechnik, Berlin
Herstellung: Gunta Lauck
Litho: Margit Dittes, Hamburg
ISBN 978-3-551-58502-8

KATE CORELL

NEVER BE MY DATE

CARLSEN

Für Nadine Wilmschen.
(Sorry not sorry)

*Be brave, follow your dreams, say f*ck you to everybody and fight for what you believe in.*
– Jared Leto –

PLAYLIST

A BEAUTIFUL LIE – THIRTY SECONDS TO MARS
AMERICAN OXYGEN – RIHANNA
UNCOVER – ZARA LARSSON
LITTLE LOVE – JAMES SMITH
TAKE MY HAND – PICTURE THIS
DON'T GIVE IN – SNOW PATROL
COLDEST WATER – WALKING ON CARS
MY LOVE – JESS GLYNNE (ACOUSTIC VERSION)
SOMEONE TO HOLD – PICTURE THIS, CXLOE
ZOMBIE – CXLOE (TRIPLE J LIKE A VERSION)
GHOST – ZOE WEES
FADING INTO GREY – BILLY LOCKETT
BLACK HOLE – GRIFF
LIGHTING MATCHES – TOM GRENNAN
FRIENDSHIPS (LOST MY LOVE) – PASCAL LETOUBLON, LEONY
IF YOU WANNA BE LOVED – PICTURE THIS (JOHN GIBBONS REMIX)
THE STORY – THIRTY SECONDS TO MARS
DON'T BREAK THE HEART – TOM GRENNAN
SOMEBODY – DAGNY (ACOUSTIC VERSION)
DANCING IN THE DIRT – GLOCKENBACH, MOUGLETA
(I JUST) DIED IN YOUR ARMS – BASTILLE
ALL WE ARE – JONAH
STAY – THIRTY SECONDS TO MARS
CALIFORNIA DREAMIN' – SIA
EVERY BREATH YOU TAKE – THE POLICE
KEEP YOU DRY – JUKE ROSS

PROLOG

CAMERON

ZUVOR IN CINCINNATI, OHIO

Wie schwer kann es eigentlich sein, ein Tablett durch den überfüllten Saal einer Luxusvilla zu manövrieren?

Fünfzehn. Das entspricht der exakten Anzahl von Gläsern, die sich auf dem weiß lackierten, runden Monstrum, das ich auf meiner Handfläche balanciere, befinden. Jedes Mal, wenn ich jemandem ausweichen muss, wackeln sie verdächtig und treiben mir die Schweißperlen auf die Stirn.

Mein Blick wandert zu der Uhr an der Wand oberhalb der Schwingtür, die in die Küche führt. Noch zwei Stunden, dann kann ich endlich nach Hause fahren. Es ist nicht so, dass mir der Job keinen Spaß macht. Überraschenderweise tut er das, aber ich bin bereits seit sechzehn Stunden auf den Beinen und inzwischen fühlen sie sich bleischwer an.

In der Küche herrscht reges Treiben, als ich sie betrete, und doch fällt mir der Typ sofort auf, der hier nichts zu suchen hat. Er unterhält sich mit einer der Kellnerinnen, die amüsiert kichert, als er sich eine ihrer Haarsträhnen um den Zeigefinger wickelt. Genervt verdrehe ich die Augen. Hoffentlich ist sie nicht so naiv zu glauben, der Lackaffe macht sie zu einer High-Society-Prinzessin.

»Darf ich mal vorbei?«, frage ich schroff, weil die beiden den Zugang zum Schampusnachschub blockieren.

Als der Kerl in meine Richtung sieht und damit den Blick auf sein Gesicht freigibt, stutze ich einen Moment. Er grinst, während ich mehr als irritiert bin. Vor mir steht eine aufgemotzte Version meiner selbst. Als hielte man mir einen Spiegel vor, der zeigt, wie es wäre, auf der anderen Seite der Gesellschaft zu stehen. Was zur Hölle …

»Hey.« So, wie er mich mustert, ist ihm dieses Detail ebenfalls nicht entgangen.

Die Blondine schnauft verächtlich, als er ihr seine Aufmerksamkeit entzieht und diese ausschließlich mir widmet. Für einen Augenblick starre ich ihn fassungslos an, weil mein Gehirn nicht dazu in der Lage ist, zu realisieren, was hier gerade passiert.

»Ich bin Jasper. Und du bist?«

»Nicht an einem Gespräch interessiert«, antworte ich, als die Rädchen in meinem Kopf sich endlich wieder drehen, und ich versuche, mich möglichst unbeeindruckt zu zeigen. Jasper – der Name klingt schon nach massenhaft Geld und sein britischer Akzent wirkt überzogen. So als würde er seine Persönlichkeit damit aufwerten wollen.

Sein Blick wandert zu dem Metallschild, das an meine Brust geheftet ist. Mist! »Cameron«, liest er ab.

Ich wünschte, mich würde diese Begegnung nur halb so amüsieren wie ihn. Im Augenblick macht sie mich nervös und ich weiß absolut nicht warum. Außerdem bin ich müde. Unglaublich müde. Ausgelaugt.

»Nimm mal die Brille ab«, fordert er und streckt ernsthaft die Finger nach mir aus, um die Sache selbst zu übernehmen. Bevor er mir zu nahe kommt, schlage ich seine Hand weg.

»Ich muss arbeiten«, presse ich hervor und gerate ins Straucheln, als er mir den Weg abschneidet. »Lass den Scheiß!«, fahre ich ihn an und schiebe ihn grob zur Seite.

Jeder auf dieser Welt hat mindestens einen Doppelgänger. Dazu gibt es unzählige Statistiken. Allerdings hätte ich nie damit gerechnet, dass meiner mal leibhaftig vor mir stehen und mich blöd angrinsen würde.

»Jetzt warte doch mal!«, ruft er mir nach, während ich durch die Schwingtür zurück zur Party gehe. Verdammt, ich habe den

Schampus vergessen. Das Rich Kid tritt neben mich und trägt etwas unbeholfen ein volles Tablett vor sich her. Wortlos nehme ich es ihm ab.

»Okay, Cam, sehen wir der Tatsache ins Auge. Du siehst aus wie ich. Zugegeben, du bist die weniger gut aussehende Variante. Deine dunklen Augenringe machen jedem Panda Konkurrenz. Aber es ist wirklich erstaunlich, wie ähnlich du mir siehst. Als wärst du mein verlorener Zwilling. Wurdest du eventuell adoptiert?«

Hat er mich gerade ernsthaft Cam genannt? In meinem Leben gibt es genau drei Menschen, die mich so nennen dürfen. Er gehört ganz klar nicht dazu.

Ich umklammere das Tablett fester, um es ihm nicht versehentlich in seine überteuerte Visage zu schleudern. »Ja, wirklich erstaunlich, wenn man bedenkt, dass jeder Mensch ungefähr sieben Doppelgänger besitzt«, antworte ich möglichst unbeeindruckt. Keine Ahnung, warum er mich so in Rage versetzt, es ist einfach so. Im Grunde hat er mir nichts getan, was mein Verhalten ihm gegenüber rechtfertigen würde. Allerdings neige ich dazu, in unangenehmen Situationen eine Abwehrhaltung einzunehmen oder das Weite zu suchen, um mich ihnen nicht stellen zu müssen. Nicht unbedingt meine beste Eigenschaft, aber ich arbeite daran. Irgendwie jedenfalls.

»In der Tat, aber wie wahrscheinlich ist es, einem davon zu begegnen? Ich würde sagen, das Schicksal spielt mir in die Hände. Du könntest mir nützlich sein.«

Hört er sich eigentlich selbst zu? Nützlich? Was bin ich, ein Haushaltsgerät?

Mit dem Tablett in der Hand schlängle ich mich durch die Gäste. Wie ein Schoßhündchen dackelt Jasper mir hinterher, während er unaufhörlich auf mich einredet.

»Was zahlen sie dir hier?«

Echt jetzt? Als ob ich ihm das auf die Nase binde. Ich kenne den Typen nicht mal. Genervt drehe ich mich zu ihm um und ziehe eine

Augenbraue hoch. Eine Geste, die ihm mitteilt: Halt endlich die Klappe, du gehst mir auf den Keks.

»Fünfzehn bis zwanzig Dollar die Stunde? Das ist ein Witz. Der Champagner, den du servierst, kostet das Fünffache.«

Der leicht bissige Unterton in seiner Stimme macht mich neugierig. Jetzt nehme ich mir doch einen Moment und mustere ihn genauer. Sein Smoking wirkt um einiges lässiger als die der anderen männlichen Gäste. Die dunklen Haare sehen auch eher so aus, als hätte er wenig Zeit in das Styling investiert. Seine braunen Augen mustern mich mindestens genauso intensiv wie meine blauen ihn. Immerhin etwas, das uns offensichtlich voneinander unterscheidet.

»Ich brauche das Geld. Es wäre also nett, wenn du mich einfach meinen Job erledigen lassen und jemand anderem auf die Nerven gehen würdest«, antworte ich, drehe mich um und stoße mit einem Partygast zusammen. Völlig übermüdet und viel zu hastig versuche ich, das Tablett auszubalancieren. Das ist der Moment, in dem ich das Gleichgewicht verliere. Rückwärtstaumelnd durchbreche ich die Absperrung und stürze in die Pyramide aus gefüllten Champagnergläsern, die auf einem flachen Podest aufgestellt wurde.

All das passiert so schnell, dass ich nicht einmal aufschreie, als sich gesplittertes Glas in meine Handflächen bohrt. Shit! Vorsichtig entferne ich die groben Glasscherben und wische anschließend das Blut an der Hose ab. Dann werfe ich einen Blick auf das Chaos. Doppelshit. Kleine Champagnerbäche suchen sich ihren Weg über den Marmorboden. Einige Gäste tupfen mit Servietten auf ihrer Designerkleidung herum, um größere Schäden zu verhindern.

»Sorry«, murmelt ein blonder Typ, der mich entschuldigend ansieht. Ist das Paxton Wright, der Hollywood-Schauspieler? *Road Explosion* ist einer meiner Lieblingsfilme. Säße ich in diesem Moment nicht wie ein Trottel auf dem Hosenboden, würde ich ihn um ein Autogramm oder ein Foto bitten.

Ein Blick über meine Schulter verrät mir, dass zwei Drittel der Pyramide dem Aufprall zum Opfer gefallen sind. Verdammt, das wird teuer, sollte ich dafür aufkommen müssen.

Dann sehe ich zu Jasper. Mit sichtlich betretener Miene streckt er mir eine Hand entgegen, um mir aufzuhelfen. Und dann lache ich aus mir völlig unerklärlichen Gründen los. Vermutlich, weil dieses Szenario auf keine andere Art und Weise enden konnte, als dass er auf mich herabsieht.

»Was ist denn hier passiert?«, will mein Boss wissen, der plötzlich wie aus dem Nichts neben Jasper auftaucht.

»Eine moderne Version des Dosenwerfens. Er hat eindeutig abgeräumt.«

Wäre ich nicht derjenige, der in Champagner getränkt inmitten eines Scherbenhaufens sitzt, fände ich die Antwort des Rich Kids tatsächlich witzig.

»Cameron, auf ein Wort!«, zischt mein Boss.

Sofort komme ich auf die Füße und folge ihm in die Küche, um mir eine Standpauke und vermutlich auch meine Entlassungspapiere abzuholen.

»So ein Verhalten ist absolut unangemessen«, wettert er los, sobald die Schwingtür hinter uns zufällt.

»Ich habe die Pyramide nicht absichtlich abgeräumt, ich wurde angerempelt«, antworte ich zu meiner Verteidigung.

»Erst plauderst du ungeniert mit den Gästen, statt zu arbeiten. Die Gläser, der Champagner, die Kleidung der Gäste – über die Höhe des Schadens, den du angerichtet hast, will ich im Augenblick gar nicht nachdenken. Das ist ein Desaster. Und zu allem Überfluss lachst du auch noch über den Mist, den du verzapft hast.«

»Also … ich …« Mitten im Satz breche ich ab, denn genauso ist es abgelaufen. Und so, wie es augenblicklich aussieht, kann ich meinen Hals ohnehin nicht mehr aus der Schlinge ziehen. Das war's, er wirft mich raus.

»Du kannst gehen. Den Schaden ziehe ich dir vom Lohn ab.«

Erneut entfährt mir ein Lachen. Diesmal aus der Überzeugung heraus, dass ich endgültig am Arsch bin. Abziehen? Bei dem mickrigen Stundenlohn zahle ich vermutlich am Ende drauf.

Gedanklich schreibe ich die Kosten auf meine Liste für offene Posten. Das Gesicht meines Ex-Bosses färbt sich tiefrot. Was für ein Abend. Der kann getrost in die Tonne.

Erschöpft schäle ich mich aus der durchnässten Kellnerweste und werfe sie auf die Arbeitsfläche rechts von mir. Mein Blick fällt auf eine der Schampusflaschen. Kurz entschlossen greife ich danach, obwohl ich sie niemals trinken werde. Es ist purer Frust. Nicht mehr und nicht weniger.

»Schreiben Sie die mit auf die Rechnung«, weise ich ihn an und verschwinde mit der Flasche aus der Küche. Durch den Hinterausgang verlasse ich die Villa und sauge die klare Nachtluft, aber vor allem die Stille, tief in mich ein.

»Respekt. Dass du was mitgehen lässt, hätte ich dir gar nicht zugetraut«, ertönt Jaspers Stimme aus der Dunkelheit.

Ich wende mich ihm zu. Im schwachen Licht seines Handydisplays sitzt er auf der Hollywoodschaukel.

»Ich wurde gefeuert. Wenn das kein Grund zum Feiern ist«, spotte ich und halte feierlich meine Beute in die Höhe.

»Dachte ich mir schon. Immerhin gehst du, bevor die Party vorbei ist, und hast eine Hundert-Dollar-Flasche eingesackt.«

Hundert Dollar! Wow, ich hoffe, das Zeug ist die Kohle wert. Ohne darauf zu antworten, gehe ich die wenigen Stufen in den Garten hinunter.

»Und jetzt?«, ruft Jasper mir nach.

»Was und jetzt?«, erwidere ich, weil ich keine Ahnung habe, worauf er hinauswill. Über die Schulter sehe ich abwartend in seine Richtung.

»Was hast du vor, Cam? Ich dachte, du brauchst das Geld«, sagt er und steht schwungvoll von der Schaukel auf.

»Jetzt suche ich mir einen anderen Job, um für den Schaden

aufzukommen, den ich heute Abend verursacht habe.« Seufzend schüttle ich den Kopf. Um den Stapel offener Rechnungen begleichen zu können, muss ohnehin ein Wunder geschehen.

»Das trifft sich gut, ich habe einen für dich. Und ich schwöre, er ist besser bezahlt als der Quatsch hier.« Leichtfüßig hüpft er die Treppe herunter. Mit wenigen Schritten steht er vor mir und grinst mich siegessicher an.

1.

ASPEN

ANFANG SEPTEMBER IN WATERBURY, CONNECTICUT

Der Wagen kommt vor dem gigantischen Eisentor des Colleges zum Stehen. Skeptisch verschränke ich die Arme auf dem Lenkrad, neige den Kopf zur Seite und betrachte durch die Windschutzscheibe das, was vor uns liegt. Das ist sie also, die grenzenlose Freiheit. Unser Zuhause für die nächsten drei Jahre. Irgendwie habe ich mir das anders vorgestellt. Weniger angsteinflößend.

Die Euphorie, mit der ich vor wenigen Stunden in dieses Abenteuer aufgebrochen bin, erleidet gerade einen ziemlichen Dämpfer. Ich wollte an der NYU studieren und wäre lieber in New York geblieben. Dann haben sich meine Pläne geändert. Zu Hause ist der letzte Ort, an dem ich momentan sein will. Allerdings hatte ich nicht gedacht, dass mein Weg mich stattdessen nach Waterbury führen würde. Und doch stehe ich jetzt hier vor einem Anwesen, das durchaus einem Alfred-Hitchcock-Film entsprungen sein könnte. Der wolkenverhangene Himmel untermalt dieses trostlos wirkende Ensemble noch zusätzlich.

»Sind wir da?«, will Abbie wissen. Im Gegensatz zu mir ist sie aus völliger Überzeugung hier.

»Ja«, antworte ich knapp und höre selbst, wie enttäuscht ich klinge. Abbie beugt sich ebenfalls etwas vor, um einen genaueren Blick auf das Tor zu werfen, auf dem in goldenen Buchstaben der Schriftzug *Waterbury College* prangt.

»Sieht nett aus. Es hat diesen britischen Charme, den man aus alten Filmen kennt. Irgendwie romantisch«, fasst sie zusammen. So kann man es auch nennen.

Erschrocken schreien wir auf, als jemand an die Fensterscheibe klopft. Ein Kerl in einer dunkelblauen Uniform mit College-Wappen auf der Brust blickt abwartend ins Wageninnere. Zögerlich lasse ich die Scheibe herunter.

»Willkommen. Dürfte ich um Ihre Zulassungspapiere bitten?«

Abbie angelt ihre Handtasche von der Rücksitzbank und kramt die Unterlagen heraus. Ich lehne mich zu ihr hinüber und hole meine aus dem Handschuhfach.

Nachdem der Wachposten alles geprüft hat, schwingt das Tor quietschend auf. »Folgen Sie bitte dem Weg rechts an den Gebäuden vorbei und nehmen Sie im Kreisverkehr die zweite Ausfahrt. Ihre Unterkunft ist der letzte Bungalow am Ende der Straße auf der rechten Seite«, weist er uns an.

»Okay, danke«, erwidere ich verdattert. Hastig starte ich den Motor wieder und fahre im Schritttempo auf das Gelände.

»Dion hat geschrieben. Sie ist schon da und langweilt sich.«

Seit ich denken kann, sind Abbie und Dion meine besten Freundinnen. All die wichtigen Etappen des Lebens haben wir mit Eintritt in den Kindergarten zusammen gemeistert. Mehr oder weniger erfolgreich. Bisher habe ich den beiden nie etwas verheimlicht und hatte angenommen, dass es auch nie so sein würde. Sie hatten sich über meinen spontanen Sinneswandel in Bezug auf meine Collegewahl zwar gewundert, aber mein Argument, dass ich sie schrecklich vermissen würde, geschluckt. Best friends forever. Unsere Väter, Großväter und Urgroßväter sind bereits gemeinsam aufs College gegangen. Auf jenes direkt vor meinen Augen. Wir folgen also der alten Familientradition der Hills, Carmichaels und Westings. Was mehr als paradox ist, wenn man bedenkt, dass ich hier gelandet bin, um meiner Familie zu entkommen, und nicht, um an Traditionen anzuknüpfen.

Anders als auf einem gewöhnlichen Campus gibt es hier weder Verbindungshäuser noch Wohnheime, sondern jede Menge kleine Bungalows für eine bis maximal drei Personen. Sie versprühen keinen Ferienlager-Charme, nein, eher Luxusresort-Feeling. Jedenfalls, wenn ich den Erzählungen meines Dads Glauben schenken darf, denn seine Glaubwürdigkeit hat in den vergangenen Monaten erhebliche Risse bekommen.

Die offizielle Homepage des Colleges gibt bis auf wenige unscheinbare Fotos nicht viel her. Die Privatsphäre der Studierenden wird hier großgeschrieben. So steht es fett auf der Startseite im Internet. Waterbury ist ein realer Mythos. Alle wissen, dass es existiert, aber was dort passiert, bleibt auch dort. Was im Zeitalter von Social Media erstaunlich ist. Als wäre dieser Ort ein nahezu weißer Fleck auf der digitalen Landkarte. Ob jemand kontrolliert, was nach außen dringt und was nicht? Das wäre schon etwas crazy …

Dion tritt genau in dem Augenblick durch die Tür, als wir vor Bungalow Nummer 27 aus dem Wagen steigen.

»Oh my God. Daddy hat dir den Porsche gekauft.« Ja, hat er, aber ich habe ihn nicht darum gebeten. Das ist seine Art von Schweigegeld, damit ich den Schein der Hills wahre. Kommentarlos habe ich es angenommen. Robert Hill duldet keine Aufmüpfigkeit. Ich habe den Groll heruntergeschluckt und mich so verhalten, wie man es von mir erwartet. Dankbar.

Mit der flachen Hand streicht Dion ehrfürchtig über den gelben Lack des Wagens, der heute Morgen mit einer roten Schleife in unserer Einfahrt gestanden hat. Sobald wir ausgestiegen sind, zückt sie ihr Handy und macht ein Selfie mit dem Porsche im Hintergrund. »Meine Follower werden es lieben«, säuselt sie und beginnt eifrig zu tippen.

Dions großer Traum: Influencerin werden. Sie hat die Eigenschaft, sympathisch aufdringlich zu sein, mit der sie ganz sicher Erfolg haben wird. Allerdings wäre es gut möglich, dass sie ihren Durchbruch bis auf die Zeit nach dem College verschieben muss, sollte hier wirklich jemand die digitalen Fäden ziehen und den Content der Studierenden steuern, damit nicht zu viel nach außen dringt.

Dion steckt ihr Telefon in die hintere Tasche ihrer Jeans. »Das ist der totale Wahnsinn, das müsst ihr euch ansehen.«

Ich wünschte, ihre Begeisterung würde auf mich überschwappen, stattdessen macht sich ein beklemmendes Gefühl in mir breit.

Mein Blick schweift zu den umliegenden Häusern. Rotbraune, mit Efeu bewachsene Backsteinfassaden, so weit das Auge reicht. Gepflegte Rasenflächen, gestutzte Hecken und bunt bepflanzte Blumenbeete. Hübsch, gemütlich und nicht so durchdesignt wie Manhattan. Das Gelände wirkt wie eines dieser alten Vorstadtwohnviertel, in denen die Kinder auf den Straßen spielen und die Nachbarn sich in Gespräche am Gartenzaun vertiefen. Dennoch versprüht es eine geheimnisvolle Aura. Idyllisch und extrem weit von dem entfernt, was ich mir für meine Zeit am College erhofft habe. Hier schreit es eher nach Brettspielabenden als nach ausgelassenen Partys und College-Feeling.

»Aspen«, ruft Abbie, die bereits mit ihrem Koffer in der Hand auf der Türschwelle steht. Rasch gehe ich auf sie zu, damit wir uns gemeinsam im Haus umsehen können.

Anders, als es von außen den Anschein macht, ist das Innere modern, großzügig geschnitten und besticht durch makelloses Design. Eine komfortable Küche mit weiß lackierten Fronten grenzt an einen offenen Wohnbereich mit Kamin und riesiger Ledercouch. Die bodentiefen Fenster bieten einen fantastischen Ausblick auf das nahe gelegene Waldgelände. Es gibt sogar eine kleine Terrasse mit Loungemöbeln und einem Jacuzzi. Das Badezimmer ist ein Traum und verfügt über eine frei stehende Badewanne, eine Dusche und Doppelwaschbecken, alles in Weiß- und Grautönen gehalten. Die drei Schlafzimmer sind gleich groß und identisch, aber zweckmäßig eingerichtet. Doppelbett, Schrank, Regal und Schreibtisch. Der Rest obliegt der freien Entfaltung der Studierenden. Mit wenigen Handgriffen lässt es sich hier durchaus aushalten.

Abbie hat ihre Koffer bereits in einem der Zimmer abgestellt. Allerdings ist Dion mit ihrer Wahl nicht einverstanden. Ihrer Meinung nach hat es den besten Ausblick. Aus Erfahrung weiß ich, es ist besser, nicht in eine Diskussion zwischen den beiden mit einzusteigen. Also wähle ich das Zimmer, das in ihrer Debatte nicht inbegriffen ist. Um ehrlich zu sein, sehe ich keinen qualitativen Unterschied zwischen den Schlafzimmern. Weder in der Ausstattung noch beim Blick aus dem Fenster.

Während die beiden Streithähne die Unterstützung von Schere-Stein-Papier in Anspruch nehmen, hole ich meine Reisetasche aus dem Kofferraum. Ich habe nur das Nötigste eingepackt und den Rest in New York zurückgelassen. Das meiste davon fühlt sich inzwischen falsch an meinem Körper an, weil ich das wenigste selbst ausgesucht habe, sondern meine Mom. Bisher habe ich immer auf ihren Rat gehört, aber inzwischen frage ich mich, wie viel Gewicht ihre Aussagen in all den Jahren überhaupt hatten. Wie oft sie mich, ohne dass ich es bemerkt habe, manipuliert hat?

Als ich den Bungalow erneut betrete, fällt mein Blick auf das dunkelblaue mit Gold abgesetzte Wappen des Colleges, das auf der Hausordnung abgebildet ist. Inmitten des Kreises prangt ein Feuervogel, der den Anschein erweckt, als beobachte er mich. Das ist gruselig. Damit sie keinesfalls übersehen wird, hat jemand die Broschüre demonstrativ auf der Anrichte im Flur abgelegt. Ein Info-Flyer zum diesjährigen Projekt des Abschlussjahrgangs liegt direkt daneben. *Be My Date* steht in geschwungenen Lettern darauf.

Ein Datingspiel? Was für ein Blödsinn.

Zuerst greife ich nach der Hausordnung und sehe sie mir genauer an. In Waterbury herrschen strikte Ausgangszeiten. Nach Mitternacht kann das Gelände nicht mehr betreten oder verlassen werden, weil dann das Eisentor, durch das wir gerade gefahren sind, verschlossen ist und es keinen weiteren Zugang zum Gelände gibt. Lächerlich. Das hier ist das College. Die besten drei Jahre meines Lebens sollten nicht von Ausgangszeiten, Alkoholverbot und Seite acht, Absatz drei beherrscht werden. Denn der besagt: Keine Partys auf dem Campusgelände oder in den Gebäuden, die dem Waterbury College angehören. Das schließt die Wohnbungalows mit ein. Das ist doch absoluter Bullshit!

»Was liest du da?«, will Abbie wissen, als sie mich mit der Broschüre im Flur entdeckt.

»Wie man uns den Spaß verdirbt«, antworte ich und reiche ihr mit einem lauten Seufzen die Hausordnung.

Dion, die einen halben Kopf größer als Abbie ist, wirft einen Blick über deren Schulter und sieht in das Heft. »Alkoholverbot? Die wissen aber schon, wie das in Manhattan läuft, oder?«

»Punkt eins wird dir gefallen«, erwähne ich grinsend.

Abbie blättert auf die erste Seite. »Das Verbreiten von privatem Bildmaterial, das einzelne Bestandteile des Campus oder seiner Bewohner zeigt, ist in jeglicher Form untersagt. In Ausnahmefällen bedarf es einer außerordentlichen Genehmigung seitens des Colleges. Dies schließt Social-Media-Dienste sowie persönliche Blogs mit ein«, liest Abbie laut.

»Das meinen die doch nicht ernst. Was ist das hier, Fort Knox?« Fluchend verschwindet Dion in die Küche.

»Ein wiederholter Verstoß hat den Ausschluss vom College zur Folge«, fährt Abbie fort.

»Okay, Ladys, wir sollten die schleunigst vernichten, bevor jemand erfährt, dass ich in meiner Prada-Tasche Alkohol geschmuggelt habe.« Verschwörerisch hält Dion zwei Flaschen Champagner in die Höhe, die sie sicher aus der Hausbar ihrer Eltern geklaut hat. Sofort schnappe ich mir eine und lasse den Korken knallen. Die Flüssigkeit sprudelt heraus und verteilt sich auf den Marmorfliesen. Abbie eilt davon und kehrt im nächsten Moment mit Gläsern zurück.

»Auf die Freiheit«, spotte ich und stoße mit meinen Freundinnen an. Immerhin sitze ich hier nicht alleine fest. Denn mich beschleicht der Verdacht, das College könnte nicht so aufregend werden, wie wir drei gehofft haben.

2.

CAMERON

ZWEI WOCHEN SPÄTER IN WATERBURY, CONNECTICUT

Was zur Hölle mache ich hier?

Unentschlossen starre ich auf die zwanzig Stufen der massiven Steintreppe vor mir, während rechts und links Menschen an mir vorbei ins Gebäude strömen. Mein Blick gleitet an der makellosen Backsteinfassade nach oben und bleibt an den goldenen Buchstaben hängen.

»Waterbury College. Connecticut. Since 1875«, lese ich ab. »Willkommen bei der zukünftigen Elite und den Herrschern unserer Gesellschaft«, spotte ich leise. Sich hierauf einzulassen, ist Wahnsinn. Ich sollte umdrehen, in den Wagen steigen und mich verpissen. Stattdessen setze ich seufzend einen Fuß vor den anderen und erklimme die wenigen Stufen, die mich von meinem ungewissen Abenteuer trennen.

Sobald ich durch die mit Ornamenten verzierte Eingangstür trete, halte ich in der Bewegung inne und scanne die Umgebung. Die Marmorfliesen zu meinen Füßen sind so dermaßen auf Hochglanz poliert, dass ich mich schemenhaft darin spiegele. Wenige Schritte von mir entfernt führt eine dunkle, prunkvolle Holztreppe nach oben. An den Wänden reihen sich in Goldrahmen eingefassten Gemälde. Dezent ist hier augenscheinlich nicht angesagt. Protzig trifft es besser, denn mein Blick erfasst in diesem Augenblick den Kristallkronleuchter, der an der kuppelförmigen Decke angebracht ist.

»Wow«, entfährt es mir geschockt. Ich hatte eine vage Ahnung, was mich erwarten würde, aber dieser eingestaubte Chic der vergangenen Jahrhunderte erschlägt mich beinahe.

Während ich fasziniert beobachte, wie sich das Sonnenlicht, das durch die Glaskuppel fällt, im Kronleuchter verfängt und als bunte Reflexion einen Regenbogen in der riesigen Eingangshalle erzeugt, werde ich angerempelt. Der inzwischen lauwarme Kaffee in meiner Hand entwickelt ein Eigenleben und breitet sich eine Nanosekunde später auf meinem cremefarbenen Pullover aus. Fuck! Das geht ja super los. Kurz habe ich ein Déjà-vu und finde mich auf dem Hosenboden sitzend zwischen literweise Champagner wieder. Wenn das eine Art Running Gag werden soll, lache ich später.

»Shit!«, fluche ich ungehalten, als ich an mir herunterschaue und das ganze Ausmaß erblicke.

Ein nervös klingendes »Sorry« rechts von mir erregt meine Aufmerksamkeit. Mein Kopf schießt herum und fixiert die Brünette mit Kurzhaarschnitt, die hektisch in ihrer Handtasche kramt. Als sie gefunden hat, wonach sie sucht, sieht sie mich entschuldigend an. »Hier. Tut mir leid. Ich habe dich nicht gesehen.« Sie reicht mir ein Taschentuch.

»Schon okay, halb so wild.« Grob entferne ich die Sauerei.

»Bist du verrückt? Das ist Cashmere, da kannst du doch nicht rubbeln, als wäre es Baumwolle.« Sie hat die Worte noch nicht vollständig ausgesprochen, da hat sie mir den Zellstoff bereits aus der Hand gerissen und tupft damit vorsichtig auf meiner Brust herum. Fassungslos starre ich sie an. Berührungsängste hat die Brünette jedenfalls nicht.

»Ich bekomme das schon hin. Danke.« Um meine Aussage zu betonen, bringe ich etwas Abstand zwischen uns.

»Oh«, erwidert sie, und ihre Wangen färben sich unter dem Rouge knallrot, als ihr bewusst wird, dass sie mich begrapscht hat. »Sorry noch mal.« Ihr Blick huscht in Richtung Treppe. Meiner folgt ihrem. »Aspen, Dion?«, ruft sie so laut, dass es mir in den Ohren klingelt. Dann eilt sie ohne ein weiteres Wort davon.

Eine Blondine und eine Schwarzhaarige mit grünen Strähnen schauen in meine Richtung. Ich tippe, dass das ihre Freundinnen sind, mit deren Hilfe sie ohne großes Drama aus dieser unangenehmen Situation flüchtet. Und ich habe nichts dagegen, dass sie sich aus dem Staub macht. Sozialkontakte knüpfen ist so ziemlich das Gegenteil von dem, was ich mir für die nächsten Monate vorgenommen habe.

Die Blondine, deren Haarspitzen auf ihren Schultern enden, mustert mich einen Augenblick zu intensiv. Ihre rot geschminkten Lippen verziehen sich zu einem Grinsen, von dem ich nicht weiß, wie ich es deuten soll. Ist sie amüsiert, weil ich mit einem Kaffeefleck auf meinem überteuerten Pulli in der Lobby stehe oder weil ich dabei wie ein Volltrottel aussehe?

Ich unterdrücke den Drang, mir durch die Haare zu fahren, um mir damit etwas von meiner gewohnten Selbstsicherheit zurückzuholen. An den neuen Look werde ich mich wohl nicht so schnell gewöhnen. Jaspers Stylingteam hat ganze Arbeit geleistet. Es ist absurd. Ich bin eine perfekte Kopie von ihm in Chinohose, gebügeltem Hemd unter einem Cashmere-Pullover, mit geglätteten Haaren und, dank Kontaktlinsen, braunäugig und brillenlos.

Sobald die Brünette sich zu ihren Freundinnen durchgekämpft hat, wendet die Blondine den Blick von mir ab. Plötzlich habe ich das Gefühl, nicht zu wissen, wohin mit mir. Was mich daran erinnert, dass ich wirklich keine Ahnung habe, wo genau mein Kurs stattfindet.

Ich bin erst gestern Abend in Waterbury angekommen, um mich in dieses waghalsige Unterfangen zu stürzen, wodurch ich die Einführungsveranstaltungen und die ersten beiden Kurswochen verpasst habe. Ich hatte noch nicht einmal die Zeit, mir den Campus anzusehen. Heute Morgen bin ich einfach dem Strom Studierender gefolgt und habe lediglich einen kurzen Zwischenstopp im campuseigenen Coffeeshop eingelegt.

Die Vorbereitungen für diese Scharade haben mehr Zeit in Anspruch genommen als ursprünglich gedacht. Jasper hatte sogar versucht, mir seinen britischen Akzent einzutrichtern. Da ich allerdings wie eine schlechte Karikatur eines Briten klinge und damit schneller auffliege, als ich bis drei zählen kann, werde ich gar nicht erst versuchen, damit durchzukommen. Stattdessen verlasse ich mich einfach auf seine Aussage, dass ihn ohnehin niemand persönlich kennt. Meine Strategie für die nächsten Monate beläuft sich also auf Klappe halten und so wenig wie möglich auffallen.

Aus meiner Hosentasche fische ich den zusammengefalteten Kursplan, um nachzusehen, wo genau man meine Anwesenheit erwartet. Seminarraum 38. Die Auswahl der zu belegenden Kurse ist mehr als überschaubar. Alle scheinen darauf ausgelegt zu sein, den Studierenden ihren Weg in die Wirtschaft oder Politik zu ebnen. Aufgepeppt wird das Ganze durch eine Handvoll künstlerischer Angebote, die allerdings eher einen Unterhaltungs- statt Bildungscharakter aufweisen, wenn man die Schwerpunkte genauer betrachtet.

Wo Jasper seine Zukunft sieht, ist schwer zu sagen. Neben den Pflichtkursen ist seine Auswahl ein bunter Mix aus allen Bereichen. Zu meinem Leidwesen hat er weder *Einführung in die Architektur* noch *Zeitgenössische Geschichte* ausgewählt. Stattdessen quält er mich fortan mit *Modernem Schauspiel* und *Sport*. Allein dafür müsste ich Schmerzensgeld verlangen.

»*Das Genie von morgen*«, lese ich von dem Papier ab. Wer zum Teufel benennt so einen Kurs?

Planlos sehe ich mich in dem Gebäude um, das nicht im Geringsten an ein College erinnert, sondern eher einem alten Herrenhaus gleicht. Einzig die vier Gänge, die strahlenförmig von der Eingangshalle abgehen, lassen erahnen, wie riesig das Haupthaus tatsächlich ist und dass der wohnliche Charme nur der Tarnung dient. Im Grunde entspricht Waterbury nicht dem, was ich erwartet habe. Ich meine, jemand hat eine riesige Mauer um das Gelände gezogen, als wäre hier ein geheimer Stützpunkt der CIA, der fernab jeglicher Zivilisation liegt. Wir befinden uns so weit vom Stadtzentrum entfernt, dass ich schon befürchtet habe, das Navigationssystem des Mustangs, den mir Jasper zur Verfügung gestellt hat, wolle mich verarschen.

Eine Infotafel zur Raumbelegung wäre hilfreich, existiert allerdings nicht. Also spreche ich eine vorbeigehende Gruppe an. »Hey, könnt ihr mir helfen? Ich habe keine Ahnung, wo *Das Genie von morgen* stattfindet.«

»Ah, Professor Henson, ein wirklich schräger Kauz«, bestätigt einer der Typen meine Vermutung, dass der Kerl nicht alle Tassen im Schrank haben kann.

Ein Glockenschlag, gefolgt von einem weiteren, scheppert durch die Eingangshalle. Erschrocken sehe ich mich um, als plötzlich mächtig Bewegung in den trägen Haufen Studierender kommt, der zuvor durch die Gänge geschlichen ist.

»Der Raum liegt in der zweiten Etage auf der rechten Seite. Kannst du nicht verfehlen. Es hängt ein Bild von Einstein an der Tür«, meldet sich mein Gegenüber erneut zu Wort.

Na, ganz großartig. Kann es noch alberner werden?

»Kommst du klar?«, fragt der Typ und zieht dabei eine seiner blonden Augenbrauen hoch. Seine Freunde haben sich bereits verdrückt, um nicht zu spät zu ihren Kursen zu kommen.

»Ähm … ja. Danke.« Bevor ich mich in Bewegung setze, schäle ich mich aus dem Pullover und verstaue ihn in meiner Umhängetasche, auf der ein Gucci-Logo prangt. Von der Kohle, die Jasper dafür ausgegeben hat, könnte meine Familie vermutlich einen Monat lang den Kühlschrank füllen. Schon verrückt, wenn Geld keine Rolle spielt. Das Hemd mit floralem Muster, das nun in seiner vollen Pracht zum Vorschein kommt, wäre der Brüller auf jeder Kostümveranstaltung. Ich wünschte, Jasper hätte einen weniger ausgefallen Kleidungsstil und ich hätte ihm nicht blind vertraut, als er mit den bereits gepackten Koffern vor meiner Tür gestanden hat. Welcher zwanzigjährige Kerl zieht sich so an, ohne sich dabei dämlich vorzukommen?

Als erneut ein Glockenschlag ertönt, der den Klang einer letzten

Warnung besitzt, haste ich die Treppe hinauf und orientiere mich nach rechts. In dem Moment, als ich die Tür aufreiße, weiß ich, warum daran ein Bild von Einstein klebt. Professor Henson ist mindestens so eine perfekte Kopie des Genies, wie ich eine von Jasper bin.

»Oh, ein Nachzügler in unserer illustren Gesellschaft«, sagt er, als er mich regungslos im Türrahmen entdeckt. Die weißen Haare stehen ihm so wild vom Kopf ab, als hätte er wenige Sekunden zuvor in eine Steckdose gefasst. »Sie haben sich doch nicht etwa im Kurs geirrt, oder?«, hakt er nach, weil ich ihn einfach nur anstarre.

Wo, verflucht noch mal, bin ich hier gelandet?

Als ein besorgter Ausdruck auf seinem faltigen Gesicht erscheint, räuspere ich mich. »Nein, der Einstein an der Tür hat seinen Dienst erstklassig erfüllt«, antworte ich und haue mir in einer imaginären Geste selbst gegen die Stirn. *Du Trottel!*

Ein Raunen geht durch den Raum und erweckt meine Aufmerksamkeit. Mein Blick schweift durch die Reihen und bleibt an roten Lippen hängen, die sich zu einem unauffälligen Schmunzeln verzogen haben.

»Ein kleiner Scherz des Abschlussjahrgangs. Und Sie, mein junger Freund, sind?«

Mein Kopf schnellt zurück zu Einstein … äh, Professor Henson. Das war's dann wohl mit *unter dem Radar bleiben*. Erneut schaue ich durch den Raum und erfasse eine Menge fragender Gesichter. *Ja, wer ist der Typ, der sich hier gerade zum Affen macht?*

»Jasper Maxwell Anderson«, antworte ich hölzern.

»So, so, Mr Anderson, dann suchen Sie sich doch mal einen freien Platz, damit ich auch aus Ihnen das Genie herauskitzeln kann.« Dass Einstein die Situation amüsiert, verrät der Unterton in seiner Stimme, der einem akustischen Grinsen gleicht.

Mit einem schnellen Blick scanne ich die Reihen nach einer Sitzgelegenheit ab und gerate kurz ins Stocken, als ich den leeren Stuhl neben der Blondine erspähe. In der Reihe vor ihr sitzt die

Brünette und rechts von ihr entdecke ich grüne Strähnen in kohlrabenschwarzem Haar.

In dem Moment, als Blondie aufsieht und mich beim Starren ertappt, erscheint erneut dieses Lächeln, das alles und nichts bedeuten kann. Es wirkt ebenso abschreckend, wie es faszinierend ist. Vielleicht liegt das aber auch nur an dem knallroten Lippenstift in ihrem sonst eher dezent geschminkten Gesicht. Der Farbton sticht so sehr ins Auge, dass er als Warnhinweis durchgeht. Und er zeigt Wirkung, denn ich reiße meinen Blick von ihr los und schlage zielstrebig eine andere Richtung ein. Rein optisch entspricht sie genau meinem Typ, und das schreit regelrecht nach Komplikationen. Keinesfalls darf ich mein Ziel aus den Augen verlieren. Wir brauchen das Geld. Ich bin es Granny El, Kaden und Cassie schuldig, dass sie meinetwegen nicht auch noch ihr Zuhause verlieren. Wir alle haben bereits zu viel verloren.

Ein Kerl mit blassrotem Haar hebt die Hand, bevor er auf den freien Platz neben sich deutet. Ganz klar die bessere Wahl und absolut ungefährlich.

»Hey, ich bin William, aber du kannst mich Will nennen.«

»Jasper«, erwidere ich knapp und richte meinen Blick nach vorn. Professor Henson hat inzwischen seinen Unterricht fortgesetzt und teilt gerade einen Stapel Bücher aus.

Was zum Teufel hat mich geritten, mich auf so einen Mist einzulassen? Weder verfüge ich über schauspielerisches Talent noch bin ich sonderlich gut darin, das Blaue vom Himmel zu lügen. Niemand ist für diese Doublenummer ungeeigneter als ich. Dennoch sind fünfzigtausend Dollar ein verdammt großer Anreiz, es wenigstens zu versuchen.

3.

ASPEN

Mit ausgestrecktem Arm tippe ich Dion an, die in der Bankreihe vor mir sitzt. »Hey, du Genie«, flüstere ich gerade laut genug, dass sie mich hören kann. Sie lehnt sich auf ihrem Stuhl zurück und blickt neugierig über ihre Schulter. Abbie dreht sich ebenfalls zu mir um. »Weißt du, zu welchen Andersons er gehört?«, will ich von ihr wissen. Wenn jemand die High-Society-Kids kennt, dann meine beste Freundin. Während ich eher beiläufig den Klatsch und Tratsch mitbekomme, verteilt ihn Dion souverän an alle, die ihn hören wollen.

Zu meiner Verwunderung zuckt sie ahnungslos mit den Schultern. »Sein Dad ist der Immobilienhai, der die sozialen Brennpunkte plattmacht, um dort Luxusapartments zu errichten«, antwortet Abbie, die offenbar genau weiß, wer der Kerl im Blümchenhemd ist. Und tatsächlich klingelt da etwas bei mir. Anderson lässt in den Randbezirken New Yorks keinen Stein auf dem anderen. Im Gegensatz zu meinem Dad, der unzählige gemeinnützige Projekte in diesen Gegenden fördert. Der gute Samariter mit perfekter Familie. Wir sind jedoch alles andere als das. Das hat mein Dad vor wenigen Monaten eindrucksvoll bewiesen.

Seit Jahren geraten er und Anderson aneinander, weil sie in vielen Dingen unterschiedliche Ansichten vertreten. Aber um ehrlich zu sein, habe ich mich bisher weder mit den Streitpunkten noch mit der Konfliktpartei auseinandergesetzt. Diese Dinge waren nie relevant für mich und haben mich auch nicht sonderlich interessiert. Bis vor drei Minuten wusste ich nicht einmal, dass die Andersons einen Sohn haben, und das, obwohl seine Familie regelmäßig Thema im Hause Hill ist. Vielmehr war ich damit beschäftigt, erwachsen zu werden und mich in eine Form pressen zu lassen. Es hatte einen Plan für mich gegeben, und ich hatte bisher nie angezweifelt, dass die Richtung, in die ich geschubst werde, die richtige ist. Das war allerdings, bevor das Vertrauen in meinen Dad in seinen Grundmauern erschüttert wurde. Jetzt hänge ich in der Luft, was meine Zukunft betrifft.

Ich schlucke die aufkeimende Wut herunter und lasse meinen Blick zu unserem Neuankömmling huschen, der starr geradeaus schaut und extrem angespannt wirkt. Warum taucht er jetzt erst auf? Die Kurse haben bereits vor zwei Wochen begonnen.

»Und was wissen wir über ihn?« Mit einem unauffälligen Nicken deute ich in Richtung des Kerls, der sich als Jasper vorgestellt und damit unter allen im Raum Anwesenden ein Raunen ausgelöst hat.

»Nicht viel. Meine Mom trifft sich im Rahmen der Stiftung regelmäßig mit seiner. Sie hat mir erzählt, wie überrascht sie war, als Miss Anderson ihr kürzlich auf einer Veranstaltung in Cincinnati plötzlich ihren Sohn Jasper vorgestellt hat. Seine Eltern haben ihn in ein englisches Internat abgeschoben und sind ohne ihn in die Staaten ausgewandert. Jedenfalls ist das die Geschichte, die sie meiner Mom aufgetischt hat. Der Rest sind Gerüchte«, antwortet Abbie sachlich, als wäre sie eine Ermittlungsbeamtin. Engländer also. Interessant.

Während Dion jegliche Klatschkolumnen füllen könnte, ist Abbie eindeutig in der Abteilung für Verschwörungstheorien zu finden. Ich falle inzwischen klar in die Kategorie *Glaube nur, was du selbst siehst und hörst, nicht das, was andere dir unterjubeln wollen.* Aus meiner bisherigen Naivität habe ich eindeutig gelernt.

»Papperlapapp. An Gerüchten ist gewöhnlich etwas dran«, widerspricht Dion und schüttelt vehement den Kopf.

»Wirklich? Also ist auch etwas dran, dass du Hastings datest?«, schießt Abbie zurück.

Schnaubend stößt Dion die Luft aus. Ich verkneife mir ein Grinsen, weil dieses Thema eins der wenigen ist, die sie auf die Palme bringen. »Hat Hastings eine Platincard?«, spottet sie.

Nein, die hat er ganz sicher nicht. Mehr als eine Bonuskarte vom Diner seiner Eltern hat er wahrscheinlich nicht im Angebot. Sie halten ihn finanziell an der kurzen Leine und somit hat er bei Dion keine Chance. Sie liebt es, Geld auszugeben, und ihr Traummann sollte diese Leidenschaft teilen oder zumindest über die entsprechenden Mittel verfügen.

Ein Räuspern lässt uns nahezu zeitgleich die Köpfe heben.

»Meine Damen, möchten Sie uns an Ihrer Unterhaltung teilhaben lassen? Scheinbar langweile ich Sie mit der marxistischen Wirtschaftstheorie.«

»Wir haben gerade darüber diskutiert, inwieweit Kredite den Kapitalismus bereits im neunzehnten Jahrhundert beeinflusst haben«, antwortet Dion zuckersüß, als hätte sie ihm ernsthaft zugehört. Meine beste Freundin und Karl Marx wären mit Sicherheit niemals Freunde gewesen. Anders als er hat sie nämlich überhaupt kein Problem damit, dass der Reichtum ihrer Familie auf Kosten derer Mitarbeiter wächst und wächst. Hauptsache, all ihre Kreditkarten sind gedeckt. Ja, das ist sehr oberflächlich gedacht, aber kann man ihr das wirklich verübeln? Wenn man im Hause Carmichael, einem der mächtigsten Modehäuser unserer Zeit, aufgewachsen ist, bekommt man das Leid anderer eher unterschwellig mit.

Professor Henson wirkt einen Moment nachdenklich, bevor er tatsächlich auf ihre Worte eingeht. Dion und Abbie schauen wieder nach vorn und beteiligen sich an der Debatte zum Kapitalismus und dessen Auswirkungen auf unsere Gesellschaft.

Erneut sehe ich zu Jasper, der schelmisch in sich hineingrinst, als er mich dabei erwischt, wie ich ihn beobachte. Einen Wimpernschlag lang hält er meinem neugierigen Blick stand. Dann richtet er seine Aufmerksamkeit der lebhaften Unterhaltung, die sich um uns herum abspielt. Meine hingegen gehört für die nächsten neunzig Minuten ausschließlich ihm. Und dabei weiß ich nicht mal genau, warum. Vielleicht, weil er der Familie angehört, die meine nicht ausstehen kann? Wie mein Dad wohl reagieren würde, wenn ich ausgerechnet mit dem Anderson-Spross zu Hause auftauchen würde? Ein verlockender Gedanke.

Sobald der Kurs vorbei ist, hastet Jasper mit gesenktem Kopf aus dem Raum, als würde er verhindern wollen, dass ihn jemand in ein Gespräch verwickelt oder ihn auch nur ansieht. Seltsam.

»Aspen?«

Nachdenklich sehe ich zur offenen Tür, durch die er gerade verschwunden ist. »Findet ihr es nicht auch eigenartig, dass er gar keinen britischen Akzent hat, obwohl er in England aufgewachsen ist?«

Abbie grinst mich amüsiert an. »Ich kenne diesen Blick.«

Fragend hebe ich eine Augenbraue. »Wovon redest du?«

»Sie meint damit, dass du Lunte gerochen hast und der arme Kerl dir zum Opfer fallen wird«, antwortet Dion. Damit könnte sie recht haben. Der Typ wirkt nicht gerade *very British,* und das weckt tatsächlich meine Neugier.

* * *

»Ist das Jasper, den du da anstarrst?«

Erschrocken reiße ich mich von dem Foto los, das einen starr in die Kamera guckenden Jasper zeigt. Rechts und links neben ihm stehen seine Eltern. Während sein Dad pure Autorität ausstrahlt, lächelt seine Mom freundlich. Über die Schulter schaue ich zu Abbie.

»Ich starre ihn nicht an, ich betreibe Recherche«, protestiere ich. Nachdem ich den kompletten Vormittag damit verbracht hatte, mir über ihn den Kopf zu zerbrechen, habe ich am Nachmittag beschlossen, mehr über ihn herauszufinden, damit er meine Gedanken nicht länger beherrscht. Allerdings ist das Fragezeichen eher größer als kleiner geworden. Weil über ihn so gut wie nichts zu finden ist. Entweder existiert der Typ nicht oder man hat ihn größtenteils ausgelöscht. Das alles ist mehr als seltsam. Es gibt keine aktuellen Fotos oder irgendwas, das auf seinen Verbleib hinweist.

»Und das machst du, weil?«, hakt sie nach. Seufzend lege ich das Tablet auf den Esstisch. Abbie rückt sich einen Stuhl zurecht, bevor sie Platz nimmt und mich neugierig mustert.

»Der Kerl hat nicht einmal einen Social-Media-Account«, merke ich an und weiche damit ihrer Frage aus. Denn auf das Warum habe ich keine allumfassende Antwort.

Es war die Neugier, der ich gefolgt bin, und es ist etwas anderes, das mich nun nicht mehr loslässt. Sich wie ein Song in Endlosschleife in meinem Kopf abspielt. Wer ist der Kerl? Eigentlich hatte ich das exakte Gegenteil zum Ziel. Statt mein Gedankenkarussell zu besänftigen, habe ich es weiter genährt, indem ich Jaspers Namen in die Suchmaschine eingegeben habe.

Nahezu mechanisch habe ich mich durch diverse Artikel über seine Familie gearbeitet. Jede Information in mich aufgesaugt. Während sein Dad von einem Skandal in den nächsten schlittert, wird Jasper in Verbindung mit den Andersons gar nicht erwähnt. Im Grunde bin ich genauso schlau wie vorher. Und das ist frustrierend. Es ist, als hätte man ihn irgendwo versteckt und er wäre unerwartet aus dem Dickicht gekrochen.

»Es soll Menschen geben, die können mit Social Media nicht viel anfangen«, reißt Abbie mich aus meinen Gedanken.

»Aber doch nicht in unserem Alter. Jeder hat einen Account«, antworte ich fast schon empört, als wäre es ein Verbrechen, die Welt nicht an seinem Leben teilhaben zu lassen. Was es natürlich nicht ist, aber ich hätte gerne gewusst, mit wem ich es zu tun habe, um ein paar Antworten auf meine Fragen zu bekommen.

»Vielleicht hat er ja einen unter anderem Namen?«, wirft Abbie berechtigterweise ein. Auf die Idee bin ich noch gar nicht gekommen. Allerdings kenne ich in unseren Kreisen niemanden, der seinen Namen nicht als Aushängeschild nutzt. Es gehört quasi zum guten Ton, sich öffentlich zu präsentieren und sich untereinander zu vernetzen. Der Name ist deine Marke.

Gerade in diesem Augenblick verspüre ich das dringende Bedürfnis, meinen eigenen Accountnamen zu ändern und das Hill-Etikett abzulegen. Vielleicht ist es bei Jasper ganz ähnlich und er hat nicht viel mit seiner Familie am Hut? Das wäre durchaus denkbar und würde seine High-Society-Abstinenz erklären. Mein Instinkt sagt allerding, da steckt mehr dahinter.

»Mmh«, brumme ich genervt, weil mich dieses Ergebnis nicht zufrieden stimmt. Aber was habe ich erwartet? Dass ich seinen Namen eingebe, und schwupp, eröffnen sich mir seine Geheimnisse? Ja. Im Grunde ist es genau das, was ich mir erhofft habe. Das Internet vergisst schließlich nicht. Pustekuchen, denn auf Jasper Anderson scheint das nicht zuzutreffen.

Weil ich nicht still sitzen kann, während ich nachdenke, beginne ich, in der Küche auf und ab zu gehen.

»Warte, Jasper gefällt dir«, quiekt Abbie plötzlich und erschreckt mich damit beinahe zu Tode. Meine Freundin kreischt nie. Sie ist nicht laut oder impulsiv. Still und bedacht entspricht ihrem Wesen. Waterbury kitzelt augenscheinlich eine andere Abbie aus ihr heraus.

»Nein, ich bin nur neugierig«, widerspreche ich.

»So neugierig, dass du ihn stalkst?« Sie kichert leise. Okay, wurde die echte Abbie von Aliens entführt?

»Himmel. Ich habe seinen Namen bei Google eingegeben und nicht die CIA auf ihn angesetzt«, verteidige ich mich.

»Auf wen hast du die CIA angesetzt?«, ertönt genau in diesem Augenblick eine Stimme aus dem Flur. Dions unschlagbares Talent, immer dann auf der Bildfläche aufzutauchen, wenn man es am wenigsten gebrauchen kann. Ihre Absätze klackern über den Fliesenboden und kündigen ihren Auftritt an. Und das ist es im wahrsten Sinne des Wortes. Sie trägt eine rosafarbene Jacke, die aus unzähligen Plüschfäden besteht, und darunter ein bauchfreies, paillettenbesetztes Top. Eine hautenge weiße Hose, die golden glänzt, wenn Dion sich bewegt und sich dadurch der Lichteinfall auf das Kleidungsstück verändert.

Blinzelnd starre ich sie an. Abbie gibt ein entsetztes »Wow« von sich. Die Handtasche baumelt in Dions Armbeuge, während sie auf ihrem Smartphone herumtippt, dann blickt sie auf. Ohne es böse zu meinen, aber sie sieht aus, als hätte man sie mit einem Flamingo gekreuzt.

»Alles okay? Ihr guckt, als hättet ihr den Ausverkauf bei Dior verpasst.«

Blind taste ich nach dem Kühlschrank rechts von mir, weil ich mich von ihrem Anblick nicht lösen kann. Als ich ins Leere fasse, wende ich mich doch dem Einbauschrank zu, um ihn zu öffnen. Nach einem kurzen Blick greife ich nach der Milchpackung. Ich nehme einen Schluck und mache dicke Backen. Angewidert beuge ich mich über das Spülbecken und spucke, was auch immer das in meinem Mund ist, aus.

»Geschieht dir recht. Jemand hat aus gutem Grund Gläser und Tassen erfunden«, sagt Dion ernst.

»Das Zeug ist widerlich, was ist da drin?«

»Essig.«

»Du hast Essig in die Milch gekippt? Warum?«, frage ich ungläubig. Wie kommt sie denn auf so einen Quatsch? Ist das einer dieser neuen Beauty-Tipps? Ich kann mir kaum vorstellen, dass das jemand freiwillig runterschluckt.

»Damit du nicht mehr aus der Packung trinkst.«

»Wusstest du, dass unsere Freundin so bösartig ist?«, wende ich mich an Abbie, die hinter vorgehaltener Hand grinst. »Das ist also eine Verschwörung.« Seit wir gemeinsam in diesen Bungalow gezogen sind, haben sich die beiden bereits mehrfach über einige meiner Angewohnheiten beschwert, und ich habe Besserung gelobt. Vergebens. Es gibt Dinge, die legt man nur schwer ab, wenn man sie sich über Jahre hinweg angeeignet hat. Das ist jetzt der Versuch, es mir mit der Brechstange auszutreiben.

»Ja, und solltest du weiterhin deine Schuhe im Flur stehen lassen, knote ich die Schnürsenkel zusammen.«

»Du klingst wie meine Mom«, scherze ich.

»So fühle ich mich auch. Warst du schon immer so chaotisch und es ist mir bisher nur nicht aufgefallen?«

»Ich befürchte, man hat bisher versucht, es mithilfe von Hausangestellten zu vertuschen«, gestehe ich grinsend.

Dion setzt sich kopfschüttelnd an den Esstisch. »Du bist ein hoffnungsloser Fall. Auf wen hast du denn jetzt die CIA angesetzt?«, wiederholt sie ihre Frage.

»Auf niemanden«, antworte ich. Erneut öffne ich den Kühlschrank, greife nach der Colaflasche und schraube sie auf. Dion wirft mir einen ermahnenden Blick zu, als ich keine Anstalten mache, mir ein Glas zu holen.

»Was? Ihr beide trinkt das süße Zeug nicht mal.« Genervt stoße ich die Luft aus, nehme mir aber dennoch ein Glas.

»Klärt mich jemand auf oder muss ich raten?«, hakt sie nach. Mein Blick huscht zu Abbie. Sie wird mich nicht verraten, aber Dion wird so lange bohren, bis sie alle Antworten hat.

»Ich habe Jasper gegoogelt und Abbie hat mich dabei erwischt, das ist alles.«

»Ich wusste es, du stehst auf schräge Typen.«

»Tue ich überhaupt nicht!«, protestiere ich. Mein Interesse an Jasper rührt ganz gewiss nicht daher, dass ich ihn attraktiv finde. Mein innerer Sherlock wittert, dass etwas mit dem Kerl nicht stimmt. Nicht mehr und nicht weniger.

»Doch. Du warst die Einzige in der Highschool, die auf Grayson stand. Seine abstehenden Ohren waren eine Zumutung.« Dion war aus verschiedenen Gründen kein Fan von Grayson, und das lag nicht an seinen Ohren.

»Ich fand sie süß«, erwidere ich grinsend. Zugegeben, Grayson entsprach nicht dem gängigen Schönheitsideal, aber er war höflich, zuvorkommend und hatte absolut kein Problem damit, wenn ich direkt aus seiner Flasche trank.

»Hast du deswegen mit ihm Schluss gemacht, nachdem er sich die Lauscher hat anlegen lassen?«

Nein, sondern weil er plötzlich ein extrovertiertes Ich entwickelt hat und sich für unwiderstehlich hielt. Seine neuen Ohren waren wie ein Upgrade in die Upperclass der Attraktivität gewesen. Plötzlich erhielt er Aufmerksamkeit von allen Seiten. Die der weiblichen genoss er ein wenig zu sehr. Er hat sich nicht einmal Mühe gegeben zu verbergen, dass er mich betrogen hat.

»Ja«, antworte ich.

»Wie hieß der Typ noch mal, den du in der Zehnten gedatet hast? Der mit dem schwarzen Eyeliner und den lackierten Fingernägeln?«, lässt Dion nicht locker, mir meinen sonderbaren Männergeschmack unter die Nase zu reiben.

»Smoke. Jedenfalls wollte er so genannt werden.« Na klasse, jetzt fällt mir auch noch die loyale Abbie in den Rücken.

Dion prustet los. Das nennt sich also beste Freundinnen.

»Oder der, dessen Mom bei eurem ersten Date zwei Tische weiter saß. Und erinnert ihr euch noch an Paul, den leidenschaftlichen Bügelfaltenliebhaber?«

»Okay, hab's verstanden.« Genervt verdrehe ich die Augen, kann mir ein Grinsen aber nicht verkneifen, als mir dämmert, dass Dion recht hat. Ich habe eine Schwäche für schräge Typen. Jasper ist allerdings eher mysteriös als schräg. Es muss doch irgendwo etwas über den Kerl zu finden sein. Diese Ahnungslosigkeit wurmt mich wirklich. Wenn ich meinen Namen bei Google eingebe, füllt er ganze Seiten. Bei Dion spuckt die Suchmaschine doppelt so viel aus. Es kann doch nicht nichts über ihn geben. Was ist er, ein Phantom?

»Ähnlich verhält es sich übrigens mit Weihnachtsbäumen. Du schaffst es jedes Jahr, das hässlichste Exemplar aufzutreiben. Denk nicht mal daran, im Dezember hier so ein Ungetüm aufzustellen«, nimmt mir Dion den Wind aus den Segeln, bevor ich überhaupt darüber nachdenken kann, ob ich die Tradition in Waterbury fortsetzen will.

Ich liebe diese Familientradition. In einer Welt aufzuwachsen, in der so viel Wert auf Schönheit gelegt wird, ist es umso wichtiger, die unperfekten Dinge genauso zu lieben wie die scheinbar perfekten. Einem verkrüppelten Weihnachtsbaum ein Zuhause zu geben, scheint mir ein guter Anfang zu sein.

In diesem Jahr werden die Dinge jedoch anders laufen, weil ich nicht vorhabe, Weihnachten mit meinen Eltern zu verbringen.

»Und mit Freundinnen«, schieße ich scherzhaft zurück und zupfe an Dions Fransenjacke. »Wo kommst du eigentlich her?«

»Ich hatte gerade das schlimmste Date aller Zeiten«, erwidert sie und schält sich aus dem rosa Fummel.

Gemeinsam mit Abbie breche ich in Gelächter aus. Wann hatte sie das je nicht?

4.

ASPEN

Am Freitag sitzen wir mittags in der Mensa und unterhalten uns über das Projekt des Abschlussjahrgangs, als ich Jasper in der hintersten Ecke allein an einem der Tische entdecke.

»Wann genau ist die Infoveranstaltung für dieses Datingding, nächsten Mittwoch oder Donnerstag?«, fragt Dion. Abbie antwortet ihr, aber ich höre den beiden bereits nicht mehr zu, weil mein Fokus auf dem Kerl liegt, der wirkt, als würde er möglichst unbemerkt bleiben wollen.

»Mach es noch offensichtlicher und ich hänge dir ein Schild mit ›interessiert‹ um den Hals«, sagt Dion völlig trocken und beißt unbeeindruckt in ihr Tofu-Sandwich. Abbie kichert leise und versucht es zu verstecken, indem sie sich einen Löffel voll Porridge in den Mund schiebt. Prompt verschluckt sie sich dabei.

»Geschieht dir recht.« Damit sie weiß, dass ich die Worte nicht ernst meine, strecke ich ihr die Zunge raus.

Mein Blick war aus keinem bestimmten Grund durch die Mensa gewandert und schließlich an Jaspers Rücken hängen geblieben. Das penetrante Batikmuster seines Hemdes kann man nur schwer übersehen. Da Dion grundsätzlich nichts entgeht, hat sie natürlich bemerkt, wie ich ihn ins Visier genommen habe. Dabei hat sie nicht einmal von ihrem Essen aufgesehen. Diese Gabe zählt zu ihren nervigsten Eigenschaften. Es zu leugnen, würde nur in einer Grundsatzdiskussion darüber enden, dass sie mich besser kennt als ich mich selbst. Und damit hat sie vollkommen recht. Sobald ich mich, in meinem Gedankenstrudel gefangen, in einer Sackgasse verrenne, schubst Dion mich in die richtige Richtung, bevor ich völlig den Überblick verliere.

»Findet ihr nicht, dass er seltsam ist?«, frage ich. Ganz automatisch heftet sich mein Blick wieder auf Jasper.

»Dann gebt ihr das perfekte Paar ab. Du bist auch schräg«, erwidert Dion. Für diesen Kommentar kassiert sie von mir einen spielerischen Fausthieb gegen ihre Schulter. »Was? Hast du dir sein Hemd angesehen? Wer trägt so was bitte? Das trifft, um ehrlich zu sein, auch auf deine Jeans zu. Wo hast du die überhaupt her?«

»Secondhand«, antworte ich stolz. In Gedanken zähle ich von drei rückwärts. So lange dauert es, bis Dion aufsieht und sich in einer dramatischen Geste Luft zufächelt.

»Das Teil hatte vor dir schon jemand an?«, fragt sie fassungslos, und ich lache laut, weil ich meine beste Freundin noch nie so entsetzt erlebt habe.

Bevor Dion ohnmächtig wird, kläre ich sie auf. »Die ist von meiner Mom. Ich habe auf dem Dachboden einen Karton mit aussortierter Kleidung gefunden. Sie meinte, die Jeans hatte sie ungefähr in meinem Alter an, bevor sie meinen Dad kennengelernt hat.« Ich weiß gar nicht, warum ich das Teil überhaupt eingepackt habe. Aber aus irgendeinem Grund mag ich es. Vielleicht, weil ich mich frage, was für ein Mensch meine Mom gewesen ist, bevor sie an meinen Dad geraten ist.

»Schlechter Geschmack ist also wirklich vererbbar«, seufzt die Mode-Expertin und schüttelt verständnislos den Kopf.

»Ich mag deine Jeans, und auch das Hemd von Jasper«, pflichtet Abbie mir bei. Während Dion ungebremst mit Worten um sich wirft, ist sie stets freundlich. Manchmal sogar ein bisschen zu sehr.

»Danke, das kann mein Ego nach Dions vernichtendem Urteil dringend gebrauchen.« Ganz automatisch folgt mein Blick wieder Jasper, der gerade quer durch die Mensa auf den Ausgang zuläuft. Wann immer ich ihn in den vergangenen Tagen auf dem Campus gesehen habe, war er mutterseelenallein. Allgemein macht es nicht den Anschein, als wäre er sonderlich daran interessiert, Kontakte zu knüpfen. Für einen Augenblick sieht er in meine Richtung, als er an unserem Tisch vorbeigeht.

»Was glaubt ihr, warum er nicht pünktlich zum Kursbeginn in Waterbury aufgetaucht ist?«, frage ich, sobald er aus meinem Sichtfeld verschwunden ist. Wahrscheinlich gibt es dafür eine plausible Erklärung, aber dennoch beschäftigt mich die Frage immer wieder.

»Jetlag«, wirft Dion als mögliche Begründung ein.

»Jetlag, ernsthaft?« Ungläubig schüttle ich den Kopf. Auf so was kann auch nur sie kommen.

»Es soll Menschen geben, die massive Probleme mit Zeitverschiebungen haben«, fügt sie als Argument hinzu.

»Vielleicht war er im Urlaub oder krank?« Abbies Theorie ist einleuchtender. Aber irgendwas sagt mir, da steckt etwas anderes dahinter. Flüchtig schaue ich auf die Uhr.

»Verdammt! Ich komme zu spät zum Kurs.« Hastig stelle ich mein angefangenes Müsli auf das Tablett und springe vom Stuhl auf. Gerade als ich das Geschirr abräumen will, zieht Abbie das Serviertablett zu sich heran.

»Ich übernehme das für dich«, sagt sie.

»Merci. Du bist ein Schatz.« Die Geschirrrückgabe befindet sich nämlich am anderen Ende des Speisesaals. Und ich bin wirklich spät dran.

Wenn man unter Zeitdruck steht, sind die endlosen und verworrenen Gänge des Waterbury Colleges nicht gerade hilfreich, um schnell ans Ziel zu kommen. Auf aussagekräftige Wegweiser hat man verzichtet, und so gleicht das Konstrukt aus Fluren und Türen einem Labyrinth in alten Gemäuern. Allerdings geben die fachbezogenen Gemälde an den Wänden Hinweise, in welchem Flügel man sich gerade befindet.

Mit schnellen Schritten passiere ich den Teil, in dem die naturwissenschaftlichen Kurse stattfinden, und biege nach links in den Künstlertrakt ab. Erleichtert atme ich auf, als ich eine kleine Ansammlung von Menschen vor dem Raum entdecke, der auch mein

Ziel ist. Professorin Simmons verspätet sich glücklicherweise, was mir etwas Zeit verschafft, um durchzuatmen und in Ruhe anzukommen.

Mein Blick schweift über die überschaubare Menge und bleibt geradewegs an einem gemusterten Hemd hängen. Etwas abseits von der Gruppe lehnt Jasper an der Wand und wirkt nicht sonderlich begeistert. Als hätte er mich bemerkt, schaut er zu mir herüber. Umgehend legt sich seine Stirn in kleine Falten, als er mich ebenso neugierig mustert wie ich ihn. Ein paar Sekunden vergehen, in denen wir einander ansehen. Dann senkt er den Kopf und beendet damit den Augenkontakt. *Okay, wer bist du, Jasper Anderson?*

Bevor ich es realisiere, habe ich die Distanz zwischen uns überbrückt und stehe neben ihm. Ein kaum hörbares Seufzen entweicht ihm, das sich nur schwer deuten lässt. Müsste ich raten, würde ich darauf tippen, er ist genervt.

»Hey.« Vorsichtig stupse ich mit meinem Ellenbogen gegen seinen. Sein Kopf schnellt herum und ich versuche mich an einem freundlichen Lächeln. Dion behauptet, egal wie viel Mühe ich mir gebe, es lässt sich nie sagen, ob die Verrenkungen meiner Lippen ein Lächeln oder eine Herausforderung an mein Gegenüber sind. Und so, wie seine Augenbraue nach oben wandert, ist er sich ebenfalls nicht sicher. »Jasper, richtig?«, versuche ich eine Unterhaltung in Gang zu bringen.

Ganz leicht teilen sich seine Lippen. Gerade als ich glaube, eine Antwort zu bekommen, stößt er sich von der Wand ab und lässt mich stehen. Wow, so schnell hat mich noch nie jemand abblitzen lassen. Und das, obwohl ich nicht einmal versucht habe, mit ihm zu flirten, sondern lediglich vorhatte, ein paar Informationen aus ihm herauszukitzeln.

»Los, los, meine Schäfchen, Shakespeare wartet«, ertönt Professorin Simmons' klare Stimme. Sie steht an der offenen Tür und scheucht die restlichen Studierenden zusammen.

Sobald ich den spärlich beleuchteten Theaterraum betrete, schaue ich mich nach dem Kerl um, der mir auf so uncharmante Art und Weise eine Abfuhr erteilt hat. Auch wenn ich es ungern zugebe, aber das kratzt tatsächlich etwas an meinem Ego. Ich habe ihn lediglich nach seinem Namen gefragt und nicht um ein Date gebeten.

Im Gegensatz zu den anderen Seminarräumen gibt es hier keine Sitzreihen und Tische, sondern bunte Sitzkissen, die scheinbar wild auf dem Boden verteilt herumliegen. In der Mitte des Raumes auf ein Kissen gebettet, wartet eine goldene Klangschale auf ihren Einsatz. Unzählige Grünpflanzen stehen in den Ecken, und der Duft von Räucherstäbchen liegt in der Luft und vervollständigt damit das Hippie-Ensemble. Im vorderen Bereich befindet sich eine kleine Bühne mit schweren roten Samtvorhängen. Die Rollos an den Fenstern sind geschlossen, und einzig die gelblich leuchtenden Scheinwerfer, die sich an einem Gestänge oberhalb der Bühne befinden, spenden Licht.

Alles in allem hat das Ganze einen gemütlichen, aber durchaus esoterischen Touch. Professorin Simmons spiegelt zu hundert Prozent das Flair, das man hier vorfindet, wider. Knöchellanges gelb-oranges Batikkleid, geflochtene Zöpfe und Schmuck, der so viele filigrane Einzelteile besitzt, dass man das Gefühl hat, er würde eine Melodie spielen, sobald sich ihre Handgelenke bewegen und ein Klimpern ertönt.

»Aspen, haben Sie heute einen Stehplatz gebucht oder setzen Sie sich zu uns?«

Wie festgewachsen stehe ich zwischen einem palmenähnlichen Gewächs und einer goldenen Buddha-Statue, während ich noch darüber nachdenke, nach der Begegnung mit Jasper den Kurs vielleicht doch lieber sausen zu lassen.

Mit einer federleichten Handbewegung, als würde sie mit der Luft spielen, deutet die Professorin auf ein freies Sitzkissen. Zu meinem Leidwesen sitzt Jasper auf dem Kissen daneben und sieht skeptisch in meine Richtung. Bevor ich ihrer Aufforderung nachkomme, weil Flucht definitiv keine Option mehr ist, atme ich einmal tief durch und schlucke meinen Groll hinunter. Unter keinen Umständen werde ich mir anmerken lassen, dass der Kerl mich mit seiner ignoranten Art gekränkt hat.

Sobald ich neben Jasper Platz genommen habe, fährt Professorin Simmons fort. »Bevor wir uns wieder Shakespeares epischem Werk *Romeo und Julia* widmen, öffnen wir unseren Geist und verbinden ihn mit der Umgebung.«

Neben mir stößt Jasper einen schnaubenden Laut aus. Die spirituelle Seite der Frau im Hippiekleid trifft offenbar nicht seinen Geschmack.

Mit einem Klöppel schlägt sie behutsam gegen die Klangschale. Diese gibt einen sanften Ton von sich, der sich wellenartig im Raum ausbreitet. »Schließen Sie die Augen. Atmen Sie tief in Ihr Innerstes, öffnen Sie Ihren Geist und lassen Sie all Ihre Ängste und Zweifel frei. Nehmen Sie die Schwingungen Ihrer Umgebung in sich auf und füllen Sie Ihr Bewusstsein mit positiver Energie.«

Ein erneutes genervtes Schnauben links von mir verhindert, dass ich ihren Anweisungen weiterhin folge. Stattdessen blicke ich zu Jasper. Er hat die Augen zusammengekniffen und die Lippen zu einem schiefen Grinsen verzogen. Ich nutze die Gelegenheit, ihn mir genauer anzusehen.

Eine einzelne Strähne seiner dunkelbraunen Haare hängt einsam in seiner Stirn und ruft in mir den Impuls hervor, sie wieder an ihren Platz zu befördern. Auf seinem Nasenrücken tummeln sich eine Handvoll Sommersprossen, die ihm etwas Freches verleihen. Mein Gefühl sagt mir, dass er das durchaus ist, es aber zu verstecken versucht. Warum das so ist, werde ich allerdings noch herausfinden müssen. Er hat eine erstaunlich hübsche Kieferpartie. Nicht so markant, dass sein Gesicht quadratisch wirkt, eher feminin, fast schon sanft. Gedanklich fahre ich mit dem Zeigefinger Jaspers Kontur nach, um sie mir einzuprägen.

Seine vollen Augenbrauen ziehen sich zusammen und lassen dadurch eine steile Falte zwischen ihnen entstehen.

»Bist du dann fertig damit, mich anzustarren?«, flüstert er.

»Nein«, erwidere ich eine Spur zu laut. »Das bin ich ganz und gar nicht. Eigentlich fange ich gerade erst damit an, dich detailliert unter die Lupe zu nehmen.«

Meine plumpe Antwort zaubert ein amüsiertes Schmunzeln auf seine perfekt geschwungenen Lippen. Mist! Vor wenigen Augenblicken hat mein beleidigtes Ego ihm noch den Mittelfinger gezeigt und jetzt packt es freudig die Pompons für ihn aus. So was passiert mir nicht. Ich werde nicht schwach, nur weil ein Typ mich angrinst. Niemals. Dafür braucht es schon ein bisschen mehr.

Jasper beugt sich etwas näher zu mir, öffnet ganz langsam die Augen und erwischt mich damit eiskalt. Ohne Vorwarnung stürze ich in endlos scheinendes Schwarzbraun, das an flüssige Zartbitterschokolade erinnert, und werde in die darin lauernden Tiefen gezogen. Es ist schier unmöglich, sich der Anziehungskraft zu entziehen, die mich wie eine Geisel festhält und flüsternd verspricht, mich nie wieder freizulassen. Das schummrige Licht verleiht diesem Moment die nötige magische Note.

»Hey«, haucht er kaum hörbar und der raue Ton seiner Stimme lässt jede Faser meines Körpers vibrieren. Holy shit, was geschieht hier gerade? Als er mir dann auch noch ein strahlendes, aber durchaus verwegenes Lächeln schenkt, erwidere ich es, weil ich einfach nicht anders kann.

»Hey«, flüstere ich zurück.

Das Lächeln verwandelt sich zu einem breiten Grinsen und entblößt ein tiefes Grübchen auf seiner rechten Wange, das zum Niederknien ist. Und so geschieht das Unvermeidliche: Der Kerl im Batikhemd hat soeben meine Neugier in eine ganz andere Richtung gelenkt.

5.

CAMERON

Auf der Liste der dummen Ideen ist das hier eindeutig auf Position zwei. Position eins belegt aktuell die Tatsache, dass ich mich überhaupt auf diesen Deal mit Jasper eingelassen habe.

Hör sofort damit auf, sie wie ein Idiot anzulächeln, fordere ich mich stumm auf und versage kläglich. Diese blauen Augen haben mich direkt mit sich in die Tiefsee gezogen. Halten mich unter der Oberfläche fest und rauben mir den Atem.

Sozialkontakte zu meiden, stellt sich als deutlich schwerer heraus, als ich angenommen habe. Dass die Anzahl der Studierenden überschaubar ist, wusste ich. Aber wie überschaubar tausend Menschen wirklich sind, ist erschreckend. Es scheint fast, als würde ich seit meiner Ankunft in Waterbury immer wieder denselben Leuten begegnen. Aspen, um genau zu sein. Egal, wann und wo ich mich umsehe, ich entdecke sie in unmittelbarer Nähe. Als wäre es unmöglich, ihrem neugierigen Blick zu entkommen. Genau wie in diesem Moment.

Das Lächeln auf ihren rot geschminkten Lippen wirkt skeptisch. Hat sie mich bereits durchschaut und weiß, dass ich hier nichts zu suchen habe? Anfang der Woche konnte ich es im Einstein-Kurs verhindern, auf dem Platz neben ihr zu landen, jetzt ist es unausweichlich gewesen.

Muss sie obendrein auch noch so hübsch sein? Das macht es nicht gerade leichter, einen kühlen Kopf zu bewahren. Ein vertrautes Kribbeln breitet sich in meinen Fingerspitzen aus und sorgt dafür, dass es mir eiskalt den Rücken herunterläuft.

Reiß dich zusammen! Unauffällig kneife ich mir mehrfach in den Unterarm, bis der Druck in meiner Brust nachlässt. Niemals würde ich mich auf irgendetwas einlassen, das mein Vorhaben gefährden könnte.

»Ms Hill, Mr …« Fuck! Ständig in den Fokus der Lehrkräfte zu geraten ist nicht hilfreich, um die nächsten Monate unbeschadet zu überstehen.

Entschlossen beende ich den Blickkontakt mit Aspen.

»Anderson«, antworte ich kaum hörbar und setze lauter nach, als Professorin Simmons mich fragend ansieht.

»Da ich nun die Aufmerksamkeit aller habe, kommen wir zu dem zentralen Thema für die nächsten Monate. Sie alle werden eine Theateraufführung planen und umsetzen. Diese wird zu dreißig Prozent in Ihre Abschlussnote für das Semester eingehen. Die Rollen werden Sie selbstständig untereinander aufteilen. Bitte denken Sie daran: Ein gelungenes Stück braucht nicht nur Darstellende, sondern auch Agierende abseits der Bühne. Kostüm, Maske, Regie und Licht sind ebenfalls ein wichtiger Bestandteil. Und da dieser Kurs den Namen *Modernes Schauspiel* trägt, dürfen Sie gerne Shakespeares Werk ein wenig den Staub abklopfen und die Liebesgeschichte von Romeo und Julia in neuem Glanz erstrahlen lassen.«

»Um den Quatsch aufzupolieren, braucht es eine Komplettrestauration«, murmle ich leise. Allerdings nicht leise genug, denn die Professorin blickt mich verwundert an.

»Mr Anderson, Sie sind also nicht von der Liebesgeschichte zwischen Romeo und Julia überzeugt?«

»Nein, ganz und gar nicht. Sie waren Teenager. Hormonelle Anziehung und Pubertätstheatralik scheinen mir eine wahrscheinlichere Erklärung als eine epische Lovestory.«

Cameron, du bist ein Idiot. Damit hast du dich augenblicklich weiter in den Schlamassel reingeritten. Erst denken, dann reden. Oder besser, grundsätzlich die Klappe halten. Denn alles, was ich von mir gebe, fällt später Jasper auf die Füße, sobald er seinen Platz hier einnimmt und ich mich wieder nach Bellbrook verziehe.

»Und weil es sich bei Romeo und Julia um zwei sehr junge Charaktere handelt, können sie Ihrer Ansicht nach keine Liebe füreinander empfinden?«, hakt sie nach. Die Diskussion habe ich mir selbst eingebrockt und kann sie nur verlieren.

»Liebe? Dämlichkeit trifft es eher. Am Ende sind beide tot.« Ein spöttisches Lachen verlässt meine Lippen. Ich bin in dem Alter selbst einmal so naiv gewesen und wenig später knallhart in der Realität aufgeprallt. Liebe war das sicher nicht, was zwischen Romeo und Julia abging.

»Oh, Sie würden einen interessanten Romeo abgeben.« Professorin Simmons klatscht ernsthaft vor Begeisterung in die Hände. Großartig.

Hat sie mir überhaupt zugehört? Ich bin absolut der Letzte, der Romeo verkörpern sollte. Und das liegt nicht nur daran, dass ich unromantisch bin, sondern auch eine Niete, wenn es darum geht, etwas auswendig zu lernen. Ich kann nicht mal meine eigene Handynummer fehlerfrei aufsagen. Dass ich in einer Theateraufführung als Romeo ende, muss ich zwingend verhindern. Jasper wird mir den Hals umdrehen, wenn er meinetwegen in diesem Kurs durchfällt.

Okay, du Genie, was hast du gedacht, was Modernes Schauspiel *beinhaltet?*

»Wenn Sie es sagen«, kapituliere ich vorerst. Mein Gefühl verrät mir, sie wird mich auf die Bühne, die sich hinter mir befindet, stellen und dazu zwingen, Liebesfloskeln zu säuseln, sollte ich sie weiter herausfordern.

Ein leichter Hieb in meine Rippen lässt mich zusammenzucken. »Was?«

»Meint sie das mit der Aufführung wirklich ernst?«, flüstert Aspen. Sie ist scheinbar auch nicht sonderlich scharf darauf, eventuell die nächste Julia zu werden. Jedenfalls deutet ihr gestresster Tonfall darauf hin. Und ich kann es vollkommen nachvollziehen. Mir wird schon bei dem Gedanken schlecht, meine Schauspielkünste unter Beweis zu stellen.

»Müsste ich raten, würde ich sagen, sie ist nicht der Typ für Scherze.«

»Verdammt!« Dem ist nichts hinzuzufügen.

Die nächste Stunde verbringen wir damit, die einzelnen Aufgaben zu verteilen. Easton übernimmt die Technik. Loreen die Kostüme und Ashton führt Regie. Über die Verteilung der einzelnen Sprechrollen bricht eine heftige Diskussion aus. Aspen und ich halten uns bewusst raus, weil wir nicht sonderlich scharf darauf sind, unser Talent unter Beweis zu stellen. In dem lauten Stimmengewirr verliere ich allmählich den Überblick, und es fällt mir zunehmend schwerer, dem Ganzen zu folgen.

Bevor alles zu einem großen Rauschen verschwimmt, konzentriere ich mich darauf, die einzelnen Stimmen auseinanderzuknoten, damit sie nicht irgendwo im Nirgendwo verschwinden. Ich habe ganz vergessen, wie anstrengend es sein kann, mit so vielen Menschen in einem Raum zu sein und sich dabei auf die einzelnen Gespräche zu konzentrieren. Hinter meinen Schläfen beginnt es zu pochen. Mit zwei Fingern massiere ich sie in kreisenden Bewegungen.

Erneut werde ich von rechts sanft in die Rippen gestoßen. Ich sehe zu Aspen und fixiere ihr Gesicht. Als sich ihre Lippen öffnen, hefte ich meinen Blick darauf. Es hilft, die Bewegungen mit den Tönen in der Umgebung abzugleichen und sich auf eine einzelne Person zu konzentrieren, damit das Pochen nachlässt. Allerdings sorgt es auch dafür, dass ich mir ihren Mund zu genau ansehe und meine Gedanken eine gefährliche Abzweigung nehmen. Gar nicht gut.

Denk an Katzen, Cam. Auf die reagierst du allergisch. Ein anaphylaktischer Schock käme mir im Augenblick sehr gelegen.

»Alles okay? Du siehst etwas blass aus.« Um ihre Besorgnis zu unterstreichen, legt sie eine Hand auf meine Schulter.

»Klar.« Sofort rutsche ich auf dem Sitzkissen ein Stück nach links, um den Körperkontakt zwischen uns zu beenden.

»Entschuldige, ich wollte dir nicht zu nahe treten.« Sie richtet ihr Augenmerk wieder auf die Unterhaltung, die um uns herum stattfindet, während ich versuche, alles auszublenden, damit der Druck in meinem Kopf sich auflöst.

In dem Moment, als zum Kursende Bewegung in den Raum kommt, springe ich auf, greife nach meiner Tasche und flüchte aus dem Raum. Mit schnellen Schritten haste ich den Gang entlang und stoße die erste Tür auf, die ins Freie führt. Stille.

Eine kühle Spätsommerbrise schlägt mir ins Gesicht. Die Sonne versteckt sich hinter der dicken Wolkenschicht und kämpft sich mühsam hindurch. Ich lasse den Kopf in den Nacken sinken und atme zweimal tief durch, bevor ich mich umdrehe, um zurück ins Gebäude zu gehen. Allerdings komme ich nicht sehr weit, weil Aspen unmittelbar vor mir steht. Um den Abstand auf eine weniger unangenehme Distanz zu vergrößern, mache ich einen Schritt rückwärts.

»Wirklich alles okay mit dir?«, fragt sie vorsichtig. Diese Art von Neugier ist gefährlich, denn die Leute sehen genauer hin, wenn sie sich Sorgen um dich machen. Wie werde ich Aspen los, ohne ihr Misstrauen zu erwecken?

»Alles bestens, war nur etwas zu stickig im Raum. Räucherstäbchen verursachen bei mir Kopfschmerzen«, erkläre ich meinen fluchtartigen Abgang.

Die Eigenschaft, in unangenehmen Situationen das Weite zu suchen, versuche ich mir seit Jahren abzugewöhnen. Meine letzten Bemühungen haben mich, dank Jasper, direkt nach Waterbury geführt. Eine andere nervtötende Sache ist, dass ich null Ahnung habe, wie ich stattdessen reagieren soll, wenn Weglaufen keine Option ist.

Unsicher sehe ich zwischen ihr und der Tür hin und her. Ihr entgeht das nicht, denn sie folgt meinem Blick, dann mustert sie mich nachdenklich. Glücklicherweise beendet Aspen das gegenseitige Anstarren, indem sie ihren Rucksack von der Schulter gleiten lässt, um etwas herauszunehmen.

»Hier, Romeo, das hast du vergessen«, sagt sie breit grinsend. Das ist eindeutig ihr Versuch, die Situation aufzulockern, weil sie spürt, dass ich mich unwohl fühle.

Die Frau ist nicht nur hübsch, sondern scheint auch verdammt scharfsinnig zu sein. Diese Kombination könnte sich zu einem ernsthaften Problem entwickeln.

Skeptisch und aus sicherer Entfernung betrachte ich das rote, mit Gold abgesetzte Teil in ihrer Hand.

»Das gehört mir nicht«, erwidere ich eine Spur zu schroff. Sofort habe ich ein schlechtes Gewissen, sie grundlos angefahren zu haben. Mein Blick trifft auf ihren. Sie muss dringend damit aufhören, mich auf diese intensive Art, die ihre Neugier offenbart, anzusehen.

Als ich eine Bewegung wahrnehme, weiche ich instinktiv aus. Zu spät. Mit einem dumpfen Geräusch und einem schweren Gefühl landet etwas auf meiner Brust. Aspen drückt mir das Buch gegen den Oberkörper. Ich nehme es ihr ab und werfe einen flüchtigen Blick darauf. Shakespeare. *Romeo und Julia*. Natürlich, was sonst.

»Danke«, murmle ich.

Einen Moment lang zögert sie, als würde sie etwas erwidern wollen, doch dann macht sie auf dem Absatz kehrt und öffnet die Tür, die auch mein Ziel gewesen ist. Zumindest, bevor Aspen wie aus dem Nichts aufgetaucht ist. Anstatt ihr zu folgen, sehe ich ihr unentschlossen hinterher. Wenige Sekunden später fällt die Tür krachend ins Schloss.

»Glückwunsch, Shakespeare, wir schreiben gemeinsam die nächste Tragödie«, spotte ich leise und fahre mit den Fingerspitzen über die Goldprägung des Buches, bevor ich es aufschlage. Sofort erregt das Gekritzel, das darin nichts zu suchen hat, mein Interesse.

Be my Romeo.

Verarscht sie mich? Die Telefonnummer, die gut leserlich unter den drei Worten steht, lässt das Gegenteil vermuten.

Fuck! Das war nicht der Plan.

6.

ASPEN

Abbie hat mir vor einer Stunde geschrieben, dass wir uns im Park treffen, weil Dion Besuch hat. Was übersetzt heißt, sie hat einen Kerl abgeschleppt. Das ging schnell.

»Warum siehst du aus, als hättest du versehentlich einen Hund angefahren?«, fragt Abbie und blickt mich besorgt an. Frustriert lasse ich mich neben sie auf die Bank fallen.

»Ich verstehe ihn einfach nicht«, platze ich direkt heraus. Denn das tue ich wirklich nicht. Es ist faszinierend, wie konsequent er mir seit dem Schauspielkurs letzte Woche aus dem Weg geht. Und ich habe keine Ahnung, warum. Sobald er mich entdeckt, schlägt er eine andere Richtung ein.

»Wen genau?«, hakt sie nach.

»Jasper Anderson.«

»Was hat Jasper denn gemacht?«, will sie wissen.

»Was er nicht macht, ist, was mich in den Wahnsinn treibt.«

»Ich kann dir nicht folgen. Läuft da was zwischen euch?«

»Nein. Ich kenne ihn ja gar nicht.« Was mehr an ihm und weniger an mir liegt. Ich hätte nämlich nichts dagegen, endlich die offenen Fragen über ihn in meinem Kopf abhaken zu können. Er zeigt sich da allerdings weniger kooperativ.

»Dann kann ich dir erst recht nicht folgen.«

»Er hat mich heute im Schauspielkurs kein einziges Mal angesehen.« Letzte Woche hat er mir noch tief in die Augen geblickt und mich völlig aus dem Konzept gebracht, nur um mir heute die kalte Schulter zu zeigen.

»Und das ist ungewöhnlich, weil?«, hakt sie kauend nach. Skeptisch betrachte ich die Plastikdose in ihrer Hand.

»Du isst um diese Uhrzeit bunte Frühstücksflocken?«, frage ich überrascht. Abbie grinst und hält mir die Schachtel entgegen. Ich nehme mir eine Handvoll der farbigen Kringel.

»Ja, aber verrat es nicht meiner Mom. Ich versuche gerade, die rebellische Seite in mir zum Leben zu erwecken«, antwortet sie in einem verschwörerischen Ton.

»Indem du nachmittags dein Frühstück verspeist?«

»Man muss irgendwo anfangen.«

Woher kommt der plötzliche Sinneswandel?

»Was ist jetzt mit Jasper?«, lenkt sie unser Gespräch wieder zurück. Ich seufze. Wenn ich das nur wüsste.

»Ich schwöre, er ist gerade vor mir aus der Mensa geflohen. Das ist doch bescheuert! Warum rennt er denn davon?«

»Vielleicht will er sich auf das College konzentrieren und kann keine Ablenkung in Form einer neugierigen Blondine gebrauchen.«

»Nein, das glaube ich nicht, dafür starrt er zu desinteressiert vor sich hin.« Mehr als einmal ist mir aufgefallen, dass er tief in Gedanken versunken ist und eher passiv als aktiv in unseren gemeinsamen Kursen sitzt. Ein Streber ist er ganz gewiss nicht.

»Und was glaubst du stattdessen? Du hast doch sicher eine Theorie.« Abbie löst ihren Blick von den bunten Kringeln und sieht mich neugierig an. Ja, für gewöhnlich habe ich immer eine, aber bei ihm tappe ich völlig im Dunkeln.

»Ich habe keine Ahnung, und das macht mich wahnsinnig.«

»Du kommst schon noch dahinter. Wie spät ist es?«

Ich sehe auf meine Smartwatch. »Gleich zwei, warum?«

»Heute ist doch die Infoveranstaltung.«

»Was für eine Infoveranstaltung?«, frage ich, weil ich keine Ahnung habe, wovon sie spricht.

»Liest du jemals deine E-Mails?«

»Zählt einmal im Monat?«

»Du bist echt unverbesserlich. Heute ist die Infoveranstaltung für das Projekt des Abschlussjahrgangs.«

»Du meinst diesen Datingquatsch?« Ich erinnere mich vage, dass wir letzte Woche darüber gesprochen haben. Allerdings bin ich davon ausgegangen, dass wir nicht hingehen werden. Anscheinend habe ich mich geirrt.

»Ja, ich meine diesen *Datingquatsch*. Vielleicht sollte ich es mal bei solchen Plattformen versuchen, um dem Singledasein zu entkommen.«

»Unbedingt, du wärst die beste Kandidatin für den Tinder-Schwindler. Vergiss nicht, dein geschätztes Vermögen in die Kurzbio zu packen«, sage ich todernst, fange aber eine Sekunde später an zu lachen.

»Haha! Komm jetzt. Ich will einen guten Platz ergattern.«

Natürlich! Wie ich Abbie kenne, landen wir in der ersten Reihe, um bloß nichts zu verpassen.

Zeitgleich stehen wir von der Bank auf. Einen jammernden Laut kann ich mir dennoch nicht verkneifen. Den Nachmittag habe ich mir anders vorgestellt. Einer Präsentation über eine Dating-App zu lauschen, hatte ich nicht erwartet.

Auch ohne die Mail gelesen zu haben, weiß ich, wo die Veranstaltung stattfindet. Man braucht nur den Strömen an Studierenden zu folgen, die scheinbar aus sämtlichen Ecken kriechen, aber alle dasselbe Ziel haben. Das Theater.

Abbie hält nach Dion Ausschau.

»Ich wette hundert Dollar, dass sie nicht auftaucht.«

»Du weißt, dass ich nicht mit dir um Geld wette. Dion sollte das College ernster nehmen.«

»Ich glaube nicht, dass diese Veranstaltung essenziell für den Collegeabschluss ist.«

»Darum geht es doch gar nicht. Hat Dion schon je etwas ernst genommen und durchgezogen?«

»Sie hat fünf Stunden vor dem Prada-Store gestanden, um eine der limitierten Taschen zu ergattern. Im strömenden Regen«, antworte ich scherzhaft.

Generervt stößt Abbie die Luft aus. »Du weißt, was ich meine.«

»Natürlich, aber es ist Dion.«

Vor uns gerät der Fußgängerfluss ins Stocken. Ich recke den Hals, um nachzusehen, was los ist. Macht der Typ im schwarzen Anzug eine Einlasskontrolle? Fünf Minuten später halte ich meinen Studierendenausweis an ein Lesegerät und warte darauf, dass der Kerl mit militärischem Kurzhaarschnitt nickt. Denn reden tut er scheinbar nicht. Ihm Informationen zu entlocken, hat die Gruppe vor uns bereits erfolglos versucht.

Im Vorraum des Theaters herrscht mächtig Trubel. Links entdecke ich den Garderobenbereich. Der ist allerdings so überfüllt, dass ich meine Jacke lieber mit an den Platz nehme, als mich eine halbe Stunde in die Warteschlange einzureihen.

Mein Blick schweift durch die Menge, scannt Gesichter, bis er tatsächlich das gesuchte Subjekt findet. Jasper. Die Hände tief in den Hosentaschen vergraben, steht er mal wieder etwas abseits und wirkt angespannt. Und da er es immer bemerkt, wenn ich ihn neugierig mustere, warte ich darauf, dass er in meine Richtung sieht. Eine Sekunde. Zwei. Drei. Vier. Unsere Blicke treffen sich. Auf seinen Lippen erscheint ein unsicheres Schmunzeln, während er leicht den Kopf schüttelt. Wie sagt man mit Blicken *Hey, du musst nicht vor mir davonrennen, als wäre der Teufel hinter dir her*?

»Du starrst ihn an«, flüstert Abbie mir ins Ohr. Für den Bruchteil einer Sekunde sehe ich zu ihr, dann fixiere ich wieder Jaspers Gesicht. Seine Miene ist irgendwas zwischen amüsiert und frustriert.

»Er starrt mich ebenfalls an. Ich darf also zurückstarren. Gleiches Recht für alle«, antworte ich grinsend.

»Ist das da nicht dein Dad?«

Mein Herz setzt einen Schlag lang aus, dann folge ich Abbies Blick. Inmitten der Menge aus Studierenden steht tatsächlich mein Dad. Robert Hill. Imposant, erhaben und nicht zu übersehen. Breit lächelnd schüttelt er die Hand eines grauhaarigen Mannes. Schlagartig beschleunigt sich mein Puls. Meine Hände fühlen sich taub an. *Ignorier ihn einfach!*

»Wusstest du, dass er herkommt?«

»Nein«, erwidere ich knapp, greife nach meiner Freundin und zerre sie hinter mir her. Ziellos. Einfach weg. Plötzlich ist mir der Raum zu voll und ich bekomme keine Luft.

»Alles okay zwischen dir und deinem Dad?«, fragt Abbie, die etwas gehetzt klingt, also verlangsame ich meinen Schritt.

»Klar.«

»Und warum laufen wir dann vor ihm davon?«, hakt sie nach.

»Können wir uns jetzt einfach einen Platz suchen?« Die Worte verlassen meine Lippen schärfer, als ich es beabsichtigt habe. Bisher habe ich meinen Freundinnen noch nichts von den Neuigkeiten im Hause Hill erzählt, weil ich selbst nicht weiß, wie ich damit umgehen soll. Ob ich es überhaupt kann.

7.

CAMERON

Mein Blick ist Aspens gefolgt, als sie unseren Blickkontakt so abrupt abgebrochen hat, und an einem Kerl hängen geblieben, den ich zuvor noch nie auf dem Campus gesehen habe. Ich schätze ihn auf höchstens fünfzig. Wer auch immer er ist, er hat Aspen in die Flucht geschlagen. Sie war so schnell verschwunden, dass ich Mühe hatte, sie nicht in der Menschenmenge zu verlieren.

Als wir den Theatersaal betreten, setzt sie sich mit ihrer Freundin in die oberen Ränge. Ich suche mir einen Platz in ihrer Nähe, aber mit genügend Abstand, um nicht aufzufallen, und behalte sie im Auge. Ihre Körperhaltung wirkt angespannt. Sie fühlt sich unwohl, und das Gefühl kenne ich nur zu gut, weil es seit dem Augenblick, als ich in Waterbury angekommen bin, zu meinem stetigen Begleiter geworden ist. *Was bereitet dir Unbehagen, Aspen?*

»Hey.«

Mein Kopf schnellt in die Richtung, aus der die Stimme kommt. William Du-kannst-mich-auch-Will-nennen.

»Ist hier noch frei?«, fragt er höflich, anstatt sich einfach hinzusetzen.

»Ja«, antworte ich knapp und schaue wieder zu Aspen.

»Was, glaubst du, wird uns erwarten?«, startet er einen Versuch, mich in ein Gespräch zu verwickeln.

»Keine Ahnung, es ist mir auch scheißegal«, platze ich heraus, weil mein Fokus momentan auf Aspen und der Frage, was das eben gewesen ist, liegt. Ich bin nur hier, weil Jasper mich dazu verdonnert hat, bei dem Quatsch mitzumachen. Woher er davon überhaupt weiß, ist mir schleierhaft. Von mir hat er die Info nicht, eben weil ich keinesfalls mitmachen will. Dating steht nicht auf meiner Liste der Dinge, die ich in Waterbury unbedingt erleben will. Egal, in welcher Form.

Warum Jasper auf meiner Teilnahme besteht, wollte er mir nicht verraten. Von ihm bekomme ich ohnehin nur die Informationen, von denen er glaubt, sie wären für mich relevant. Das geht mir gehörig auf den Keks, denn der Blödsinn erschließt sich mir nicht einmal ansatzweise.

Unbehaglich rutscht Will auf dem Platz herum. Sicher bereut er es, sich zu mir gesetzt zu haben, weil ich ihn grundlos angefahren habe. Schlagartig meldet sich mein Gewissen.

»Sorry, ich wollte dich nicht anmotzen. Ich bin nur mit den Gedanken woanders«, gebe ich zu, ohne ins Detail zu gehen.

»Das ist nicht zu übersehen.« Jetzt schaue ich ihn doch an. Er grinst wissend. Ist es echt so offensichtlich? »Sie ist auch wirklich hübsch«, bestätigt er meinen Verdacht, dass er bemerkt hat, wofür ich mich im Augenblick interessiere.

Als hätte jemand ein Mikrofon übersteuert, hallt ein lautes Fiepen durch den Saal. Ich sehe zur Bühne und entdecke den Kerl, vor dem Aspen davongelaufen ist.

»Kennst du den?«, frage ich Will.

»Liebe Studierende, wenn ich um Ihre Aufmerksamkeit bitten dürfte. Wir würden gerne beginnen«, sagt der Typ in das Mikrofon, bevor Will mir antworten kann. Eine kurze Pause tritt ein. Das Stimmengewirr verstummt.

»Ich gehe davon aus, die meisten von Ihnen wissen, wer ich bin. Für die Unwissenden stelle ich mich gerne kurz vor. Mein Name ist Robert Hill und ich bin der Kopf des Softwarekonzerns *Alpha Solution Technology*. Die Familie Hill zählt zu den Gründerfamilien und seit jeher zu den finanziellen Unterstützern des Colleges.

Danke, dass Sie alle der Bitte um Teilnahme an der Präsentation gefolgt sind. Wie in jedem Jahr gibt es ein gemeinschaftliches Projekt der einzelnen Fakultäten des Waterbury Colleges. Es dient der Verdeutlichung dessen, wie wichtig es ist, dass Prozesse fachübergreifend ineinanderfließen, um einen Erfolg zu generieren.

Die diesjährige Aufgabe bestand darin, ein marktreifes Onlinegame zu entwickeln, das eine Interaktion der Spieler untereinander beinhaltet, die den Spielverlauf maßgeblich leitet. Viele Monate der Planung liegen hinter den Studierenden. In Zusammenarbeit mit *Alpha Solution Technology* hat der Abschlussjahrgang ein ganz besonderes Projekt auf die Beine gestellt. Es ist mir eine Ehre, hierfür die Schirmherrschaft übernehmen zu dürfen. Als ehemaliger Studierender des Waterbury Colleges liegt mir der Erfolg der Studierenden und des Projekts sehr am Herzen.«

Ich ziehe die Stirn kraus. Ist das Aspens Dad? Jetzt bin ich definitiv neugierig, was hinter ihrem Verhalten steckt.

»Diese Veranstaltung soll dazu dienen, Ihr Interesse zu wecken. Da die Projektteilnahme wie immer freiwillig ist, haben wir gemeinsam mit der Collegeleitung einen Anreiz für Sie geschaffen. Sie alle erhalten die Möglichkeit, Credits für einen Ihrer Kurse zu sammeln, die den geisteswissenschaftlichen Sektor abdecken. Dazu zählen unter anderem Sprach- und Literaturwissenschaften, die historischen Wissenschaften und alle Kurse, die den Künsten zuzuordnen sind. Ausgeschlossen sind Wirtschaft, Politik, Sport sowie alle Naturwissenschaften.

Sollten Sie sich für eine Teilnahme entscheiden, haben Sie am Ende dieser Veranstaltung die Möglichkeit, ein Anmeldeformular und die benötigten Projektunterlagen mitzunehmen. Für die Nachzügler unter Ihnen werden die Formulare bis Mittwoch im Büro der Studienberatung hinterlegt sein. Füllen Sie alles bitte bis nächsten Freitag aus und geben Sie die Unterlagen fest verschlossen in den beigefügten Umschlägen im Verwaltungsgebäude ab.

Darunter befindet sich ein Fragebogen, das Kernstück. Sie fragen sich sicher, warum der Papierkram in Zeiten der Digitalisierung? Nun ja, ich mag ein Visionär sein, aber ich bin auch ein

Nostalgiker. Die Erfahrung zeigt, man denkt gründlicher über eine Antwort nach, wenn man keine Option auf eine Löschtaste hat. Ich hoffe also, Sie nehmen sich die Zeit, gehen in sich und werden anschließend die entsprechende Antwort formulieren.«

Eine weitere Pause entsteht. Vermutlich, damit alle Anwesenden über seine Worte nachdenken. Meine Gedanken sind bereits mit tausend anderen Dingen voll. Allem voran Aspen. Erneut sehe ich zu ihr. Mit finsterer Miene und tief in ihren Sitz gesunken verfolgt sie das Geschehen.

»Aber kommen wir zu den wirklich interessanten Dingen. Worum geht es in dem Onlinespiel? Die Liebe. Ein Thema, das nie an Bedeutung verliert und dessen Vermarktungspotenzial unerschöpflich erscheint. Sie alle kennen die üblichen Datingportale und vermutlich haben Sie auch bereits das ein oder andere genutzt oder nutzen es aktuell. Die Motive, warum Menschen auf ein digitales Kennenlernen zurückgreifen, können vielseitig sein. Das möchte ich an dieser Stelle auch gar nicht vertiefen. Ich kann Ihnen allerdings versichern, was der Abschlussjahrgang in Zusammenarbeit mit meiner Firma ausgetüftelt hat, ist originell und bringt einen Spaßfaktor mit sich. Sie werden Ihr Vergnügen daran haben, und mit etwas Glück finden Sie die große Liebe. Klingt das nicht großartig? Bevor ich das Wort an den Sprecher des Abschlussjahrgangs weitergebe …«

Wieder verstummt er und wartet wenige Sekunden. Muss er erst überlegen, was er eigentlich sagen will, oder ist das ein rhetorisches Mittel, um die Leute bei Laune zu halten? Keine Ahnung, aber es geht mir gehörig auf die Nerven. Ich kann es nicht ausstehen, wenn jemand eine bedeutungsvolle Pause einlegt, um einen unnötigen Spannungsbogen zu erzeugen. Er soll einfach sagen, was er zu sagen hat, und Punkt.

Sein Blick wandert über die Menge, als würde er nach jemandem suchen. »Ah, da ist sie ja. Meine reizende Tochter. Aspen, steh doch kurz mal auf.« Kollektiv drehen sich Köpfe in die Richtung, in die er sieht. Er ist also tatsächlich ihr Dad. »Vielleicht wird die junge Dame Ihr perfektes Match und ich heiße Sie bald in der wunderbaren Familie Hill willkommen.«

Gelächter hallt durch den Saal. Verwandelt sich in ein Rauschen, weil mein Verstand Robert Hill und den Bullshit, den er von sich gibt, in dem Moment ausblendet, als Aspen von ihrem Platz aufspringt und aus dem Saal stürmt. Ihre Freundin sieht ihr perplex nach, bewegt sich allerdings nicht von der Stelle.

Bevor ich darüber nachdenke, bin ich ebenfalls aufgesprungen. »Kann ich mal durch?«

Will zieht die Beine ein. Ich kann seinen verwunderten Blick auf mir spüren. »Alles okay?«, fragt er.

»Ja«, antworte ich, schiebe mich an ihm vorbei und laufe Aspen hinterher. Sobald ich aus dem Saal trete, sehe ich mich nach ihr um. Scheiße, wo ist sie so schnell hin?

Ich sprinte den Gang entlang, stoppe, als ich vor einer Tür stehe, die den frei zugänglichen Bereich von dem trennt, der für das Personal bestimmt ist. Hier komme ich nicht weiter. Kurz denke ich nach. Option eins: Sie ist aus dem Gebäude raus. Option zwei: Sie hat sich in den Sanitärbereich verkrochen.

Nachdem ich mich umgesehen habe, wechsle ich die Laufrichtung und begebe mich auf die Suche nach den Toiletten. Schließlich finde ich sie in der Nähe des Eingangs, direkt neben der Garderobe. Hastig sehe ich mich um, ob ich beobachtet werde, dann betrete ich die Damentoilette.

»Aspen?«, frage ich in die Stille. Keine Antwort. Nach kurzem Zögern gehe ich in den separaten Raum, in dem sich die Toilettenkabinen befinden. Flüchtig werfe ich einen Blick durch den Spalt, der sich zwischen Tür und Boden befindet, um nachzusehen, ob jemand in der Kabine ist. Die ersten vier sind leer, bei Nummer fünf habe ich Glück. Die schwarzen Boots mit den silbernen Schnallen kommen mir bekannt vor. Leise klopfe ich an die Tür.

»Alles okay da drin?« Wieder keine Antwort, aber ich kann sie hektisch atmen hören. »Ich komme jetzt rein«, warne ich sie vor, obwohl ich mir sicher bin, dass sie meine Anwesenheit gar nicht registriert. Zögerlich drücke ich gegen die Tür. Abgeschlossen. Natürlich. *Denk nach, Cameron!*

Die Tür einzutreten, wäre eine bescheuerte Idee, wenn sie sich in der Kabine befindet. Mein Blick fällt auf das Schloss. In der Highschool brauchte man nur eine Münze, um die Sicherung zu öffnen. Hier hat man auf das Standardsystem verzichtet. Vermutlich ist von innen ein Riegel angebracht. Prüfend schaue ich nach oben, um auszuloten, ob ich von einer Kabine zur anderen klettern kann. Auch diese Möglichkeit fällt aus. Die Trennwände sind deckenhoch. Der einzige Weg zu Aspen führt durch die Tür.

Skeptisch betrachte ich den Spalt. Ich glaube nicht, dass ich das wirklich mache. Auf dem Fliesenboden einer Damentoilette zu landen, war nicht das, was für heute ganz oben auf meiner To-do-Liste stand. Erst gehe ich in die Hocke, dann setze ich mich auf den Hintern. Bevor ich mich flach auf den Rücken lege, atme ich einmal tief durch. So weit wie möglich quetsche ich mich unter dem Spalt durch. Zu meiner eigenen Verblüffung passt mein Kopf hindurch, und ich drehe ihn, damit ich Aspen ansehen kann.

Inzwischen hat sie die Beine an ihren Oberkörper gezogen und umschlingt sie mit beiden Armen. Ihr Blick ist zwar starr auf mich gerichtet, aber ich weiß, dass sie meine Anwesenheit nicht bewusst wahrnimmt. Etwas umständlich strecke ich einen Arm nach dem Riegel aus und schiebe ihn beiseite. Anschließend zwänge ich mich wieder durch die Tür zurück, komme auf die Füße und öffne sie von außen. Mit wild klopfendem Herzen betrete ich die Kabine und schließe die Tür hinter mir. Nur für den Fall, dass irgendjemand auftaucht. Die neugierigen Gesichter würde ich uns beiden gerne ersparen. Aspen atmet immer noch unkontrolliert.

»Aspen, hör mir zu, du musst dich beruhigen«, sage ich leise. Als sie nicht darauf reagiert, gehe ich vor ihr in die Hocke und lege meine Hände behutsam auf ihre Unterarme. Weil in diesen Situationen Berührungen eher zu der Person durchdringen als Worte. Niemand weiß das besser als ich.

Und tatsächlich hebt sie ihren Blick. Ein Schauer läuft mir über den Rücken, als ich die Panik in ihren Augen entdecke. Sie hat keine Ahnung, was hier gerade vor sich geht und warum ihr Körper auf diese Art reagiert. In welcher Hölle sie gerade festsitzt. Ich kann es in jeder meiner Fasern spüren, wie sie sich in diesem Augenblick fühlt. Bei ihrem Anblick kriecht etwas meine Wirbelsäule empor und versucht, seine Klauen in mich hineinzurammen und mich mit sich zu ziehen. Ich blende es aus und konzentriere mich auf Aspen, die es niemals alleine schaffen wird, die Kontrolle zurückzugewinnen.

Du hilfst ihr und dann verziehst du dich. Das hier ändert rein gar nichts an dem Entschluss, dich von ihr fernzuhalten.

»Wir atmen jetzt zusammen, okay? Konzentrier dich auf mich. Ich bin dein Fixpunkt. Das, was real ist. Nur ich bin hier. Alles andere sitzt in deinem Kopf. Wir werden es nicht gewinnen lassen. Hörst du? Wir schaffen das zusammen. Und jetzt atmest du einmal tief ein.« Ich mache es vor und zähle in Gedanken bis vier. »Luft anhalten«, fordere ich sie auf. Ich zähle bis sechs. »Langsam ausatmen.« Wieder zähle ich, diesmal bis acht. »Komm schon, Aspen, mach mit. Wir holen dich jetzt gemeinsam aus deiner Angst, verstanden?«, sage ich etwas bestimmter, weil sie weiterhin hektisch Luft in ihren Lungen pumpt, anstatt bewusst zu atmen.

Das Gefühl von Enge macht sich in meiner eigenen Brust breit. Sie muss sich beruhigen, sonst endet es für uns beide in einem Desaster.

»Einatmen … Luft anhalten … ausatmen«, wiederhole ich, und tatsächlich reagiert sie und macht, was ich von ihr verlange. »Gut, und jetzt noch mal«, fordere ich sie auf.

Mit jedem Atemzug lässt die krampfhafte Anspannung in ihrem Körper nach und die Panik in ihren Augen verblasst. Sie kommt zurück. Der Knoten in meiner Brust löst sich gemeinsam mit ihrem. Erleichtert atme ich auf. Es ist vorbei.

Ohne Vorwarnung stößt sie mich von sich und springt auf. Der Klodeckel knallt gegen die weißen Fliesen, als sie ihn öffnet, dann sinkt sie auf die Knie. Aus einem Reflex heraus nehme ich ihre Haare im Nacken zusammen und halte sie ihr aus dem Gesicht, während sie sich übergibt. Jemandem beim Kotzen behilflich zu sein, stand für heute ebenfalls nicht auf der To-do-Liste.

Aspen richtet sich auf und lehnt sich mit dem Rücken gegen die Seitenwand der Kabine, während ich einen Arm nach der Klospülung ausstrecke, um sie zu betätigen. In dem Augenblick, in dem sie realisiert, wo sie ist und was gerade passiert ist, zieht sie die Beine an und vergräbt das Gesicht in ihren Händen. Sie schämt sich und ich kann es verstehen. Aber sie hat keinen Grund dazu. Es ist okay, die Kontrolle zu verlieren. Allerdings wird sie lernen müssen, sie sich zurückzuholen, wenn sie solche Situationen zukünftig vermeiden will.

Auch wenn ich gehen sollte, nehme ich den Platz ihr gegenüber ein. Die Kabine ist so eng, dass ich die Füße rechts und links neben Aspens Hintern platzieren muss und sie gewissermaßen zwischen meinen Beinen sitzt. Was sich seltsam intim anfühlt, obwohl es das nicht ist. Einen Moment lang mustere ich sie. Von der Frau, die mich für gewöhnlich herausfordernd angrinst, ist nicht viel übrig, sie ist zerbrochen. Scheiße, es ist, als würde ich in einen Spiegel sehen, der mir mein Innerstes offenbart, das ich erfolgreich in Ketten gelegt hatte. Bis jetzt. Die unerwartete Verbundenheit, die ich zu Aspen spüre, droht die Fesseln geradewegs zu sprengen.

Ich beuge mich vor und löse ihre Hände von ihrem Gesicht. Sie kneift die Augen zusammen, um mich nicht ansehen zu müssen. Dann senkt sie den Kopf. Sanft legen sich meine Finger unter ihr Kinn und heben es leicht an.

»Sieh mich an, bitte«, flüstere ich und wappne mich innerlich gegen das, was ich in ihrem Blick finden werde.

Zögerlich heben sich ihre Augenlider, und ich versuche mich an einem aufmunternden Lächeln, während mein Herz bei dem

Schmerz, der mir entgegenblickt, ins Stolpern gerät und einen Teil meines eigenen freisetzt.

Vergiss es, Cameron, du wirst ihn nicht zulassen. Nicht jetzt. Nicht hier. Du bist stärker als der Schmerz!

Ich konzentriere mich auf Aspens Gesicht, mache sie zu meinem Fixpunkt. Genau so, wie ich es ihr vor wenigen Minuten geraten habe. Das ist verrückt und gefährlich, weil ihr Gesicht plötzlich zu meinem Anker wird.

»Hey, willkommen zurück«, sage ich ruhig, um sie nicht noch zusätzlich zu verunsichern. Es reicht, wenn meine Kontrolle gerade mächtig ins Wanken gerät. Unsere Blicke halten einander fest, bis ihre Augen verdächtig glänzen. Dass diese Frau vor meinen Augen zerfällt, darauf bin ich nicht vorbereitet, und ich schlucke schwer, als die Tränen über ihre Wangen laufen und bei ihr alle Dämme brechen.

Ohne darüber nachzudenken, dass ich eine Grenze übertrete, überbrücke ich die Distanz zwischen uns und nehme sie in die Arme. Ohne zu zögern, erwidert sie meine Umarmung und vergräbt ihr Gesicht in meiner Halsbeuge. Weil ich nicht die richtigen Worte finde, halte ich sie einfach nur fest. Ich kann ihre Tränen und ihren Atem auf meiner Haut spüren. Plötzlich bin ich mir ihrer Nähe nur allzu bewusst. Fühle die Wärme, die von ihrem Körper auf meinen übergeht. Ihre Finger, die sich unter das Shirt schieben und zaghaft über meinen Rücken streichen. Eine Gänsehaut bahnt sich einen Weg über meine Haut, weil meine Nervenenden auf Aspens Berührungen reagieren und Erinnerungen freisetzen. Das ist gar nicht gut!

Mein Puls rast, und ich bin sicher, dass Aspen meinen schnellen Herzschlag spürt. Denn ich fühle ihren, als ich sie enger an mich ziehe, obwohl ich das nicht sollte. Weil es nicht richtig ist. Nicht in diesem Augenblick. Vielleicht nie. Und doch will ich mehr fühlen. Mehr von ihr und weniger von mir selbst. Will mich in ihr verlieren, um mich dann in ihr wiederzufinden.

Wo kommt das Bedürfnis so plötzlich her?

Meine Lippen streifen ihre Stirn, verweilen dort für einen Wimpernschlag, bevor ich mich wieder zurückziehe. Das Schluchzen wird leiser, das warnende Summen in meinem Körper hingegen nicht. Ich balanciere zwischen dem Hier und Jetzt und Vergangenem, ohne zu wissen, was letztlich gewinnen wird. Der Kragen meines Shirts ist tränengetränkt und klebt auf meiner Haut. Die Position, in der wir verharren, wird allmählich unbequem, weil ich mich so weit vorbeugen muss, um sie in meinen Armen halten zu können, dass es schmerzhaft in meinen Oberschenkeln zieht. Es wäre angenehmer, würde sie … *Auf keinen Fall. Denk gar nicht dran, einen Schritt weiter zu gehen.*

Vorsichtig schiebe ich Aspen von mir. Sofort sieht sie zu mir auf. Die Wimperntusche verschmiert, die Augen vom Weinen gerötet. Gleich will ich sie wieder in die Arme nehmen. All die Tränen fortwischen. Ihr den Schmerz abnehmen. Ihn hinter der Tür wegsperren, wo auch meiner sich verkriecht.

»Möchtest du darüber reden?« Die Frage, wie es ihr geht, verkneife ich mir. Es ist offensichtlich. Seufzend lehnt sie sich wieder gegen die Seitenwand der Kabine, ich mache es ebenfalls, weil es die einzige Möglichkeit ist, Abstand zwischen uns zu bringen.

»Nein, eigentlich nicht«, antwortet sie leise. »Können wir noch eine Weile hier sitzen bleiben?« Wie könnte ich ihr das abschlagen? Die Frau trifft eindeutig einen Nerv bei mir, der einiges dafür tun würde, sie jetzt lächeln zu sehen.

»Klar, der Fliesenboden einer Damentoilette ist der einzige Ort, an dem ich im Augenblick sein möchte«, sage ich.

Ein Lächeln erscheint auf ihren rot geschminkten Lippen. Für ein, zwei Sekunden bleibt mein Blick an ihrem verschmierten Lippenstift hängen, und ich ertappe mich bei der Vorstellung, ich könnte dafür verantwortlich sein. Weil wir aus völlig anderen Gründen gemeinsam in dieser Kabine gelandet sind. Viel zu ungeduldig waren, um es in ein Schlafzimmer zu schaffen. Meine Hände, die sich unter ihr Top schieben. Ihre Beine um meine Taille geschlungen, während ich sie gegen die Wand presse. Dieses Rot auf ihren Lippen wie ein Stempelabdruck auf meiner Haut. Fuck!

Mein Kopf sinkt gegen die Wand in meinem Rücken. Das hier ist eindeutig der falsche Moment, um Fantasien mit irgendeiner Frau zu entwickeln. Nein, nicht irgendeine. Nur die Frau, die mir gegenübersitzt und deren Wangen sich gerade rosarot färben, als wüsste sie, in welche Richtung meine Gedanken gewandert sind. Wohin sie immer wieder abdriften, seit sie auf der Treppe gestanden und mir ein herausforderndes Lächeln zugeworfen hat. Ich habe nie beabsichtigt, diese Herausforderung anzunehmen, dennoch sitze ich hier mit ihr auf engstem Raum. Fühle eine Verbundenheit, die für uns beide gefährlich werden könnte.

»Was machst du überhaupt in der Damentoilette?«, fragt sie, als wäre ihr klar geworden, dass ich hier nichts zu suchen habe. Ich sollte gehen, und zwar sofort.

»Ich habe mich in der Tür geirrt?« Absichtlich lasse ich es nach einer Frage klingen und grinse sie breit an. Wir wissen beide, dass ich nicht in die Damentoilette gestolpert bin und sie hier zufällig vorgefunden habe.

»Ich bin froh, dass du dich in der Tür geirrt hast«, flüstert sie und grinst wissend zurück.

»Ich auch«, antworte ich. Was genau ich da gerade von mir gegeben habe, begreife ich erst, als sich ihre Augen weiten und sich ihre Wangen erneut rosa färben. Mit jedem Wort, das meine Lippen verlässt, reite ich mich tiefer rein. Ich wende den Blick von ihr ab und beschließe, die Klappe zu halten. *Was gerade passiert ist, war eine Ausnahme. Keinesfalls werde ich ihr nochmals so nahe kommen. Das hier hat nichts zu bedeuten. Rein gar nichts.* Gleichzeitig lacht die Stimme in meinem Kopf hämisch und höhnt, wen ich hier eigentlich verarschen will.

Nachdem wir ungefähr zehn Minuten mit gegenseitigem Anschweigen verbracht haben, räuspert sich Aspen, bevor ein einziges Wort ihre Lippen verlässt. »Danke.«

»Immer«, flüstere ich, und es klingt nach so viel mehr, als ich eigentlich beabsichtigt habe. So viel zu Klappe halten. Erneut lächelt sie, diesmal allerdings verlegen. Ich muss damit aufhören, solche Dinge zu ihr zu sagen. Dennoch erwidere ich ihr Lächeln kurz, dann stehe ich auf. »Wir sollten gehen.« Keine Ahnung, wie viel Zeit vergangen ist, seit Aspen aus dem Saal geflohen ist, aber mehr als eine halbe Stunde sicher. Da bisher niemand in die Damentoilette gestürmt ist, läuft die Veranstaltung anscheinend noch, und wir können unbemerkt verschwinden.

»Na los«, fordere ich sie auf und strecke ihr meine Hand entgegen, um ihr aufzuhelfen. Als sie sie tatsächlich ergreift, unterdrücke ich den Impuls, sie sofort wieder loszulassen. Sobald sie auf ihren Füßen steht, entziehe ich mich ihr. Entschlossen, die Nähe zu ihr endgültig zu beenden, verlasse ich die Kabine.

»Herrje. Ich sehe furchtbar aus«, sagt sie hinter mir. Neugierig werfe ich einen Blick über meine Schulter. Aspen steht vor dem Spiegel. Gerne würde ich ihr widersprechen, verkneife es mir allerdings. Damit würde ich mich nur weiter in den Schlamassel reinreiten und ich stecke bereits knietief drin.

Nachdem sie das Wasser angestellt hat, füllt sie ihre Hände damit und spült sich den Mund aus, anschließend fischt sie ein paar Papiertücher aus dem Spender und befeuchtet sie unter dem Wasserstrahl. Abwartend sehe ich ihr dabei zu, wie sie versucht, von ihrem Make-up zu retten, was noch zu retten ist. Sobald sie die verschmierten Reste beseitigt hat, greift sie in ihre Jackentasche und holt etwas Goldenes heraus. Sie nimmt die Kappe ab und dreht am unteren Ende. Eine rote Spitze kommt zum Vorschein. Aspen beugt sich vor, öffnet leicht den Mund und zieht ihren Lippenstift nach. Aus mir unerklärlichen Gründen finde ich das unglaublich sexy.

»Besser«, sagt sie zufrieden und verstaut ihn wieder in der Tasche, dann kommt sie auf mich zu. Ich halte ihr die Tür auf und sie schiebt sich an mir vorbei. Und jetzt kommen wir zu dem Punkt, der komisch werden wird. Soll ich mich verabschieden und gehen oder … ja, und was oder? Ich habe keinen Plan, wie man sich nach so einem gemeinsamen Erlebnis verhält. Das ist nichts, was sich auf der Tagesordnung meines Daseins befindet.

Nach wenigen Schritten bleibt sie abrupt stehen. Beinahe renne ich in sie hinein, weil ich gedanklich immer noch nach dem Oder suche. Mein Blick folgt ihrem. Aspens Dad kommt direkt auf uns zu. Okay, und nun? Gehen oder bleiben?

In dem Augenblick, als sie nach meiner Hand greift, nimmt sie mir die Entscheidung ab. *Cameron, entzieh ihr sofort deine Hand!*, brüllt die Stimme in meinem Kopf, aber ich bin wie erstarrt. Mein Herz poltert so heftig in meiner Brust, dass es unangenehm ist. Zeitgleich schnellt mein Puls so ruckartig in die Höhe, dass ich kurz Sterne sehe. Völlig unkontrolliert schießt das Adrenalin durch meinen Körper, weil bei mir alle Alarmglocken schrillen. Was auch immer gleich passieren wird, kann nur unangenehm werden.

Ihr Griff wird fester und sie tritt etwas näher an mich heran. Irgendwie beruhigt mich ihre Nähe. Was absurd ist, ohne sie würde ich gar nicht erst in dieser bizarren Situation stecken. Entgegen jeder Vernunft verschränke ich Halt suchend meine Finger mit ihren. Warum fühlt sich ihre Hand in meiner so verdammt richtig an?

»Aspen, Liebling.«

Mein Blutdruck steigt in dem Moment weiter an, als er ihren Namen in den Mund nimmt. Ich mag seinen Ton nicht, weil er etwas Erhabenes hat und ich sofort das Gefühl bekomme, nicht mehr wert zu sein als ein Kaugummi unter seinen Designerschuhen. Wenn ich mich schon so fühle, obwohl er das Wort nicht an mich gerichtet hat, wie muss es erst für Aspen sein?

Flüchtig sieht er zu mir, dann wieder zu seiner Tochter.

»Dad«, presst diese hervor.

»Ich hatte schon befürchtet, wir würden uns gar nicht sehen.«

»Wie du siehst, bin ich hier.« Ihr Unterton verrät, dass sie ihm lieber nicht über den Weg gelaufen wäre.

»Ich habe zwei Stunden, bis ich zum Flughafen muss. Lass uns hier in einem der Restaurants etwas essen.«

Aspen versteift sich neben mir. Instinktiv rücke ich noch näher an sie heran. Bereit, sie zu beschützen, sollte es nötig ein. Jepp, ich bin so richtig am Arsch. Die Frau wird mein Untergang sein.

»Also …«, beginnt sie und bricht ihre Antwort ab. Sie will nicht mitgehen, findet aber scheinbar nicht die richtigen Worte, um ihm das mitzuteilen.

»Entschuldigen Sie, Mr Hill, aber wir haben schon etwas vor«, mische ich mich ein und ziehe damit seine Aufmerksamkeit auf mich.

»Und Sie sind?« Abschätzig mustert er mich. Sein Blick verharrt auf unseren ineinandergeschlungenen Händen. Erst ziehen sich seine grauen Brauen zusammen, dann weiten sich seine Augen, als er falsche Schlüsse zieht. »Du hast gar nicht erzählt, dass du einen Freund hast«, sagt er gleichgültig. Jeder Muskel in meinem Körper verkrampft sich in diesem Augenblick. Fuck! Fuck! Fuck! Diese Begegnung nimmt eine Wendung, die mir ganz und gar nicht gefällt.

Du hältst ihre Hand, was hast du geglaubt, was er denkt?

»Sorry, liegt wohl in der Familie«, antwortet Aspen schnippisch. Offenbar verfolgt sie nicht die Absicht, den Irrtum aufzuklären. Und ich werde einen Teufel tun und sie vor ihrem Vater bloßstellen. Auch wenn ich mich nicht wohl damit fühle, dass sie mich zum Bestandteil einer Lüge macht.

Sagt der Kerl, der sich für einen anderen ausgibt.

Ihr Dad geht nicht auf ihre Aussage ein, die eindeutig ein Vorwurf ist. Erneut sieht er zu mir. Sein prüfender Blick macht mich nervös. »Also, junger Mann, wer sind Sie?«

Okay, jetzt wird es kompliziert. Ein namenloser Freund geht gerade so noch klar, aber wenn ich ihm Jaspers Namen auftische und er die Neuigkeit feuchtfröhlich in der High Society streut, werde ich das Jasper erklären müssen.

»Jasper Anderson. Wenn ich mich nicht irre, kennst du seinen

Dad ganz gut.« Autsch! Hat sie ihm gerade mit der Erwähnung des Namens einen verbalen Schlag ins Gesicht verpasst? Sein Gesichtsausdruck sagt eindeutig Ja. Auf der Liste für potenzielle Schwiegersöhne steht Anderson definitiv nicht. Dass sie mich dafür benutzt, ihrem Dad eins reinzuwürgen, hat einen sehr bitteren Beigeschmack.

Dem Ganzen setzt sie allerdings die Krone auf, als sie ihren Kopf gegen meine Schulter lehnt. Will sie mich verarschen? Wie weit würde sie das Spiel treiben? Plötzlich fühlt sich ihre Hand in meiner gar nicht mehr so perfekt an. Sie wird das Missverständnis aufklären müssen. Ich bin nicht der Spielball von irgendwem. Auch nicht der von Aspen Hill.

»Ist das deine Art, erwachsen mit der Situation umzugehen? Ich dachte, wir haben dich zu einer vernünftigen jungen Dame erzogen«, zischt er.

Wow! Bei mir sammelt der Kerl eindeutig keine Sympathiepunkte. Allerdings ändert das nichts daran, dass gerade etwas gewaltig schiefläuft, und es rechtfertigt auch nicht die Nummer, die Aspen hier gerade abzieht.

8.

ASPEN

Ich wollte meinem Dad nicht begegnen. Unser Verhältnis war in den letzten Wochen so angespannt und ich einfach noch nicht bereit, weniger emotional auf ihn zu reagieren. Genau diese Situation wollte ich vermeiden. Mich vor Jasper wie ein trotziges Kind aufzuführen, ist mir beinahe noch unangenehmer als der Zustand, in dem er mich in der Damentoilette vorgefunden hat.

Dabei weiß ich selbst nicht einmal genau, was der Auslöser für die Panikattacke war. Warum mein Körper derart heftig reagiert hat. Vielleicht weil mein Dad auf dieser Bühne stand und tat, als wäre alles in bester Ordnung. Vielleicht weil er so verdammt zufrieden aussah, obwohl die Familie, die er präsentiert, nicht existiert?

»Ruf an, sobald du dich daran erinnerst, was es heißt, eine Hill zu sein«, sagt er emotionslos. Gerne würde ich ihm entgegenbrüllen, dass er seinen Namen zurückhaben kann. Dass ich keinen Wert darauf lege, aber es wäre gelogen. Ich bin trotz allem stolz, eine Hill zu sein. Diesen Namen trage ich seit meiner Geburt, würde ich ihn ablegen, verlöre ich damit einen Teil meiner Identität. Wer wäre ich dann?

»Auf Wiedersehen, Dad«, verabschiede ich mich. Ohne mich umzusehen, gehe ich auf den Ausgang zu, meine Hand fest in Jaspers. Schon seltsam. Gerade von ihm hätte ich am allerwenigsten erwartet, dass er mir zur Seite steht. Mir sogar die Haare aus dem Gesicht hält, während ich meinen Mageninhalt in einem Toilettenbecken versenke.

Erst als wir das Gebäude verlassen, kann ich wieder frei atmen. Jasper löst in diesem Moment seine Hand von meiner und vergräbt sie in seiner Hosentasche. Sofort vermisse ich das Gefühl von Sicherheit, das er mir gibt. Es ist okay, ich habe ihn genug beansprucht. Zeit, alleine klarzukommen.

Wir nehmen die wenigen Stufen nach unten und halten uns links. Gehen weiter. Ziellos. Einfach weg. So weit wie möglich. Schweigend läuft Jasper neben mir her. Erwartet keine Erklärung von mir. Zumindest nicht für den Moment. Und dafür bin ich ihm mehr als dankbar. Denn ich könnte es ihm nicht erklären. Jedenfalls nicht jetzt.

Wir lassen das Hauptgebäude hinter uns und biegen in den kleinen Park ab, in dem ich mich vorhin mit Abbie getroffen hatte. *Abbie. Himmel,* sie habe ich völlig vergessen. Schlagartig werde ich langsamer und bleibe schließlich stehen. Mit einem mulmigen Gefühl hole ich das Smartphone aus der Jackentasche. Die kleine Sprechblase erscheint auf dem Display. Ich öffne den Gruppenchat.

Abbie: Aspen, wo bist du?

Dion: Was zur Hölle ist denn los?

Mein Magen zieht sich krampfhaft zusammen. Im Augenblick fühle ich mich nicht dazu imstande, ihnen gegenüberzutreten und alles zu erzählen. Ich stecke das Handy zurück und sehe Jasper an, der mich mustert. Neugierig, enttäuscht, wütend. All das liegt in einem einzigen Blick von ihm.

»Ich werde dich nicht fragen, was das gerade mit deinem Dad war, aber du wirst das richtigstellen. Ich bin nicht der Spielball für deine Familie, verstanden?«, sagt er, ohne jeden Vorwurf in der Stimme. Dennoch ist deutlich herauszuhören, dass er nicht begeistert ist, dass mein Dad ihn für meinen Freund hält. Und das kann ich absolut nachvollziehen. Ich wäre es an seiner Stelle auch nicht.

Dass ich so ordentlich Mist gebaut habe, wird mir erst in diesem Moment richtig klar. Dabei hatte ich nicht beabsichtigt, Jasper als etwas anderes auszugeben, als er ist. Es ist einfach passiert. Ich habe nicht einmal bemerkt, dass ich nach seiner Hand gegriffen habe. Aber ich kann nicht leugnen, dass mir das Gefühl gefällt und es mein Herz höherschlagen lässt, wenn sich seine Finger mit meinen verknoten und wir einander festhalten.

»Es tut mir leid. Das war dämlich. Glaub mir, ich wollte dich nicht benutzen und habe nicht darüber nachgedacht, was ich da eigentlich veranstalte. Ich werde ihn anrufen und das Missverständnis aufklären, versprochen«, antworte ich leise.

Er nickt und sieht mich intensiv an. Wartet, ob ich noch mehr zu sagen habe oder die Worte für mich behalte. Ein ernster Zug liegt auf seinen Lippen. Das zwischen uns habe ich vergeigt. Nicht nur ein bisschen, sondern erstklassig. Er glaubt mir nicht. Ich mustere ihn, suche nach einem Funken, der sagt, dass ich das wieder geradegebogen bekomme.

Ich mag Jaspers Gesicht. Mag die weichen Züge, die auf kantige Wangenknochen treffen. Ich kann seine Lippen noch immer auf meiner Stirn spüren. Seine Arme fest um mich geschlungen. Und noch etwas hat sich in mein Gedächtnis gebrannt: das Gefühl von seiner warmen, weichen Haut unter meinen Fingern. Mein Blick landet auf seinen Lippen.

Nach wenigen Sekunden zwinge ich mich dazu, nicht länger auf seinen Mund zu starren, und entdecke dabei den roten Fleck auf dem Kragen seines Shirts. Wie ein Etikett klebt mein Lippenstift auch auf der zarten Haut seines Halses. Ich habe ihn markiert, und aus irgendeinem Grund bin ich von der Vorstellung sehr angetan. Mir entgeht nicht, dass er schwer schluckt, weil sein Adamsapfel sich verdächtig auf und ab bewegt. Zu gerne wüsste ich, was er gerade denkt. Was er fühlt.

»Kommst du ab jetzt alleine klar?«, fragt er ernst. Ich sehe auf, um ihm in die Augen zu schauen. Für einen Wimpernschlag lässt er es zu, dann sieht er auf einen Punkt hinter mir. Seufzend löse ich den Blick von ihm.

»Klar«, antworte ich knapp.

»Sicher?«, hakt er nach. Besorgnis schwingt in seiner Stimme mit, aber seine Körperhaltung wirkt distanziert. Im Augenblick will er nicht länger in meiner Nähe sein. Das tut mehr weh, als ich erwartet habe. Mehr, als es sollte.

»Natürlich, ich bin ein großes Mädchen«, versichere ich ihm und lächle tapfer, auch wenn er es nicht bemerkt.

»Ich geh dann mal«, sagt er und macht zwei Schritte zurück. Ein Teil von mir will nicht, dass er geht, aber der andere Teil weiß nicht, was er von ihm erwarten würde, bliebe er.

Statt zu antworten, nicke ich.

Nachdenklich sehe ich ihm nach, als er einen Fuß vor den anderen setzt und sich immer weiter von mir entfernt. Auf eine schräge Art sind wir uns in dieser Kabine so nah gewesen. Unabhängig von der Enge, die uns umgeben hat. Wir haben eine Verbindung. Jasper hat mich aus der Panikattacke geholt. Gemeinsam mit mir geatmet. Mich wieder ins Hier und Jetzt zurückgebracht. Er hat mich in den Arm genommen, als ich dringend eine Umarmung nötig hatte. Meine Hand gehalten, als ich einen Anker brauchte, der mich davon abhielt wegzutreiben. Das kann nicht nichts gewesen sein. Es war so viel mehr. Bedeutungsvoll.

»Warte«, rufe ich. Er bleibt stehen. Seine Schultern heben und senken sich, als er tief durchatmet. Dann wendet er sich mir zu und sieht mich fragend an.

»Was war das vorhin auf der Damentoilette?«

Eine seiner dunklen Augenbrauen wandert nach oben. »Du hattest eine Panikattacke«, erklärt er monoton, als wäre es nicht der Rede wert.

»Das meine ich nicht«, sage ich. So verblendet kann er gar nicht sein, um die Anziehung zwischen uns nicht zu spüren.

»Ich weiß«, gibt er zu, dreht sich um und geht davon. Das war's? Mehr hat er nicht zu sagen?

Eine weitere Stunde drücke ich mich davor, nach Hause zu gehen, um dort auf meine Freundinnen zu treffen. Mir ist bewusst, dass ich nicht um das Gespräch herumkomme, aber ich versuche es so weit wie möglich aufzuschieben.

Erst als Regentropfen vom Himmel fallen und die Dämmerung einsetzt, trete ich den Heimweg an. Im Bungalow brennt Licht, als ich ihn zehn Minuten später durchnässt erreiche. Meinen Schlüssel brauche ich nicht aus der Tasche herauszukramen, weil in diesem Augenblick die Tür aufgerissen wird und Abbie auf mich zugerannt kommt.

»Wo warst du denn? Ich habe mir Sorgen gemacht. Geht es dir gut?«, redet sie ungehalten auf mich ein. Bevor ich reagieren kann, hat sie mich in die Arme gezogen.

»Können wir reingehen? Ich bin pitschnass und du trägst nur einen Pyjama«, merke ich an.

»Oh!«, stößt sie hervor, als würde ihr gerade erst bewusst, dass sie in einem gepunkteten Schlafanzug in der Einfahrt steht. Sie macht auf dem Absatz kehrt und eilt zum Haus. Mit einem Schmunzeln auf den Lippen folge ich ihr. Sobald die Tür hinter uns ins Schloss fällt, tritt Dion aus ihrem Zimmer. Wie Abbie trägt sie einen Pyjama, korallenfarbig und mit glitzerndem Chanel-Logo quer über ihrer Brust.

»Da bist du ja. Ich konnte Abbie nur mit Mühe und Not davon abhalten, die Campuspolizei auf dich anzusetzen.«

»Danke«, sage ich, während ich mich aus meiner feuchten Lederjacke schäle. »Warum tragt ihr beiden bereits Schlafanzüge?«, will ich wissen und streife die Boots von meinen Füßen. Meine Socken sind ebenfalls nass.

»Pyjamaparty. Wie in alten Zeiten«, antwortet Abbie.

»Ihr wollt *Dirty Dancing* schauen, euch mit Popcorn vollstopfen und bis Mitternacht wach bleiben?«, frage ich skeptisch, denn das entspricht einer klassischen Pyjamaparty. Die letzte muss fünf Jahre her sein.

»Ihre Idee, nicht meine«, verteidigt sich Dion damit, dass das nicht auf ihrem, sondern auf Abbies Mist gewachsen ist.

Ich sehe zu Abbie, die unsicher in meine Richtung blickt. »Klingt großartig. Bin dabei. Ich gehe schnell duschen und ziehe mir meinen Schlafanzug an.« Vielleicht ist so ein Freundinnen-Abend genau das, was ich im Augenblick brauche.

»Ich kümmere mich um das Popcorn und du baust unser Nachtlager auf«, weist Abbie an und setzt sich bereits in Bewegung, um in die Küche zu gehen.

»Vergiss es, ich übernehme die Snacks und du schleppst alles ins Wohnzimmer. Ich war vorhin bei der Maniküre und habe keine Lust, dass der Lack abplatzt, weil ich Möbel verrücke.« Demonstrativ hält Dion ihre Hände in die Höhe und präsentiert ein freundliches Petrol auf ihren Nägeln. Abbie schnauft und schüttelt verständnislos den Kopf.

»Aber wehe, du salzt das Popcorn«, warnt sie Dion.

Ein breites Grinsen schleicht sich auf mein Gesicht. Ich habe die besten Freundinnen der Welt. Sie sind sich vielleicht selten einig, aber für unsere Freundschaft würden sie ihr letztes Hemd geben. Okay, Dion ihre Designerbluse.

»Gebt mir fünf Minuten, dann helfe ich mit«, sage ich und haste ins Badezimmer.

Aus fünf Minuten werden am Ende zwanzig. Unter dem heißen Wasserstrahl verliere ich mich in meinen Gedanken. Spiele den heutigen Tag immer wieder durch. Frage mich, ob ich anders hätte reagieren müssen. Natürlich hätte ich das. Ich habe mich nicht wie eine Erwachsene, sondern wie eine bockige Teenagerin aufgeführt und zu allem Überfluss auch noch Jasper mit hineingezogen.

Nachdem ich meine nassen Haare in ein Handtuch gewickelt habe, schlüpfe ich in einen Bademantel und putze mir die Zähne, um endlich den widerlichen Geschmack im Mund loszuwerden. Nach einem letzten prüfenden Blick in den Spiegel öffne ich die Badezimmertür. Gedämpft dringen die Stimmen meiner Freundinnen aus dem Wohnzimmer zu mir.

»Überlass einfach mir das Reden«, sagt Dion.

»Warum? Weil du so viel Taktgefühl wie ein Vorschlaghammer besitzt?«, erwidert Abbie.

»Nein, weil ich die Ältere von uns beiden bin.«

»Was ist das denn bitte für ein Argument?«

Für ein paar Minuten lasse ich die beiden weiterstreiten und schleiche in mein Zimmer. Aus der Kommode nehme ich ein weites Shirt und eine kurze Shorts heraus. Sobald ich angezogen bin, schnappe ich mir mein Bettzeug und mache mich auf den Weg ins Wohnzimmer. Die beiden liegen sich nicht mehr in den Haaren, dafür riecht es nach frischem Popcorn.

»Tee mit Honig oder heiße Schokolade?«, fragt Abbie, als sie mich bemerkt.

»Schokolade, bitte.« Ich sehe mich um. Abbie und Dion haben in den wenigen Minuten das Sofa ausgezogen und ihr Bettzeug drauf platziert. Auf dem Couchtisch stehen mehrere Schüsseln, die mit unterschiedlichen Dingen gefüllt sind. Chips, Jelly Beans, Popcorn, Cookies, Weintrauben und Cocktailtomaten. Letztere sind eher fürs Gewissen.

Dion kommt aus dem Flur, ein dickes Kissen unter dem Arm, und wirft es im Vorbeigehen auf die Couch, dann mustert sie mich neugierig.

»Was?«

»Ich übe mich in Geduld, aber ich habe einige Fragen, Darling. O ja, die habe ich«, antwortet sie, und dieses typische Dion-Lächeln erscheint, das verrät, dass sie es genießen wird, alles aus mir herauszuquetschen.

»Dion!«, ermahnt Abbie sie, als sie mit zwei dampfenden Tassen aus der Küche kommt.

»Ich will nur, dass sie weiß, dass sie nicht so einfach davonkommt. Meine Mom hat mich angerufen und gefragt, wie ernst es zwischen dir und Anderson ist. Das interessiert mich ebenfalls brennend.«

Oje, wen hat mein Dad noch alles kontaktiert, um der Sache auf den Grund zu gehen? Vielleicht sollte ich eine Gegendarstellung in der *New York Times* in Erwägung ziehen.

»Das ist ein Missverständnis. Ich schwöre, zwischen Jasper und mir läuft nichts«, erwidere ich.

»Wenn die Modeberaterin dir eine Achtunddreißig statt einer Sechsunddreißig in die Kabine reicht, das ist ein Missverständnis. Seinem Dad zu erzählen, mit dem Sohn seines Widersachers liiert zu sein, ist keines«, antwortet Dion.

Streng genommen habe ich nie behauptet, mit Jasper zusammen zu sein, sondern mein Dad hat seine eigenen Schlüsse gezogen und ich habe ihm nicht widersprochen. Gut, das macht es nicht wirklich besser. Die Nummer ist daneben gewesen. Ich werde die Sache morgen aufklären, bevor es Kreise in der Upperclass von Manhattan zieht.

Meine Mom. An sie habe ich bei meiner dummen Aktion gar nicht gedacht. Sie wird mir die Standpauke meines Lebens halten, sobald sie wieder Luft bekommt, nachdem sie ohnmächtig geworden ist.

»Wenn ihr nicht sofort bei der Sache seid, stelle ich eine True-Crime-Dokumentation an«, warnt Abbie und greift nach der Fernbedienung.

»Untersteh dich!«, sagen Dion und ich wie aus einem Mund.

»Dann setzt euch endlich hin.«

Rasch klettern wir auf die Couch, kriechen unter die Decken und rücken die Kissen zurecht. Abbie sitzt rechts und Dion links von mir.

»Bereit?«, fragt Abbie und drückt auf Play. Nahezu synchron lassen wir uns tief in die Kissen sinken, als der Vorspann von *Dirty Dancing* über den Bildschirm flackert.

Die nächste halbe Stunde starren wir meditativ auf den Flatscreen. Wir kennen den Film auswendig. Der Couchtisch steht auf Abbies Seite neben dem Sofa. Sie greift nach einer der Schüsseln und reicht sie mir. Bevor ich die Schüssel an Dion weitergebe, nehme ich eine Handvoll Jelly Beans heraus. Sobald sie sich ebenfalls welche genommen hat, findet die Schale auf dem gleichen Weg wieder zurück auf den Couchtisch. Dieses Spiel wiederholen wir weitere drei Mal.

»Warum genau mögen wir noch mal den Film?«, will Dion wissen. Sie schiebt sich etwas Popcorn in den Mund.

»Weil er romantisch ist«, antwortet Abbie.

»Sie verliebt sich in einen Typen, den Daddy nicht ausstehen kann, weil er ihn nicht für gut genug für sein Töchterchen hält. Wie romantisch das ist, beweist die junge Dame neben mir.«

»Ich bin nicht in Jasper verliebt«, widerspreche ich.

»Sondern?« Es wird Zeit, meinen Freundinnen reinen Wein darüber einzuschenken, was im Hause Hill aktuell abgeht.

»Mein Dad und ich verstehen uns momentan nicht besonders gut und die Situation ist etwas eskaliert. Jasper ist da eher zufällig hineingeraten.« Okay, vielleicht doch nur eine Weinschorle für die beiden.

»Willst du darüber reden?«, fragt Dion.

»Nein, eigentlich nicht.« Sie werden nicht nachhaken, aber sie werden da sein, wenn ich sie brauche.

»Dir war gar nicht von den Froot Loops schlecht?«, schlussfolgert Abbie. Die Ausrede hatte ich ihr kurzerhand aufgetischt und sie hat sie mir bedenkenlos abgekauft.

»Sorry, ich wollte nicht, dass du dir unnötig Sorgen machst«, entschuldige ich mich für die Notlüge. Ich kann die Blicke der beiden auf mir spüren. »Es geht mir gut, wirklich. Es war nur eine Kurzschlussreaktion, weil ich nicht erwartet hatte, ihn heute zu sehen, mehr nicht«, versichere ich ihnen. Das ist nicht gelogen. Ich fühle mich seltsam gefasst, beinahe entspannt. Die Vorstellung, das Spiel meiner Eltern mitzuspielen, schnürt mir nicht mehr die Luft ab. Als hätte ich dieses Gefühl dank Jasper in der Damentoilette zurückgelassen. Jasper, der genau gewusst hat, was in so einer Situation zu tun ist. Stellt sich nur die Frage, woher. Kennt er das Gefühl etwa?

»Du weißt, dass du mit uns über alles reden kannst, oder?« Natürlich, aber manchmal dauert es länger, bis man sich zu diesem *Alles* durchringen kann. Dankbar lächle ich Abbie an.

»Aber wie bist du jetzt zu deinem Fake-Freund in Form von Jasper Anderson gekommen?«, stellt Dion die Frage, die ihr unter den petrolfarbenen Nägeln brennt.

»Na gut, ich hatte einen klitzekleinen Nervenzusammenbruch, weil mein Dad hier aufgetaucht ist. Jasper war irgendwie da. Wir sind meinem Dad direkt in die Arme gelaufen. Er hat falsche Schlüsse gezogen und wir haben nicht widersprochen«, fasse ich das Geschehene grob zusammen. Sehr grob.

»Wie ritterlich, dass Anderson zur Stelle war«, erwidert Dion grinsend. Ich schiele zum Fernseher. Johnny und Baby proben gerade die Hebefigur im Wasser.

»Eventuell habe ich ihm keine Wahl gelassen, und er hat mitgespielt, um mich nicht bloßzustellen. Er hat sich extrem unwohl gefühlt, meinen Dad in dem Glauben zu lassen, wir wären zusammen«, kläre ich die beiden auf. »Können wir jetzt den Film weiter ansehen?«

Beide nicken und richten ihre Aufmerksamkeit wieder auf den Fernseher. Damit ist das Thema vom Tisch. Vorerst jedenfalls.

9.

ASPEN

»Was liest du da?«

Seufzend klappe ich das Buch zu und sehe zu Abbie auf, die im Türrahmen steht. Eigentlich habe ich lediglich gedankenverloren auf die Seiten gestarrt und meinen Theorien nachgehangen. Jasper hat heute im Wirtschaftskurs nicht ein Mal in meine Richtung gesehen und ist anschließend regelrecht aus dem Raum gestürmt. Ihn umgibt eine andere Aura. Eine, die ich noch nicht zu fassen bekomme, die aber in mir weiterhin Neugier weckt. Wenn man sich in den Kreisen bewegt, die mit einem Vermögen einhergehen, dann ist das selten zu übersehen. Und damit meine ich nicht Designerkleidung, Luxusautos und Kreditkarten ohne Limit. Man strahlt diesen Lebensstil aus. Ihm fehlt diese Überheblichkeit in Mimik, Gestik und, so absurd es vielleicht klingt, auch verbal. Irgendwie wirkt er orientierungslos. Als würde er sich hier nicht zurechtfinden. Es ist nur ein Gefühl, aber es lässt mich nicht mehr los.

»*Romeo und Julia*«, antworte ich.

Abbie betritt mein Zimmer und wirft einen Blick auf den blutroten Leineneinband, der mit Gold abgesetzt ist. »Wie romantisch.« Auf ihrem Gesicht erscheint ein verträumter Ausdruck.

Dämlich, schießt es mir durch den Kopf. So hat Jasper dieses Werk bezeichnet. Für *Modernes Schauspiel* habe ich mich nur entschieden, weil die Alternativen neben den Pflichtkursen keine waren. Ich kann weder tanzen, singen, zeichnen noch kreativ schreiben, und einen grünen Daumen habe ich auch nicht. Um ehrlich zu sein, ich habe keine Ahnung, was ich gut kann. Meine Mom hat das bisher entschieden.

»Doppel-A, wo seid ihr?«, ertönt Dions Stimme aus dem Flur.

»Ah, hier habt ihr euch verkrochen. Was macht ihr gerade?«, sagt sie, sobald sie ihren Kopf durch die offene Tür steckt.

»Wir unterhalten uns über Shakespeare«, antwortet Abbie.

»Warum denn das?« Skeptisch zieht Dion ihre geschwungenen Augenbrauen zusammen. Wie immer ist sie perfekt gestylt. Heute trägt sie einen eleganten taubenblauen Jumpsuit. Dass sie, sobald sie ihre geplante Influencer-Karriere in Rente geschickt hat, das Modeimperium der Carmichaels leiten wird, ist bereits in Stein gemeißelt. Genau wie Abbie die Position ihrer Mom in der Stiftung ihres verstorbenen Dads übernehmen und stets repräsentativ lächeln wird. Und ich? Kein Plan. Inzwischen sehe ich mich weder in der Softwarefirma meines Dads noch in der Anwaltskanzlei meiner Mom.

»Modernes Schauspiel«, kläre ich sie auf und halte das Buch wie ein Hinweisschild in die Luft.

»Modern? An dem Kerl ist nichts modern. Altbacken trifft es eher.« Es hätte mich stark gewundert, verträte sie eine andere Meinung zu den Klassikern der Literatur.

»Können wir das Thema wechseln?«, frage ich und lege das Buch beiseite.

»Gut, dann reden wir darüber, dass jemand meinen Social-Media-Account gehackt hat. Was mich dermaßen frustriert, dass ich meinen Ärger gerne mit einer Flasche Pinot ertränken würde. Was aber nicht möglich ist, weil im Campus-Supermarkt kein Alkohol verkauft wird.«

»Musstest du die Flasche Pinot am Tor abgeben?«, mutmaße ich, weil ich mir vorstellen kann, dass sie versucht hat, sich den Wein auf anderem Weg zu besorgen.

»Schön wär's. Hast du eine Ahnung, wie weit das Stadtzentrum von hier entfernt ist? Nach zehn Minuten bin ich wieder umgedreht. Meine Louboutins sind keine Wanderschuhe.« Wenn ich mich recht erinnere, sind es knapp zwei Meilen bis ins Zentrum von Waterbury. Dion besitzt keinen Führerschein. Wenn man über einen eigenen Chauffeur verfügt, ist das etwas, was nicht zwingend notwendig ist. Außerdem ist sie mehrfach durch die Fahrprüfung gefallen und hat diesen Schritt in Richtung Unabhängigkeit vorerst auf Eis gelegt.

»Wusstet ihr, dass das Verlassen und Betreten des Geländes registriert wird? Warum gibt es hier überhaupt jemanden, der den Zugang bewacht? Das ist völlig überzogen. Ich komme mir vor, als wären wir mit Miss Higgins auf Klassenfahrt.«

Gemeinsam brechen wir in Gelächter aus. Miss Higgins war ein Kaliber für sich. Morgendliches Strammstehen in der Privatschule und Zimmerkontrollen auf Ausflügen mit Übernachtung. Auf der Abschlussfahrt hatte Dion einen Kerl ins Zimmer geschmuggelt. Das hat der Dame im Buntfaltenrock und mit adrettem Dutt beinahe einen Herzinfarkt beschert.

»Es gibt am Waterbury College ungefähr tausend potenzielle Entführungsopfer, für die man einiges an Lösegeld fordern könnte. Oder aber man könnte die Zukunft vieler Familienunternehmen auf einmal zerstören, indem man mit einer geladenen Waffe über den Campus rennt.«

Sowohl Dions als auch mein Kopf schnellen in Abbies Richtung. Wie kommt sie nur immer auf diese wilden Theorien?

»Ihr seht mich an, als wäre ich übergeschnappt. Was glaubt ihr denn, warum eine riesige Mauer um das Gelände gezogen wurde und überall Kameras sind?«

»Du solltest vielleicht ein paar weniger True-Crime-Dokumentationen schauen. Versuch es mal mit Disney-Filmen, die sind gut fürs Gemüt«, spottet Dion.

»Vielleicht kann ich dein Problem lösen«, sagt Abbie versöhnlich.

»Nur wenn du eine Minibar in deinem Schreibtisch versteckt hast oder dich mit gehackten Accounts auskennst«, zieht Dion sie auf, woraufhin Abbie ein genervtes Schnauben ausstößt und sie finster ansieht. Nachdenklich mustere ich meine Freundin. Habe ich irgendwas verpasst? Allerdings hat Dion nicht ganz unrecht,

Abbie gehört eher zu denen, die Regeln befolgen und nicht brechen, das ist Dions Ding.

»Vielleicht«, antwortet Abbie völlig trocken.

»Was?«, entfährt es Dion und mir gleichzeitig.

»Bin sofort zurück.«

Dion lässt sich zu mir auf das Bett plumpsen. Gemeinsam blicken wir in Richtung Tür und warten darauf, dass unsere Freundin zurückkommt. »Glaubst du, die brave Abbie hat wirklich Alkohol in ihrem Zimmer versteckt?«

»Wir werden es erfahren. Stille Wasser sind tief und –«

»Wir reden hier über Abbie. Wir kennen sie seit dem Kindergarten. Nicht mal ihre Schuhe sind jemals dreckig«, schneidet mir Dion das Wort ab. Bevor ich darauf antworten kann, betritt Abbie das Zimmer.

Mit einem breiten Grinsen holt sie etwas hinter ihrem Rücken hervor. »Mit Grüßen von meiner Grandma. Das ist der beste Selbstgebrannte der ganzen Ostküste, getarnt in einer Apfelsaftflasche. Jedenfalls behauptet sie das.«

Abbies Großmutter ist das Pendant zu ihrer Mom. Die eine schrill und herzlich, die andere steif und übervorsichtig. Nach der siebten Klasse haben wir drei einen Sommer bei Abbies Großeltern in Orlando verbracht. Die beste Zeit unseres Lebens.

Es war der Sommer der ersten Male. Das erste Mal von zu Hause weg, der erste Horrorfilm. Vor Angst haben wir uns fast in die Hosen gemacht und sind anschließend zu dritt aufs Klo. Dion hat ihren ersten Kuss von einem Jungen aus der Nachbarschaft bekommen. Wir haben meine Haare türkis gefärbt. Die Farbe dafür musste Abbie in einem Drogeriemarkt als Mutprobe mitgehen lassen. In den darauffolgenden Tagen hat sie nur darauf gewartet, dass die Polizei sie verhaftet. Ich habe das fleckige Türkisblau geliebt. Meine Mom hat anschließend ein Vermögen bezahlt, um meine lange Mähne wieder in ein strahlendes Blond verwandeln zu lassen.

Im Jahr darauf wurde meine Freizeit von meiner Mom, dank weiterer ungewollter Hobbys, auf ein Minimum gekürzt. Abbie hat erst ihren Grandpa und nur wenige Monate später ihren Dad verloren. Und Dion hatte ihren ersten richtigen Liebeskummer. Kein Wunder, dass der Sommer davor einen besonderen Stellenwert hat. Denn bis zu diesem Zeitpunkt hatte uns nichts erschüttern können. Wir fühlten uns unbesiegbar und mussten dann schmerzlich erkennen, dass wir es nicht sind.

»Worüber denkst du nach?«, fragt Abbie. Dion hat sich bereits die Flasche unter den Nagel gerissen und führt sie in diesem Augenblick an ihre Lippen.

Mit einem zaghaften Lächeln wende ich mich meiner Freundin zu. »Dass ich sehr glücklich bin, euch zu haben.«

Wissend lächelt Abbie zurück.

»Verdammt, das Zeug kann Tote wieder zum Leben erwecken«, entfährt es Dion krächzend. Sie hält mir die Flasche entgegen, aber ich schüttle den Kopf. Abbie lehnt ebenfalls ab. Mir steht nicht der Sinn danach, meine Gedanken mit Alkohol zu betäuben. Hin und wieder ist es okay, sie zuzulassen und die Gefühle, die sie auslösen, willkommen zu heißen.

Dion schraubt die Flasche zu und stellt sie auf dem Nachttisch ab. Grannys Selbstgebrannter ist anscheinend zu starker Tobak.

»Was hast du da eigentlich mitgebracht?«, frage ich sie und deute auf das, was sie auf dem Schreibtisch abgelegt hat.

»Unseren Plan.« Demonstrativ hält sie drei große Umschläge in die Luft. Skeptisch sehen wir unsere Freundin an.

»Plan wofür?« Ich kann ihr nicht ganz folgen.

»Willst du immer noch wissen, warum sich der florale Hemdträger so seltsam benimmt? Wenn ja, findest du darin die Lösung«, sagt sie verheißungsvoll. Jetzt bin ich auf jeden Fall neugierig, was Dion hinter unserem Rücken ausgeheckt hat. Sie reicht Abbie und mir je einen Umschlag.

»Wenn mein Plan nicht funktioniert, kannst du ihm immer noch ein paar Betonschuhe verpassen und alles aus ihm herausquetschen«, scherzt Dion.

»Haha. Verrätst du uns deinen grandiosen Plan?«

»Was ist da drinnen?«, will Abbie wissen, während ich bereits dabei bin, das Kuvert zu öffnen.

Ich ziehe die Blätter heraus und werfe einen Blick darauf. »Das ist nicht dein Ernst!«

»Das Datingspiel?«, fragt Abbie verwirrt.

»Die Idee ist brillant«, versichert Dion.

»Inwiefern?« Mir erschließt es sich nicht, wie dieser Datingquatsch die Lösung im Jasper-Aspen-Desaster sein soll.

»Du wirst mit dem Immobilienspross gematcht.«

»Das ist der Plan?« Das ist bescheuert und völlig unmöglich.

»Wie soll das funktionieren?«

»Ja, das frage ich mich auch«, stimme ich Abbie zu.

»Vielleicht hättest du die Infoveranstaltung besuchen sollen, statt dich anderweitig zu beschäftigen. Denn dann wüsstest du, dass ein Algorithmus das Match bestimmt, und – das ist der eigentliche Knackpunkt – die Teilnahme ist freiwillig. Wir wissen also gar nicht, ob Jasper überhaupt daran teilnimmt. Du kannst ihn demzufolge nicht mal eben mit Aspen matchen.«

»Ihr unterschätzt eindeutig meine Genialität.«

»Dann überzeug uns, du Genie«, fordere ich sie auf.

»Ich bin Jasper vorhin bei der Studienberatung über den Weg gelaufen –«

»Warum warst du denn bei der Studienberatung?«, fragt Abbie.

»Könnt ihr mich eventuell erst ausreden lassen und anschließend mit Fragen löchern?«, erwidert Dion genervt.

Ich mache eine Geste, als würde ich meine Lippen mit einem Reißverschluss schließen. Abbie brummt zustimmend.

»Danke. Also, ich war bei der Studienberatung. Der Typ, der dort arbeitet, ist verdammt heiß, um deine Frage zu beantworten. Jasper kam mit genau so einem Umschlag aus seinem Büro. Ich habe dem Hottie ein bisschen auf den Zahn gefühlt.« Dass sie in diesem Augenblick vielsagend mit den Augenbrauen wackelt, lässt erahnen, was sie mit »auf den Zahn gefühlt« meint.

»Du hast was mit dem Kerl von der Studienberatung?«, fragt Abbie entsetzt und kassiert dafür einen bösen Blick. »Sorry, der könnte dein Dad sein.«

Angewidert verzieht Dion das Gesicht. »Nicht der alte Knacker, sondern seine Urlaubsvertretung. Henry studiert Psychologie und ist im Abschlussjahrgang. Er betreut die Teilnehmenden.« Abbie atmet erleichtert auf.

»Was wollte Jasper bei diesem Henry?« Allmählich werde ich ungeduldig.

»Er wollte irgendeinen Kurs tauschen, aber dafür ist es inzwischen zu spät.«

Ich habe so eine Ahnung, welchen Kurs er nicht mehr besuchen will. »Und was hat das jetzt mit dem Projekt zu tun?«

»Henry meint, er könne sich einige Credits darüber holen, sofern die Professorin damit einverstanden ist.« Ja, davon hat mein Dad gesprochen, allerdings habe ich es so verstanden, dass man lediglich aufstocken und nicht Kurse damit ersetzen kann.

»Okay. Mal angenommen, Jasper macht das wirklich und nimmt teil, wie willst du die beiden matchen?«

»Wie gut, dass du fragst. Das ist dein Part.«

»Meiner?«, entfährt es Abbie überrascht.

»Du bist das Computergenie.«

»Aber ich bin keine Hackerin, die sich mal eben Zugang zu einem Programm verschafft, um es zu manipulieren.«

»Aber du könntest?«

»Das habe ich nicht gesagt!«

Skeptisch hebt Dion eine Augenbraue. Glaubt sie ihr nicht?

»Bezirze doch einfach denjenigen, der den Algorithmus programmiert hat«, schlägt Abbie stattdessen vor, während ich noch darüber grüble, wie Dion darauf kommt, Abbie könnte sich Zugang verschaffen.

»Darüber habe ich tatsächlich nachgedacht. Anscheinend weiß aber niemand, wer das ist. Außer Aspens Dad. Allerdings bezweifle ich, dass er uns dabei helfen wird, seine Tochter mit einem Mitglied der Anderson-Familie zu verkuppeln.«

Seufzend schüttelt Abbie den Kopf. »Okay, eventuell kenne ich jemanden, der das kann. Vielleicht hilft die Person uns.«

»Ihr wisst, dass das verrückt ist, oder?«, mische ich mich in die Unterhaltung meiner Freundinnen ein.

»Im Krieg und in der Liebe ist alles erlaubt.«

»Nein, ist es nicht«, widerspreche ich Dion. Das sehe ich ganz klar anders.

»Wir wollen nur hinter sein Geheimnis kommen und brechen nicht in den Louvre ein.«

»Du bist übergeschnappt.«

»Wir brauchen die siebenstellige Nummer, die auf dem Fragebogen angegeben ist. Ohne wird es schwer, das System zu überlisten.«

»Die Fragebögen sind laut Henry der Reihe nach durchnummeriert, und da Jasper seinen vor mir bekommen hat und unsere Bögen aufeinanderfolgende Endzahlen haben –«

»Wow, du hast wirklich deine Hausaufgaben gemacht. So viel kriminelle Energie hätte ich dir gar nicht zugetraut«, unterbreche ich Dion. Ich weiß nicht, ob ich entsetzt oder fasziniert bin.

»Das könnte tatsächlich funktionieren.«

»Abbie, du unterstützt diesen Irrsinn doch nicht etwa?«

»Hast du eine bessere Idee? Willst du nicht mehr wissen, warum er sich so seltsam benimmt?«

»Doch, aber nicht um jeden Preis.«

»Du kannst auch einfach mit ihm das Gespräch suchen, und mit etwas Glück schüttet er dir sein Herz aus und verrät dir alles, was du wissen willst«, schlägt Dion vor und zuckt mit den Schultern.

Nach dem Abgang, den er nach der Sache mit meinem Dad hingelegt hat, bezweifle ich, dass er das tun würde.

»Was ich allerdings noch nicht verstehe: Warum hast du drei Anmeldeformulare mitgebracht?«, fragt Abbie skeptisch und sieht sich die Unterlagen genauer an.

»Wir werden alle spielen. Mir schaden ein paar zusätzliche Credits nicht, weil ich sonst mit Sicherheit in Journalismus durchrasseln werde, und du findest vielleicht endlich mal einen Kerl, der dich flachlegt.«

»Na, vielen Dank auch«, erwidert Abbie angewidert.

»Ich halte das immer noch für keine gute Idee.« Wenn Jasper das herausfindet, vorausgesetzt, wir ziehen diesen Plan durch, wird er erst recht denken, ich spiele Spielchen mit ihm. Und wenn er es nicht herausfindet?

Denk nicht einmal darüber nach. Das ist moralisch unterste Schublade.

»Und jetzt zieht euch etwas Vernünftiges an. Ich habe Hunger und einen Tisch für uns im *Jules* reserviert. Mal sehen, ob die auf dem Campus auch etwas Anständigeres kochen können als den Kram, den sie in der Mensa anbieten«, sagt Dion und rauscht aus dem Zimmer.

10.

CAMERON

»Mr Anderson, rücken Sie ruhig etwas näher an Ihre Partnerin heran.«

Ich hätte mein Veto einlegen sollen, solange ich noch die Chance dazu hatte. Stattdessen stehe ich auf einer bescheuerten Bühne und versuche mich an Improvisationstheater. Ehrlich, wie kommt man auf so einen Quatsch? Genervt sehe ich Professorin Simmons an.

Um ehrlich zu sein, hatte ich gehofft, den Kurs wechseln zu können, stattdessen hat der Typ bei der Studienberatung mir einen Anmeldebogen für das Datingprojekt in die Hand gedrückt. Noch etwas, um das ich nicht herumkomme, weil Jasper nach wie vor auf meiner Teilnahme besteht, und ich habe absolut keine Ahnung, warum. Was erhofft er sich davon? Das ergibt überhaupt keinen Sinn. Dennoch habe ich die ausgefüllte Anmeldung in der Mittagspause abgegeben.

»Ich denke, das ist nah genug«, widerspreche ich mit fester Stimme. Eine Armlänge Abstand erscheint mir genau richtig.

Seit der Sache mit Aspens Dad sind sechs Tage vergangen. Ich habe wirklich versucht, das Geschehene nicht totzuanalysieren, aber der Gedanke, sie könnte mit mir spielen, lässt mich nicht los. In meinem Hirn hat sich die fixe These manifestiert, ihr Interesse an mir, oder besser gesagt an Jasper, rührt einzig daher, dass sie gegen ihren Vater rebellieren will. Aber warum ausgerechnet er? Welche Verbindung hat Jasper zu den Hills? Die offenen Fragen in meinem Kopf beginnen sich allmählich zu stapeln.

»Die Übung nennt sich Bewegungsimpuls durch Berührung. Wie soll Miss Hill Sie berühren, wenn Sie sich außerhalb ihrer Reichweite befinden?«

Gar nicht. Sie soll mich überhaupt nicht anfassen.

Widerwillig trete ich einen Schritt nach vorne. Aspen sucht meinen Blick, aber ich weiche aus, indem ich auf meine Schuhspitzen starre.

Die Professorin klatscht zweimal in die Hände, um die Aufmerksamkeit aller Studierenden auf sich zu ziehen. In Zweiergruppen stehen wir zusammen und warten darauf, dass uns eine Frau mit einem riesigen Peace-Zeichen auf einem neonorangen Shirt Anweisungen gibt.

»Sehr schön, jetzt, da alle bereit sind, beginnen wir zunächst mit einer kurzen Atemübung, um Ihren Geist aus dem Dämmerschlaf zu holen. Setzen Sie sich dazu bequem hin«, fordert sie uns auf.

Wirklich? Ich frage mich ernsthaft, warum Jasper ausgerechnet diesen Kurs ausgewählt hat. Schnaubend lasse ich mich in den Schneidersitz sinken. Kurz sehe ich zu Aspen, die nervös auf ihrer Unterlippe herumkaut. *Hör sofort damit auf!* Immer wenn sie das macht, würde ich gerne besagte Unterlippe zwischen meine Zähne ziehen und sanft hineinbeißen. Würde sie dabei seufzen oder sogar leise stöhnen?

Cameron, solche Gedanken sind nicht sonderlich hilfreich.

Ach, was du nicht sagst. Die Stimme in meinem Kopf kann ja ein richtiger Scherzkeks sein.

»Und nun schließen Sie die Augen.« Mein Blick heftet sich in der Sekunde auf Aspens Gesicht, als sie der Anweisung folgt. »Sie auch, Mr Anderson.« Die Frau hat ihre Augen überall.

»Die Übung nennt sich 4-7-11 und dient der Entschleunigung. Atmen Sie vier Sekunden ein und sieben wieder aus. Das Ganze wiederholen Sie elf Mal«, erklärt die Professorin.

Scharf ziehe ich die Luft ein und presse sie anschließend schnaubend aus meinen Lungen. Im Hintergrund ertönen die Klänge einer Panflöte.

»Atmen Sie jetzt ein.« Der Tonfall der Professorin ist nun ruhiger und um einiges sanfter. »Lauschen Sie der Musik, lassen Sie sich von ihr treiben. Ausatmen.«

Wenn ich nicht wüsste, dass Atemübungen ein effektives Mittel sind, würde ich lachen, weil ich mir albern vorkomme.

»Mit jeder Ausatmung lösen Sie sich von einem negativen Gedanken und machen Platz für einen positiven. Einatmen.«

Während ich noch darüber nachdenke, welchen der unzähligen negativen Gedanken ich ins Jenseits befördere, redet sie weiter. »Ihr Körper wird schwerer, Ihr Geist leichter. Nehmen Sie sich selbst bewusster wahr.« Ihre Stimme hat etwas Meditatives, beinahe schon Einschläferndes.

In den letzten Tagen habe ich kaum geschlafen und mich im Bett von einer Seite auf die andere gewälzt. Meine Gedanken feiern immer dann eine feuchtfröhliche Party, wenn ich zur Ruhe komme. Weitere zehn Minuten Panflötenklänge, und ich kann nicht garantieren, dass ich nicht plötzlich leise vor mich hin schnarche. Vielleicht sollte ich die Professorin fragen, ob sie mir das Gedudel für heute Abend ausleiht?

Ihre Worte sind verstummt, damit wir uns, wie sie es nennt, bewusster wahrnehmen. Das Einzige, was ich im Augenblick spüre, ist der harte Boden unter meinem Hintern. Ich schwöre, irgendwas pikst mir in den Arsch. Ein Nagel oder eine Schraube, die aus dem Holz herausragt. Keine Ahnung, aber es fühlt sich unangenehm an. Ich rutsche etwas weiter vor und spüre, wie meine Knie plötzlich auf Widerstand stoßen. Sofort reiße ich die Augen auf. Sanft drücken Aspens Knie gegen meine. Vorsichtig werfe ich einen Blick in ihr Gesicht, um nachzusehen, ob sie mich entsetzt anstarrt. Fehlanzeige, stattdessen grinst sie mit geschlossenen Augen vor sich hin.

»Noch drei«, meldet sich Professorin Simmons wieder zu Wort und kündigt damit das nahende Ende der Übung an. »Kommen Sie langsam zurück.«

Fasziniert beobachte ich Aspens Brust dabei, wie sie sich hebt und senkt. Einmal, zweimal. Instinktiv falle ich in ihren Rhythmus.

Das Ganze hat eine deutlich entspannendere Wirkung auf mich als der Panflöten-Atem-Kram.

»Atmen Sie ein letztes Mal ein. Mit der Ausatmung öffnen Sie die Augen und schenken Ihrem Gegenüber ein freundliches Lächeln.« Kaum hat sie die Worte ausgesprochen, heben sich Aspens Lider. Langsam. Irgendwie verträumt. Absolut hinreißend. Das war's, ich bin geliefert.

Das Grinsen auf ihren roten Lippen verwandelt sich in ein umwerfendes Lächeln. Unsere Blicke treffen sich und halten einander fest. Gefühle prallen ungefiltert aufeinander. Stellen in Aussicht, was unmöglich scheint. Immer tiefer versinke ich in dem strahlenden Blau, das mich an den Himmel eines eiskalten Wintertages erinnert, an dem dir die Sonne warm ins Gesicht strahlt, während um dich herum alles unter einer weißen Schneedecke versinkt. Ich kann regelrecht hören, wie der Schnee unter meinen Schuhen knirscht. Ein Lachen. Ein Fluchen. Ein Knall. Stille. *Scheiße!*

»Sehr schön, meine Lieben, kommen wir nun zur nächsten Übung. Bitte stehen Sie dazu auf.«

Die Worte der Professorin hallen zwar zu mir herüber, aber sie sorgen nicht dafür, dass sich mein Körper in Bewegung setzt. Im Gegenteil. Regungslos sitze ich Aspen gegenüber, bin völlig erstarrt. Dränge die aufblitzenden Bilder zurück. Bilder, die mich zu jenem Wintertag vor fast fünf Jahren zurückkatapultieren wollen.

Ich sehe Aspen an, versuche, mich ausschließlich auf sie zu konzentrieren, damit sie mich im Hier und Jetzt hält. Meine Knie drü cken sich fester gegen ihre, während ich die Finger tief in meine Oberschenkel kralle. Aspens Brust hebt sich nun deutlich schneller und meine ebenfalls, allerdings aus völlig unterschiedlichen Gründen. Ich renne gerade der Panik davon, während sie ungebremst in meine Gefühlswelt kracht.

Zaghaft legen sich ihre Hände auf meine, üben sanften Druck auf meine Finger aus. Fest genug, um all meine Sinne auf unsere Verbindung zu fokussieren. Langsam atmet sie tief ein. Irritiert sehe ich sie an. Sie atmet aus. Wieder ein. Dann checke ich, was sie hier gerade versucht. Das ist verdammt süß, aber völlig überflüssig. Denn ich habe ihr ein paar Jahre Erfahrung voraus. Mit mir muss niemand gemeinsam atmen, um mich von meiner Angst zu befreien.

In einer flüssigen Bewegung drehe ich meine Hände so, dass ich ihre Handgelenke umfassen kann, anschließend stehe ich auf und ziehe Aspen ebenfalls auf ihre Füße. Mit großen Augen sieht sie mich an. Als hätte ich mich an ihr verbrannt, lasse ich sie los und trete einen Schritt zurück. Kurz mustere ich ihr Gesicht, ohne genau zu wissen, was ich darin zu finden versuche, dann wende ich den Blick von ihr ab.

»Wenn Sie mir kurz Ihre Aufmerksamkeit schenken würden, ich möchte gerne fortfahren. Bewegungsimpuls durch Berührung. Eine großartige Übung, wie ich finde. Im ersten Schritt wird einer oder eine von Ihnen die Augen schließen und Ihr Partner oder Ihre Partnerin wird einen Bewegungsimpuls auslösen. Berühren Sie dazu eine beliebige Körperstelle. Verzichten Sie hierbei bitte auf intime Zonen.« Gelächter hallt durch den Theaterraum. »Ich werde es demonstrieren«, sagt die Professorin über das Stimmengewirr hinweg.

»Mr Anderson, wären Sie so freundlich?« Sie hat es eindeutig auf mich abgesehen. »Schließen Sie die Augen. Wenn Sie meine Berührung spüren, reagieren Sie darauf mit einer spontanen Bewegung des entsprechenden Körperteils.«

Mir ist noch nicht ganz klar, was sie von mir will, aber ich mache, was sie von mir verlangt. Sofort spüre ich die neugierigen Blicke aller auf mir und fühle mich schlagartig unwohl in meiner Haut. Sie tippt gegen meine Schulter. Instinktiv ziehe ich sie zurück. Obwohl ich wusste, dass sie mich berühren wird, war ich absolut nicht darauf vorbereitet.

»Großartig, Mr Anderson. Das war ganz ausgezeichnet. Miss Hill, Sie sind dran.« Professorin Simmons geht zur nächsten

Gruppe. Unsicher schaue ich zu Aspen, die mir ebenso unsicher entgegenblickt.

»Ist das okay für dich?«, flüstert sie.

Ist es das? Nein … ja … Ich habe keine Ahnung. Allerdings frage ich mich gerade, was schlimmer ist: dass sie mich anfassen wird oder dass sie mich um Erlaubnis bittet, weil sie das Gefühl hat, es zu müssen.

»Klar, tob dich an mir aus«, antworte ich.

Entgeistert starrt Aspen mich an. *Ernsthaft, Cameron?* Meine innere Stimme verdreht gerade genervt die Augen und ich kann es ihr nicht verübeln. Auf einer Eins-bis-zehn-Skala der dümmsten Antworten ist das mindestens eine Acht. Kopfschüttelnd schließe ich die Augen. Und dann warte ich darauf, dass sie mit der Übung beginnt. Drei … zwei … eins …

»Aspen«, fordere ich sie auf, als nichts passiert. Kaum spürbar tippt sie gegen meine linke Schulter und ich ziehe sie genau wie zuvor bei Professorin Simmons zurück. Als Nächstes berührt sie meinen rechten Oberschenkel. Ich winkle das Bein an. Die Übung ist albern. Was soll das bringen? Unterarm, rechte Schulter. Wirklich, ich komme mir wie ein Zirkusaffe vor. Aspen pikt mir in die Seite und ich zucke zusammen. Ich höre sie leise lachen, als Reaktion darauf strecke ich ihr die Zunge heraus.

»Sehr gut. Sie machen das alle großartig. Stufe zwei, geben Sie der Berührung ein Gefühl mit, das Ihr Gegenüber empfinden soll. Sie dürfen Ihre Bewegung unterstützend durch Mimik und Stimme zum Ausdruck bringen«, setzt Professorin Simmons noch einen obendrauf.

Aspen streift meinen Handrücken. »Angst«, flüstert sie. Abwehrend reiße ich die Arme hoch und lasse sie im nächsten Moment wieder sinken. In dem Augenblick, als ich ihre Hand auf meiner Brust spüre, legt sich meine instinktiv auf ihre und hält sie an Ort und Stelle. Mindestens genauso instinktiv beschleunigt sich mein Herzschlag unter ihren Fingern.

Scheiße! Ich schlucke schwer, warte darauf, dass sie etwas sagt. Nichts. Auch wenn ich es nicht sehe, spüre ich, wie sie näher an mich herantritt, weil ich sie mit allen anderen Sinnen wahrnehme. Eine federleichte Berührung trifft meine Lippen, streicht lockend darüber. *Nicht denken, nur fühlen,* schießt es mir durch den Kopf. Ganz automatisch öffnet sich mein Mund leicht, und ich stupse mit der Zungenspitze gegen Aspens Finger, der zärtlich meine Unterlippe erkundet.

»Sehnsucht«, haucht sie. Völlig kopflos greife ich mit der freien Hand nach ihrer, löse sie von meinen Lippen und platziere einen Kuss in ihrer Handfläche, während meine andere weiterhin ihre zweite Hand fest gegen meinen Brustkorb drückt.

»Sehnsucht«, flüstere ich, lasse die Lippen zu ihrem Handgelenk wandern, küsse ihre zarte Haut, atme den Duft von Lavendel ein, der darauf liegt und sich für immer in mein Gedächtnis brennt. Meine Zunge tastet nach ihrem Puls, dann presse ich den Mund sanft, aber bestimmt darauf. Fühle, wie er an meinen Lippen pulsiert. Schnell, heftig. Sie stöhnt kaum hörbar und doch laut genug, dass sie damit eine Kettenreaktion an Gefühlen in Gang setzt, deren Ausmaß mir erst bewusst wird, als ich die Augen öffne.

Fuck! Fuck! Fuck!

Abrupt lasse ich von Aspen ab, werfe einen Blick zu Professorin Simmons, die zufrieden in unsere Richtung sieht. »Die Bewegung-durch-Impuls-Übung kann mitunter sehr intensiv sein. Deshalb beenden Sie sie bitte mit einem positiven Gefühl.«

Wie habe ich mich dazu hinreißen lassen können?

»Ms Hill, Mr Anderson, Ihre Verbindung zueinander ist fantastisch. Sie beide umgibt eine tiefe Aura aus Leidenschaft und Tragik. Gemeinsam werden Sie Romeo und Julia ganz großartig verkörpern, das spüre ich. Ab sofort werden Sie unser Liebespaar für die Aufführung repräsentieren.«

Großartig, das hat mir gerade noch gefehlt. Die Hauptrolle in einem Theaterstück. Kann man eigentlich noch lauter *Hier bin ich!* schreien?

»Kommen wir zu einer weiteren Partnerschaftsübung.« Was? Nein. Ich bin raus!

Ohne eine Erklärung springe ich von der Bühne, schnappe meine Tasche und verlasse den Raum. Ich bin wütend auf mich und Aspen. Sie hat mich herausgefordert und ich habe es zugelassen. Blindlings bin ich in ihre Falle getappt.

Mit schnellen Schritten haste ich den leeren Flur entlang und biege nach rechts ab. Ich bin so ein verdammter Idiot.

»Warte!«, ruft Aspen hinter mir. »Bleib sofort stehen!«, setzt sie nach, als ich weiterlaufe. »Du kannst mich nicht küssen und dann einfach abhauen! Das funktioniert so nicht.«

Ihre Worte legen einen Schalter in mir um. Ich wechsle die Richtung und überbrücke die Distanz zwischen uns, dränge sie zurück, bis sie mit dem Rücken an der Wand steht. Sie will spielen? Gut, dann spielen wir.

»Ich habe dich nicht geküsst«, stelle ich mit scharfem Ton klar. Aspen riecht nach Lavendel. Ich bin ihr viel zu nah.

»Ach nein? Als was würdest du es denn bezeichnen?«, fragt sie und funkelt mich herausfordernd an. Darauf habe ich keine Antwort. Denn wenn ich eine hätte, wäre ich weniger angepisst und würde es nicht an ihr auslassen.

Statt zu gehen und sie nicht weiter zu provozieren, trete ich noch dichter an sie heran. Zwischen uns passt jetzt kaum noch mehr als eine Handbreite.

»Das war kein Kuss«, wiederhole ich mit deutlich weniger Überzeugung als zuvor und sehe auf sie hinab.

»Was war es dann?«, wispert sie. Sie hat den Kopf in den Nacken gelegt, um mich ansehen zu können. Ich habe sie genau da, wo ich sie haben will, aber keinesfalls haben sollte. Meine Brust hebt und senkt sich so heftig, als sich mein Blick mit ihrem verfängt. Es grenzt schon an Selbstzerstörung, wie sehr ich sie in diesem

Augenblick will und wie verzweifelt ich versuche, mich dagegen zu wehren. Jede Faser meines Körpers will diese Frau. Will sie küssen. Sie berühren. Will, dass sie mich küsst. Dass sie mich berührt. Aber mindestens so sehr will ich, dass sie all das nicht tut und mir eine Chance lässt, ihr zu entkommen.

Gerade bin ich mir nicht mehr so sicher, wer von uns als Sieger vom Spielfeld gehen wird. Ob überhaupt jemand gewinnt oder ob wir am Ende beide verlieren werden.

Die Umhängetasche rutscht von meiner Schulter und landet mit einem dumpfen Geräusch auf dem Marmorboden. Im nächsten Moment stütze ich die Arme rechts und links von ihr an der Wand ab. Nehme sie damit endgültig gefangen. Mein Blick heftet sich auf ihre knallroten Lippen, von denen ich vom ersten Moment an wusste, dass sie mir gefährlich werden könnten. Das Spiel verliere ich in dem Augenblick, als mein Gesicht sich ihrem nähert.

»Das ist ein Kuss«, hauche ich gegen ihre Lippen. Warne sie und irgendwie auch mich selbst vor.

11.

ASPEN

Bevor seine Worte bei mir ankommen und ich verstehe, was er mir damit sagen will, liegen seine Lippen auf meinen. Dieser Kuss ist nicht sanft, sondern eine Warnung. Drängend, fordernd, verzweifelt. Ich habe Jasper provoziert und das ist seine Antwort darauf. Meine Finger lösen sich von dem Griff des Rucksacks und er fällt genau wie zuvor Jaspers Tasche zu Boden.

Ein Seufzen entfährt mir, als er mit der Zunge meine Lippen teilt und damit noch einen Schritt weiter geht. Als aus dem ruppigen Kuss, der aus Wut und Verzweiflung heraus entstanden ist, viel mehr wird, reagiert mein Körper augenblicklich darauf. Jasper erkundet meinen Mund. Lässt sich Zeit. Neckt mich. Spielt mit meiner Zunge. Treibt mich in den Wahnsinn, weil er etwas von sich zurückhält. Genau das, was ich von ihm will. Was ich brauche. Ich brauche das Gefühl, dass wir zusammen ertrinken und nicht nur ich. Dass wir gemeinsam fallen, ohne jemals auf dem Boden zu zerschellen, weil wir schweben, solange wir eins sind. Und das sind wir in diesem Augenblick nicht, weil er sich dagegen wehrt.

»Lass es zu, bitte«, flüstere ich. Meine Finger vergraben sich im Hemdstoff und ziehen ihn näher heran. Sein Körper sinkt gegen meinen. Presst mich gegen die Wand hinter mir.

»Scheiße, Aspen, das hättest du nicht tun sollen«, haucht er an meinen Lippen. »Du bringst mich um den Verstand.« Um meinen hat er mich bereits in dem Augenblick gebracht, als er meine Handfläche geküsst hat. Es klingt vielleicht verrückt, aber mich hat nie etwas mehr angeturnt als Jasper, der federleichte Küsse auf meiner Haut verteilt. Und da gibt es noch jede Menge sensible Punkte, die darauf brennen, mit seinen Lippen Bekanntschaft zu machen.

»Was stellst du nur mit mir an?« Erneut küsst er mich. Diesmal mit allem, was er hat. Hemmungslos. Als hätte er endlich damit aufgehört zu denken und beschlossen, nur noch zu fühlen. Plötzlich weiß ich nicht mehr, wo er anfängt und wo ich aufhöre. Verliere mich ohne Ausweg in unseren Küssen. Als sein Becken sich gegen meins drängt, weiß ich, was ich mit ihm anstelle, und das beruht auf Gegenseitigkeit. Es pocht so heftig zwischen meinen Beinen, dass ich mein Becken kreisen lasse, um das Verlangen zu kontrollieren. Vergebens.

Ein frustriertes Stöhnen entweicht mir. Und Jasper scheint genau zu wissen, warum. In nächsten Augenblick schiebt sich sein Oberschenkel zwischen meine Schenkel, und ich ziehe scharf die Luft ein, als ich die Reibung dort spüre, wo ich mich am meisten danach sehne. Meine Hände wandern von seinem flachen Bauch zu seiner Brust, bevor ich sie in seinen dunklen Haaren vergrabe.

Das hier ist verrückt und aufregend. Wir stehen auf dem Flur, könnten jede Sekunde dabei erwischt werden, und doch wünschte ich, er würde eine Hand von der Wand lösen, sie über meinen Körper und schlussendlich in meine Jeans wandern lassen. Würde spüren, wie sehr er mich erregt.

Erneut stöhne ich in seinen Mund, als ich mir vorstelle, wie seine Finger mich reizen. In mich gleiten. Einen Rhythmus finden, der meine Lust höher katapultiert. Ich presse mich fester an ihn, lasse meine Mitte über seinen Oberschenkel tanzen. Fühle die Hitze, die von der Stelle ausgeht, an der sich unsere Körper berühren. Seine Härte drückt sich gegen mein Becken. Sanft beißt er in meine Unterlippe, gibt sie wieder frei. Liebkost mit seiner Zunge die Stelle. Küsst mich. Tief. Innig.

Er löst sich von meinen Lippen, und ich schnappe gierig nach Sauerstoff, von dem ich weiß, ich brauche ihn nicht, um zu existieren, solange er mich küsst. Das Blut beginnt in meinen Ohren zu rauschen. In diesem Augenblick sind meine Sinne auf Jasper gepolt. Während alles um mich herum verschwimmt, kann ich ihn hören, riechen, schmecken, spüren. Alles an ihm fühlt sich perfekt an. Ich liebe dieses leise Stöhnen und das Vibrieren, das es gerade an meinem Hals auslöst, als er eine Spur Küsse auf meiner überhitzten Haut verteilt. Ich mag den Duft seiner Haare, die meine Nase kitzeln, als ich meinen Kopf in seine Richtung neige. Ich genieße seine vollen Lippen, die nach mehr schmecken. Unersättlich zu sein scheinen. Ich verzehre mich nach dem Gefühl seines Körpers, der sich auf der Suche nach Erlösung verzweifelt gegen meinen drängt. Ich …

Verdammt, ich habe ein Problem. Das hier geht sehr viel tiefer, als ich angenommen habe, und viel zu schnell. Mein Atem kommt nur noch stoßweise, als mir bewusst wird, was wir hier machen und worauf es hinauslaufen könnte.

Plötzlich klingelt es in meinen Ohren. Im selben Moment reißt Jasper sich so ruckartig von mir los, dass ich nach vorne taumle. Er fängt mich auf und stellt mich auf die Füße. Als er sicher ist, dass ich ihm nicht direkt wieder in die Arme falle, lässt er von mir ab, greift nach seiner Tasche und hängt sie sich um. Blinzelnd starre ich Jasper an. Emotionslos starrt er zurück. Was ist hier gerade passiert? Keine Ahnung. Mein Gemütszustand schwankt von verwirrt über fasziniert bis zu *Was zur Hölle war das?*. Seine Brust hebt und senkt sich schnell und flach.

Sekunden später werden Türen geöffnet und Studierende strömen aus den Räumen. Der Abstand zwischen uns vergrößert sich, als er einen Schritt zurücktritt. Seine steife Körperhaltung spricht Bände. Er ist ebenso irritiert wie ich. Die Geräusche um uns herum werden lauter, lassen die Blase platzen, in der wir bis eben gewesen sind, und bringen das Hier und Jetzt mit brutaler Härte zurück. Eine Realität, in der Jasper mich mit allem, was er hat, von sich stößt, statt mich zu küssen, als würde sein Leben davon abhängen. Mein Herz zieht sich krampfhaft zusammen, als er leicht den Kopf schüttelt und ein siegessicheres Grinsen auf seinen Lippen erscheint.

»Wer hat jetzt gewonnen?«, sagt er mit eisiger Stimme.

»Mach das nicht«, erwidere ich viel zu leise, als dass er mich in dem Lärm verstehen könnte. Bevor ich es verhindern kann, taucht er in der Menge ab. Ich sehe ihm nach, bis sein dunkler Haarschopf aus meinem Blickfeld verschwindet.

Mit zittrigen Fingern und weichen Knien hebe ich meinen Rucksack auf und reihe mich genau wie er zuvor in den Strom der Leute ein, die an mir vorbeigehen, ohne Notiz von meiner Person zu nehmen. Wie in Trance setze ich einen Fuß vor den anderen und verlasse das Gebäude durch einen der Seitenausgänge. Ziellos laufe ich über den Campus. Wenig später komme ich am Café vorbei und mache einen Abstecher hinein. Um meine geschundene Seele zu streicheln, hole ich mir einen Salted-Caramel-Milchshake und drei Cookies mit weißer Schokolade. Damit bewaffnet setze ich mich auf die Terrasse, betrachte nachdenklich den Springbrunnen und verliere mich nach wenigen Augenblicken tief in meinen Gedanken. Analysiere alles vorwärts, rückwärts, kreuz und quer. Immer mit demselben Ergebnis. Ich bin absolut planlos, was Jasper betrifft. Es ist einfach zum Verrücktwerden.

* * *

Erst am späten Nachmittag betrete ich den Bungalow. Mit einem Knall landet mein Rucksack neben dem Schuhregal, weil ich ihn unachtsam in die Ecke schleudere.

»Aspen?«, dringt Abbies Stimme gedämpft in den Flur. Zwei Sekunden später steckt sie ihren Kopf durch den Türspalt. »Was ist denn los?« Mit einer Mischung aus Besorgnis und Neugier sieht sie mich an.

»Jasper Anderson ist los«, antworte ich. Sie öffnet ihre Zimmertür ganz und ich schiebe mich an ihr vorbei.

»Was hat er diesmal angestellt?«

Rücklings lasse ich mich auf ihr Bett fallen, greife nach dem

Zierkissen, presse es auf mein Gesicht und stoße einen frustrierten Laut aus. Sobald ich mich gefangen habe, lege ich das Kissen wieder beiseite und sehe Abbie an. »Wir haben uns geküsst.« Und wie wir das haben.

»Das ist doch gut, oder?«, fragt Abbie skeptisch, weil ich keine Luftsprünge vor Begeisterung mache. »Oder küsst er wie ein Frosch?«

Ich richte mich wieder auf und wechsle in den Schneidersitz. Abbie nimmt auf ihrem Schreibtischstuhl Platz.

»Er ist danach einfach abgehauen. Ich gebe zu, dieser Kuss kam für uns beide überraschend, aber deswegen muss er ja nicht direkt davonstürmen, als wäre der Leibhaftige hinter ihm her.« Das Verhalten von Jasper ist dermaßen frustrierend, weil ich keine Ahnung habe, wie ich ihn davon abhalten kann, ständig vor mir Reißaus zu nehmen.

»Vielleicht küsst du wie eine Fröschin.« Sie grinst frech. Erneut greife ich nach dem Zierkissen, diesmal, um es in Abbies Richtung zu werfen. Geschickt weicht sie aus.

»Ist jemand zu Hause?«, ertönt Dions Stimme aus dem Flur.

»Wir sind hier«, ruft Abbie.

Im nächsten Augenblick kommt sie durch die Tür. Skeptisch sieht sie uns an. »Okay, was habe ich verpasst?«

»Wir haben uns geküsst«, weihe ich Dion ein, weil sie ohnehin dahinterkommt, wenn ich sie anflunkere.

»Ihr habt was?« Verwirrt sieht sie zwischen uns hin und her.

»O Gott! Doch nicht wir zwei.«

»Wer hat dann mit wem herumgeknutscht?«, hakt sie nach, weil sie scheinbar nicht von selbst darauf kommt.

»Jasper und ich.«

»Dann brauchen wir den Plan nicht mehr, weil du hinter sein Geheimnis gekommen bist und ihr zur Feier geknutscht habt?«

»So würde ich es nicht ausdrücken«, antworte ich und seufze bei dem Gedanken daran, wie unser Kuss geendet hat.

»War es so mies?«

»Nein, es war unglaublich, bis auf den Umstand, dass er anschließend schockiert davongestürmt ist.«

»Dann brauchen wir den Plan doch.«

»Ja, lasst es uns durchziehen«, sage ich entschlossen. Ich will endlich wissen, was hinter seinem Verhalten steckt. Da es unmöglich scheint, ein Gespräch mit ihm zu führen, zeigt er sich in der Anonymität hoffentlich kooperativer.

12.

CAMERON

Jasper Maxwell Anderson, ich hasse dich.

Sport. Sieben Uhr morgens. An einem Freitag. Ernsthaft? Obendrein ist es arschkalt. Für seine Kursauswahl würde ich ihm gerne den Hals umdrehen oder mir freiwillig ein Bein brechen, um die Sache zu umgehen. Ich kann also nicht behaupten, für diese Sporteinheit motiviert zu sein. Was hauptsächlich daran liegt, dass mir sehr wohl bewusst ist, wie es um meine derzeitige Kondition steht.

Ich war zwar nie einer der Typen, die in einem Highschool-Sportteam gewesen sind, aber als unsportlich würde ich mich nicht bezeichnen, sondern mir selbst eine gewisse Faulheit zuschreiben. Täglich mit dem Rad zur Schule zu fahren, fällt nicht unbedingt in die Sparte Spitzensport. Meine jüngeren Geschwister sind in diesem Bereich eindeutig ambitionierter als ich. Wenn es meine Zeit zulässt, werfe ich mit Kaden hinterm Haus ein paar Körbe oder gehe mit ihm und Cassie eine Runde kicken. Seit meiner Ankunft habe ich den Kurs bewusst ausfallen lassen, aber das kann ich nicht ewig durchziehen. Also habe ich mich heute Morgen tatsächlich aufgerappelt, um meinen inneren Schweinehund zu überwinden.

»Na, schläfst du noch?«

Hastig stopfe ich meine Tasche in den Spind und schließe die Tür, dann drehe ich mich um. Für einen Augenblick nehme ich Will unter die Lupe. Er sieht auf jeden Fall nicht so aus, als hätte er sich in diesen Kurs verirrt. Mein Blick wandert von meinen neuen Turnschuhen zu seinen. Ja, er nutzt die im Gegensatz zu mir regelmäßig.

»Morgen. Die Uhrzeit ist echte Folter«, gestehe ich.

»Man gewöhnt sich daran. Wollen wir?« Mit dem Kopf deutet er zur Tür.

»Klar.« Am liebsten würde ich mich zu meiner Sporttasche in den Schrank verkriechen.

Wir lassen die Umkleide hinter uns und gehen gemeinsam die kurze Strecke bis zum Sportplatz. Die Zeit nutzt Will, um mich mit Fragen zu löchern, die ich ausweichend beantworte.

»In welchem Team warst du?«

»Team?«, hake ich nach, weil mir nicht ganz klar ist, worauf er hinauswill.

»Welchem Sportteam hast du in der Highschool angehört?«

»Dem Schachteam«, antworte ich spontan. Das ist nicht mal gelogen. Ich war im Schachclub, weil mein Dad gemeint hatte, es wäre eine coole Sache, da er als Teenager ebenfalls Mitglied gewesen war.

Will lacht. Er kauft mir die Geschichte nicht ab. »Du bist witzig. Ernsthaft, welches Team?«

In meinem Gedächtnis krame ich nach der nötigen Information. Irgendwo in dem Ordner, den Jasper mir über sich mitgegeben hat, steht das sicherlich. *Denk nach, Cameron! Anderson hat sogar an Bildmaterial gedacht.* In Gedanken blättere ich die Seiten durch und versuche, mich daran zu erinnern, was ich gesehen habe. Ein fotografisches Gedächtnis wäre im Augenblick mehr als hilfreich.

Das Foto von Jasper in weißen Klamotten und riesigen Schienbeinschonern, mit einem Schläger in der Hand und einem Helm auf dem Kopf, der Ähnlichkeit mit einer Basecap hat, taucht vor meinem inneren Auge auf. Baseball? Nein, kein Baseball. Der Kerl ist in England auf ein Internat gegangen. Was sind typisch britische Sportarten? O Mann, ich habe nicht angenommen, dass diese Information eine Rolle spielen könnte. Ich sollte mir dringend erneut den Ordner vornehmen. Und zwar diesmal gründlich, um beim nächsten Mal besser vorbereitet zu sein.

»Hey, Will, wen hast du denn da im Schlepptau?«, ruft jemand und wird damit unwissentlich für mich zur Rettung. Mein Blick wandert in die Richtung, aus der die Stimme kommt. Ein Typ, der eindeutig in die Gattung durchtrainierter Footballer fällt, joggt lässig auf uns zu. Sein Schritt gerät kurz aus dem Rhythmus, als unsere Blicke sich treffen. Ein ungutes Gefühl macht sich in mir breit. Es verstärkt sich, als sich seine Augenbrauen skeptisch zusammenziehen.

»Anderson?« Shit! Hat Jasper nicht gesagt, es wäre unwahrscheinlich, dass ihn jemand in Waterbury kennt? Dass er die meiste Zeit im Ausland verbracht hat? Das ist dann wohl nicht die ganze Wahrheit gewesen. Was mache ich jetzt?

»Hey«, antworte ich mit einem unüberhörbaren Flattern in der Stimme. Wie lange dauert es, bis der Schwindel auffliegt? Sollte er den echten Jasper näher kennen, bin ich geliefert. Allein meine Tonlage ist, von dem fehlenden Akzent mal abgesehen, eine Oktave tiefer. Und man muss nur genau hinsehen, um die wenigen optischen Unterschiede zwischen uns zu erkennen.

»Ihr kennt euch?« Neugierig sieht Will zwischen dem Kerl und mir hin und her. Da ich keine Antwort auf seine Frage habe, überlasse ich es unserem Neuzugang, das aufzuklären.

»Du hast keine Ahnung, wer ich bin, oder?«

Wie verräterisch ist ein nervöses Augenzucken? »Ähm … also …« Sich in dieser Situation einen abzustottern, ist auch nicht sonderlich hilfreich.

»Jason Tell. Wir waren zusammen in Stowe. Ich habe dir das Cricketspielen beigebracht. Du hast dich echt kaum verändert. Du bist noch genauso hässlich wie damals«, zieht er mich auf und lacht. Im Augenblick finde ich die Situation eher weniger lustig. Vor Nervosität beginne ich zu schwitzen und mich im Nacken zu kratzen.

Stowe, da klingelt etwas bei mir. Das ist der Name einer der Privatschulen, die Jasper in England kurzzeitig besucht hat. Der Kerl hat eine Menge Schulwechsel hinter sich. So als wäre er ständig auf der Flucht gewesen. Im Gegensatz zu Jasper hat Jason keinerlei britischen Akzent. Vielleicht war er ein Austauschschüler?

Stowe School. Wie alt war er da? Dreizehn, vierzehn. Jedenfalls ist es unwahrscheinlich, dass dieser Jason ihn gut genug kennt, um hinter den Schwindel zu kommen. Aber wie wahrscheinlich ist es, ausgerechnet hier auf einen Kerl zu treffen, mit dem er in England gemeinsam die Schulbank gedrückt hat? Genau. Man sollte niemals nie sagen. Und mit Cricket hätte ich auch endlich die Antwort auf Wills Frage. Ich habe in meinem ganzen Leben noch kein Cricket gespielt. Sollte sich Jason darüber austauschen oder, schlimmer, eine Partie spielen wollen, bin ich so richtig am Arsch.

Als ich bemerke, dass er mich abwartend ansieht, weiche ich seinem Blick aus. »Stowe. Ist ziemlich lange her«, antworte ich. Bewusst gehe ich nicht auf ihn persönlich ein und halte mich mit meiner Aussage eher vage. *Die Kunst der Täuschung liegt darin, wichtige Informationen von deinem Gegenüber zu bekommen, ohne dass dieses bemerkt, dass es sie dir zur Verfügung stellt.* Witzig, dass mir ausgerechnet das von Jaspers Worten im Gedächtnis geblieben ist.

»Ja, sieben Jahre. Sie hätten dich nicht direkt von der Schule werfen müssen, nur weil du Miss Patels Computer gehackt hast, um unsere Geschichtsnoten aufzupolieren. Das war so eine geile Nummer.«

Wie bitte? Von Jaspers Vergangenheit als Hacker in der Middle School steht definitiv nichts im Ordner. Ob er sich bereits Zugang zum College-Computer verschafft hat? Okay, jetzt drehe ich durch. Er hat sich als Teenager in den Rechner seiner Lehrerin gehackt und nicht ins Pentagon. Der Kerl ist ein Freak. Nicht mehr und nicht weniger.

»Ich störe euer unerwartetes Wiedersehen nur ungern, aber der Coach ist im Anmarsch.«

»Ach Mist, ich hätte gerne noch etwas über die alten Zeiten geplaudert«, lüge ich. Sport erscheint mir plötzlich eine fantastische Idee zu sein.

»Wenn du Bock hast, treffen wir uns später und quatschen eine

Runde. Mich würde brennend interessieren, wie es dir nach Stowe ergangen ist«, bietet Jason an. Die Vorlage zu dieser Einladung kam eindeutig von mir. Ich sollte wirklich nachdenken, bevor ich rede. Mit solchen Aussagen reite ich mich nur tiefer rein und verstricke mich letztlich in Unwahrheiten, über die ich zwangsläufig den Überblick verliere.

Granny El pflegt zu sagen, wer lügen will, sollte ein gutes Gedächtnis haben. Sie hat recht. Sich an Wahrheiten zu halten, ist wesentlich leichter, als das Konstrukt aufrechtzuerhalten, das man erschafft, damit das Lügengerüst nicht bei der kleinsten Windböe wie ein Kartenhaus einstürzt.

»Klar.« Niemals, aber es ist besser, Jason in dem Glauben zu lassen, als ihn unbegründet vor den Kopf zu stoßen. *Gratuliere, Cameron, du gießt gerade das Fundament für deine Lügenmärchen.*

»Wir teilen uns Bungalow Nummer 167. Das ist direkt neben dem Golfplatz«, erwähnt Will beiläufig. Das ist dann wohl der Hinweis, dass er ebenfalls nichts gegen einen gemütlichen Männerabend einzuwenden hat.

»Cool.« Warum überrascht es mich nicht, dass es auf dem Gelände einen Golfplatz gibt? Vielleicht weil ich heute Morgen an einem Gebäude vorbeigekommen bin, in dem sich ausschließlich Designerläden befinden. Direkt neben der medizinischen Fakultät. Das ist mehr als schräg.

»In welchem Bungalow wurdest du untergebracht?«

»Bei den Forschungslaboren«, antworte ich und grenze es damit grob ein. Ich traue es Will zu, unangemeldet an meiner Tür zu klopfen, und das würde ich gerne verhindern.

Als die beiden ohne Vorwarnung im Laufschritt losjoggen, verliere ich den Anschluss. Sofort setze ich mich in Bewegung. Bis zu der bereits in einer Reihe aufgestellten Gruppe ist es höchstens eine Viertelmeile. Für jemanden, der mit Sport absolut nichts am Hut hat, ist das dennoch zu viel, wenn man sie im Sprint zurücklegt. Schwer atmend reihe ich mich ein und stütze mich mit den Händen auf den Knien ab. Will wirft mir einen seltsamen Blick zu.

Stell dich nicht so an!

Entschlossen richte ich mich kerzengerade auf. »Bin etwas aus der Übung«, flüstere ich kurzatmig. Statt einer Antwort bekomme ich ein Nicken und ein verständnisvolles Lächeln.

»Meine Herren«, ertönt eine so tiefe und raue Stimme, dass ich Schwierigkeiten habe, die Worte zu verstehen.

Unauffällig beuge ich mich vor, um einen genaueren Blick auf den Coach zu werfen. Der Kerl ist ein Schrank. Keiner in eintüriger Ausführung. Zweitürig mit einem Aufsatz obendrauf trifft es eher. Breit und riesig. Der Umfang seiner Oberarme entspricht in etwa dem meiner Oberschenkel. Ich bin nicht schmal gebaut, aber gerade komme ich mir vor wie ein Kastanienmännchen mit Zahnstocherarmen und -beinen.

»Wie ich sehe, haben es heute alle pünktlich geschafft.« Langsam setzt er einen Fuß vor den anderen und geht die Reihe ab. Ich würde schätzen, dass wir nicht mehr als fünfzehn sind. Keine weiblichen Teilnehmer. Jedenfalls soweit ich es überblicken kann. Vor jedem Einzelnen bleibt der Coach stehen und mustert die Person, die ihm gegenübersteht, von oben bis unten.

»T-Shirt in die Hose!«, weist er mit strengem Ton an. Hastig stopft ein dunkelhaariger Typ den dunkelblauen Stoff in seine goldgelben Shorts. Das ist der Augenblick, in dem mir etwas Entscheidendes auffällt. Alle tragen das gleiche Outfit. Alle außer mir. Fuck!

»Sollen das Schleifen sein, Tell?« Wortlos bückt sich Jason und bindet seine Schuhe neu. »Und Sie sind ein richtiger Spaßvogel, oder was?« Die Frage geht an mich.

Auch wenn ich genau weiß, welche Klamotten ich heute Morgen im Halbschlaf aus dem Schrank gezerrt habe, sehe ich an mir herab. Eine dunkelgrüne gemusterte Jogginghose mit Gucci-Emblem. Die Krönung ist allerdings das weiße Shirt, auf dem *F*ck the System,*

Bro steht. Das einzige modische Highlight, das Jasper für mich in den Koffer gepackt hat. Zum Glück kann der Coach den Schriftzug nicht sehen, weil ich den Reißverschluss der Trainingsjacke aufgrund der kühlen Temperaturen zugezogen habe. Und ich werde einen Teufel tun und etwas daran ändern.

Die Aura, die der Mann vor mir versprüht, ist Angst einflößend. Mit seinen kurz geschorenen Haaren, dem glatt rasierten Kinn und dem starren Blick würde er perfekt in die Army passen. Die Trillerpfeife um seinen Hals wartet auf ihren Einsatz. *Coach Porter* steht in fetten Buchstaben demonstrativ quer über seiner Brust. Schnörkellose Goldschrift auf marineblauem Stoff.

»Hören Sie schlecht, Junge, oder ist die Frage zu schwer?« Und somit ist klar, welcher Ton in seinem Kurs herrscht und wer hier das Sagen hat. Ein Tyrann im Schrankformat.

»Sorry, Coach. Er ist neu und hat es bisher nicht geschafft, seine Sportkleidung abzuholen«, hilft mir Will aus der Klemme.

Neu? So kann man das Schwänzen des Sportkurses auch nennen. Ich bin bereits seit mehr als drei Wochen hier. Und bis vor zwei Minuten wusste ich nicht einmal, dass ich mir ein Einheitsoutfit hätte besorgen müssen.

»Name?« Der schroffe Ton sorgt dafür, dass mir leicht die Knie schlottern.

»Jasper«, stelle ich mich vor und verkneife mir ein Lächeln, weil ich befürchte, es wäre unangemessen und der Coach könnte es als Provokation deuten.

»Jasper und wie weiter?«

»Anderson«, beantworte ich die Frage.

Ein Schmunzeln erscheint in seinem Gesicht. Es ist keins der freundlichen Sorte, sondern eins, das nichts Gutes verheißt. »Das Cricket-Wunderkind hat es tatsächlich nach Waterbury geschafft. Respekt. Ich habe schon gar nicht mehr mit Ihnen gerechnet.«

Ach, du Scheiße, hat er gerade Wunderkind gesagt? Jasper Maxwell Anderson, wer zur Hölle bist du? Langsam bekomme ich den

Eindruck, dass ich nichts über ihn weiß. Und das trotz des dicken Ordners, der sich unter meinem Bett befindet.

»Okay, meine Herren, drei Runden um den Platz zum Aufwärmen. Außer Anderson, Sie laufen vier.« Na großartig. Es ist nicht mal acht Uhr morgens, und ich bereue es bereits, einen Fuß vor die Tür gesetzt zu haben. Dieser Tag schreit regelrecht danach, katastrophal zu werden, denn im Anschluss steht *Modernes Schauspiel* auf dem Plan.

Gestern im Einsteinkurs hat Aspen mich nicht aus den Augen gelassen, als würde sie nach etwas suchen. Die Blicke, die sie mir zuwirft, deuten darauf hin, dass sie nicht lockerlassen wird. Mein Gefühl sagt mir, sie ahnt was und der Schlamassel klopft bereits an die Tür, wenn ich nicht bald handle. Und zu allem Überfluss habe ich sie letzten Freitag geküsst. Das verbessert meine Chancen, sie mir vom Leib halten zu können, nicht gerade.

Ein Sprichwort besagt: Halte deine Freunde nahe bei dir, aber deine Feinde noch näher. Vielleicht sollte ich meine Strategie ändern. Anstatt sie mit aller Gewalt auf Abstand zu halten, sollte ich es in einem gesunden Maß für uns beide zulassen. Das könnte funktionieren.

13.

ASPEN

Nervös trommle ich mit den Fingernägeln auf dem kleinen Buch auf meinem Schoß herum. Der Leineneinband erzeugt dabei einen dumpfen Ton. Immer wieder wandert mein Blick zur offenen Tür. Bisher ist Jasper nicht aufgetaucht. Ob er überhaupt zum Kurs erscheint? Wurde Julia etwa bereits vor dem ersten Akt von Romeo sitzen gelassen? Es sieht ganz danach aus. Wirklich großartige Voraussetzungen für eine weitere epische Liebesgeschichte.

Wobei Shakespeares Werk einer Tragödie entspricht. Streng genommen würden wir aktuell nicht vom Original abweichen. Kein Happy End bleibt kein Happy End. Meine Familie mag die Andersons nicht. Andersrum sieht es vermutlich nicht besser aus. Es ist durchaus eine Parallele erkennbar. Wenn man die Tatsache ignoriert, dass wir nicht ineinander verliebt sind und uns lediglich ein einziges Mal geküsst haben. Ein Kuss, der aus den völlig falschen Motiven heraus entstanden ist.

Während ich gedanklich noch über die Gemeinsamkeiten mit Romeo und Julia philosophiere, erklärt Professorin Simmons den Ablauf für die heutige Stunde.

»Entschuldigung.« Jasper tritt durch die Tür, die ich nach wie vor im Visier habe. Als hätte ich nur darauf gewartet, dass er endlich auftaucht. Er wirkt abgehetzt, als wäre er bis vor wenigen Augenblicken noch gerannt.

Mein Blick folgt ihm, während er sich, vorbei an den anderen Studierenden, tatsächlich zu mir durchschlängelt und keine andere Richtung einschlägt. Okay, das verwirrt mich etwas. Ich hätte erwartet, dass er nicht genügend Abstand zwischen uns würde schaffen können. Ein nervöses Flattern macht sich in meiner Magengegend breit.

Sobald er neben mir auf dem Sitzkissen Platz genommen hat, atmet er einmal tief durch. Seine dunklen Haare kleben ihm feucht in der Stirn. Der Geruch von Seife steigt mir in die Nase. Nicht unangenehm, aber diese süßliche Note passt nicht zu ihm. Seine Bewegungen sind zu maskulin für so einen femininen Duft.

Unauffällig mustere ich ihn. Die Bartstoppeln stehen völlig im Kontrast zu seinen eher weichen Gesichtszügen. Anscheinend hat er es heute Morgen nicht mehr geschafft, sich zu rasieren. Das hellblaue Hemd, auf dessen Kragen seine Initialen gestickt sind, ist verknittert und falsch geknöpft. Alles in allem sieht er etwas ramponiert aus. Sein Anblick ist wie ein Unfall. Man will nicht hinsehen, kann aber auch nicht wegsehen.

»Du starrst mich schon wieder an«, flüstert er, ohne dabei in meine Richtung zu schauen. Wie macht er das, dass er es jedes Mal bemerkt, wenn ich ihn ansehe? Spürt er das etwa? Das ist absurd. In diesem Augenblick erinnert er mich an Dion, die diese Fähigkeit nahezu perfekt beherrscht.

Ich wende den Blick nicht von ihm ab, auch wenn ich das sollte, immerhin hat er meinem Ego mehrfach eine Breitseite verpasst und hätte meine Zurückweisung mehr als verdient. Die Neugier zwingt meinen Stolz letztlich in die Knie.

»Hast du verschlafen?«, frage ich ihn, denn sein Zustand entspricht meinem, wenn ich morgens nicht aus den Federn komme und mir plötzlich die Zeit im Nacken sitzt.

»Nein, ich war bis eben auf dem Sportplatz.«

»Du belegst Sport?«, entfährt es mir überrascht. Jetzt wendet er sich mir doch zu.

»Scheint so.« Warum klingt das aus seinem Mund, als könnte er es selbst nicht glauben?

»Du siehst überhaupt nicht wie ein Sportler aus.«

Seine Augen weiten sich. Habe ich ihn gerade beleidigt? Aber er passt absolut nicht in das Schema.

»Wie sieht ein Sportler denn aus?«, fragt er mit einem schiefen Grinsen, das in meiner Magengegend ein Kribbeln verursacht, als hätte mir jemand eine Überdosis Brausepulver verabreicht. Und es fühlt sich nicht unangenehm an. Allerdings frage ich mich, wo sein Sinneswandel herkommt.

Dennoch zwinge ich mich, den Blick von ihm zu lösen, und lasse ihn kurz durch den Raum schweifen, finde aber kein passendes Beispiel, um damit seine Frage zu beantworten. Klar, für gewöhnlich sitzen die nicht im Schauspielkurs.

»Sportlich?«, stammle ich unbeholfen. *Prima, Aspen, hüpf ruhig weiter von einem Fettnäpfchen ins nächste.* So sammle ich eindeutig keine Sympathiepunkte bei ihm.

Will ich das denn? Vermutlich schon, ja. Warum das so ist, will ich gar nicht so genau analysieren. Zwei Möglichkeiten kommen dafür am ehesten in Betracht. Erstens: Ich will wirklich, dass er mich mag. Zweitens – und das ist die weniger ehrenwerte: Wenn er mich mag, würde das meinem Dad missfallen und mir einen kleinen Triumph verschaffen. Damit würde ich mich über seine Autorität hinwegsetzen, weil er das keinesfalls billigen würde. Seine brave Tochter und der Sohn der Andersons, das käme einem Eklat gleich.

Bei dem Gedanken schäumt das Brausepulver urplötzlich auf und das Kribbeln fühlt sich nicht mehr so großartig an wie vor wenigen Augenblicken. Meine Hände werden feucht, und ich beginne, sie hektisch zu kneten. So ein Mensch bin ich nicht, oder etwa doch? Gerade bin ich mir nicht sicher, wo genau der Ursprung meines Interesses für Jasper liegt.

Überraschenderweise lacht er leise. Okay, jetzt bin ich wirklich verwirrt. Sein Lachen sorgt dafür, dass sich die Anspannung in meinem Inneren etwas löst, aber nicht gänzlich verschwindet.

»Verstehe.« Ich bin mir sicher, dass er das nicht tut.

»Die tragen 24/7 Sportklamotten und keine falsch geknöpften

Hemden«, versuche ich meine Aussage zu erklären und gebe ihm unauffällig den Hinweis, dass er seine Kleidung überprüfen sollte. Und es funktioniert, denn er sieht sofort an sich hinab. Ein leises Seufzen entweicht ihm, dann beginnt er, sein Hemd aufzuknöpfen.

Hier. Jetzt. Vor allen Leuten.

Panisch schaue ich mich danach um, ob jemand in unsere Richtung sieht und somit Zeuge von Jaspers spontanem Striptease wird. Erleichtert stelle ich fest, dass alle ihre Bücher aufgeschlagen haben und gespannt der Professorin lauschen, die gerade eine Passage aus *Romeo und Julia* vorliest. Ich sollte ebenfalls das Buch aufschlagen, anstatt meinen Blick auf Jaspers Oberkörper zu heften und dabei zuzusehen, wie er sein Hemd Knopf für Knopf öffnet und damit einen schmalen Streifen Haut entblößt. Sonnengebräunt und straff. Möglicherweise liege ich mit meiner Anti-Sportler-Hypothese doch daneben, und unter dem Stoff verbergen sich fein aneinandergereihte Muskeln, die sich perfekt zu einem Sixpack zusammenfügen.

Die Auflösung zeigt sich, als er sich nach hinten lehnt und das Hemd aus seiner Hose zieht, um auch noch den untersten Hemdknopf zu öffnen. Kein Sixpack, aber durchaus ansehnlich. Sehr sogar. Erneut werden meine Hände feucht. Diesmal aus völlig anderen Gründen. Sein Klamottengeschmack mag abturnend sein, aber was sich darunter versteckt, ist es ganz und gar nicht. Dass man ein Buch nicht nach dem Einband beurteilen soll, trifft auf den Kerl neben mir eindeutig zu.

»Mr Anderson, wie ich sehe, überspringen Sie den ersten Akt und versuchen, Ihre Julia direkt über visuelle Reize zu beeindrucken.«

Gelächter ertönt. Schlagartig stehen wir im Zentrum der Aufmerksamkeit aller Anwesenden im Raum. Jasper hält in der Bewegung inne, sieht auf und wirkt einen Moment irritiert. Anschließend schaut er zu mir und sucht meinen Blick. Neugierig, intensiv, und dann ist da noch etwas, das ich nicht ganz deuten kann. Ist das Unsicherheit oder Panik?

Er verändert seine Sitzposition und verringert dadurch den Abstand zwischen uns. Auf einmal bin ich mir seiner Nähe nur allzu bewusst, obwohl er gut eine halbe Armlänge von mir entfernt sitzt. Blitzartig werden meine Wangen heiß. Ein verschmitztes Lächeln erscheint auf seinen Lippen, weil ihm nicht entgeht, dass ich gerade feuerrot anlaufe und das eindeutig auf sein Konto geht. In aller Seelenruhe beginnt er, sein Hemd – diesmal richtig – zuzuknöpfen, ohne mich dabei aus den Augen zu lassen.

»Niemand kauft gerne die Katze im Sack. Julia soll ruhig in Augenschein nehmen, was sie im Gegenzug für ihre Jungfräulichkeit erwarten darf.«

Ist das ein indirektes Angebot oder nimmt er mich gerade aufs Korn, weil ich ihn so offensichtlich angeschmachtet habe? Dass seine Worte an die Professorin gerichtet sind, bezweifle ich. Er hat nicht mal in ihre Richtung geschielt. Das hier ist eindeutig eine Sache zwischen ihm und mir. Und im Augenblick verliere ich dieses Duell. Sollte es eins sein. Dass ausgerechnet wir beide Romeo und Julia verkörpern sollen, ist an Absurdität kaum noch zu übertreffen. Was die Professorin sich davon verspricht, ist mir schleierhaft. Denn so, wie es zwischen mir und Jasper läuft, wird die Theateraufführung in einem Desaster enden.

»Das scheint mir wenig romantisch zu sein«, erwidert sie herausfordernd.

Jasper kappt unseren Blickkontakt und richtet seinen Fokus auf die Professorin, die in der Mitte des Sitzkreises steht und ihn abwartend ansieht. »Das sind Tinder-Dates auch nicht, dennoch erhofft man sich davon Erfolg«, antwortet er.

»Glauben Sie an die Liebe, Mr Anderson?«

»Ist die Frage ernst gemeint?« Jetzt ist es Jasper, der einen provokanten und leicht spöttischen Ton anschlägt. Sich mit ihr einen Schlagabtausch zu liefern, ist nicht unbedingt die cleverste Idee.

Meines Wissens ist sie die einzige weibliche Lehrende am sonst männerdominierten Waterbury College. Und die Stelle hat sie bestimmt nicht für die Frauenquote erhalten.

»Durchaus.«

Er atmet einmal tief durch, weil er um eine Antwort nicht herumkommen wird. »In erster Linie glaube ich, dass Liebe von vielen Faktoren und nicht nur von dem Blick in ein hübsches Gesicht abhängt, hinter dem sich wer weiß wer verbergen kann.« Bezieht sich seine Argumentation noch auf Shakespeare oder auf persönliche Erfahrungen?

»Sie halten es also für unwahrscheinlich, dass Romeo sich beim ersten Aufeinandertreffen unsterblich in Julia verliebt hat?« Im Raum herrscht absolute Stille, da alle gebannt der Debatte zwischen Jasper und Professorin Simmons lauschen.

»Jeder Kerl im Alter von Romeo wird mir recht geben, wenn ich sage, dass es wirklich wenig braucht, damit eine bestimmte Körperregion auf optische Reize anspringt und man Geilheit schnell mal mit Liebe verwechselt. Unsterbliche Liebe scheint mir da also sehr weit hergeholt«, legt Jasper seinen Standpunkt dar.

Ich unterdrücke ein Grinsen, weil er mit seiner Aussage nicht ganz unrecht hat. Mir haben in der Highschool einige Kerle ihre Liebe offenbart, nur um mich ins Bett zu bekommen, und sind zur Nächsten weitergezogen, weil ich für sie nicht sofort die Beine breitgemacht habe.

Die Professorin nickt, wobei es kein zustimmendes Nicken ist, sondern eher eins, das aussagt, dass man sich seiner Sache nie zu sicher sein sollte. »Wir werden sehen, ob Sie am Ende des Semesters an Ihrer Meinung festhalten oder ob unsere bezaubernde Julia nicht doch noch den Romeo aus Ihnen herauskitzelt, Mr Anderson.«

Seine Augen verengen sich. Das sieht er eindeutig anders.

Sie wirft einen Blick auf die antike Taschenuhr, die an einer Goldkette um ihren Hals hängt. »Herrje, die gemeinsame Zeit rennt uns wieder einmal davon. Bitte stellen Sie bis zum nächsten Mal Ideen zusammen, wie Sie den ersten Akt inszenieren möchten. Tauschen Sie sich dazu gerne untereinander aus. Wir besprechen dann alles gemeinsam und machen uns anschließend an die Umsetzung. Danke, das war es für heute«, beendet sie den Kurs.

Schlagartig kommt Bewegung in die Gruppe. Getuschel. Das Geräusch von Reißverschlüssen, die zugezogen werden, nachdem Dinge in Taschen und Rucksäcke gestopft wurden. Schritte, die auf dem alten Parkettboden widerhallen und immer leiser werden, je weiter sie sich entfernen.

»Schlägst du hier Wurzeln?« Noch auf dem Kissen sitzend, sehe ich zu Jasper auf, der direkt vor mir steht. Auffordernd streckt er mir eine Hand entgegen.

Okay, offenbar habe ich den Moment verpasst, in dem er beschlossen hat, dass wir eine andere Richtung einschlagen. Zögerlich greife ich nach seiner Hand und erschaudere in dem Augenblick, als sich seine warmen Finger fest um meine schließen. Ruckartig zieht mich Jasper auf die Füße. Ich kann gerade so verhindern, gegen seine Brust zu knallen. Aus Reflex weiche ich von ihm zurück, ohne es tatsächlich auch zu wollen, meine Hand weiterhin in seiner. Weder er noch ich machen Anstalten, diese körperliche Verbindung zwischen uns zu kappen. Als wäre ein Band um unsere Hände geknüpft worden, das sich nicht einfach wieder lösen lässt.

Da er ein gutes Stück größer ist als ich, lege ich den Kopf leicht in den Nacken, um ihn richtig ansehen zu können. Sein Blick verfängt sich sofort mit meinem, während die Geräusche um uns herum verstummen. Federleicht streicht er mit dem Daumen über meine Fingerknöchel. Solche Berührungen sind der Anfang vom Ende. So beginnen Geschichten, die Herzschmerz versprechen. Wäre er das Risiko wert?

Er wiederholt seine sanfte Geste und ich erschaudere erneut. Als unausweichliche Reaktion auf diese Zuneigung beschleunigt sich mein Puls. Und ebenso instinktiv schiebe ich das Kinn etwas vor, nähere mich seinen Lippen und verringere den Abstand zwischen uns. Was, wenn er sich zu mir herunterbeugt? Das letzte bisschen Distanz überbrückt? Mich …

Okay, stopp! So weit waren wir schon einmal und der Ausgang ist wirklich nicht wiederholenswert. Dass er in diesem Augenblick einen winzigen Schritt auf mich zukommt, ist nicht sonderlich hilfreich, um in dieser Situation einen kühlen Kopf zu bewahren. Was wird das hier, Jasper Anderson?

Als hätte er meine unausgesprochene Frage gehört und ihm wäre gerade bewusst geworden, was er hier mit mir veranstaltet, tritt ein missbilligender Ausdruck auf sein Gesicht, er weicht aber nicht zurück.

»Hör zu, Aspen, da wir beide nicht aus der Romeo-und-Julia-Nummer herauskommen, lass uns versuchen, das Beste daraus zu machen und den Quatsch durchzuziehen, ohne dass es in einer Katastrophe endet. Glaubst du, wir bekommen das hin?«

Ich nicke. Das ist ein Anfang. Die Aufführung wäre wirklich schwer umzusetzen, wenn wir in dem Punkt nicht zusammenarbeiten würden. Er nickt ebenfalls. Wir haben also eine Abmachung. Wie genau die aussieht, wird sich noch zeigen, denn bevor ich es verhindern kann, lässt er mich erst los und anschließend ohne ein weiteres Wort stehen. Verwirrt sehe ich ihm hinterher. Aus dem Kerl werde ich einfach nicht schlau.

14.

CAMERON

Wie hoch ist die Wahrscheinlichkeit, dass es schiefgehen wird? Mindestens genauso hoch wie die, dass es funktionieren könnte. Vorausgesetzt, ich halte sie eine Armlänge auf Distanz und beschränke den Kontakt auf das Nötigste.

Noch über mich selbst den Kopf schüttelnd, weil ich es wirklich zulasse, dass Aspen in meine Nähe kommt, verlasse ich das Hauptgebäude, in dem ein Großteil der Vorlesungen stattfindet, und schlage den Weg zum Verwaltungsgebäude ein. Coach Porter hat vorhin sehr deutlich klargemacht, dass ich nicht erneut ohne Sportkleidung in seinem Kurs erscheinen sollte. Der Kerl ist ein Sadist und hat seine helle Freude daran, die Kursteilnehmer zu quälen. Meine Oberschenkel brennen bei jedem Schritt wie die Hölle. Mich erwartet der Muskelkater des Jahrhunderts.

Um mich zu orientieren, bleibe ich kurz bei dem Wegweiser stehen, der sich direkt vor dem Eingang des Hauptgebäudes befindet. Dann schlage ich den Weg rechts entlang ein. Nur wenige Minuten später blicke ich an der Fassade des Verwaltungsgebäudes hoch. Ein grauer quadratischer Klotz mit verspiegeltem Glas und einer gigantischen Funkantenne auf dem Dach. Das puristische Bauwerk passt absolut nicht zum Rest des Campus, spiegelt aber deutlich wider, dass sich hier auf dem Gelände die reichsten Kids des Landes tummeln.

Ich nehme die wenigen Treppenstufen nach oben. Die Automatiktür öffnet sich und gewährt mir somit Zutritt zum Gebäude. Mein Blick schweift durch den riesigen Eingangsbereich. Modern und verdammt protzig, aber vor allem ohne eine Note, die einem den Eindruck verleiht, willkommen zu sein. Dunkle Marmorfliesen, weiße Wände, an denen gerahmte Schwarz-Weiß-Drucke hängen.

Für einen Augenblick bleibe ich vor einem stehen und betrachte ihn eingängig. Schwarze Dreiecke und weiße Linien, die eine leichte 3-D-Optik erzeugen. Kreise, die wie Vergrößerungsgläser wirken und geografische Formen in ihrem Zentrum darstellen. Entfernt erinnert es mich an diese Bilder, die man von psychologischen Tests kennt. Jene, in denen man plötzlich etwas anderes sieht als auf den ersten Blick oder die sich auf unerklärliche Weise zu bewegen beginnen. Es ist abstrus und doch völlig faszinierend.

Ich lege den Kopf schräg und warte darauf, dass das Kunstwerk zu mir spricht. In irgendeiner Weise erklärt, was es darstellen soll. Die Offenbarung will sich mir auch Minuten später nicht zeigen, also wende ich den Blick von dem Bild ab, um nach jemandem Ausschau zu halten, der mir bei meinem Problem der fehlenden Sportkleidung behilflich sein kann.

Im hinteren Teil der Eingangshalle entdecke ich einen Tresen, der mehr an eine Hotelrezeption als an eine Studierenden-Information erinnert. Einzig das unübersehbare *i*, das man von Flughäfen, Einkaufszentren oder einer Touristenauskunft kennt, weist darauf hin, dass ich mich nicht in ein Luxushotel verirrt habe.

Mit wenigen Schritten überbrücke ich die Distanz. Am Tresen angekommen, entdecke ich eine Person, die gerade Ordner in einen Schrank einsortiert. Da sie mir den Rücken zugedreht hat, bemerkt sie mich nicht sofort.

»Hey«, sage ich, um auf mich aufmerksam zu machen.

»Guten Tag, wie kann ich Ihnen behilflich sein?« Bei ihrem Anblick vergesse ich schlagartig, was mein Anliegen ist.

»Ähm … Sport«, stottere ich mir einen ab, weil sie mich aus dem Konzept bringt. Das liegt nicht an ihrem freundlichen Lächeln, sondern daran, dass sie mich mit ihren dunklen Locken und der runden Brille vage an meine Mom erinnert. An eine sehr junge Version von ihr, die ich nur von Fotos kenne, auf denen sie ungefähr in meinem Alter ist. Sofort schüttle ich den Gedanken ab, der versucht, sich wie ein Blutsauger in meinem Kopf festzubeißen.

»Das Fitnesscenter befindet sich ganz in der Nähe. Sie gehen durch diese Tür«, sie deutet auf den Eingang, durch den ich das Gebäude betreten habe, »dann links den Weg entlang, bis zur nächsten Abzweigung. Dort halten sie sich rechts, am Theater vorbei und direkt daneben befindet sich das Fitnesscenter«, beendet sie ihre Wegbeschreibung.

»Ähm … danke.« Ich sollte meinen Wortschatz dringend erweitern, wenn ich nicht wie ein Volltrottel rüberkommen will. »Sorry, eigentlich wollte ich fragen, wie ich an Kleidung für den Sportkurs bei Coach Porter komme?«, sage ich und vermeide es, ihr direkt ins Gesicht zu schauen. Mein Blick wandert zu dem kleinen goldenen Metallschild, das an ihre dunkelblaue Bluse gepinnt ist. Gloria Santoro.

»Oh, natürlich. Sie sind spät dran. Die Ausgabe findet immer zum Semesterbeginn statt«, erklärt sie, ohne dabei vorwurfsvoll zu klingen. Sie wendet sich dem PC zu und beginnt zu tippen.

»Ich benötige dazu Ihren Studierendenausweis.«

Mit einem mulmigen Gefühl und zittrigen Fingern krame ich ihn aus der Tasche und reiche ihn ihr. Wird dieses Unbehagen jemals aufhören, oder werde ich immer denken, nur einen Atemzug davon entfernt zu sein, enttarnt zu werden?

Sie sieht sich die Plastikkarte nicht einmal genau an und schiebt das Ding in ein Lesegerät, das mit dem Computer verbunden ist. Unauffällig schiele ich auf den Bildschirm. Ein Foto von Jasper mit einem Steckbrief erscheint. Ich beuge mich etwas über den Tresen, um mehr erkennen zu können. Aus zusammengekniffen Augen nehme ich das geöffnete Dokument unter die Lupe. In der oberen rechten Ecke befinden sich ein paar Reiter, die durch Abkürzungen gekennzeichnet sind. Da würde ich gerne mal einen Blick hineinwerfen.

Bei dem Versuch, noch näher an den Monitor zu kommen, stütze ich mich mit den Unterarmen auf dem Tresen ab. Dabei stoße ich versehentlich mit dem Ellenbogen gegen die Vase, die dekorativ auf der Marmorplatte steht. Erschrocken fahre ich herum und kann das Teil gerade noch davon abhalten umzufallen.

Lässig, als wäre nichts gewesen, lehne ich mich gegen den Empfangstresen und versuche mich an einem breiten Grinsen. Was mir allerdings nicht zu gelingen scheint, denn Gloria mustert mich skeptisch. Um ihrem Blick zu entkommen, ziehe ich das iPhone aus der Hosentasche und starre auf das schwarze Display. In dem Moment, als Gloria sich wieder ihrer Aufgabe widmet, spüre ich, wie die Anspannung meinen Körper verlässt. Als James Bond wäre ich eine totale Niete.

Sobald sie die nötigen Informationen hat, reicht sie mir den Ausweis. Genau wie bei meiner Mom wippen die dunklen Locken bei jeder ihrer Bewegungen. *Hör sofort damit auf*, ermahne ich mich selbst.

»Einen Augenblick bitte, ich bin gleich zurück.« Sie verschwindet durch eine Tür, die wahrscheinlich in den hinteren Teil des Gebäudes führt. Kaum ist sie aus meinem Blickfeld verschwunden, kommt sie mit einem Karton in den Händen zurück. »Hier ist Ihre Sportkleidung, Mr Anderson.« Mit einem Lächeln stellt sie die Schachtel, die das Collegewappen ziert, auf dem Tresen ab.

»Danke, Ms Santoro.« Keine Ahnung, warum ich sie mit ihrem Namen anspreche. Vielleicht, um höflich zu sein oder um mir selbst zu verdeutlichen, dass die Frau vor mir rein gar nichts mit meiner Mom gemeinsam hat. Es ist seltsam, jemanden im selben Alter wie ich mit »Miss« anzusprechen. Ihr irritierter Blick verrät, dass sie das ähnlich sieht. Dann lacht sie herzlich, bevor sie sich wieder zusammenreißt.

Wow, die Nummer mit dem Volltrottel habe ich langsam, aber sicher in Perfektion drauf.

»Nennen Sie mich Gloria. Ms Santoro ist meine Nonna.«

»Okay, ich bin Jasper. Ist mir ein Vergnügen, Sie kennenzulernen, Gloria.«

Ein überraschter Ausdruck erscheint auf ihrem Gesicht. Das hat sie nicht erwartet. Die Rich Kids bestehen sicher darauf, mit dem Namen angesprochen zu werden, der die Höhe ihres Bankkontos widerspiegelt. Die Rangordnung sieht es wahrscheinlich nicht vor, sich auf Augenhöhe mit dem Personal zu bewegen, wenn man zu Höherem berufen ist. Man vergisst das ziemlich schnell, wenn einen alle für einen der Ihren halten und nicht mit diesem Ausdruck im Gesicht betrachten. Ob sie es nun bewusst tun oder nicht, spielt da keine Rolle. Er verweist einen auf die unteren Ränge, und einem bleibt nichts weiter übrig, als die VIP-Lounge aus der Ferne in Augenschein zu nehmen. Man gehört nicht dazu, egal wie sehr man es versucht.

Mit einem schiefen Lächeln greife ich mir die Box. Gedanklich bedanke ich mich bei Gloria dafür, dass sie mich daran erinnert hat, wer ich bin. Auf welcher Stufe ich stehe, sobald ich den Namen Jasper Maxwell Anderson seinem rechtmäßigen Besitzer zurückgebe und wieder Cameron Monroe aus Bellbrook bin.

Sobald ich das Verwaltungsgebäude verlassen habe, krame ich die Kopfhörer aus der Tasche, stecke mir die kleinen Stöpsel in die Ohren und drehe die Musik auf.

Zu den Klängen von Thirty Seconds To Mars laufe ich über den Campus, vorbei an dem riesigen Springbrunnen und einer Vielzahl an Bänken, auf denen vereinzelt Leute sitzen. Statt zu meinem Bungalow laufe ich in die entgegengesetzte Richtung. Lasse das kleine Café hinter mir, in dem ich mir an meinem ersten Tag einen Kaffee geholt habe.

Anders als sonst nehme ich mir jetzt die Zeit, den Campus genauer unter die Lupe zu nehmen. Die Oktobersonne kämpft sich in diesem Augenblick durch die dichte Wolkendecke und bringt eine angenehme Wärme mit. Die Kopfsteinpflasterwege sehen mindestens so alt aus wie einige der Gebäude, die sich auf dem weitläufigen Gelände befinden.

Vor einem Wegweiser, der verschiedene Pfeilrichtungen aufweist, bleibe ich stehen. Hallenbad. Park. Theater. Sportanlagen. Verwaltungsgebäude. Mein Blick schweift in die angezeigte Richtung. In der Ferne erkenne ich die Flutlichter, die zum Sportplatz gehören. Das riesige Backsteingebäude mit beeindruckenden Säulen davor ist das Theater, in dem die Infoveranstaltung für das Datingspiel stattgefunden hat. Es erstrahlt im völligen Kontrast zu dem modernen grauen Kasten, den ich gerade verlassen habe.

Ich widme mich wieder dem Wegweiser. Supermarkt. Café. Restaurants. Refektorium. Was zur Hölle ist ein Refektorium? Ich ziehe das Smartphone aus der Hosentasche und gebe den Begriff in die Suchmaschine ein, während *A Beautiful Lie* aus den Kopfhörern dröhnt. *Speisesaal (Kloster)*. Warum schreibt man das nicht auf dieses bescheuerte Schild?

Die Antwort gibt mir der Pfeil darunter. Abtei. Klostergärten. Ernsthaft? Wie hoch ist die Wahrscheinlichkeit, dass mir ein paar Mönche oder Nonnen über den Weg laufen? Das wäre abgedreht. Ein Rich-Kid-College gepaart mit einem Kloster? Das alles hier versprüht Luxusresort-Feeling und keine Achtsamkeits-Vibes. Das verdeutlicht der zweistöckige verglaste Neubau links von mir. Die nächsten Minuten verbringe ich damit, zuzusehen, wie sich in der oberen Etage ein Dutzend Menschen abstrampeln. Die Spinningräder wurden direkt hinter dem Panoramafenster platziert, damit man beim Schwitzen die Aussicht über den Campus genießen kann. Über der vergoldeten Glastür hängt ein edles Schild. *Beauty, Wellness & Fitness.*

Das alles ist so extravagant, dass ich mich allmählich frage, worauf genau der Fokus in Waterbury liegt. Wäre da nicht die skurrile Hausordnung, die ich gestern Abend flüchtig überflogen habe, würde ich sagen, die akademische Weiterbildung ist es nicht. Jasper hat mich zwar vorgewarnt, dass die Dinge hier anders laufen. Aber wie genau sich anders definiert, dämmert mir allmählich.

Allerdings ist mir immer noch nicht klar, warum ich überhaupt hier bin. Ich hatte angenommen, dass ich eine Aufgabe erhalten würde, die nicht aus reiner Anwesenheitspflicht besteht. Auf meine Nachfrage hat er lediglich gesagt, dass er seine Gründe habe und es besser sei, wenn ich so wenig wie möglich wisse. »So wenig wie möglich« gleicht »Ich habe keinen blassen Schimmer«.

Informationen spielt er mir nur zu, wenn sie seiner Meinung nach notwendig sind: So wie die Teilnahme an *Be My Date*. Wobei das eher eine Anweisung ohne jegliche Erklärung gewesen ist. Die ich brav befolge, weil ich bereits die Hälfte der Kohle eingesackt habe und meine Optionen zum Widerstand eher dürftig ausfallen. Warum er nicht selbst hier ist und stattdessen mich hergeschickt hat, da kann ich nur mutmaßen. Vielleicht hat er keinen Bock, aber jemand erwartet seine Anwesenheit hier, oder er hat Spaß daran, Leute an der Nase herumzuführen. Oder ich bin auf dem Holzweg und der Kerl hat mächtig Dreck am Stecken. Wenn dem so ist, dann will ich es wirklich nicht so genau wissen.

Da auf dem Campus zu viele Leute unterwegs sind, gehe ich zielstrebig auf das gigantische Eisentor zu, das mir wie eine Pforte in eine andere Welt erscheint. Das Waterbury College ist wie eine Kleinstadt, um die man eine Mauer gezogen hat, um sie vor neugierigen Blicken zu schützen.

Der Wachmann tritt aus dem kleinen Häuschen, sobald er mich entdeckt. Ich nehme die Kopfhörer ab, als er zielstrebig auf mich zukommt. In seinen Händen hält er ein Kartenlesegerät.

»Ausweis.« Etwas verwundert sehe ich ihn an. »Ich brauche Ihren Studierendenausweis, um zu registrieren, dass Sie das Gelände verlassen.«

»Und warum müssen Sie das registrieren?«, frage ich, weil mir das übertrieben erscheint. Es gelten zwar strikte Ausgangszeiten, aber das Verlassen des Geländes ist nicht verboten. Die Hausordnung besagt lediglich, wann genau dieses Tor verschlossen ist und mir somit den Zugang verwehrt.

»Sicherheitsanweisung«, erklärt er knapp. Widerwillig hole ich meinen Studierendenausweis aus der Tasche. Eine Diskussion anzuzetteln, wäre eine dumme Idee, und davon hatte ich in letzter Zeit reichlich.

»Wo wollen Sie hin, Mr Anderson?«

»Eine Runde spazieren gehen. Zu viel Trubel«, antworte ich, bemüht, dabei möglichst gleichgültig zu klingen. Dass mir in Wahrheit das Herz bis zum Hals schlägt, weil ich befürchte, jeden Augenblick aufzufliegen, versuche ich mir nicht anmerken zu lassen. Er hält die Plastikkarte an das Lesegerät, erinnert mich an die Ausgangssperre und öffnet das Tor. Das war's? Ich sollte weniger paranoid sein.

Bevor ich das Handy erneut aus der Tasche krame, sehe ich mich mindestens dreimal um und lasse das College gut eine Meile hinter mir. Die Straße scheint am Horizont zu verschwinden. In gleichmäßigen Abständen stehen Bäume rechts und links. Eine Allee inmitten endloser Weite. Grün, so weit das Auge reicht. In der Ferne enden die Wiesen in einem dicht bewachsenen Wald. Wenn ich es nicht wüsste, würde ich nie auf die Idee kommen, dass sich hinter mir ein College für die Rich Kids des Landes befindet.

Ein letztes Mal werfe ich einen Blick über die Schulter, um sicherzugehen, dass mir niemand gefolgt ist, dann wähle ich seine Nummer, um Jasper auf dem Laufenden zu halten.

15.

CAMERON

Wieder einmal verbringe ich den Abend allein auf der Couch. Diese Art von Einsamkeit treibt mich allmählich in den Wahnsinn. Wenn das so weitergeht, beginne ich bald damit, ernsthafte Gespräche mit mir selbst zu führen. So langsam vermisse ich meine Familie. Seit ich in Waterbury angekommen bin, habe ich täglich ein paar Nachrichten an Granny El und meine Geschwister geschickt, aber jetzt habe ich das Bedürfnis, eine vertraute Stimme zu hören. Ich nehme das Handy vom Couchtisch und rufe zu Hause an.

»Hey, Granny El«, sage ich, sobald sie das Gespräch annimmt.

»Cameron, wie schön, dass du anrufst. Wie ist das Wetter in Kalifornien?«

Sofort bildet sich ein Knoten in meinem Magen. Weil ich ihnen die Story aufgetischt habe, dass ich für einen Baustellenjob in San Francisco bin. Granny El hätte nie zugelassen, dass ich mich auf das hier einlasse, aber es war die beste Möglichkeit, schnell an das dringend benötigte Geld zu gelangen.

»Gut. Wie läuft es bei euch? Kommt ihr zurecht?«

»Es läuft ganz wunderbar.«

»Gehen die beiden regelmäßig zur Schule und machen ihre Hausaufgaben?« Kaden hatte in den letzten Monaten einige Probleme und sich zu sehr von seinen Freunden verleiten lassen, die Highschool etwas schleifen zu lassen. Nach einem ernsten Vieraugengespräch hat er sich wieder gefangen, dennoch befürchte ich, er könnte meine Abwesenheit ausnutzen. Er ist fünfzehn und versucht die Grenzen auszuloten. Ich verstehe das, ich war auch mal in seinem Alter, allerdings haben wir für meine Rebellion einen hohen Preis bezahlt. Cassie ist siebzehn und bis auf die ständigen Zankereien mit ihrem Bruder wirklich umgänglich.

»Cam, hör auf, dir so viele Gedanken zu machen. Wir kommen durchaus eine Weile ohne dich aus. Es bricht nicht alles zusammen, nur weil du nicht auf alles ein Auge hast.«

Vermutlich hat sie recht, aber wenn sich dein Leben fünf Jahre nur um das Wohlergehen deiner Geschwister gedreht hat, lässt sich das nicht einfach ablegen, nur weil man Tausende Meilen voneinander entfernt ist. Ein Seufzen entfährt mir, als ich mich auf dem Sofa zurücklehne und die Füße auf dem Couchtisch ablege.

»Was gibt es Neues in Bellbrook?«, lenke ich unser Gespräch bewusst in eine andere Richtung. Das mache ich immer dann, wenn ich das Gefühl habe, Granny El will mit mir über den Tod meiner Eltern reden und die Schuld von meinen Schultern nehmen. Aber ich bin noch nicht bereit dazu, sie loszulassen, weil ich keine Ahnung habe, wie ich die Leere anschließend füllen soll, ohne an ihr zu zerbrechen.

»Die Jacksons haben ihr Baby bekommen. Pears mäht seinen Rasen immer noch am Sonntag, und Madison hat letzte Woche nach dir gefragt, als ich ihr im Walmart begegnet bin.«

Bei der Erwähnung von Madison balle ich meine Hand zur Faust. Noch so ein Thema, über das wir nicht reden. Weil ich es nicht will. Das Kapitel habe ich an jenem Tag im Dezember zugeklappt, und ich habe nicht vor, es wieder aufzuschlagen.

»Hat sich die Bank gemeldet?«, wechsle ich das Thema.

»Ja. Wo hast du denn so viel Geld her?«, will sie wissen.

»Ein Vorschuss meines Bosses.« Das ist nicht mal gelogen. Jasper hat als Anreiz, die Sache durchzuziehen, bereits vor meiner Ankunft in Waterbury die Hälfte der Kohle springen lassen. Hätten wir nicht bereits mit dem Rücken an der Wand gestanden, hätte ich keinen Cent davon angerührt, um notfalls mit einem blauen Auge aus dem Deal herauszukommen. Dafür ist es inzwischen zu spät, denn ich habe schon einen Großteil der offenen Rechnungen bezahlt. Granny El habe ich davon bisher noch nichts gesagt. In dem ganzen Trubel habe ich es schlichtweg vergessen.

»Dann scheint dein Boss sehr zufrieden mit dir zu sein.« Bei dem Stolz, der in ihrer Stimme mitschwingt, wird mir übel. Wenn sie wüsste, was ich hier treibe, würde sie mir auch mit fast einundzwanzig noch die Ohren langziehen.

»Lass uns nicht über Geld reden. Erzähl mir die Dinge, die nicht in der *Bellbrook Post* stehen.«

Sie lacht. Ich liebe es, wenn Granny El lacht. Weil es wie ein Glockenspiel klingt, das dich sonntags in die Kirche lockt. Ich war ewig nicht dort. Die nächsten zehn Minuten lausche ich ihren Erzählungen über den neusten Tratsch aus meinem Heimatort. Mein Kopf sinkt gegen die Sofalehne und ich schließe die Augen. Für diesen Moment stelle ich mir vor, dass ich in meinem alten Kinderzimmer sitze und ein Stück ihres Apfelkuchens esse, den ich hasse, weil er mit Zimt überzogen ist, und dennoch herunterwürge, weil es sie glücklich macht. Dass Kaden, Cassie und sie glücklich sind, ist das Einzige, was mich aufrecht hält, weil ich es selbst nicht bin. Unser aller Leben hätte anders verlaufen sollen. Dass es nicht so ist, geht allein auf meine Kappe.

Nachdem ich aufgelegt habe, sitze ich noch eine ganze Weile in der Stille und lasse das Gedankenkarussell in meinem Kopf ein paar Runden drehen. Nur so viele, dass ich es noch stoppen kann, dann stehe ich auf. Mein Körper fühlt sich vom Sitzen steif an. Ich strecke mich. In meinem Nacken knackt es. Mit der linken Hand massiere ich ihn kurz, bevor ich zum Kühlschrank gehe.

Es klingelt in dem Moment an der Tür, als ich die Flasche Cranberrysaft an meine Lippen führe. Da ich niemanden erwarte, ignoriere ich das Türklingeln. Erst als es erneut schellt, und diesmal deutlich hartnäckiger, weckt es tatsächlich meine Neugier. Also stelle ich die Flasche auf dem Küchentresen ab und gehe zur Tür.

»Ah, du bist doch da.«

»Was zur Hölle machst du hier?« Perplex starre ich Will an. Sein

Blick scannt mich und bleibt an meiner Brust hängen. An meiner nackten Brust, um genau zu sein. Leise räuspere ich mich und er sieht wieder auf.

»Kann ich reinkommen?«

»Nein.« Ich wüsste nicht, warum ich ihn reinlassen sollte. »Woher weißt du überhaupt, in welchem Bungalow ich untergebracht wurde?«, frage ich ihn und verschränke die Arme vor meinem Oberkörper. Sein Blick huscht zu meinem Bizeps. Verdutzt ziehe ich die Augenbrauen zusammen, bis mir ein Licht aufgeht.

»Es gibt ein Register, dort ist die Verteilung der Häuser angegeben. Du findest es auf deinem Account«, klärt er mich auf. Ich weiß zwar, von welchem Account er spricht, habe mir aber bisher nicht die Mühe gemacht, mich damit zu beschäftigen. Mein Aufenthalt am College ist zu kurz, um mich mehr als nötig mit den Gegebenheiten auseinanderzusetzen.

Ich trete von der Tür zurück, lasse sie offen stehen und gehe in den Wohnbereich. Als ich keine Geräusche aus dem Flur höre, weil Will mir nicht folgt, stoße ich genervt die Luft aus. Der Kerl braucht also eine Extraeinladung. Eine offene Tür reicht anscheinend nicht als Hinweis.

»Mach die Tür hinter dir zu, Will!«, rufe ich in den Flur.

Sein blassroter Haarschopf erscheint im Türrahmen, als er einen vorsichtigen Blick um die Ecke wirft. Seine Wangen nehmen den Farbton seiner Haare an. Ich greife nach dem Hemd, das seit Tagen über der Sofalehne hängt, um Will nicht weiterhin in Verlegenheit zu bringen. Als die Erinnerung an Aspen, die sich in den Stoff krallt und mich näher an sich heranzieht, vor meinem inneren Auge auftaucht, halte ich in der Bewegung inne. Mein Körper, der ihren gegen die Wand drängt, während meine Lippen verzweifelt versuchen, alles von ihr zu fühlen. Das Hemd landet wieder auf dem Sofa.

»Ich zieh mir schnell was an. Mach es dir bequem«, sage ich zu Will, der dankbar lächelt. Mit langen Schritten haste ich ins Schlafzimmer, nehme das erstbeste Shirt aus der Kommode und streife es mir über.

»Also, William, warum bist du hier?«, will ich von ihm wissen, als ich das Wohnzimmer wieder betrete. Will steht neben dem Sofa und wirft einen Blick auf den Zeichenblock, der auf dem Couchtisch liegt. Ertappt wendet er sich mir zu.

»Ich war in der Nähe und dachte, ich sage mal Hallo.«

Ungläubig wandert meine rechte Augenbraue nach oben.

»Also gut, es war Jasons Idee. Wir dachten, du könntest vielleicht ein paar Freunde gebrauchen?« Genau das ist das Allerletzte, was ich gebrauchen kann. Trotzdem erscheint ein Schmunzeln auf meinen Lippen. Will gehört eindeutig in die Kategorie Nervensäge, die man mögen muss, weil er einem gar keine andere Wahl lässt.

»Ist das so?«

Verlegen kratzt er sich am Hinterkopf. »Ich habe Jason gesagt, dass es eine bescheuerte Idee ist, unangemeldet an deiner Tür zu klingeln.«

»Wartet er draußen?«, frage ich, weil ich so eine Ahnung habe, dass Will nicht allein unterwegs ist.

»Möglicherweise«, bestätigt er meinen Verdacht und macht ein entschuldigendes Gesicht.

»Ihr habt hoffentlich nicht zufällig eure Spielesammlung dabei?«, ziehe ich ihn auf.

»Hättest du denn Interesse an einem Spieleabend?«, erwidert er eine Spur zu euphorisch.

»Nein«, antworte ich knapp.

»Um ehrlich zu sein, waren wir gerade auf dem Weg zu einer Party und haben gehofft, du schließt dich uns an?«

»Party?«, entfährt es mir überrascht. Laut Hausordnung sind die verboten. *Okay, du Trottel, du hast nicht wirklich geglaubt, dass sich irgendjemand an die bescheuerten Regeln hält, oder?* Doch, irgendwie habe ich das. »Vergiss die Frage«, füge ich kopfschüttelnd hinzu.

Einen Moment denke ich über seinen Vorschlag nach. Vielleicht ist diese Art von Ablenkung nicht die schlechteste Idee. Was wäre die Alternative? Ein weiterer Abend auf der Couch, den ich mit Grübeln verbringe, über das, was zwischen Aspen und mir im Schauspielkurs passiert ist?

Ich habe eine Grenze übertreten und Aspen zum Mitmachen provoziert, nur um ihr am Ende allein den schwarzen Peter zuzuschieben. Nur deswegen habe ich sie geküsst. Es war der mickrige Versuch, ihr eine Lektion darüber zu erteilen, wie es sich anfühlt, wenn man mit jemandem spielt. Fühle ich mich jetzt besser? Nein. War es den Triumph wert? Definitiv nicht. Das macht mich zu einem riesigen Arschloch. Und doch bin ich heute auf die bescheuerte Idee gekommen, ihr eine Art Friedensangebot zu machen, und setze damit noch einen obendrauf. Als ob das wirklich funktionieren würde.

Darüber habe ich mir nach meinem Gespräch mit Jasper unzählige Gedanken gemacht und bin zu der Erkenntnis gekommen, dass ich gnadenlos scheitern werde. Weil Aspen einen Teil von mir berührt, den sie nicht berühren sollte, von dem ich nicht will, dass sie ihn berührt. Und doch kann ich nicht verhindern, dass es immer genau dann passiert, sobald sie mir zu nahe kommt und ich für einen Augenblick vergesse, warum ich sie so dringend auf Abstand halten will. Früher oder später wird sie mich zu Fall bringen oder ich mich selbst. Der Sieger in diesem Duell steht noch aus.

Wills Räuspern reißt mich rechtzeitig aus meinem Gedankenstrudel, bevor er mich mit sich zieht. Zweimal atme ich tief durch, dann wende ich mich ihm wieder zu.

»Okay.« Ich habe zwar keine Lust auf einen Haufen betrunkener Studierender, laute Musik und Planlos-in-der-Ecke-Gestehe, aber noch weniger will ich mir das Hirn darüber zermartern, ob ich den Mist mit Aspen geradebiegen oder auf sich beruhen lassen soll.

»Du kommst mit?«, fragt Will ungläubig.

»Sieht ganz so aus.«

Bevor ich es mir anders überlege, setze ich mich in Bewegung, greife nach dem Pullover, der von gestern noch auf der Flurkommode liegt, und streife ihn über, dann öffne ich die Tür. Will huscht an mir vorbei ins Freie und wartet darauf, dass ich ihm folge. Ich schlüpfe in die Turnschuhe, die inzwischen zu meinem Alltagsschuh geworden sind, weil die Slipper, die Jasper mir angedreht hat, nicht nur hässlich, sondern auch unbequem sind. Jason lehnt am parkenden Mustang in der Einfahrt. Er stößt sich davon ab, als er uns kommen sieht.

»Willy, du hast es echt geschafft, Grumpy Anderson aus seinem Bau zu locken«, sagt er und pfeift anerkennend. Sobald wir ihn erreicht haben, legt er einen Arm um meine Schultern.

»Und? Alles klar, Kumpel?«

»Hängt davon ab, ob du mir weiterhin auf die Pelle rückst«, motze ich ihn an, weil ich auf Körperkontakt weniger scharf bin.

Lachend nimmt er seinen Arm von mir. »Du bist immer noch der Mistkerl von damals«, erwidert er. Wenn er wüsste. Schelmisch grinse ich in mich hinein.

»Und wo steigt die Party?«

»Bei Henry«, antwortet er, als müsste mir der Name etwas sagen. Was aber nicht der Fall ist. Im Grunde begrenzt sich die Anzahl der Studierenden, mit denen ich mich seit meiner Ankunft in Waterbury unterhalten habe, auf vier. Will, Jason, Aspen und ihre Freundin, die mir am ersten Tag meinen Kaffee über den Cashmere-Pulli gekippt hat. Wobei Aspen der Hauptanteil gehört und es sich dennoch auf wenige Sätze beschränkt. In den vergangenen Wochen habe ich so einige Methoden entwickelt, Gesprächen aus dem Weg zu gehen, bevor sie entstehen.

»Und wer ist das?«, frage ich, weil etwas Input vorab nicht schadet.

»Henry Walls.« Henry wer? Vielleicht hätte ich mich in die High-Society-Kids einlesen sollen. »Sein Dad leitet das Waterbury College«, ergänzt Jason.

Ah, der rebellische Sohn des Typen, der hier die Regeln aufstellt. Noch mehr Klischee geht kaum.

Wir lassen das Theater und das Hallenbad hinter uns und folgen dem Kopfsteinpflaster, das im Nirgendwo zu enden scheint. Je weiter wir uns vom eigentlichen Campus entfernen, desto mulmiger wird mir. Vielleicht ist das hier doch keine so gute Idee.

»Seit wann bist du überhaupt in den Staaten?«, fragt Jason, als wir den Weg verlassen und zwischen hochgewachsenen Bäumen im Nirgendwo verschwinden.

»Noch nicht sehr lange«, antworte ich vage.

»Mein Dad war mit deinem Mittag essen, nachdem ich ihm erzählt habe, dass du mir heute Morgen über den Weg gelaufen bist.«

Großartig, das ist genau die Art von Publicity, die ich vermeiden wollte, indem ich Sozialkontakte ablehne. Der Schuss ist wohl nach hinten losgegangen. »Ah, cool.« Was soll ich dazu sagen? Ich kenne weder seinen Dad noch den Kerl, den er für meinen hält.

»Hast du vor, nach deinem Abschluss in das Business deiner Familie einzusteigen?«

Eine gute Frage, will Jasper das? Dem Ordner, den er mir mitgegeben hat, ist kein Fünfjahresplan beigelegt. Keine Ahnung, was er mit seinem Leben anfangen will.

»Ich habe mich da noch nicht festgelegt.«

»Das mit deiner Cricket-Karriere tut mir übrigens leid. Echt dumm gelaufen.«

Testet er mich gerade, oder hat er Informationen über Jasper, die dieser mir verschwiegen hat?

»Mmh«, gebe ich brummend von mir.

»Du warst so verdammt gut.«

Kein Test, dafür ist sein Tonfall zu mitleidig.

»Ich glaube, Jasper möchte nicht über alte Zeiten reden«, kommt Will mir zu Hilfe. Nein, Cameron möchte auch nicht über Jaspers alte Zeiten reden, von denen er keinen blassen Schimmer hat, weil dieser es nicht für nötig gehalten hat, ihn darüber zu informieren.

Allerdings ist meine Neugier geweckt, was die Schatten der Vergangenheit des auf Hochglanz polierten Kerls angeht.

»Was erzählt man sich denn so über mich?«, frage ich und kassiere dafür von Jason einen eigenartigen Blick. »Ach, komm schon, ich war Tausende Meilen weit weg und dennoch scheinst du bestens über mich informiert zu sein«, sage ich und hoffe, dass es so hochnäsig klingt, als würde der originale Jasper ihm die Worte an den Kopf knallen.

»Dass dir letzte Saison dein Gegenspieler nach dem Spiel bei einer Auseinandersetzung mit dem Schläger den Ellenbogen zertrümmert hat und deswegen dein Profivertrag gecancelt wurde. Jedenfalls hat dein Dad es meinem so erzählt.«

Jetzt ist mir klar, was es mit dem Spitznamen »Wunderkind« auf sich hat. Dennoch verkörpert Jasper für mich nicht das klassische Bild eines Leistungssportlers. Das Maximale, was ich ihm zugetraut hätte, sind regelmäßige Besuche im Fitnessstudio. Ein zertrümmerter Ellenbogen klingt schmerzhaft. Aber das erklärt, warum er die rechte Hand immer in seiner Hosentasche vergräbt. Ich habe es für eine Angeber-Marotte gehalten, damit er lässiger wirkt. Scheinbar habe ich mich geirrt.

Augenblicklich vergrabe ich ebenfalls meine rechte Hand in der Hosentasche, was albern ist, weil mir den kaputten Ellenbogen jetzt ohnehin niemand mehr abnehmen wird.

»Ja, dumm gelaufen«, wiederhole ich seine Worte. Als vor uns ein beleuchtetes Backsteingebäude auftaucht, vor dem sich eine kleine Ansammlung von Menschen tummelt, atme ich erleichtert auf, nur um im nächsten Augenblick die Enge in meiner Brust zu spüren. Wir haben unser Ziel erreicht.

»Okay, genug mit den Stimmungskillern, jetzt wird gefeiert.« Jason beschleunigt seinen Schritt.

»Alles in Ordnung mit dir? Jason ist manchmal etwas unsensibel«, sagt Will und sieht mich entschuldigend an, als könne er etwas für die ungehobelte Art seines Freundes.

»Klar. Ich bin nicht aus Zucker, mein Fell ist dick«, antworte ich und grinse ihn an. Er nickt, wirkt aber nicht überzeugt. Noch jemanden, der misstrauisch ist, kann ich wirklich nicht gebrauchen. Mit Aspen habe ich bereits beide Hände voll zu tun.

Kaum haben wir die Gruppe vor dem Haus erreicht, werde ich neugierig beäugt. Jason lässt es sich nicht nehmen, mich vorzustellen, und ich lächle tapfer, halte mich aber weiterhin an Will. In seiner Gesellschaft fühle ich mich weniger unwohl, weil er nicht dazu neigt, unangenehme Fragen zu stellen, sondern eher der stille Typ ist.

Gedämpft dringt Musik aus dem Backsteingebäude. Seit Jahren vermeide ich es, auf Partys zu gehen. Aus Gründen. Jedenfalls war ich auf keiner mit Leuten in meinem Alter, um Spaß zu haben. In der Vergangenheit habe ich auf einigen Veranstaltungen gekellnert, aber die waren eher steif und protzig. Das hier wird also die Probe aufs Exempel, wie gut ich mich tatsächlich unter Kontrolle habe.

Mein Puls schießt in dem Augenblick in die Höhe, als die Eingangstür geöffnet wird und eine kleine Gruppe lachend und sichtlich angetrunken aus dem Haus stolpert. Jason geht vornweg, Will läuft hinter mir. Tief vergrabe ich meine Hände in den Taschen meiner Jeans und balle sie zu Fäusten, als wir über die Schwelle treten. Sofort hüllt mich die Geräuschkulisse ein. Musik. Stimmengewirr. Lachen. Irgendwo klirrt Glas. Jemand flucht.

Abrupt bleibe ich stehen und Will stolpert in mich hinein. Aus Reflex legen sich seine Hände an meine Taille, und als Reaktion darauf mache ich einen Schritt zur Seite und krache mit jemandem zusammen. Mit Menschen zu kollidieren, scheint zu einer Macke von mir zu werden.

»Sorry«, murmle ich und werfe einen Blick auf die Person, die mir diesmal zum Opfer gefallen ist.

Fuck! Aspen starrt mich mit weit aufgerissenen Augen an. Dabei bin nicht ich das, was ihr das Entsetzen ins Gesicht zaubert, sondern die rote Flüssigkeit, die sich einen Weg in ihr Dekolleté bahnt. Ganz automatisch folgt mein Blick den kleinen Tropfen, die zwischen ihren Brüsten verschwinden. Ich schlucke schwer. Bisher hat sie ihre Vorzüge nicht so öffentlich zur Schau gestellt. Und das brauchte sie auch nicht, um mich auf dumme Gedanken zu bringen, aber ich schwöre, meine Jeans wird bei ihrem Anblick deutlich enger im Schritt. Nach nicht einmal fünf Minuten auf der Party stecke ich schon knietief in der Scheiße. Ob es irgendwo eine Bonuskarte für Getränkeunfälle gibt? Beim zehnten Zusammenstoß gibt es einen Präsentkorb gratis oder einen Gutschein für die Reinigung. Das wär's doch.

Ein weiterer Tropfen verschwindet im V-Ausschnitt ihres Tops. Der hellblaue Seidenstoff färbt sich dunkel.

»Gefällt dir die Aussicht?«, fragt sie neckend, weil ich ungeniert auf ihre Brüste starre. Sofort reiße ich meinen Blick los und sehe ihr ins Gesicht. Warum grinst sie? Mein Hirn rattert auf der Suche nach einer passenden Antwort. *Ja* wäre mehr als daneben, würde aber der Wahrheit entsprechen. *Nein* könnte den Eindruck erwecken, ihre Brüste wären nicht perfekt. Und bei Gott, das sind sie.

Allmählich bekomme ich den Eindruck, ich stolpere von einem Desaster in das nächste, und Aspen ist mein ganz persönlicher Anreiz dafür. Ich komme mir vor wie ein Bumerang. Egal, in welche Richtung ich flüchte, alle Wege führen zwangsläufig zurück zu ihr.

»Wenn ich darauf antworte, kann ich nur verlieren«, sage ich schließlich und lächle sie entschuldigend an.

»Du könntest es versuchen. Vielleicht schlägst du dich besser, als du denkst?« Warum zur Hölle grinst sie immer noch? Ist sie etwa betrunken? Nein, dafür wirkt sie zu klar.

Ich mustere ihr Gesicht. Intensiv und viel zu lange, als dass es mich nicht verrät. Normalerweise ist sie eher weniger geschminkt. Und ich mag das. Wirklich. Aber sie hat das Eisblau ihrer Augen dunkel eingerahmt und damit neben den rot geschminkten Lippen einen weiteren Fixpunkt in ihrem Gesicht geschaffen. Es verleiht ihr etwas Verruchtes und weckt in mir eindeutig den Wunsch, Dinge mit ihr zu tun, die absolut nicht angemessen sind. In vielerlei Hinsicht.

Das Eisblau hält mich gefangen, lässt mich davontreiben. Schickt mich in der Zeit zurück. Die Musik im Hintergrund wechselt. Die Atmosphäre verändert sich. Es ist nicht mehr die Party, die ich vor wenigen Minuten betreten haben, sondern eine andere. Eine, auf der ich nicht sein sollte. Eine, auf der ich nicht sein will. Meine Handflächen beginnen zu schwitzen, während mein Puls in die Höhe schießt und es mir kalt den Rücken hinunterläuft.

Vergiss es, du wirst das nicht zulassen! Konzentrier dich. Was ist real? Was ist im Hier und Jetzt? Was spinnt sich dein Gehirn in diesem Augenblick zusammen?

Ruckartig reiße ich meinen Blick von Aspen los. Entkomme dem Eisblau, das mich an einen klaren Dezembertag erinnert, der mein Leben von Grund auf verändert hat. Wie paradox ist es, dass ausgerechnet die Frau, die ich begehre, gerade zu meinem schlimmsten Trigger geworden ist?

Ohne auf das von ihr Gesagte zu reagieren, wende ich mich Will zu, der neben mir steht. »Lass uns gehen. Ich brauche was zu trinken.«

16.

ASPEN

»Wow, dein Märchenprinz ist ein richtiges Sweetheart«, sagt Dion neben mir, während ich Jasper nachsehe, der in diesem Augenblick in der Menge verschwindet. Das war eigenartig. Er hat mich angesehen und schien es doch nicht zu tun. Als hätte er durch mich hindurchgesehen oder wäre gar nicht wirklich hier gewesen.

»Lass uns Abbie suchen und versuchen, die Sauerei zu beseitigen«, antworte ich und gehe auf ihren Kommentar gar nicht erst ein. Wir waren ohnehin auf dem Weg zur Toilette, um nach Abbie zu sehen, weil sie bereits vor zwanzig Minuten dorthin verschwunden ist.

Ich schlängle mich durch die Leute und nehme die Treppe ins Obergeschoss. Das Haus ist nicht besonders groß und dadurch herrscht ein reges Gedränge. Ganz zu Beginn sind wir Henry begegnet, da waren allerdings weniger Menschen hier. So richtig voll wurde es erst in der letzten halben Stunde. Er hat uns kurz durch das alte Herrenhaus geführt und uns alles gezeigt. Inzwischen weiß ich, dass sein Dad das College leitet und er hier allein wohnt. Das hat er mehrfach betont. Auf meine Frage hin, warum es so abgelegen ist, hat er erklärt, dass es früher der Wohnsitz der Familie Walls war, die aber inzwischen aus Platzgründen umgesiedelt haben und nun am äußeren Rand des Geländes leben. Die Walls leiten das College bereits in der vierten Generation und Henry wird allem Anschein nach Nummer fünf.

Vor dem Badezimmer hat sich eine Schlange gebildet und mittendrin steht Abbie und wartet. Wir schieben uns an den anderen vorbei und stellen uns neben sie.

»Seit zehn Minuten blockiert jemand das Badezimmer«, sagt sie genervt. Vor uns stehen noch drei weitere Personen. Eine davon klopft ungeduldig gegen die Tür und flucht.

»Was ist mit deinem Top passiert?«, fragt Abbie, als sie den Rotweinfleck entdeckt.

»Ein kleiner Aufprallunfall«, erkläre ich.

Die Badezimmertür wird geöffnet. Zwei kichernde Studentinnen kommen heraus. Wir rücken auf, als die drei vor uns gemeinsam in dem Raum verschwinden. Es dauert weitere fünf Minuten, bis wir an der Reihe sind. Abbie stürmt regelrecht in das Bad und knallt die Tür hinter sich zu. Dion und ich sehen uns an und lachen. Keine zwei Minuten später öffnet Abbie die Tür wieder.

»Sorry, das war wirklich dringend«, sagt sie und lässt uns herein. Ich schlüpfe aus meinem Top und versuche, den Rotwein darauf auszuwaschen. Natürlich funktioniert es nicht. Im Gegenteil. Der Fleck ist zwar heller, aber dafür doppelt so groß. Das war es dann wohl mit meinem Lieblingsoberteil.

Ich sehe mich in dem Badezimmer nach einem Föhn um, damit ich den nassen Stoff trocknen kann. Natürlich besitzt Henry keinen. Warum auch. Seine Haare sind so kurz, dass sie innerhalb von wenigen Minuten an der Luft trocknen. Mir bleibt also nichts anderes übrig, als das Top wieder anzuziehen.

»Soll ich Henry suchen gehen und ihn fragen, ob er dir ein Shirt leiht?«

Mit hochgezogenen Augenbrauen blicke ich Dion an, dann sehe ich an mir herab. Der Stoff ist deutlich transparenter geworden. »Nein, das geht schon, das trocknet sicher schnell«, winke ich ab. Man erahnt auch eher was, als dass man es durch den Stoff hindurch sieht. Einige Partygäste sind deutlich freizügiger unterwegs.

»Wie du meinst.«

Es klopft an der Tür, weil wir das Badezimmer bereits zu lange belagern.

»Wir sollten gehen, bevor jemand die Tür eintritt«, sagt Abbie kopfschüttelnd.

Erneut schlängeln wir uns durch die Menge, nehmen die Treppe ins Erdgeschoss und mischen uns im Wohnzimmer unter die Leute. Billie Eilish dröhnt aus den Boxen. Sofort wippt mein Kopf im Takt mit, während ich meinen Blick schweifen lasse. Es herrscht eindeutig Grüppchenbildung. Das Sofa, das mittig im Raum steht, ist überfüllt. Unzählige Gläser stehen auf dem Couchtisch. Der Geruch von Rauch, verschüttetem Bier und Parfüm steigt mir in die Nase. Eine ekelhafte Mischung.

»Entschuldigt mich«, sagt Dion grinsend, als Henry seine Arme von hinten um sie schlingt und sie mit sich zieht.

»Was glaubst du, wie lange das noch gut geht?«, fragt Abbie über den Lärm hinweg.

»Eine Woche, vielleicht auch zwei«, mutmaße ich. Henry Walls entspricht nicht unbedingt Dions Beuteschema. Er scheint nämlich ein netter Kerl zu sein.

»Ob zwei Stunden reichen werden?«

»Hängt davon ab, wie Henry sich anstellt«, erwidere ich. Abbie seufzt, während ich lache. Sie ist nicht gerade eine Partymaus und hätte sicher nichts dagegen, zeitnah den Heimweg anzutreten.

»Der Typ dahinten starrt mich an«, sagt sie.

Ich werfe einen Blick über meine Schulter, um nachzusehen, wen sie meint. Der Kerl macht sich nicht einmal die Mühe, unauffällig zu wirken.

»Sieh doch nicht so offensichtlich hin!«

Er ist ganz niedlich und lächelt, als er checkt, dass wir ihn erwischt haben.

»Dann sag mir nicht, dass dich jemand anstarrt.«

»Toll, er kommt rüber.« Nervös streicht sie ihr Kleid glatt. »Was mache ich denn jetzt?«, fragt sie panisch.

»Dich mit ihm unterhalten«, schlage ich vor, weil man das für gewöhnlich macht.

»Und worüber?«

»Boah, Abbie, denk doch nicht so viel nach. Plaudere ein bisschen mit ihm und schau, was dabei rauskommt. Wenn die Chemie nicht stimmt, denk dir was aus, um ihn abzuwimmeln.« Bevor sie antworten kann, steht der dunkelhaarige, gut gebräunte Typ neben ihr.

»Hey«, sagt er und klingt schüchterner, als er aussieht.

Hilfe suchend sieht Abbie mich an. *O nein, Fräulein. Du willst Erfahrungen sammeln, hier ist deine Chance,* gebe ich ihr mit einem Blick zu verstehen. »Ich gehe mir etwas zu trinken holen.« Mit einem Grinsen auf den Lippen ziehe ich mich zurück.

In der Küche ist deutlich weniger los. Auf der Arbeitsfläche stehen unzählige angebrochene Flaschen und in der Spüle stapeln sich die dreckigen Gläser. Pappbecher liegen neben einem Müllsack auf dem Boden. An der einen Wand wurden mehrere Tische aneinandergestellt. Darauf befinden sich Snacks und drei große Schalen mit Bowle. Unschlüssig betrachte ich die Auswahl. Am Ende entscheide ich mich für die mit den Waldfrüchten und will gerade nach einem Glas greifen, um es zu füllen, als ich plötzlich das Gefühl habe, beobachtet zu werden.

Ich sehe mich um. Jasper steht in einer Ecke und schaut in meine Richtung. Eigentlich hätte ich damit rechnen müssen. Das Schicksal lacht sich vermutlich bereits ins Fäustchen. Sekunden vergehen, in denen wir uns ansehen, ohne dass sich einer von uns bewegt. Weder aufeinander zu noch voneinander weg. Kurz denke ich darüber nach, einfach zu ihm rüberzugehen und einen weiteren Versuch zu starten, verwerfe den Gedanken allerdings wieder. Wird Zeit, den Spieß umzudrehen. Zur Abwechslung darf er dabei zusehen, wie ich einen Abgang hinlege. Bevor ich mich abwende, werfe ich ihm einen herausfordernden Blick zu, der ihm unmissverständlich mitteilt, dass er am Zug ist.

Ich komme bis zur Tür, als sich seine Finger um mein Handgelenk schließen und zurück in den Raum ziehen. »Warte«, sagt er und lässt von mir ab, als ich mich zu ihm umdrehe. Er atmet tief durch, während er genügend Abstand zwischen uns bringt. »Es tut mir leid.«

»Was genau?«, frage ich. Sein Blick huscht zu meinem Top.

»Das mit deinem Shirt«, antwortet er. Das ist alles? Ich ziehe eine Augenbraue hoch und verschränke die Arme vor meiner Brust. »Und das letzte Woche auch, ich hätte –«

»Wag es ja nicht, dich für den Kuss zu entschuldigen und zu behaupten, dass er ein Fehler war, weil du es nicht wolltest. Und komm gar nicht erst auf die Idee zu fragen, ob wir die Sache vergessen können. So wird das nicht laufen, verstanden?«, poltert es aus mir heraus. Denn das wollte er doch gerade sagen, oder? »Wenn du dich für etwas entschuldigen willst, dann für den Abgang, den du anschließend hingelegt hast, aber ganz sicher nicht für einen verdammt guten Kuss«, füge ich hinzu.

Er grinst mich an. Was zum Teufel gibt es da zu grinsen?

»Gut, dann tut es mir leid, mich wie ein Arschloch aufgeführt zu haben. Ich werde mich nicht für den Kuss entschuldigen und behaupten, dass er ein Fehler war. Und ich werde nicht sagen, dass ich es nicht wollte, oder fragen, ob wir die Sache vergessen können.« Verarscht er mich gerade? Verwirrt sehe ich ihn an. »Lass uns dennoch etwas klarstellen. Das, was zwischen uns passiert ist, wird sich nicht wiederholen. Du und ich, das Spiel spiele ich nicht mit. Wir ziehen die Romeo-und-Julia-Nummer durch. Mehr nicht.«

Komisch, dass er gerade den Abstand zwischen uns verringert, obwohl er mich doch gerade davon überzeugen will, dass er nicht an mir interessiert ist. Der intensive Blick, mit dem er mich ansieht, spricht ebenfalls eine andere Sprache.

»Ich schwöre, ich spiele keine Spielchen mit dir.« Genau wie er trete ich einen kleinen Schritt näher an ihn heran. Zuverlässig beschleunigt sich mein Puls. Ein Seufzen entfährt ihm und mein Blick heftet sich zielsicher auf seine Lippen. Jede Faser meines Körpers erinnert sich in diesem Augenblick daran, wie sie sich auf meinen anfühlen. Alles von mir sehnt sich danach, ihn zu küssen.

»Ja, vielleicht stimmt das sogar, aber das ändert nichts zwischen uns«, erwidert er sanft. Seine Worte klingen wie eine Liebkosung und fühlen sich gleichzeitig an, als würde er mir das Messer in den Rücken rammen. »Glaub mir, ich habe meine Gründe.«

»Was für Gründe?«, will ich wissen, obwohl mir klar ist, dass er sie mir nicht verraten wird. Dennoch blicke ich ihm hoffnungsvoll in die schokoladenbraunen Augen und bin im selben Moment irritiert. Trägt er etwa Kontaktlinsen? Warum ist mir das vorher noch nicht aufgefallen?

Nur den Bruchteil einer Sekunde später spüre ich seine Finger an meiner Wange. Zärtlich streicht er mit dem Daumen über meine Haut und lässt ihn an meiner Unterlippe entlanggleiten. Ohne nachzudenken, lege ich meine Hände an seine Seiten und schließe die Lücke zwischen uns. *Küss mich,* flehe ich ihn stumm an und recke ihm das Kinn entgegen, um ihm zu signalisieren, was ich will. Sein Gesicht nähert sich meinem. Näher. Noch näher, bis es vor meinen Augen verschwimmt. Und dann spüre ich seine Lippen auf meiner Stirn. Sanft und gerade so fest, dass ich die Berührung wahrnehme.

»Gründe, die nicht nur mich, sondern auch dich schützen.«

Ich kralle mich in den Stoff seines Sweatshirts, weil ich genau weiß, wie das hier enden wird. Nämlich nicht so, wie ich es mir vorgestellt habe. Er wird mich nicht küssen. Wir werden auch nicht gemeinsam diese Party verlassen und morgen eng umschlungen in einem Bett aufwachen. Nichts davon wird passieren, weil die Gründe, die dagegensprechen, ihn im Klammergriff halten.

Als er sich von mir löst und einen Schritt zurücktritt, lasse ich es zu. Ich kann ihn nicht zwingen, und das werde ich auch nicht versuchen, aber ich habe eine Idee, wie ich ihn vielleicht doch aus seinem Schatten hervorlocke.

»Versprichst du mir etwas?«, frage ich ihn. Skeptisch sieht er mich an, während seine Körperhaltung sich versteift, dennoch nickt er. »Hör auf, mir jedes Mal aus dem Weg zu gehen, und rede stattdessen mit mir, wenn ich eine deiner Grenzen übertrete. So was wie Freunde, bekommst du das hin?«

Sekunden vergehen, in denen er nichts sagt, weil er über das, worum ich ihn gebeten habe, nachdenkt und wahrscheinlich seine Möglichkeiten auslotet. Würde eine Freundschaft funktionieren? Niemals. Und das weiß er genauso gut wie ich. Weil wir immer wieder aufeinanderprallen werden. Es wird immer dieses Knistern zwischen uns geben. Diese Anziehung, die irgendwann explodiert, und dann wird keiner von uns beiden einen Rückzieher machen. Sein Vorschlag, gemeinsam die Romeo-und-Julia-Nummer durchzuziehen, ist nicht weniger ein Vorwand als mein Angebot, es mit der Friendzone zu versuchen, um die Kontrolle über uns zu behalten.

»Jasper?«, ruft jemand seinen Namen. Wer auch immer es ist, ich drehe ihm den Hals um. Das ist der denkbar ungünstigste Moment, um in diese Unterhaltung zu platzen. Kurz hält er meinem Blick noch stand, dann sieht er zur Tür. »Wir wollen los. Kommst du mit oder bleibst du noch?«

Er sieht wieder zu mir, und ich weiß genau, was er sagen wird. »Ich muss los.«

»Du hast meine Frage nicht beantwortet«, merke ich an, weil ich befürchte, dass er mich ohne eine Antwort stehen lässt.

»Ich weiß.« Der sanfte Ton in seiner Stimme lässt mein Herz abrupt höherschlagen. Als er eine Hand nach mir ausstreckt und mir eine meiner losen Strähnen hinters Ohr schiebt, blinzle ich hektisch. Langsam zieht er seine Finger zurück und lässt sie dabei federleicht über meinen Unterkiefer wandern. Ein letztes Mal sehen wir uns tief in die Augen. Jasper trägt wirklich Kontaktlinsen. Ein unsicheres Lächeln erscheint auf seinen Lippen, dann eilt er mit schnellen Schritten zu dem Kerl, der auf ihn wartet. Bevor er durch die Tür verschwindet, dreht er sich noch einmal um und blickt mich entschuldigend an.

17.

CAMERON

Erschöpft fummle ich die Kontaktlinsen heraus. Wie ich es hasse, die Dinger täglich benutzen zu müssen. Allerdings kostet es mich nicht mehr so viel Überwindung, sie mir selbst einzusetzen. In den ersten Tagen habe ich unzählige Anläufe gebraucht und Jasper lautstark verflucht. Eine nach der anderen lege ich sie in das dafür vorgesehene Schälchen und tropfe etwas von der Flüssigkeit drauf. Um das unangenehme Gefühl loszuwerden, reibe ich mir ausgiebig über die Augen, bevor ich mir eine große Ladung kaltes Wasser ins Gesicht spritze. Dann werfe ich einen Blick in den Spiegel.

Auch wenn ich nicht hundertprozentig scharf sehe, erkenne ich das klare Blau meiner Augen deutlich. Allerdings bin ich mir nicht sicher, ob ich mich in dem Spiegelbild wiedererkenne oder ob die müde Visage bereits einem anderen Kerl gehört. Ob ich selbst allmählich zu verschwimmen drohe, weil ich zu sehr damit beschäftigt bin, jemand anders zu sein. Fünfzigtausend Dollar sind ein verdammt hoher Preis dafür, am Ende nicht mehr zu wissen, wer man ist.

Mit beiden Händen stütze ich mich auf dem Rand des Waschbeckens ab und beuge mich nach vorne. Das Bild wird schärfer. Einen Moment lang starre ich mir selbst in die Augen, während ich mich auf das Gefühl konzentriere, wie die Wassertropfen sich einen Weg über mein Gesicht bahnen, um schlussendlich ins Keramikbecken zu tropfen. Mein Kopf fühlt sich leer gefegt und gleichzeitig vollgestopft an, falls das überhaupt möglich ist.

Die Party hat sich als weniger problematisch erwiesen, als ich befürchtet habe. Was allerdings hauptsächlich daran lag, dass ich mich nach dem Zusammenprall mit Aspen in der Küche verkrochen und nur darauf gewartet habe, endlich gehen zu können, ohne dass Will misstrauisch wird. Dass Aspen irgendwann plötzlich vor mir stehen würde, hätte ich wissen müssen. Weil es immer so endet. Sie, ich und eine Situation, die mich mehr reinreitet, als dass sie die Sache zwischen uns entschärft. Freunde. Wie kommt sie darauf, dass das funktionieren könnte? Wenn wir eins nie werden, dann Freunde.

Blind taste ich nach dem Handtuch, das links von mir neben dem Waschbecken hängt, und nehme es vom Haken. Dann atme ich einmal tief durch, bevor ich mir den Frotteestoff ins Gesicht drücke und einen Schrei ausstoße, damit sich der Knoten in meinem Inneren löst. Vergebens. Vielmehr zieht er sich noch enger zusammen und nimmt mir endgültig die Luft zum Atmen.

Ich feure das Handtuch in die Ecke und schäle mich aus den Klamotten, die sich an meinem Körper genauso falsch anfühlen wie die braunen Augen, die mir seit Wochen täglich aus dem Spiegel entgegenblicken.

Das heiße Wasser in der Dusche brennt wie tausend kleine Nadelstiche auf meiner Haut. Ich greife nach dem Duschgel, dessen Geruch ich nicht ausstehen kann, weil es nicht das ist, das ich für gewöhnlich benutze, sondern Jaspers. Ich rieche sogar wie der Kerl. Er hat an jedes noch so kleine Detail gedacht. Alles, was von Cameron Monroe übrig ist, passt in eine Sporttasche, die ich seit meiner Ankunft in Waterbury nicht einmal ausgepackt habe.

Mit etwas zu viel Druck presse ich das blumig stinkende Zeug in meine Handfläche und seife mich widerwillig damit ein. Auch wenn mein Frust gerade ein gigantisches Level erreicht hat, interessiert das meine Gedanken nicht, die so plötzlich die Richtung wechseln, dass ich genervt aufstöhne, als Aspens Gesicht vor meinem inneren Auge auftaucht. Gerötete Wangen, der Blick starr auf mich gerichtet. Tropfen, die zwischen ihren Brüsten verschwinden. Ohne mir Mühe geben zu müssen, spinnt meine Fantasie den Faden ganz automatisch weiter und knipst das Kopfkino an.

Vergiss es, du wirst dich dem nicht hingeben. Hörst du, Cam! Damit manövrierst du dich in erhebliche Schwierigkeiten. Du wirst ihr nie wieder in die Augen sehen können, ohne dir wie ein Arschloch vorzukommen.

All diese Argumente interessieren einen im Augenblick sehr dominanten Teil von mir nicht die Bohne. Der lehnt sich nämlich gerade entspannt zurück und fordert dazu auf, die Spiele beginnen zu lassen. Und ich bin mir sicher, sobald ich die Arena betrete, werde ich verlieren. Die Redewendung *Der Geist ist willig, das Fleisch ist schwach* war nie zutreffender als in diesem Moment. Egal, wie sehr ich mich dagegen wehre, ich werde scheitern. Ob nun heute oder morgen, macht das wirklich einen Unterschied?

Nein.

Schlussendlich gebe ich den halbherzigen Versuch des Widerstandes auf und schließe die Augen. Ich würde es gerne darauf schieben, dass ich Ewigkeiten keinen Sex hatte, aber das wäre schlichtweg gelogen. Es liegt ausschließlich an der Person, um die sich meine Gedanken drehen, seit ich mich zu einem verfluchten Hey habe hinreißen lassen, anstatt sie zu ignorieren.

Unermüdlich prasselt das heiße Wasser auf mich nieder und spült eine Flut an Bildern in meinen Kopf. Plötzlich sitze ich wieder mit ihr im Schauspielkurs. Ich knöpfe das falsch geknöpfte Hemd auf, allerdings nicht wieder zu. Aspen streckt die Hände nach mir aus und lässt ihre Fingerspitzen über meine völlig überhitzte Haut wandern. Ich kann regelrecht spüren, wie sie sich von meiner Brust unter den Stoff des hässlichen Batikhemdes schieben und ihn schließlich über meine Schultern gleiten lassen. Regungslos sehe ich dabei zu, wie sie sich nach vorne beugt und federleichte Küsse auf meiner Brust verteilt, während ihre Fingernägel sanft über meinen Rücken kratzen.

Das letzte bisschen Vernunft verabschiedet sich und überlässt meiner Körpermitte nun gänzlich die Kontrolle. Mit der rechten Hand stütze ich mich an der Wand ab, lehne die Stirn gegen die kühlen Fliesen, während ich mit der linken meine Erektion bearbeite. In Gedanken ziehe ich Aspen auf meinen Schoß, umfasse mit beiden Händen ihr Gesicht, hebe es an und presse meinen Mund auf ihren. Weil es im Augenblick das ist, was ich am meisten will. Ich umfasse meine Härte fester und lasse meine Hand schneller daran auf und ab gleiten. Versuche, mich von dieser Qual zu erlösen.

Frustriert stöhne ich auf. Das Gefühl, auf das ich gehofft habe, stellt sich nicht ein. Es liegen halt Welten dazwischen, sich etwas vorzustellen und es tatsächlich zu erleben. Vor allem, wenn man bereits einmal in den Genuss gekommen ist. Seufzend gebe ich es auf und stelle das Wasser auf eiskalt.

Zehn Minuten später stehe ich nur mit einem Handtuch um die Hüfte im Wohnzimmer des Bungalows und weiß nichts mit mir anzufangen. Es ist mitten in der Nacht und dennoch verspüre ich keinerlei Müdigkeit. Die Stille macht mich wahnsinnig. Eine Einzelunterkunft ist mitunter sehr einsam, wenn man einen gewissen Trubel gewohnt ist. Kaden und Cassie liegen sich zu Hause aus den banalsten Gründen ständig in den Haaren. Ich hätte nicht gedacht, dass ich ihre verbalen Auseinandersetzungen und das Knallen von Türen mal vermissen könnte. Oder den Apfelkuchen von Granny El. Oder dass jeder in mein Zimmer stürmt, ohne anzuklopfen.

Dennoch bin ich froh, keine Mitbewohner zu haben, die würden alles nur unnötig kompliziert machen. Wenigstens innerhalb dieser Räumlichkeiten kann ich ich selbst sein. Irgendwie jedenfalls. Denn zu behaupten, ich würde mich hier wohlfühlen, wäre die Übertreibung schlechthin.

Die Einrichtung des Bungalows ist weit über dem Standard, den ich gewohnt bin. Die ersten Tage habe ich ständig gebetet, dass ich nichts kaputt oder dreckig mache. Inzwischen hat sich das zwar gelegt, dennoch würde ich mein Zimmer in Bellbrook bevorzugen.

Kurz denke ich darüber nach, eine Runde über den Campus zu drehen, verwerfe die Idee allerdings genauso schnell wieder, nachdem ich auf die Uhr gesehen habe. Stattdessen hole ich die angefangene Flasche Cranberrysaft vom Küchentresen und mache es mir vor dem riesigen Flatscreen, der an einer kahlen weißen Wand hängt, bequem. Ich zappe mich durch die Kanäle und bleibe schließlich an einer Dokumentation zum Thema Lost Places in Europa hängen.

Während der echte Jasper in England auf eine der teuersten Privatschulen gegangen ist, hat es der falsche gerade mal bis über die Staatsgrenzen von Ohio geschafft. Welch Ironie, dass mich meine erste große Reise ausgerechnet an dieses College geführt hat, das, ganz weit gedacht, Ähnlichkeit mit einem Lost Place aufweist, an dem es vor Leuten nur so wimmelt.

Vor meiner Abreise aus Bellbrook habe ich darüber recherchiert, was mich hier erwarten würde, und bin bis auf wenige Informationen nicht fündig geworden. Genau das hatte Jasper erwähnt. Waterbury ist ein College, das unter dem Radar der Öffentlichkeit läuft und ausschließlich über ehemalige Absolventen finanziert wird. Es werden keine Stipendien vergeben. Hier bleibt die High Society unter sich. Was mehr als daneben ist. Gleiche Chancen für alle wäre deutlich zeitgemäßer und weniger oberflächlich.

Ohne den aufflackernden Bildern ernsthaft zu folgen, starre ich auf den Fernseher und hänge meinen Gedanken nach. Während die Minuten verstreichen, werden meine Augen immer schwerer, bis sie mir gänzlich zufallen und ich in einen unruhigen Schlaf sinke.

Erst Stunden später schrecke ich hoch und brauche einen Moment, um zu begreifen, wo ich bin und dass ich einen üblen Traum hatte. Müde reibe ich mir über das Gesicht, bevor ich mich von der Couch quäle und ins Schlafzimmer gehe. Der Himmel taucht sich gerade in ein zartes Rotorange und kündigt den neuen Tag an, als ich wieder in den Schlaf finde.

18.

ASPEN

»Und du glaubst wirklich, das hat funktioniert?« Skeptisch starre ich auf die Mail mit dem persönlichen Link, der zum Spiel und direkt zum Match führen soll.

»Mein Kontakt hat gesagt, die Sache läuft. Also, ich denke schon«, antwortet Abbie und mustert neugierig das Tablet auf ihrem Schoß.

»Okay, kann losgehen«, ruft Dion aus dem Flur und kommt im nächsten Augenblick mit einer Schüssel Popcorn und ihrem Tablet in den Händen ins Zimmer.

»Dein Ernst?«, frage ich und schüttle den Kopf.

»Das wird besser als ein Marathon *O. C., California*.« Noch zwei Minuten, dann soll der Link funktionieren und uns zu *Be My Date* bringen. So steht es jedenfalls in der Mail.

»Was, wenn er es sich anders überlegt hat?« Die Möglichkeit besteht immerhin. Irgendwie haben wir es seit der Party geschafft, nicht wie das personifizierte Chaos aufeinanderzuprallen und alles erneut in einem Desaster enden zu lassen. Wir machen Fortschritte. Sie sind zwar klein, aber erkennbar. Selbst die Vertrauensübung im Schauspielkurs haben wir ohne Komplikationen hinter uns gebracht. Anschließend hat er sich sogar dazu breitschlagen lassen, mit mir den Nachmittag im Café zu verbringen und an einer Idee zur Umsetzung des zweiten Aktes zu arbeiten. Die Stimmung war irgendwas zwischen höflicher Distanz und verstohlenen Blicken, die wir uns zugeworfen haben. Immer dann, wenn wir dachten, sie würden unbemerkt bleiben. Sind sie aber nicht. Er hat mich mindestens genauso oft dabei erwischt wie ich ihn.

»Du wirst es nicht herausfinden, wenn du nicht auf den Link

klickst«, sagt Abbie und streckt den Arm nach meinem Laptop aus. Ich schlage ihre Hand weg, um sie davon abzuhalten, die Sache für mich ins Rollen zu bringen. Vor wenigen Tagen habe ich es noch für eine gute Idee gehalten. Inzwischen bin ich mir nicht mehr sicher. Ich fühle mich bei dem Gedanken nicht wohl, Jasper zu täuschen, nur um meine Neugier darüber, was hinter seinem eigenartigen Verhalten steckt, zu stillen.

»Ich weiß nicht. Vielleicht sollte ich es lassen. Im Moment läuft es ganz gut zwischen uns.«

»Du willst also nicht mehr wissen, was er zu verbergen hat?«, fragt Dion und greift ins Popcorn. Anschließend stellt sie die Schüssel in der Mitte des Bettes ab und macht es sich gegenüber von mir bequem.

»Doch.« Das will ich schon, aber mir wäre wohler, wenn er es von selbst erzählen würde. Er hat auch nicht nachgefragt, als wir auf meinen Dad getroffen sind, und ich bin überzeugt, dass er neugierig gewesen ist, was hinter meinem Verhalten gesteckt hat. »Was macht dich überhaupt so sicher, dass er ausgerechnet in einem Onlinespiel alles ausplaudert?« Die Frage habe ich mir seit unserer wahnwitzigen Idee bereits unzählige Male gestellt. Was anfänglich schlüssig klang, kommt mir inzwischen wie eine Schnapsidee vor. Niemand gibt sich so viel Mühe, wie ein Phantom über den Campus zu schleichen, um letztlich an einem Datingspiel zu scheitern.

»Keine Ahnung. Weil Menschen dazu neigen, online so einiges auszuplaudern, wenn sie ihr Gegenüber nicht kennen.«

»Ja, aber er wird nicht ewig anonym bleiben und das weiß er. Der Sinn des Spieles ist es, sein Perfect Match zu finden.« Der Anhang der Mail war zehn Seiten lang. Allein fünf davon bestanden aus Fragen, die man während der Testphase beantworten soll und die sich hauptsächlich um Spielaufbau, Spannung, Thematik, Spaßfaktor und den Gesamteindruck drehen. Sie dienen zur abschließenden Analyse. Dann hingen der Mail seitenweise Erklärungen an. Das Einzige, was bisher völlig unklar bleibt, ist, was genau uns erwartet, sobald wir auf den Link klicken.

»Auf drei legen wir los«, sagt Abbie entschlossen. »Drei … zwei … eins.«

Fest kneife ich die Augen zusammen und bringe es hinter mich. Dann schiele ich vorsichtig zum Bildschirm. Habe ich etwas falsch gemacht?

»Habt ihr auch ein schwarzes Display?«, fragt Dion verwirrt.

»Ja«, sagen Abbie und ich zeitgleich. Im nächsten Moment erscheint eine Loading-Anzeige. Nervös beginne ich, auf meiner Unterlippe zu kauen. Das wird so was von schiefgehen.

»Wie lange dauert das denn?« Dion wird zunehmend ungeduldig und tippt auf dem Display ihres Tablets herum.

»Also, die Wahrscheinlichkeit, dass der Server überlastet ist, ist eher gering. Meinen Berechnungen zufolge nehmen höchstens vierhundertachtundsechzig Studierende teil.«

Verwirrt sehen wir unsere Freundin an. »Du hast das ausgerechnet?«, frage ich sie.

»Natürlich. Ich wollte wissen, wie hoch die Trefferquote ist«, antwortet sie und zuckt mit den Schultern, als wäre es normal, sich die Wahrscheinlichkeit auf Erfolg auszurechnen.

»Und wie hoch ist die Trefferquote?«, will ich wissen, weil mich das ernsthaft interessiert.

»Einundsiebzig.«

»Einundsiebzig was? Prozent, Erbsen, Popcorn?« Jetzt hat sie auch Dions Neugier geweckt.

»Imitierst du gerade Miss Higgins?« Sie streckt mir die Zunge raus und ich lache.

»Potenzielle Paare nach der Testphase.«

»Wow, klingt deprimierend.«

»Und wie kommst du auf das Ergebnis?«

»Der Abschlussjahrgang umfasst dreihundertsechsundfünfzig Studierende. Die sind von der Teilnahme ausgeschlossen, weil sie innerhalb ihrer Kurse an dem Projekt mitarbeiten. Bleiben noch siebenhundertsieben aus den anderen beiden Jahrgängen. Davon befinden sich –«

»Es tut sich etwas«, unterbricht Dion Abbie. Sofort sehen wir auf die Displays. Ein Herz tanzt von einer Ecke in die andere, wechselt von einer Farbe in die nächste und schimmert schließlich in Regenbogenfarben, die sich in einer Art Sprühregen verteilen und zu einem Schriftzug zusammenfügen. *Be My Date.*

Wie originell, schießt es mir durch den Kopf und ich verdrehe die Augen. Eine Melodie, die etwas zu schrill ist, setzt ein. Als ein Herzchenregen erscheint, lache ich laut. »O Gott, das ist so kitschig.«

»Was ist das für ein Bullshit?«, stößt Dion aus. Abbie kichert. *Glückwunsch. Du hast ein Match,* steht plötzlich in pinken Buchstaben auf dem hellgrünen Untergrund.

»Okay, kann mir das jemand erklären?«, fragt Dion und dreht ihr Tablet so, dass wir es sehen können.

Leider wurde kein passendes Match gefunden.

»Offenbar gibt es unter den Teilnehmenden niemanden, der zu dir passt«, schlussfolgert Abbie.

»Ich dachte, es gibt für jeden einen Spielpartner?«

»Du hättest das Kleingedruckte lesen müssen. Der Algorithmus spuckt nur ein Ergebnis aus, wenn mindestens eine achtzigprozentige Übereinstimmung vorliegt.«

»Jetzt ist klar, wie du auf mickrige einundsiebzig kommst.« Sie schnalzt mit der Zunge und wirft das Tablet aufs Bett. »Und was ist mit meinen extra Credits?«

»Auf die wirst du wohl verzichten und dich stattdessen auf den Hintern setzen und lernen müssen.« Abbie klingt, als würde die Tatsache sie amüsieren.

»Toll. Aber es wundert mich nicht, dass mein Mister Perfect sich nicht hier auf dem Campus herumtreibt.«

»Was ist mit Henry?«, frage ich. Mein Blick huscht zurück zum Bildschirm, auf dem gerade ein Button erscheint.

Zum Spiel.

»Ich bitte dich, er ist hot, aber eine furchtbare Klette. Warum ist es so schwer zu verstehen, dass ich nicht auf etwas Festes aus bin? Ich rede weder um den heißen Brei herum noch sende ich zwischen den Zeilen das Signal *Bitte nimm mich nicht ernst und belehre mich eines Besseren.*«

»Vielleicht, weil du netter aussiehst, als du bist«, ziehe ich sie auf. Verständnislos schüttelt sie den Kopf.

»Wollen wir anfangen?«, fragt Abbie hibbelig.

»Unbedingt, ich will wissen, welchen Kerl sie für dich vorgesehen haben«, sagt Dion zu ihr. Immer noch skeptisch klicke ich auf den Button, der mich Jasper näherbringen soll.

19.

CAMERON

Glückwunsch. Du hast ein Match.

Unschlüssig starre ich auf das Tablet, das neben der angebrochenen Flasche Cranberrysaft auf dem Küchentresen liegt. Ich fasse es nicht, dass Jasper mich dazu zwingt, an dem Quatsch teilzunehmen. Er hat mir nicht einmal einen plausiblen Grund dafür genannt und mich einfach mit »Gönn dir mal ein bisschen Spaß« abgefertigt. Worin der Spaß liegt, jemanden an der Nase herumzuführen, ist mir schleierhaft. Wer auch immer auf der anderen Seite auf sein Perfect Match wartet, ich bin es nicht. Ich habe die Fragen nicht beantwortet. Das hat Jasper selbst übernommen.

Nachdenklich trommle ich mit den Fingern auf der Tischplatte herum und starre auf den Button, der mich an meine moralische Grenze führt. Seit ich in Waterbury bin, katapultiere ich mich von einer Katastrophe in die nächste.

Zum Spiel. Der Button scheint zu pulsieren und mich zum Anklicken verleiten zu wollen. Okay, ein Match bedeutet ja nicht direkt, dass sich die andere Person auch verliebt. Vielleicht kann ich das steuern. Ich könnte einfach ein bisschen mehr wie der echte Jasper sein. Der ist so unausstehlich, in den kann sich niemand verknallen, der bei Verstand ist. Allerdings kann ich nicht abstreiten, nicht auch neugierig zu sein. Am Ende gewinnt die Neugier und ich klicke auf die Schaltfläche.

> Willkommen bei Be My Date.
>
> Tauche ein in ein interaktives Rollenspiel mit der Chance auf dein ganz persönliches reales Happy End.

Verliebe dich unvoreingenommen in einen Menschen. Vertraue darauf, dass wir diese Person für dich gefunden haben.
In den nächsten fünf Wochen erwartet dich jeden Donnerstagabend ein Date, das du gemeinsam mit deinem Perfect Match verbringst. Während und außerhalb der Dates hast du die Möglichkeit, dein Perfect Match über die Chatfunktion noch näher kennenzulernen. Nach jedem erfolgreichen Date erhältst du einen Hinweis auf dein Perfect Match. Nach dem letzten Date hast du die Chance, auf dem Winterball des Waterbury Colleges dein Date persönlich zu treffen. Dort werdet ihr gemeinsam einen unvergesslichen Abend verbringen. Auf dich wartet ein Maskenball, der in diesem Jahr ganz unter dem Zeichen von Be My Date steht.
Sollte sich innerhalb der Spielzeit kein Herzklopfen einstellen, hast du die Möglichkeit, nach jedem Date über den Button Never Be My Date die Suche nach der Identität deines Gegenübers abzubrechen. Damit zählt das Spiel als beendet. Sowohl deine Identität als auch die des Perfect Matches bleibt dann weiterhin geheim.
Bist du bereit, dich zu verlieben?

Wir wünschen dir jede Menge Herzklopfen, fantastische Dates und die ganz große Liebe.

PS: Es gilt nur eine Regel. Die wahre Identität bleibt bis zum Finale geheim. Halte dich daran, wenn du dir nicht selbst den Spaß am Spiel nehmen willst. Ab sofort erhältst du eine Benachrichtigung, sobald dein Perfect Match sich in das Spiel einloggt.

Ernsthaft? Ein Rollenspiel.

Ich lache laut. So ein Bullshit. Das funktioniert doch niemals. Virtuelle Dates? Wer denkt sich denn so was aus? Offenbar der Abschlussjahrgang gelangweilter Rich Kids. Ein dekadenter Maskenball reizt mich ungefähr genauso sehr wie eine Magenverstimmung. Die Funktion, jederzeit unerkannt aussteigen zu können, ist allerdings ganz nett. Jasper hat gesagt, ich soll spielen, nicht, dass ich es beenden muss.

In den nächsten zwei Minuten klicke ich mich durch ein Tutorial, das die einzelnen Funktionen erklärt. Im Grunde ist das Ganze recht simpel aufgebaut. Das sollte selbst für mich machbar sein. Onlinegames sind nicht mein Ding. Hin und wieder zocke ich eine Runde auf der Playstation mit meinen Geschwistern, wo ich allerdings komplett untergehe. Meine Hand-Augen-Koordination ist dafür einfach nicht gemacht.

Willkommen. Deine Identifikationsnummer ist die 2796351. Bitte lege einen Benutzernamen und ein Passwort fest.

Kurz denke ich nach und nehme als Nickname Mecaron und mein Universalpasswort. Nicht kreativ, aber einfach zu merken.

Erstelle einen Avatar nach deinem Abbild. Dieser dient dazu, deine Identität im Verlauf des Spieles preiszugeben.

Das ist ein Scherz, oder? Kopfschüttelnd beginne ich, einen Mini-Jasper zusammenzupuzzeln. Sportliche Figur. Lackaffenfrisur. Braune Augen. Schiefes, abfälliges Grinsen. Der Rautenpulli in Grün und Orange würde ihm sicher gut gefallen. Genau wie die beige Hose mit den Bügelfalten und die albernen blauen Slipper. Und mein ganz persönliches Highlight, die Baskenmütze in Kackbraun.

Speichern. Mein Zeigefinger schwebt über der Maustaste.

Nur mal zum Test, sage ich mir und ändere die Details. Weniger sportlicher Körperbau. Lockige Frisur. Blaue Augen. Nerdbrille. Schwarze Jeans mit Löchern an den Knien. Schlichtes hellblaues Shirt. Weiße Chucks. Nachdem ich einen Mini-Cameron statt eines

Jaspers entworfen habe, lehne ich mich auf dem Barhocker zurück und betrachte den Avatar, der mir frech entgegengrinst.

»Na, mein kleiner Freund, was meinst du, hättest du eine Chance bei den High-Society-Ladys?« Kann man hier noch irgendwo das aktuelle Vermögen angeben? Oder die Höhe an Verbindlichkeiten? Ob ich Mini-Me auch ein Preisschild umhängen kann? *Für fünfzigtausend mache ich, was du willst.*

Erneut muss ich lachen und schüttle über mich selbst den Kopf. *Sarkasmus steht dir nicht, Cameron.*

Mir stehen auch keine Blümchenhemden, und ich ziehe sie trotzdem brav an, weil Jasper es von mir verlangt.

Ich strecke die Hand aus, um die Änderungen rückgängig zu machen, und zögere. Was, wenn doch? Niemand weiß, wer Cameron Monroe ist. Ich kann jederzeit aussteigen, wenn es brenzlich wird. Werde ich auffliegen? Vielleicht. Vielleicht auch nicht. Das Bedürfnis, auszuprobieren, wie weit Cameron in dem Spiel kommt, ist eindeutig vorhanden.

Das ist bescheuert, das weißt du. Der Algorithmus hat das Match aufgrund von Jaspers Antworten ausgespuckt. Wer auch immer das ist, steht auf Typen wie ihn.

Dann versaue ich ihm die Tour, weil er mich grundlos zu diesem Quatsch verdonnert hat. Soll er sein Perfect Match im Reallife suchen. Da muss er sich wenigstens etwas anstrengen und bekommt es nicht auf dem Silbertablett serviert.

Vergiss es, Cameron, das wirst du nicht machen. Auf keinen Fall! Nimm den Finger von der Maustaste …

»Scheiße!« Habe ich gerade auf *Speichern* geklickt? Fassungslos starre ich auf den Bildschirm. Wo ist der Button zum Ändern? Es gibt keinen. In rekordverdächtiger Geschwindigkeit schießt mein Puls in die Höhe. Mir wird schlecht. Bin ich völlig übergeschnappt?

Ich rutsche vom Barhocker, verschränke meine Arme hinter dem Kopf und beginne, in der Küche auf und ab zu tigern.

Komm schon, denk nach!

Mein Blick huscht zum Bildschirm, auf dem eine in Backstein eingefasste weinrote Holztür zu sehen ist. Efeu rankt drum herum. Eigentlich sieht es ganz harmlos aus. In meinem Fall könnte es allerdings das Tor zur Hölle sein.

20.

ASPEN

Nervös kaue ich auf meinem Daumennagel. Das kann gar nicht gut gehen. Mein Bauchgefühl hat mir in dem Augenblick versichert, dass ich in die Katastrophe schlittere, als ich meine Avatarin gespeichert habe.

»Warum sieht die Tür bei Abbie anders aus?«, fragt Dion.

»Keine Ahnung.« Abbies ist grün, meine rot. Bevor ich weiter darüber nachdenken kann, schwingt die Tür auf. Okay. Ein Jahrmarkt. Das ist süß. Ich schiele auf Abbies Bildschirm.

»Ist das ein Museum?«, frage ich ungläubig.

»Um genau zu sein, ist es das Tech Museum of Innovation in San José«, sagt sie und grinst.

»Die Dates sind also individuell«, stelle ich laut fest.

»Sieht ganz so aus«, erwidert Abbie. Interessant. Jasper steht also auf Jahrmärkte.

»Und wo sind jetzt eure Traummänner?« Berechtigte Frage.

Triff dein Date in fünf Minuten beim Riesenrad. Das ist dann wohl der Startschuss. Ein Countdown erscheint am oberen rechten Bildschirmrand. Eine Sprechblase ploppt auf.

Ein Lageplan wurde deinem Inventar hinzugefügt. Wie aufmerksam. Eine kleine Handtasche blinkt auf. Ich tippe darauf. Ein Lachen entfährt mir.

»Was ist so lustig?«, fragt Dion und wirft von hinten einen Blick über meine Schulter.

»Das entspricht exakt dem Inhalt meiner Handtasche.« Ich erinnere mich an die Frage, bei der man aufzählen sollte, was man immer bei sich hat. Meine Antwort lautete Lippenstift, Geldbörse, Quittungen und Haargummi.

»Vielleicht solltest du dich weniger mit dem Inhalt deiner Handtasche beschäftigen und stattdessen Jasper suchen. Du hast noch drei Minuten«, erinnert sie mich an meine Aufgabe.

Ich öffne den Lageplan. Es ist ein Labyrinth. Ein roter Punkt zeigt meinen Standort an.

Natürlich befindet sich das Riesenrad am anderen Ende. Wäre sonst auch zu einfach. Das ist das Problem, wenn man über den miesesten Orientierungssinn der Menschheit verfügt: Man ist eine Niete in jedem Irrgarten und findet niemals allein wieder hinaus. Schnell versuche ich, mir den Weg einzuprägen. Dann schließe ich die Karte.

Mein Finger gleitet über das Tablet. Das Setting ist sehr detailgetreu und animiert, das macht es nicht leichter. Es erweckt den Anschein, als wäre man tatsächlich auf einem Jahrmarkt. Rechts von mir befindet sich eine Schießbude. Ein Kerl ist gerade dabei, Plastikenten abzuschießen. Er reißt die Arme hoch, als er trifft. Eine Familie mit drei Kindern kommt mir entgegen und versperrt mir den Weg. Hä? Wie bringe ich sie dazu, mich durchzulassen? Ist das etwa eine Sackgasse?

»Wo läufst du denn entlang? Himmel, du hättest rechtsrum gemusst. Gib mal her, so wird das nichts«, schimpft Dion und nimmt mir das Tablet aus der Hand. Mein Blick huscht zu Abbie, die sich inzwischen an das Rückenteil meines Bettes gelehnt hat und breit grinsend in das Spiel vertieft ist. Dions Finger gleitet blitzschnell über das Display. Sie schlängelt sich an Leuten vorbei, lässt die einzelnen Stände hinter sich und biegt immer wieder rechts und links ab.

Sie macht das echt gut. Der Countdown zählt unaufhaltsam herunter. Wie viele Versuche hat man wohl? Oder ist das Spiel vorbei, wenn man es nicht schafft? In fünf Sekunden werden wir es erfahren. Vier … drei … Das Riesenrad taucht auf, aber ist noch zu weit entfernt. Zwei … eins …

»Verfluchter Mist!« Null …

Eine Nachricht ploppt auf.

Du kommst zu spät zum ersten Date. Welche Erklärung gibst du deinem Perfect Match?

Darunter befinden sich drei Antwortmöglichkeiten.

Du hattest eine Reifenpanne.

Du hattest eine Verabredung, die länger gedauert hat.

Du kaufst schnell Zuckerwatte für dein Date und entschuldigst dich für die Verspätung.

»Gibt es falsche Antworten?«, frage ich laut.

»Es ist ein interaktives Spiel. Es gibt kein Falsch im eigentlichen Sinne, aber deine Auswahl beeinflusst den Verlauf des Spieles«, erklärt Abbie.

»Oh, das ist cool.« Keine Ahnung, ob Jasper auf Zuckerwatte steht, aber die Antwort gefällt mir am besten. Sobald ich meine Wahl getroffen habe, erscheint auf dem Bildschirm eine Hand, die eine bunte Zuckerwatte festhält.

Dein Date hat die Entschuldigung angenommen.

»Warum sehe ich seine Auswahlmöglichkeiten nicht?«, frage ich Abbie, weil sie scheinbar den Durchblick hat.

»Kennst du die bei einem echten Date? Stell dir einfach vor, du wärst tatsächlich mit Jasper auf einem Jahrmarkt. Aktion und Reaktion.«

»Da ist was dran. Aber warum sehe ich Jasper nicht?«

»Weil sein Avatar erst nach und nach zum Vorschein kommt.«

»Du meinst, wie bei einem Puzzle?«

»Ja, wie bei einem Puzzle.«

Tatsächlich komme ich mir gerade sehr dumm vor, aber fürs Zocken habe ich mich noch nie interessiert. Das war schon immer eher Abbies Ding.

Dein Date lädt dich zu einer Fahrt im Riesenrad ein. Nimmst du die Einladung an?

Darüber muss ich gar nicht nachdenken. Jasper und ich in einer kleinen Gondel. Über uns der Sternenhimmel. Unter uns die bunten Lichter des Jahrmarkts. Es gibt schlimmere Date-Locations. Der Drive-in eines Diners zum Beispiel.

»Die volle Romantikkiste beim ersten Date. Ich glaube, mir wird schlecht«, sagt Dion und macht ein Würgegeräusch.

»Genau deswegen hast du kein Match«, erwidere ich und strecke ihr die Zunge raus.

Das Innere einer runden Gondel erscheint. Die Sitzfläche ist rot, die Stange in der Mitte ist gelbgolden. Im Hintergrund läuft leise Musik. Das ist nett. Sehr sogar.

Wähle einen Platz.

Ich klicke auf einen der vier Plätze auf der Sitzbank, die rings um die Mittelstange verläuft. Die Platzwahl scheint mir nicht wichtig zu sein, also nehme ich einfach irgendeinen. Die Umrisse einer Person erscheinen auf dem Platz gegenüber von mir. Hat Jasper den bewusst gewählt? Wusste er, wo ich mich hinsetzen würde? Durfte er nach mir entscheiden? Plötzlich scheint mir die Auswahl doch relevant zu sein. Wenn sich dein Date neben dich setzt, ist das eindeutig ein besseres Zeichen, als wenn es sich dir gegenübersetzt. Die Gondel kommt mit einem leichten Schaukeln in Bewegung.

Die Chatfunktion steht euch nun zur Verfügung.

Die Sprechblase hat eine andere Farbe. Ich nehme an, weil wir sie beide sehen und nicht nur einer von uns.

»Los, schreib ihn an«, fordert mich Dion auf.

»Und was soll ich schreiben?«

»Wie wäre es mit Hallo?« Ja, das wäre ein Anfang.

»Vielleicht warte ich einfach, bis er den ersten Schritt macht«, sage ich nachdenklich. Er ist nicht unbedingt ein Fan von weiblicher Offensive.

»Klar, ihr könnt auch schweigend eine Runde in einem virtuellen Riesenrad fahren. So fangen die größten Lovestorys an«, zieht sie mich auf.

»Setz mich nicht so unter Druck, ich mach ja schon.« Nach

kurzem Zögern klicke ich auf den kleinen Mund neben der Handtasche. Das Chatfenster ploppt auf. Eine Leiste mit Emojis befindet sich oberhalb. Ich wähle einen winkenden aus. Das ist weniger aufdringlich als ein Text.

21.

CAMERON

Hazelnut: 👋

Ich sitze mit dem Schatten einer Frau in einem verdammten Riesenrad. Das ist so was von bescheuert.

Sie kam zum ersten Date zu spät. Im Reallife wäre sie damit bei mir bereits durchgefallen. Unpünktlichkeit kann ich nicht ausstehen. Vermutlich hat sie das Labyrinth nicht innerhalb der vorgegebenen Zeit geschafft.

Zuckerwatte als Entschädigung, ernsthaft? Welcher erwachsene Kerl steht auf so was? Jasper Maxwell Anderson. Ich erinnere mich an die Frage *Womit kann man sich am besten bei dir entschuldigen?*. Er hat echt mit Zuckerwatte geantwortet und ich musste es in den Fragebogen eintragen. Was stimmt mit dem Typen eigentlich nicht?

Den Besuch auf dem virtuellen Rummel verdanke ich auch ihm. Die Frage dazu war *Nenne drei Lieblingsorte*. Seine Antwort: Jahrmarkt, Autokino und – der Oberknaller – U-Bahn. Wenn das also die drei Dates sind, kotze ich. Nichts davon mag ich. Jahrmärkte mag ich schon allein deswegen nicht, weil die Geräuschkulisse mich in den Wahnsinn treibt. Mir einen Film im unbequemen Autositz des klapperigen Minivans meiner Grandma anzusehen, gehört auch nicht zu meinen Top Five. Wobei Jasper da sicher etwas Bequemeres in der Garage hat. Und wer fährt bitte gerne mit der U-Bahn?

Aber ich muss zugeben, das Game ist schon extrem cool gemacht. Während wir in der Gondel sitzend unsere Runden drehen, wechselt der Himmel von strahlendem Blau zu einem Sonnenuntergang. Romantik-Modus an. Auch dafür habe ich nicht unbedingt viel übrig.

Erneut schiele ich zu dem Emoji. Nicht zu reagieren, wäre verdammt unhöflich. Und da scheinbar vorerst nichts weiter passiert, als dass wir im Kreis fahren, zielt es auf eine Interaktion innerhalb des Chats ab, also ringe ich mich zu einer Antwort durch.

Mecaron: Hi.

Erst geschieht gar nichts und dann erscheint ein kleines puckerndes Herz, das kurz darauf verschwindet und durch ein *Hey* ersetzt wird. Das ist scheinbar das Signal, das die andere Person tippt. Und jetzt? Ich bin so verdammt schlecht in solchen Dingen. Was würde Jasper machen? Vermutlich seinen unverwechselbaren Charme spielen lassen. Bei mir läuft das für gewöhnlich eher so ab, dass ich in einer Bar in Bellbrook abhänge und am Ende mit ganz viel Glück nicht alleine nach Hause gehe.

Das Herzchen taucht erneut auf dem Bildschirm auf.

Hazelnut: Genießt du die Zuckerwatte?

Die Antwort zaubert mir tatsächlich ein Grinsen ins Gesicht. Vielleicht sollte ich weniger verkopft an die Sache herangehen. Es ist ein Spiel. Ich kann jederzeit aussteigen, also klicke ich auf *Antworten*.

Mecaron: Die beste Zuckerwatte, die ich je hatte.

Hazelnut: Teilst du mit mir?

Mecaron: Vielleicht.

Hazelnut: Wovon hängt deine Entscheidung ab?

Mecaron: Davon, mit wie wenig du dich zufriedengibst.

Hazelnut: Ich bin bescheiden.

Mecaron: Das sagen alle, und zack, hast du die Hälfte meiner Zuckerwatte verspeist.

Hazelnut: Möglich.

Mecaron: Dann kommen wir nicht ins Geschäft.

Hazelnut: Autsch!

Mecaron: Sorry.

Hazelnut: Müsstest du nicht etwas netter sein? Wir haben immerhin unser erstes Date.

Mecaron: Und solltest du beim ersten Date nicht weniger fordernd sein?

Okay, das läuft ganz klar in die falsche Richtung.

Einen Moment lang betrachte ich die Silhouette und versuche mir vorzustellen, wer mit mir in der Gondel sitzt. Vermutlich ist sie dunkelhaarig und hat braune Augen. Jedenfalls ist das Jaspers Präferenz im Fragebogen gewesen und damit so ziemlich das Gegenteil des Typs Frau, der mich rein optisch betrachtet anzieht.

Aspens Gesicht taucht vor meinem geistigen Auge auf. Der Wink, dass mich aktuell nur eine einzige Frau interessiert, und ich befürchte, das wird sich so schnell nicht ändern. Egal, was da zwischen ihr und mir für eine schräge Nummer läuft, ich kann nicht behaupten, dass es nichts ist. Denn irgendwas läuft eindeutig zwischen uns ab.

Mein Gewissen macht mir in diesem Augenblick einen Strich durch die Rechnung. Ich werde es nicht durchziehen. Nichts rechtfertigt es, die Person, die sich hiervon etwas erhofft, an der Nase herumzuführen. Und sollte ich eine Möglichkeit finden, Aspen alles zu erklären, wird diese Nummer mir das Genick brechen. Denn es gibt keine Erklärung, die diese Aktion rechtfertigt. Ich bin vielleicht nicht mit Aspen zusammen, aber eine andere Frau als sie zu daten, fühlt sich absolut falsch an, selbst in einem Pilotprojekt, um Credits zu sammeln. Das mache ich nicht. Nicht mal Jasper Andersons Scheißgeld zwingt mich dazu.

Noch während ich das Chatfenster schließe, nehme ich das iPhone vom Tisch und rufe Jasper an.

»Los, geh ran!« Erneut beginne ich in der Küche auf und ab zu gehen.

»Cam, wenn du jetzt täglich anrufst, bekomme ich den Eindruck, du könntest mich mögen«, höhnt Jasper. Ich kann sein selbstgefälliges Grinsen regelrecht hören.

»Ich mach das nicht!«, platze ich direkt heraus.

»Was genau?«

»Dieses bescheuerte Spiel.«

»Und warum nicht, wenn ich fragen darf?«

»Ich werde keine Frau an der Nase herumführen, die mich für ihren Traummann hält, weil ein Algorithmus das behauptet.«

»Du hast ein Match?«

»Nein, DU hast ein Match. Also kümmere dich selbst darum. Ich bin raus.« Flüchtig werfe ich einen Blick auf das Tablet. *Be My Date* ist so was von daneben. »Warte, warum klingst du so überrascht?«, frage ich ihn. Keine Antwort. Will er mich verarschen? »Wenn das zu unserem Deal gehört, kannst du dir deine Kohle sonst wohin schieben.« Meine Worte klingen entschlossen, sodass nicht mal er sie falsch interpretieren kann. Ein Geräusch, als ob er auf einer Tastatur herumtippt, schallt mir entgegen. »Was machst du?«

»Ich überprüfe was. Logg dich noch nicht aus. Ich regle das.«

Was regelt er, und woher weiß er, dass ich überhaupt noch in das Spiel eingeloggt bin? Wieder dieses Geräusch. Er tippt eindeutig auf einer Tastatur, und das erstaunlich schnell. »Was machst du?«, wiederhole ich meine Frage und komme mir dabei wie eine kaputte Schallplatte vor.

»Mich um das Problem kümmern. Verdammt! Drück nicht die ›Never Be My Date‹-Schaltfläche, verstanden?«

Hat er sie noch alle? Wovon redet er da? Welches Problem?

Mein Blick heftet sich auf das Tablet. Keine Ahnung, wie viele Runden wir inzwischen in dem Riesenrad hinter uns gebracht haben, aber scheinbar genug, um jetzt in den Genuss eines Sternenhimmels zu kommen. Jemand hat sich sehr viel Mühe gegeben, massig Kitsch in die Nummer zu packen. Ich würde meinen Arsch darauf verwetten, dass passende Musik im Hintergrund läuft.

Ich fummle an der Lautstärkeregelung herum und stelle den Ton sofort wieder ab, als mir Jahrmarktgeräusche entgegenschallen.

Selbstständig öffnet sich erneut das Chatfenster.

Hazelnut: Eigentlich mag ich gar keine Zuckerwatte. Ich bevorzuge Donuts. Die mit rosa Glasur und bunten Zuckerstreuseln. Wir kommen uns demzufolge bei der Zuckerwatte nicht in die Quere.

Hazelnut: Vergessen wir die Zuckerwatte. Um ehrlich zu sein, war das mein armseliger Versuch, mit ihr ins Gespräch zu kommen. Ein »Wie geht's?« schien mir wenig kreativ, oder hätte ich damit mehr gepunktet?

Eure Fahrt ist beendet. Wähle eine Aktion aus:

A. Eine Runde über den Jahrmarkt bummeln.
B. Date nach Hause begleiten.
C. Verabschieden und erneut verabreden.

Möchtest du kein weiteres Date, klicke auf Never Be My Date.

Hazelnut: Starten wir einen neuen Versuch oder drückst du direkt auf den »Never Be My Date«-Rettungsanker?

»Ich will dich ja nicht stressen, aber ich muss hier jetzt eine Entscheidung treffen.«

»Spiel weiter. Nimm *Eine Runde über den Jahrmarkt bummeln.* Das verschafft mir mehr Zeit.«

Ohne darüber nachzudenken, drücke ich auf die Schaltfläche, und dann begreife ich, was er da gerade gesagt hat. »Woher kennst du die Auswahlmöglichkeiten?«

»Kannst du weniger Fragen stellen und einfach machen, was ich dir sage?« Was auch immer hier vor sich geht, macht Jasper nervös. Er flucht leise. Und ich hätte schwören können, dass ihn nichts aus der Ruhe bringt.

Die Grafik auf dem Tablet ändert sich und zeigt nun wieder den Platz vor dem Riesenrad.

Wohin möchtest du gehen?

»Und was genau soll ich machen?«, frage ich genervt. Wo bin ich hier nur hineingeraten?

»Keine Ahnung, chatte mit ihr. Geh zum Dosenwerfen und gewinne einen Plüschteddy. Mach irgendwas, um sie bei Laune zu halten.« Ich kann hören, wie seine Finger über die Tastatur rasen und er etwas vor sich hin murmelt, das nach *Verfluchte Scheiße, was läuft hier?* klingt. Er wird mir einiges erklären müssen.

Okay, Dosenwerfen und Chatten. Das bekomme ich hin.

Vorerst werde ich ihm aus der Klemme helfen, aber ich werde keinesfalls die Dates für ihn durchziehen, sollte er das von mir erwarten.

Mecaron: Hi. Wie geht's?

Jepp, das ist eine Glanzleistung in Sachen Kommunikation. Wenn sie jetzt denkt, ich will sie verarschen, und direkt aussteigt, hat sie dafür mein volles Verständnis.

Hazelnut: Gut. Und selbst?

Ja, das ist die große Preisfrage. Im Augenblick bin ich etwas gestresst, weil ich keinen Schimmer habe, was hier läuft, und Jasper es nicht für nötig hält, mich aufzuklären.

Mecaron: Fantastisch.

»Alles klar, ich hab's«, sagt Jasper plötzlich und atmet erleichtert auf.

»Was hast du?«, frage ich, weil ich ihm nicht folgen kann.

»Ich übernehme ab hier.«

»Du machst was?« Ich habe meine Frage noch nicht mal zu Ende ausgesprochen, da verselbstständigt sich das Spiel auf dem Bildschirm. Prüfend tippe ich aufs Display. Zwecklos. Es reagiert nicht. Was zur Hölle …

»Hast du dich gerade in das Tablet gehackt?«, frage ich ungläubig. Und dann erinnere ich mich daran, was Jason gesagt hat. Jasper hat sich in den Schulcomputer gehackt und ist dafür aus Stowe rausgeflogen. Wenn er das mit zwölf bereits konnte, was kann er dann alles mit zwanzig? Wer ist er? Ein Hacker, getarnt als Cricketspieler? Das klingt nicht nur verrückt, sondern ist es auch.

»Ja, habe ich.« Er versucht nicht einmal, es abzustreiten. Es wäre ohnehin sinnlos, weil es offensichtlich ist.

»Und warum hast du das getan?«

»Können wir später darüber reden?«

»Nein, können wir nicht.«

»Ich ruf dich zurück.« Bevor ich antworten kann, hat er aufgelegt. Ernsthaft? Spinnt der Kerl, oder was? Erneut wähle ich seine Nummer. Natürlich nimmt er nicht ab.

Die nächsten dreißig Minuten verfolge ich das Treiben, das sich vor meinen Augen abspielt, in das ich aber nicht eingreifen kann. Sehe dabei zu, wie Jasper einen albernen Plüschteddy für sein Date beim Dosenwerfen gewinnt und sie im Chat in eine Unterhaltung verwickelt. Nichts von dem, was er da von sich gibt, würde auch nur im Entferntesten über meine Lippen kommen. Und sie scheint tatsächlich darauf anzuspringen, während ich die Augen über sein Gelabere verdrehe. Warum wundert es mich nicht, dass er mit seiner Art Erfolg bei den Frauen hat? Aber mir entgeht auch nicht, wie er zwischen den Zeilen versucht, an Informationen über sein Date zu kommen. Ich frage mich, was er währenddessen im Hintergrund vollführt und warum dieses Spiel so verdammt wichtig ist.

Nachdem er sein Date auch noch gentlemanlike virtuell nach Hause gebracht hat, erscheint auf dem Display:

Dein Date war ein Erfolg. Dein Perfect Match will dich wiedersehen.

Am Ende warte ich zwei weitere Stunden darauf, dass er anruft und mir endlich erklärt, was hier gespielt wird. Vergebens. Als ich ins Bett krieche, ist es bereits nach Mitternacht. Ich wälze mich von einer Seite zur anderen, bis mich irgendwann der Schlaf übermannt.

22.

ASPEN

»Könnt ihr nicht doch bleiben?«, frage ich meine beiden Freundinnen, die gerade nach Manhattan aufbrechen.

»Nope. Ich brauche dringend etwas Glamour und den neusten Gossip.« Dions Mom veranstaltet eine ihrer Cocktailpartys, auf der ihre Anwesenheit Pflicht ist. Die Carmichaels treten grundsätzlich als geschlossene Einheit auf. »Außerdem habe ich Dillon und Damian eine Weile nicht gesehen.« Das Markenzeichen von Dions Familie: das D im Vornamen. Ihre Eltern heißen Diana und Douglas.

»Und was ist mit dir?«, wende ich mich hoffnungsvoll an Abbie, auch wenn ich ihre Antwort bereits kenne. Das Thema haben wir in den letzten Tagen mehrfach durchgekaut.

Sie schüttelt den Kopf. »Meine Mom schleift mich zu einer Spendengala, das weißt du doch.«

Natürlich weiß ich das, aber einen letzten Versuch war es wert. Seit dem Tod ihres Dads hat ihre Mom keinen Mann mehr in ihr Leben gelassen. Das bedeutet allerdings, dass ihre Tochter immer den Platz neben ihr einnehmen muss.

»Komm doch einfach mit nach Manhattan, du musst nicht alleine hierbleiben«, fügt sie hinzu. Ja, das könnte ich, nur habe ich keine Ahnung, was ich dort soll, wenn meine Freundinnen ihren gesellschaftlichen Pflichten nachkommen und Familienzeit genießen.

»Und was genau mache ich, während ihr Hände schüttelt?« Zu Hause wartet niemand auf mich, den ich gerne sehen würde.

»Du kannst mit zur Gala kommen. Meine Mom hat sicher nichts dagegen.« Ich mag Abbies Mom, aber sie hat eine Art an sich, die mich rasend macht. Sobald ich auf Lynn Westing treffe, habe ich das Gefühl, mich ständig für mein Benehmen entschuldigen zu müssen, und das, obwohl im Hause Hill ein ganz ähnlicher Drill herrscht.

»Nicht, wenn es sich verhindern lässt. Ich kann diese Events nicht ausstehen.« Meine Mom hat mich in den vergangenen Jahren immer wieder zu solchen gesellschaftlichen Anlässen mitgenommen. Brav habe ich gelächelt und mich von ihr präsentieren lassen. Die Idee, sich für einen guten Zweck zu engagieren, mag ich durchaus. Nur das Drumherum ist nicht mein Ding. Im Grunde ist es eine Reichtum-zur-Schau-stellen-Veranstaltung, gepaart mit Sehen und Gesehenwerden. Mein Dad sagt, wer öffentlich Schecks ausstellt, gibt sie nicht gerne, sondern lässt sie nur dem repräsentativen Zweck dienen, um sich selbst zu vermarkten. Ich denke, damit liegt er nicht ganz falsch. Erstaunlich, dass ausgerechnet er über so eine ausgeprägte Doppelmoral verfügt, wo seine Familie doch ausschließlich repräsentativ ist.

»Und was willst du stattdessen machen? Hier steppt nicht gerade der Bär, um es gelinde auszudrücken«, sagt Dion, die ihren Rollkoffer in Richtung Tür schiebt.

»Netflix und chillen«, antworte ich mit einem Schulterzucken. Das klingt nach einem fantastischen Kontrastprogramm. Jogginghose und Schlabberpulli, statt mich in ein Kleid zu quetschen und Kanapees zu futtern. Wobei, gegen die kleinen Häppchen hätte ich nichts einzuwenden, denn in unserem Kühlschrank herrscht gähnende Leere.

Ein Hupen ertönt. »Wir müssen los, Abbie. Liam ist da.« Liam ist der Chauffeur der Carmichaels. Kaum älter als wir und durchaus attraktiv. Er ist ein bisschen reserviert, aber das macht ihn charmant.

»Bin sofort da.« Abbie huscht in ihr Zimmer und kommt wenige Augenblicke später mit ihrem Koffer zurück. »Kann losgehen.«

Ich begleite die beiden nach draußen. Liam eilt auf uns zu, um das Gepäck an sich zu nehmen. Jedes Mal frage ich mich, was er trägt, wenn er nicht in einem schwarzen Anzug steckt.

»Hey, Liam, alles fit im Schritt?«, begrüßt ihn Dion, während sie ihm ihren Koffer in die Hand drückt. Manchmal habe ich echt Mitleid mit dem armen Kerl, denn ich bin mir sicher, er würde ihr hin und wieder gerne Paroli bieten, würde er damit nicht seinen Job riskieren.

»Guten Tag, Ms Carmichael«, antwortet er etwas steif, obwohl ein klitzekleines Lächeln auf seinen Lippen liegt, bevor er sich Abbie und mir zuwendet. »Ms Hill, Ms Westing«, sagt er und senkt kurz den Kopf, als würde er sich vor uns verbeugen wollen. Eine Geste, die ich hasse, weil sie etwas Unterwürfiges hat, auch wenn sie Respekt demonstrieren soll.

»Hallo, Liam«, erwidern Abbie und ich wie aus einem Mund. Zum Abschied nehme ich meine Freundinnen in den Arm. Während sie in den Wagen einsteigen, verstaut Liam ihr Gepäck im Kofferraum. Überrascht sieht er zu mir, als ich mich neben ihn stelle.

»Kommen Sie mit den beiden klar oder soll ich sie schnell fesseln und knebeln?«, biete ich ihm an. Er drückt auf den Knopf, damit sich die Klappe schließt.

»Ich habe eine Nahkampfausbildung, es wird also nicht vonnöten sein. Aber danke für das Angebot, Ms Hill.« Ein Grinsen erscheint auf Liams Lippen und seine moosgrünen Augen funkeln amüsiert.

»Okay, dann gute Fahrt«, verabschiede ich mich.

»Ms Hill.« Wieder dieses devote Nicken. Ist es unhöflich, wenn ich ihm sage, dass er das unterlassen soll?

Bevor ich eine Entscheidung treffen kann, hat er auf dem Fahrersitz Platz genommen. Ein letztes Mal winke ich ihnen hinterher, als sie aus der Einfahrt biegen. Die nächsten zwei Minuten stehe ich vor dem Bungalow und lasse meinen Blick schweifen. Wie jedes Wochenende herrscht allgemeine Aufbruchstimmung. Die meisten der Studierenden fahren übers Wochenende zu ihren Familien. Überall werden Koffer in Autos verstaut oder die sonst vollen Parkplätze vor den Unterkünften sind bereits leer. Ich war in den vergangenen sieben Wochen nicht zu Hause. Es tut gut, einfach nur ich selbst zu sein. Auch wenn ich noch dabei bin herauszufinden, was genau das bedeutet.

Als mich eine kühle Brise erfasst und ich zu frösteln beginne, schlinge ich die Arme um meinen Körper und verziehe mich zurück ins Warme. Für einen Moment irritiert mich die Stille. Da Dion ständig Musik laufen hat, herrscht immer eine gewisse Geräuschkulisse. Daher stelle ich als Erstes das Radio an. Schon besser. Anschließend werfe ich einen Blick in die Küchenschränke. Das Ergebnis ist ernüchternd. Eine Packung Kekse, Nudeln und drei Dosen Thunfisch. Sollte ich die nächsten beiden Tage nicht verhungern wollen, werde ich nicht um einen Einkauf herumkommen.

Seufzend schließe ich den Kühlschrank. Ich bin es gewohnt, dass sich andere um solche Dinge kümmern. Hier in Waterbury gibt es zwar auch einen Dienst, den man damit beauftragen kann. Abbie hat es sich allerdings zur Mission gemacht, uns zur Selbstständigkeit zu zwingen. Kein Einkaufsservice, kein Wäschedienst und keine Putzkolonne, die für Ordnung sorgt. Solange Abbie das Kommando übernimmt, funktioniert es gut. Dion motzt ständig, weil sie nicht versteht, warum wir Dinge selbst machen sollen, wenn es Menschen gibt, die man dafür bezahlen kann. Da sie es aber sauber und aufgeräumt mag, schwingt sie regelmäßig den Putzlappen.

Ich verstehe Abbies Gedanken hinter dem Ganzen. Seit ich das erste Mal mit Gummihandschuhen und einer Klobürste bewaffnet im Badezimmer stand, weiß ich die Arbeit von Maria, unserer Haushälterin, wirklich zu schätzen. Wie komplex Wäschewaschen ist, habe ich auch schnell gemerkt, als ich im Waschsalon das falsche Programm ausgewählt habe. Glücklicherweise kommt bauchfrei nie aus der Mode. Es ist wirklich erstaunlich, wie hilflos wir streckenweise ohne das Hauspersonal sind. Allein dafür sollte es einen Kurs am College geben. Ein Survivaltraining für die Upperclass. Bei dem Gedanken muss ich lachen.

Kurzerhand schnappe ich mir die Kekspackung von der Arbeitsfläche. Fürs Erste muss sie reichen. Um den Einkauf werde ich mich später kümmern. Ungeduldig reiße ich die Verpackung auf, bevor ich mich auf das Sofa fallen lasse und den Klängen von Ed Sheeran lausche, während ich über das gestrige Date mit Jasper nachdenke.

Es ist zwar besser gelaufen, als ich erwartet hatte, dennoch war es seltsam. Im Chat ist er so offensiv vorgegangen, und das passt so überhaupt nicht zu dem, was ich bereits von ihm kenne. Besonders seltsam war allerdings, dass er, nachdem wir das Riesenrad verlassen hatten, völlig ausgewechselt gewirkt hat. Vielleicht hat Dion recht, und er kommt in der Anonymität einfach aus sich heraus, anstatt sich zu verkriechen, so wie er es für gewöhnlich macht. Denn ich kenne ihn eher als schweigsam und nicht so gesprächig wie gestern. Auf den Verlauf unseres nächsten Dates bin ich wirklich gespannt.

Nach drei Songs ist mein Hunger vorläufig gestillt und die Couch von Krümeln übersät. Genau wie der Strickpullover, den ich trage. In dem Moment, als ich sie achtlos abschüttele, erscheint Dions grimmiges Gesicht vor meinem geistigen Auge. »Ist ja gut, schau mich nicht so an«, antworte ich ihr. Nach einer halben Stunde führe ich schon Gespräche mit meiner Freundin, die gar nicht da ist. Das sind ja rosige Aussichten.

Noch über mich selbst den Kopf schüttelnd, hole ich den Staubsauger aus der Abstellkammer. Immerhin kann man bei der Bedienung des Geräts nicht viel falsch machen. Knopf drücken und los. Total simpel.

Nachdem ich auch den letzten Kekskrümel beseitigt habe, schlüpfe ich aus den Wohlfühlklamotten und nehme mir frische Kleidung aus dem Schrank. Skeptisch betrachte ich die Jeans, die dem Waschsalon-Desaster zum Opfer gefallen und augenscheinlich plötzlich eine Größe kleiner ist. Wohl wissend, dass mein Vorhaben eine heikle Angelegenheit wird, lasse ich mich rücklings aufs Bett fallen, sobald ich in beiden Hosenbeinen der Jeans stecke. Nach einigen Flüchen, frustriertem Stöhnen und akrobatischen Verrenkungen ziehe ich den Bauch ein, um den Knopf zu schließen. Dion hätte bei meiner Vorstellung ihre helle Freude gehabt.

Unbeholfen und eingeschnürt rolle ich mich zum Bettrand. Da ich befürchte, das mühsam angezogene Teil könnte aus allen Nähten platzen, stehe ich vorsichtig auf. Um die Hose etwas zu weiten, mache ich ein paar Kniebeugen und spitze die Ohren nach einem verdächtig klingenden Reißen. Nichts. Um mir dennoch ein wenig mehr Freiraum zu schaffen, nehme ich das Haargummi vom Nachtschrank. Ich öffne die Jeans wieder, fummle das Gummi durch die Öffnung und bringe beide Enden an dem Knopf an. Manchmal zahlt es sich eben doch aus, TikTok-Videos anzuschauen, von denen man sich fragt, ob man den ultimativen Hack je brauchen wird. Um das Provisorium zu kaschieren, ziehe ich eine Hemdbluse darüber.

Nach einem prüfenden Blick in den Spiegel bin ich ganz zufrieden mit dem Ergebnis. Dennoch lege ich ein schnelles Make-up auf. Wimperntusche, ein bisschen Rouge und meinen Lieblingslippenstift von Gucci im Farbton *Odalie Red*.

Zum Schluss binde ich mir die schulterlangen Haare zu einem Half Bun zusammen und muss dabei schmunzeln. Meine Mom ist beinahe ohnmächtig geworden, als ich sie nach einem Streit mit ihr kurz entschlossen auf diese Länge abschneiden ließ. Bereut habe ich es bisher nicht, auch wenn mir einzelne Strähnen permanent im Gesicht hängen und ich sie deswegen ständig wie eine Fünfjährige hinter die Ohren schiebe.

Im Vorbeigehen greife ich noch nach der Lederjacke, die über dem Schreibtischstuhl hängt, und schlüpfe in ein Paar schwarze Boots. Anschließend kontrolliere ich, ob sich Schlüssel und Portemonnaie in meiner Handtasche befinden. Sobald ich sicher bin, weder irgendwo anschreiben noch später einbrechen zu müssen, ziehe ich die Tür zum Bungalow hinter mir zu.

23.

CAMERON

Wochenende. Der Campus ist wie leer gefegt. Vor den einzelnen Bungalows ist ein Großteil der Luxusautos verschwunden. Für mich wäre die Strecke bis Bellbrook zu weit. Jasper meinte zwar, er würde mir Flugtickets spendieren, sollte ich zwischendurch nach Hause wollen, allerdings befürchte ich, ich könnte den Rückflug sausen lassen. Außerdem will ich seine Almosen nicht. Wir haben einen Deal und der beinhaltet fünfzigtausend Dollar und keinen Cent mehr. Und ich werde kein zusätzliches Geld von Jasper in Anspruch nehmen. Auch wenn er davon genug hat, wie er mir mehrfach zu verstehen gegeben hat, als er all das hier geplant hat und ich ihn gefragt habe, ob der Aufwand wirklich nötig ist.

Erst habe ich nicht verstanden, warum ich eine neue Garderobe brauche. Ein Blick über den Campus hat gereicht, um es zu verstehen. Mit meiner in die Jahre gekommenen Jeans und den verwaschenen Shirts wäre ich sofort aufgefallen. Die Rich Kids tragen ihr Vermögen so offensichtlich zur Schau, dass allen schlecht wird, die jeden Cent zweimal umdrehen müssen. Und dennoch kann ich es ihnen nicht verübeln, sie kennen es nicht anders.

Jasper hat sich nach unserem gestrigen Telefonat nicht mehr bei mir gemeldet, um alles zu erklären. Vermutlich kann ich darauf lange warten. Und irgendwie habe ich damit gerechnet. Was Erklärungen betrifft, ist er weniger mitteilsam. Fakt ist, für mich hat sich *Be My Date* erledigt und ich werde mich nicht erneut in seinem Namen einloggen. Ich habe Jasper Anderson vielleicht meine Seele verkauft, aber ganz sicher nicht mein Gewissen. Sollte er das anders sehen, habe ich allerdings ein gewaltiges Problem. Denn im Augenblick habe ich keine andere Option, um an das benötigte Geld zu kommen oder ihm seinen Vorschuss zurückzuzahlen.

Mit immer schwerer werdenden Schritten biege ich zu einer weiteren Runde um den Teich ab, der sich in unmittelbarer Nähe des Cafés befindet. Ich hasse Sport. Aber da ich leistungsmäßig meilenweit hinter den anderen im Kurs stehe und Jasper offensichtlich ein Sportfreak ist, zwinge ich mich inzwischen täglich dazu.

Ein paar Studierende, die ebenfalls nicht über das Wochenende nach Hause gefahren sind, sitzen auf den Parkbänken. Sie genießen die letzten Sonnenstrahlen, bevor der Herbst endgültig Einzug hält und die Temperaturen nach heißer Schokolade schreien. Vereinzelt färben sich die Blätter der hochgewachsenen alten Bäume bereits rot, gelb und orange. Es hat etwas Mystisches, wie sich die Sonne durch das Blattwerk kämpft und das Wasser des Teichs mit dem Springbrunnen zum Glitzern bringt.

Meine Schritte verlangsamen sich, bis ich schließlich stehen bleibe und das Naturschauspiel auf mich wirken lasse. Ich nehme die Kopfhörer ab, hänge sie mir um den Hals, um die Geräusche einzufangen. Blätterrauschen, Vogelgezwitscher und ein Lachen, das meine Aufmerksamkeit erregt.

Suchend sehe ich mich um und entdecke eine mir sehr bekannte Person auf der Rückenlehne einer der Holzbänke sitzen. Aspen. In den Händen hält sie ein Buch mit rotem Einband. *Romeo und Julia*. Was mich daran erinnert, dass ich ganz dringend das Textlernen in Angriff nehmen sollte.

Tatsächlich klappt die Zusammenarbeit zwischen Aspen und mir, ohne dass wir miteinander kollidieren und uns in unangenehme Situationen bringen oder ich fluchtartig das Weite suche, weil sie mir zu nah kommt. Allerdings beschränkt sich unser Umgang ausschließlich auf gemeinsame Kurse und das Theaterprojekt. Privat herrscht weiterhin Distanz. Und es funktioniert, bis jetzt. Denn da sitzt sie, und mein Entschluss, sie emotional auf Abstand zu halten, gerät wieder einmal ins Wanken.

Ich bin so verdammt wütend auf sie und mich wegen diesem Kuss gewesen und weil dadurch alles umso komplizierter geworden ist. Seitdem kriegen sich meine Gedanken ständig mit meinen Gefühlen in die Haare und der Gewinner steht nach wie vor aus. Das ist zermürbend und ich bin es allmählich leid. Ich war wütend auf sie, weil sie mich provoziert hat, obwohl ich sie gebeten habe, mich nicht zu ihrem Spielball zu machen, und ich war wütend auf mich, weil ich mich immer wieder auf ihr Spiel einlasse. Ich *war* wütend. Und genau das ist das Problem: Ich bin es nicht mehr. In den letzten zwei Wochen habe ich unseren Kuss immer wieder durchgespielt. War es falsch, sie zu küssen? Ganz klar, ja. Hat es sich falsch angefühlt? Ein noch viel klareres Nein.

Dreh dich wieder um und lauf in die entgegengesetzte Richtung. Unter keinen Umständen wirst du dich ihr nähern. Du hast gerade erst wieder alles unter Kontrolle. Jetzt einzuknicken wäre dämlich. Lass die Finger von der Frau. Das wird nicht gut enden. Niemals. Zieh einfach deinen Plan durch, sack die Kohle ein und verschwinde nach Bellbrook.

Der Stimme der Vernunft fallen einige Gründe ein, warum es eine dumme Idee ist, sich auf sie zuzubewegen. Allerdings hat die selten viel zu melden, sobald ein anderer Teil, der weniger besonnen agiert, Aspen erspäht. Das Duell zwischen *Renn davon* und *Geh auf sie zu* wird in dem Augenblick entschieden, als sie mich entdeckt.

Einen Moment lang sieht sie mich einfach nur an, dann winkt sie mir zu. Wie ein Trottel hebe ich unbeholfen die Hand. Und jetzt? Aspen überlässt mir die Entscheidung darüber, wie genau diese Begegnung ausgeht, denn sie bewegt sich nicht vom Fleck. Wenn ich mich aus dem Staub mache, benehme ich mich ihr gegenüber wieder einmal wie ein Arschloch. Aber ich will nicht, dass sie mich für eins hält, jetzt, wo es zwischen uns komplikationslos funktioniert. Jetzt abzuhauen wäre ein Rückschritt, und wir stünden wieder am Anfang, oder ich würde es gänzlich gegen die Wand fahren.

Du bekommst das hin! Betreib eine Runde Small Talk, und dann joggst du lässig weiter, als wäre nichts gewesen. Voll easy. Okay, Augen zu und durch. Mit wenigen Schritten überbrücke ich die Distanz zwischen uns, halte aber dennoch genügend Abstand zu ihr.

»Hey«, sage ich und erinnere mich daran, dass mit diesem simplen Wort all meine Probleme angefangen haben. Ein Lächeln erscheint auf ihren Lippen. Wie so oft habe ich keine Ahnung, ob es herzlich oder spöttisch gemeint ist.

»Hey«, erwidert sie. Und dann passiert genau das, was ich erwartet habe. Nichts. Stille. Gegenseitiges Anstarren. Ich habe keinen blassen Schimmer, was ich sagen soll. Worüber unterhält man sich mit jemandem, der aus einer völlig anderen Welt kommt? Mein Wissen über die Upperclass beschränkt sich auf wenige Folgen *Gossip Girl*, die ich mir mit Cassie ansehen musste. Allerdings bezweifle ich, dass ich damit bei Aspen punkte.

Reagieren ist deutlich leichter als Agieren. Wenn sie mir einen Brocken vor die Füße wirft, kann ich damit arbeiten. Wenn ich ihr den Ball zuwerfen soll, landet der meilenweit in der falschen Richtung. Also was jetzt?

Mein Blick heftet sich auf ihre Lippen. Schwerer Fehler. In meinen Gedanken habe ich diesen Erdbeermund unzählige Male geküsst. Und mein Körper scheint sich ebenfalls daran zu erinnern, denn er reagiert augenblicklich, als sie auf ihrer Unterlippe herumkaut. Sofort muss ich an eine Debatte mit Cassie denken, in der es darum ging, was bei Frauen sexy ist und was ein No-Go. Wenn man eine jüngere Schwester hat, deren einzige Bezugsperson man ist, spricht man über Themen, über die kein Kerl freiwillig sprechen will. Diese Geste stand, bevor ich Aspen kennengelernt habe, ganz oben auf meiner Abtörnliste. Tja, offenbar bin ich dagegen keinesfalls so immun, wie ich angenommen habe.

»Und warum bist du hier und nicht zu Hause?«, eröffnet sie den Small Talk.

»Zu weit«, antworte ich knapp.

»Bis nach Boston sind es nicht mal drei Stunden«, erwidert sie sichtlich irritiert. Verdammt! Das kommt dabei heraus, wenn man nicht hundertprozentig bei der Sache ist. Warum weiß sie überhaupt, woher Anderson kommt? In Waterbury tummeln sich Rich Kids aus allen Bundesstaaten. Von mir hat sie die Information nicht, weil wir nie über private Dinge sprechen und uns auf neutrale Gesprächsthemen beschränken, die sich um das College oder die Aufgaben im Schauspielkurs drehen. Und dann begreife ich es …

»Du hast mich gegoogelt«, zähle ich eins und eins zusammen.

»Natürlich. Ich weiß gerne, mit wem ich es zu tun habe«, antwortet sie ernst. Nimmt sie mich gerade auf den Arm?

»Ich weiß nicht, ob ich mich geehrt oder beleidigt fühlen soll, dass du deine Neugier mit einer Google-Recherche stillst, anstatt mich zu fragen.« Aspen verfügt über die Eigenschaft, dass ich ziemlich schnell vergesse, wie gefährlich sie für mich ist. Denn bevor ich es bemerke, stecke ich immer wieder in der Klemme. Da ich Jasper allerdings selbst gegoogelt habe, weiß ich, dass sie kaum etwas Brauchbares über ihn gefunden haben kann. Wenn sie also keine anderweitigen Quellen hat, habe ich nichts zu befürchten.

»Würde ich ja, aber du bist, was dich betrifft, nicht gerade gesprächig. Du suchst jedes Mal das Weite, wenn auch nur die geringste Gefahr besteht, wir könnten zu privaten Themen abdriften.« Ihre Mundwinkel verziehen sich zu einem hinreißenden Schmunzeln.

»Touché.« Da kann ich ihr leider nicht widersprechen. Denn genau so läuft es seit unserer ersten Begegnung immer wieder ab. Allerdings nicht mit dauerhaftem Erfolg, sonst würde ich jetzt nicht hier stehen und mich auf dieses Gespräch mit ihr einlassen. Wohl wissend, in welche Richtung Aspen zielt. Und zwar auf persönliche Dinge, statt auf oberflächliches Geplänkel.

»Also, warum verbringst du das Wochenende hier und nicht bei deiner Familie?«, fragt sie erneut.

»Das ist kompliziert«, sage ich und weiche somit einer direkten

Antwort aus. »Was ist mit dir? Warum hängst du hier rum?«, spiele ich den Ball zurück, in der Hoffnung, sie hakt nicht weiter nach. Ich würde ihr ungern eine Geschichte auftischen müssen. Das Jonglieren von Wahrheit und Lüge ist ohnehin schon ein Drahtseilakt. Und im Augenblick habe ich keine Ahnung, wie sicher ich darauf balanciere.

»Meine Mom gönnt sich ein Wellness-Wochenende und mit meinem Dad ist es aktuell etwas schwierig, wie du weißt. Es wartet also zu Hause niemand auf mich.« Der traurige Unterton in ihren Worten entgeht mir nicht. Allerdings werde ich einen Teufel tun und darauf eingehen. Denn sonst halte ich sie erneut schniefend im Arm, und meine Situation entwickelt sich von einem Auffahrunfall zu einem Frontalcrash. Um ehrlich zu sein, traue ich mir längst nicht mehr zu, nicht doch einzuknicken. Weil ich weiß, wie Aspen sich in meinen Armen anfühlt und dass es wie ein Rausch ist, sie zu küssen.

»Was ist mit deinen Freundinnen, mit denen du ständig zusammenhängst?«

»Abbie und Dion sind zu ihren Familien nach Manhattan gefahren. Gesellschaftliche Verpflichtungen.«

»Verstehe. Wie kommst du damit voran?«, frage ich und deute mit einem Nicken auf das Buch in ihrer Hand.

Sie seufzt. »Ich könnte etwas Hilfe beim Textlernen gebrauchen«, sagt sie und sieht mich erwartungsvoll an. Gemeinsames Textlernen würde noch mehr gemeinsame Zeit bedeuten. Das wiederum bedeutet, sie noch einen Schritt näher an mich heranzulassen. Was zur Folge hat, dass wir uns aus der geschaffenen Komfortzone bewegen und neues Terrain betreten. Aspen, die mir Liebesfloskeln entgegenhaucht, würde mich an die Grenze meiner Selbstbeherrschung bringen.

Aspen würde unser Arrangement ausweiten, da bin ich mir sicher. Nur meinetwegen hält sie sich zurück, weil ich bewusst zurückweiche, sobald sich ihr Blick mit meinem verfängt und die

Atmosphäre in eine gefährliche Richtung zu kippen droht. Wie das für gewöhnlich endet, habe ich in den vergangenen Wochen mehrfach bewiesen. Wenn ich mich auf noch mehr Nähe einlasse, ist mein Scheitern vorprogrammiert. Ich würde früher oder später schwach werden, nur um dann zu realisieren, dass ein Sie-und-ich nicht funktioniert. Weil ich das nicht kann. Gegen diese Art von Gefühlen sträubt sich alles in mir. Diese Angst bekomme ich nach wie vor nicht bezwungen. Wie auf Knopfdruck bildet sich ein Knoten in meiner Brust und zieht sich quälend langsam zu.

»Was ist mit dir, wie kommst du voran?«, will sie wissen, als ihr klar wird, dass ich nicht darauf eingehen werde.

Gar nicht. Ich habe noch nicht einmal damit begonnen. Meine Motivation hält sich in Grenzen und ich schiebe es seit Tagen vor mir her. »Gut.«

Unsere Unterhaltung gerät ins Stocken und eine erwartungsvolle Stille tritt zwischen uns. Und jetzt?

Ist das der Moment, in dem ich mich für eine Richtung entscheiden muss? Auf sie zu oder von ihr weg.

Die Enge in meiner Brust verstärkt sich. Wie sie es immer tut, sobald meine Gefühle Oberwasser bekommen und versuchen, meinen Verstand in die Knie zu zwingen. Der hält wacker dagegen und erinnert mich daran, was es bedeutet, wenn es schiefgeht. Wenn es am Ende kein Aspen-und-Cameron gibt.

Meine Hände werden feucht. Unauffällig wische ich sie an meiner Sporthose ab. Mit dem Daumen deute ich auf den Weg hinter mir. »Ich werde dann mal«, versuche ich, mich aus der Situation zu manövrieren.

24.

ASPEN

»Du machst es schon wieder«, sage ich rasch, als Jasper sich umdreht und sich bereits wenige Schritte entfernt hat. Im ersten Augenblick wollte ich ihn einfach gehen lassen, weil er sich sichtlich unwohl gefühlt hat. Aber wenn ich das ständig billige, wird sich dieses Verhalten seinerseits manifestieren und mein Stapel offener Fragen immer höher. Irgendetwas hat die Stimmung gekippt. Dabei hatte ich anfänglich das Gefühl, es liefe ganz gut zwischen uns.

Über die Schulter hinweg sieht er mich an. »Was mache ich?« In seinem Blick liegt ein vorsichtiger Ausdruck. Als wäre er auf der Hut. Hoffentlich nicht vor mir? Ich verfolge keinerlei böse Absichten. Das Gegenteil ist eher der Fall. Ich würde ihn wirklich gerne besser kennenlernen, anstatt es bei oberflächlichen Unterhaltungen zu belassen.

»Davonlaufen. Ich dachte, über diesen Punkt sind wir hinweg.«

»Ich laufe nicht davon, sondern brauche dringend eine Dusche und ein paar Klamotten, die nicht nach Schweiß stinken.«

Mit einem Satz hüpfe ich von der Parkbank, schnappe mir die Einkaufstüten, die ich daneben abgestellt habe, und gehe auf ihn zu. »Gut, dann stört es dich ja sicher nicht, wenn ich mitkomme.« Herausfordernd blicke ich ihn an. So einfach kommst du mir diesmal nicht davon, Jasper Anderson.

»Was?«, fragt er ungläubig.

»Du hast mich schon richtig verstanden, ich komme mit«, wiederhole ich, damit er gar nicht erst versucht, mich abzuwimmeln.

»Duschen?«, krächzt er panisch.

Oh! Eventuell habe ich mich etwas falsch ausgedrückt. Dennoch kann ich der Vorlage nicht widerstehen.

»Auch das, wenn du willst.«

Jaspers Augen weiten sich, und ich könnte schwören, seine Wangen färben sich leicht rosa. Da er kein Veto einlegt, ist er meinem Vorschlag wohl nicht gänzlich abgeneigt. Er wäre es vielleicht gern, aber er ist nicht immun gegen mich. Das hat er bei unserem Kuss sehr eindrucksvoll bewiesen.

Meine Gedanken driften zu einer nicht ganz jugendfreien Duschszene ab. Ich lasse meinen Blick über ihn gleiten. Seine dunklen Haare hängen ihm in Strähnen ins Gesicht. Einige sind so lang, dass sie ihm über die Augen fallen. Die Sportklamotten, wenn man seinen sonst doch eher ausgefallenen Kleidungsstil bedenkt, wirken beinahe schon langweilig. Graues Shirt, graue Shorts. Dafür, dass ich ihn kürzlich noch in die Kategorie Sportmuffel gesteckt habe, macht er eine erstaunlich gute Figur.

»Du machst es schon wieder.« Diesmal ist er es, der diese Worte sagt.

»Was mache ich?«, will ich wissen. Gerade komme ich mir vor, als hätten wir schlagartig die Rollen getauscht. Ist es so offensichtlich, in welche Richtung meine Gedanken gewandert sind?

»Mich anstarren«, antwortet er und seufzt leise. Was soll ich sagen, er ist halt wirklich sehr nett anzusehen.

»Dann haben wir wohl beide ein Problem damit, nervige Angewohnheiten abzulegen«, erwidere ich und lächle ihn entschuldigend an. Sein Blick huscht von meinen Augen zu meinen Lippen, verharrt dort einen Wimpernschlag, bevor er erneut meinen Blick sucht. Für wenige Sekunden hält er ihn fest, und ich versinke in dem Tiefbraun, das von dichten dunklen Wimpern eingerahmt wird. Als ein sehnsüchtiges Funkeln zum Vorschein kommt, bin ich mir sicher, sein Widerstand beginnt zu bröckeln. Meine für ihn die Pompons schwingende innere Cheerleaderin erwacht aus ihrem Dämmerschlaf und dreht voller Freude das Wasser für eine gemeinsame heiße Dusche auf. Sofort wird sie von Dampfschwaden eingehüllt.

Ohne den Blick von mir zu lösen, tritt er näher an mich heran und beugt sich zu mir herunter. Ich kann seinen warmen Atem auf meinen Lippen spüren. Er wird doch nicht …? Sofort wischt die Cheerleaderin mit einem der Glitzerpompons über die beschlagene Duschwand, um sich eine bessere Sicht auf das Schauspiel zu verschaffen.

»Ich werde dich nicht los, oder?«, sagt er neckisch. Da mein Verstand irgendwann in den vergangenen Augenblicken abgeschaltet hat, schüttle ich den Kopf und bringe lediglich ein heiseres »Nope« heraus.

»Dachte ich mir«, erwidert er resigniert. Hat er auf eine andere Antwort gehofft? Sorry, da muss ich ihn enttäuschen.

Er beugt sich noch etwas tiefer, seine Hände streifen meine Arme. Meine Cheerleaderin, nennen wir sie Libby, wirft sich ihm bereits jubelnd um den Hals. In dem Moment, als ich überzeugt bin, dass ich mich erneut in einem leidenschaftlichen Kuss wiederfinden werde, von dem Romeo und Julia nur geträumt haben, greift er nach den Einkaufstüten und nimmt sie mir ab. Dann tritt er einen großen Schritt zurück.

Was? Nein. So sollte das nicht laufen. Libby stöhnt frustriert und verzieht sich schmollend in die Ecke. Verdattert und unzufrieden mit dem Ausgang dieses Augenblicks, der durchaus hätte denkwürdig werden können, schaue ich ihm hinterher, als er mit meinen Einkäufen davonmarschiert.

»Kommst du, Aspen?«, ruft er, ohne sich nach mir umzusehen.

»Ich hätte nichts dagegen einzuwenden«, murmle ich leise vor mich hin und eile ihm hinterher.

»Welcher Bungalow ist deiner?«, will er wissen, sobald ich zu ihm aufgeschlossen habe.

»Ich dachte, wir gehen zu dir?« Jedenfalls habe ich das angenommen. Er wird ja wohl kaum bei mir duschen und sich ein paar frische Klamotten ausleihen wollen.

»Und ich dachte, ich trage dir deine Einkäufe nach Hause, gehe dir dabei auf die Nerven und bin dich dann los.« Das Schmunzeln auf seinen Lippen verrät ihn. Er will mich nicht wirklich loswerden, sondern nur aufziehen. Offenbar verfügt er tatsächlich über so etwas wie Humor.

»Hättest du wohl gerne, Romeo. Wir gehen zu dir. Während du duschst, werde ich uns etwas kochen, und sobald du nicht mehr wie ein Iltis stinkst, essen wir zusammen. Anschließend lernen wir gemeinsam den Text. Ich kaufe es dir nämlich nicht ab, dass es bei dir besser als bei mir läuft.«

»Du kannst kochen?« Zu Recht wirft er mir einen ungläubigen Seitenblick zu.

»Dass ich es kann, habe ich nicht gesagt, nur dass ich es tun werde«, grinse ich teuflisch in seine Richtung. Mit viel Glück steht anschließend seine Küche noch, mit etwas Pech braucht er danach eine neue Bleibe.

»Klingt vielversprechend. Werden wir einen Feuerlöscher benötigen?«, stichelt er.

»Gut möglich«, antworte ich todernst. Sein lautes Lachen bringt mich völlig aus dem Konzept und ich bleibe abrupt stehen. Als er bemerkt, dass ich ihm nicht mehr folge, hält er in der Bewegung inne und dreht sich zu mir um.

»Alles okay?« Ein beunruhigter Ausdruck liegt auf seinem Gesicht. Intensiv mustere ich ihn. Okay, welchen Schalter in seinem Kopf hat er umgelegt, und wie kann ich ihn fixieren, damit er nicht wieder in die andere Richtung umschlägt?

»Warum machst du das immer?« Plötzlich wirkt er nervös.

»Was meinst du?« Ich habe keine Ahnung, worauf er anspielt. Ich habe ihn doch nur angesehen.

»Mich anstarren, als würdest du nach Antworten suchen«, klärt er mich auf und seufzt. Das macht er ziemlich oft. Ob es ein Zeichen dafür ist, dass ich ihm auf die Nerven gehe, oder ob er schlichtweg gegen meine penetrante Art resigniert, habe ich noch nicht herausgefunden.

»Um auf all die offenen Fragen in Bezug auf dich Antworten zu finden, müsste ich dich nonstop anstarren«, fordere ich ihn grinsend heraus.

»Glaub mir, die Antworten würden dir nicht gefallen«, entgegnet er eine Spur zu ernst, um es nur so dahingesagt zu haben. Bevor ich darauf etwas erwidern kann, wendet er sich ab und setzt den Weg fort. Erneut eile ich ihm hinterher.

Schweigend gehen wir an den Laboren vorbei und biegen schließlich links in einen Bungalowkomplex ab, der auf der anderen Seite des Campus und somit weit entfernt von meinem eigenen Bungalow liegt. Da keiner von uns das Gespräch wieder aufnimmt, versinke ich tief in meinen Gedanken über ihn und versuche, aus seinen Worten schlau zu werden. Welches dunkle Geheimnis könnte ein Kerl in Blümchenhemden schon haben? Eine Briefmarkensammlung? Liest er heimlich Liebesromane oder löst Kreuzworträtsel? *Sagt die Frau, die gerne Mandalas ausmalt.* Wir würden uns perfekt ergänzen.

»Aspen?«, dringt es aus einiger Entfernung zu mir durch und holt mich schlagartig ins Hier und Jetzt zurück. Suchend sehe ich mich um. Wo ist Jasper abgeblieben, der war doch gerade noch neben mir? Rasch drehe ich mich einmal um die eigene Achse und entdecke ihn in einem der Hauseingänge.

In aller Ruhe gehe ich die wenigen Meter zurück und laufe diesmal nicht an der Einfahrt vorbei. Mein Blick fällt auf den mattschwarzen Mustang, der dort steht.

»Hübscher Wagen, passt nur so gar nicht zu dir«, ziehe ich ihn auf und versuche, die Stimmung etwas aufzupeppen.

»Nicht? Was würde denn zu mir passen?«, will er wissen und geht auf meine Neckerei ein. Damit kann er eindeutig besser umgehen als mit meiner ihn betreffenden Neugier.

»Ein himmelblauer Cadillac aus den Fünfzigern. Vielleicht gepimpt mit einem Batikmuster und Blümchensitzen«, schlage ich als Alternative vor.

Er antwortet nicht, sondern lacht nur. Grinsend mustere ich ihn von der Seite. Jasper stellt meine Einkaufstüten ab, fummelt an dem Reißverschluss seiner Hosentasche herum und holt den Schlüssel heraus. Einen Moment zögert er, bevor er ihn ins Schloss steckt und aufschließt. Die Tür schwingt auf, aber keiner von uns betritt den Bungalow, stattdessen schauen wir einander abwartend an. Als wäre uns beiden bewusst, dass wir nicht mehr zurückkönnen, sollte einer von uns einen Schritt über die Türschwelle machen.

25.

CAMERON

Wie genau habe ich es geschafft, mich von *Eine Runde Small Talk und dann lässig das Weite suchen* zu *Ich nehme Aspen mit in meinen Bungalow* zu manövrieren? Ich habe keinen blassen Schimmer. Aber irgendwo zwischen *Ich brauche eine Dusche* und *Sie lädt sich selbst zum Essen ein* ist mein Entschluss gekippt. Sie hat mich überrumpelt, und bevor ich es hätte verhindern können, haben die Dinge ihren Lauf genommen. Wie immer, sobald Aspen und ich aufeinanderprallen, wenn wir keine Distanz zueinander wahren.

Wir sind wie eine Kettenreaktion. Einer von uns gibt den Anstoß, und dann verselbstständigt sich alles, bis es ins Stocken gerät. So wie jetzt. Denn wir stehen regungslos auf der Türschwelle. Sehen einander unsicher an, ohne die leiseste Ahnung zu haben, wie die Sache ausgehen wird. Ich kann nur hoffen, sie endet nicht damit, dass ich mich selbst in meinen schlimmsten Albtraum befördere, sobald mir alles um die Ohren fliegt. Die forsche Art, mit der Aspen sich selbst eingeladen hat, ist wie weggepustet, stattdessen wirkt sie plötzlich eher zurückhaltend. Wenn wir allerdings nicht länger wie zwei verlorene Kinder vor der Tür stehen bleiben wollen, sollte dringend jemand die Initiative ergreifen. Offensives Handeln ist keine meiner Stärken, trotzdem ringe ich mich dazu durch, trete ich einen Schritt zur Seite, um ihr den Vortritt zu lassen.

»Sicher?« Ich hasse es, dass sie sofort zu spüren scheint, wenn ich mich in einer Situation unwohl fühle, und dann einen einfühlsamen Ton anschlägt. So als müsste sie mich mit Samthandschuhen anfassen. »Wenn ich dich überrumpelt habe und du es dir anders überlegt hast, ist das völlig okay. Wir können uns auch für morgen verabreden, dann hast du Zeit, dich darauf einzustellen?«

Wow, jetzt komme ich mir wie ein Waschlappen vor, der mit seinem Spontan-Date überfordert ist. *Du* bist *überfordert,* meldet sich die nervige Stimme in meinem Kopf. Ich ignoriere sie. Wird schon gut gehen. Gemeinsam essen und ein paar Zeilen Text aufsagen kann so schwer nicht sein.

»Nach dir«, fordere ich sie auf und bücke mich nach den Einkaufstüten, um sie ins Haus zu tragen.

Sie schlüpft aus ihren Boots und entblößt zwei verschiedene Strümpfe. Der rechte Fuß steckt in einer rot-weiß geringelten, der linke in einer grünen Socke. Als sie meinen Blick bemerkt, grinst sie frech. »Ein kleines Wäscheproblem.«

»Wirklich? Ich hätte angenommen, es handelt sich dabei um so ein Persönlichkeitsding«, sage ich und streife ebenfalls meine Schuhe von den Füßen. Inzwischen sehen die Laufschuhe nicht mehr aus, als hätte ich sie gerade erst aus dem Karton geholt. Tatsächlich bin ich etwas stolz darauf, wie diszipliniert ich das selbst auferlegte Sportprogramm durchziehe. Das sollte ich in Bellbrook unbedingt beibehalten. Es macht den Kopf frei, auch wenn es die Gedanken nicht vollends zum Schweigen bringt.

»Und welche Persönlichkeit drücke ich deiner Meinung nach damit aus?«, will sie wissen, während sie ihre Lederjacke auszieht und an die Garderobe hängt.

»Dass du rebellisch bist und dir ungern etwas sagen lässt.«

»Was, wenn ich dir verrate, dass es sich bei diesen beiden Hübschen hier«, demonstrativ wackelt sie mit ihren Zehen, »um Weihnachtssocken handelt?«

»Dann würde ich sagen, du bist verdammt früh dran.«

Da sie keine Anstalten macht, den Flur zu durchqueren, drängle ich mich an ihr vorbei, sehr darauf bedacht, sie nicht versehentlich anzurempeln. Ich betrete den offenen Wohn- und Essbereich und stelle die Tüten auf der Arbeitsfläche der Kücheninsel ab. Aspen versucht gar nicht erst, ihre Neugierde zu verstecken, und schaut sich ungeniert im Raum um. Da ich sehr vorsichtig bin, verstaue ich grundsätzlich alles, was mich entlarven könnte, bevor ich das Haus verlasse. Man weiß ja nie, wer sich ungefragt Zutritt verschaffen könnte. Oder ob ich auf die Schnapsidee komme, jemanden mit herzunehmen.

Dieses Szenario stand allerdings nicht auf meinem Plan. Viel eher hatte ich vor, ein einsames Dasein in Waterbury zu fristen, bis ich von hier wieder verschwinden kann. Dass es anders ablaufen wird, habe ich in dem Augenblick geahnt, als ich Aspen an meinem ersten Tag auf der Treppe entdeckt habe.

Egal, wie groß die Menschenmenge ist, die sie umgibt, mein Blick würde immer auf ihren treffen. Jedes verdammte Mal. Als wären wir seit unserer ersten Begegnung aufeinander gepolt. Die Frau ist ein Magnet, und ich bin der verschollene Penny, den sie zwischen den Autositzen herausfischt. Es ist zum Verrücktwerden. Je mehr ich versuche, mich gegen sie zu wehren, desto mehr schlittere ich auf sie zu. Als wäre es unausweichlich, Aspen einen gewissen Raum in meinem Leben zuzugestehen.

»Witzig. Hier sieht es genauso aus wie in unserem Bungalow«, stellt sie fest und wendet sich mir zu.

»Die Einrichtung gab es vielleicht im Abverkauf«, erwidere ich scherzhaft. Flüchtig werfe ich einen Blick in die Tüten. »Also, was kochst du uns Leckeres?« Das, was ich erspähe, ist nichts, was in einen Topf oder eine Pfanne gehört. Chips, Schokolade, Jelly Beans, Käse und eine Packung Toast.

Aspen tritt neben mich, kramt in einer der Tüten herum und befördert eine Schachtel Eier zutage.

»Wie wäre es hiermit?« Bevor sie die Eier auf der Arbeitsfläche abstellt, sieht sie erst die Schachtel und dann mich skeptisch an.

Angeekelt verziehe ich das Gesicht. Ich mag Eier nicht, weder gekocht noch gerührt oder gebraten. Wenn es sich also verhindern ließe, wäre ich sehr dankbar.

Mit wenigen Schritten geht sie um die Kücheninsel herum, klettert auf einen der Barhocker und seufzt frustriert. Sie ist absolut planlos. Bei ihrer Spontan-Idee hat sie ganz eindeutig nicht den Inhalt ihrer Einkaufstüten bedacht. Dann werde ich ihr wohl etwas unter die Arme greifen müssen, wenn wir nicht verhungern wollen.

»Was hältst du davon: Ich springe kurz unter die Dusche und anschließend kochen wir zusammen Pasta?«, biete ich ihr eine Alternative zu Spiegeleiern an.

Aspen beugt sich etwas vor, stützt die Ellenbogen auf den Küchentresen und bettet das Gesicht in ihre Hände. Verträumt sieht sie mich an. Was wird das denn jetzt? *Hör sofort damit auf, mich so anzusehen,* fordere ich sie stumm auf.

»Du kannst also kochen?«, fragt sie neckend.

»Vielleicht«, antworte ich geheimnisvoll.

Ein zuckersüßes, vielsagendes Lächeln erscheint auf ihren rot geschminkten Lippen. Dass mein Herz gerade völlig aus dem Takt gerät, würde ich gerne ignorieren, kann es aber nicht. Weil es sich anfühlt, als würde mir jemand den Brustkorb eintreten. *Lass die Spielchen, du Idiot!*

Schlagartig meldet sich mein Gewissen. Es ist Aspen gegenüber nicht fair, sich ihr zu nähern, wenn ich nicht vollkommen ehrlich zu ihr sein kann. Die Grenze habe ich bereits einmal zu viel übertreten. So verdammt falsch, und doch fordere ich gerade das Schicksal heraus, weil ich der Versuchung einfach nicht widerstehen kann.

»Kommst du kurz alleine klar?«, frage ich gepresst. Beinahe fluchtartig verlasse ich den Raum, haste durch den Flur am Schlafzimmer vorbei, verschwinde ins Badezimmer und riegle die Tür hinter mir ab. Einen Moment lang stehe ich mitten im Raum, schließe die Augen und atme ein paarmal tief durch.

Stell dich nicht so an. Geh duschen, hau ein paar Nudeln in den Topf und dann schickst du Aspen nach Hause. Das ist keine große Sache. Nichts, was einen Grund darstellt, in Panik zu verfallen.

Wenn es doch nur so einfach wäre. Mit zittrigen Fingern streife ich mir erst das Shirt und dann meine Shorts vom Körper. Wie absurd ist die Tatsache, dass ich mich splitterfasernackt und nur durch eine Zimmertür von der Frau getrennt befinde, der ich die Kleidung vom Leib reißen möchte, um sie anschließend mit unter die Dusche zu zerren? Denn genau das geistert mir ununterbrochen durch den Kopf, seit sie mir dieses Szenario in Aussicht gestellt hat.

Ich ertappe mich bei der Frage, wie ich reagieren würde, sollte sie die Tür öffnen und plötzlich vor mir im Badezimmer stehen. Am wahrscheinlichsten ist, ich würde mich nicht wehren und mich anschließend dafür hassen.

Bevor meine Gedanken in eine mehr als prekäre Richtung abschweifen, drehe ich das Wasser der Dusche auf und trete unter den lauwarmen Wasserstrahl. Nur grob seife ich mich ein, um Aspen nicht länger als nötig warten zu lassen. Wenige Minuten später stehe ich mit noch feuchten Haaren, aber dafür mit frischer Kleidung im Türrahmen zum Wohnzimmer und entdecke Aspen, die auf dem Sofa sitzt und etwas in den Händen hält. Fuck! Habe ich vergessen, verfängliches Beweismaterial wegzuräumen?

Gedanklich gehe ich alle Möglichkeiten durch, was ich auf dem Couchtisch hätte liegen lassen können. Da sie mich noch nicht bemerkt hat, schleiche ich mich von hinten an, um einen Blick über ihre Schulter zu werfen. Erleichtert stelle ich fest, dass es sich um eine Zeichnung handelt. Das kann ich irgendwie erklären, ohne dass sie stutzig wird.

»Hat dir niemand gesagt, dass man sich nicht anschleichen soll? Ich könnte einen Herzinfarkt bekommen, und dann?«

»Offensichtlich bin ich nicht besonders gut darin, mich anzuschleichen, sonst hättest du mich ja nicht bemerkt.«

»Nein, du bist so leise wie ein Elefant im Porzellanladen.«

»Heißt es nicht, ungeschickt wie ein Elefant im Porzellanladen?«, korrigiere ich sie.

»Wow, ein Klugscheißer bist du auch noch.«

Was soll ich darauf sagen? Wo sie recht hat, hat sie recht. Cassie behauptet ebenfalls, ich sei einer und ginge ihr damit auf die Nerven.

»Und du bist anscheinend mit dem Eilzug durch die Kinderstube gerauscht.«

Aspen sieht mich an, als hätte ich ihr wer weiß was offenbart. »Mit dem Eilzug? Das habe ich noch nie gehört.«

Glückwunsch, Cameron, du siehst nicht nur aus wie ein Trottel, du quatschst auch wie einer. »Eine Redewendung meiner Grandma, wenn Leute sich nicht benehmen können«, kläre ich sie auf. Eleanor Monroe ist ein Unikat und hat über dreißig Jahre die örtliche Highschool geleitet. Als Teenager gibt es Angenehmeres als eine Grandma, die Rektorin an der Schule ist, die man besucht. Jeder in Bellbrook kennt Granny El. Sie ist dort geboren, aufgewachsen und nie woanders gewesen.

Über die Einwohner meiner Heimatstadt sagt man, entweder gehen sie nie oder sie kommen irgendwann wieder. Manchmal ertappe ich mich bei dem Gedanken, dass mich dieses Schicksal ebenfalls ereilen wird. Ein fehlender College-Abschluss könnte dafür maßgeblich sein, auf ewig in Bellbrook festzusitzen. Es ist nicht so, dass ich nicht vorgehabt habe, aufs College zu gehen. Im Gegenteil, ich wollte unbedingt Architektur studieren. Dass es dazu nie gekommen ist, liegt daran, dass mein College-Fonds der Reparatur des Dachs und anderen laufenden Kosten zum Opfer gefallen ist.

»Deine Grandma scheint eine kluge Frau zu sein«, holt Aspen mich ins Hier und Jetzt zurück. Was mir ganz recht ist, weil meine Laune gerade eine Talfahrt hinlegt. Für das eigene Ego ist es nicht besonders schmeichelhaft, wenn man das Gefühl hat, dass man in allen Bereichen des Lebens versagt und nicht mehr als einen Highschool-Abschluss vorzuweisen hat.

Mit einem Lächeln weiche ich Aspens Blick aus, der nun weniger amüsiert, sondern besorgt wirkt. Ich sollte dringend lernen, meine Emotionen zu kontrollieren und sie nicht auf einer Werbetafel vor mir herzutragen.

»Du kannst ziemlich gut zeichnen. Das ist das Theater, richtig?« Irgendwann in den letzten Wochen habe ich angefangen, die Gebäude des Campus zu skizzieren. Die Zeichnung ist nicht besonders gut. Ich hatte Jahre keinen Zeichenstift mehr in der Hand. Sie übertreibt also maßlos.

»Dir hat anscheinend niemand beigebracht, nicht in anderer Leute Sachen herumzuwühlen«, ziehe ich sie auf und nehme ihr das Blatt weg.

»Nein. Kinderstube. Eilzug. Du verstehst«, feixt sie.

»Kann ich dir einen Kaffee oder so anbieten?«

»Nein. Warum kannst du so gut zeichnen?«, hakt sie nach.

Warum kann sie Dinge nicht einfach auf sich beruhen lassen? Das würde Gespräche mit ihr um einiges einfacher machen.

»Ich kann nicht gut zeichnen, sondern nur ein paar Linien auf Papier kritzeln«, antworte ich.

»Hast du einen Stift und Papier?«

»Was hast du vor?«

»Was glaubst du denn, was ich vorhabe?«, erwidert sie neckend.

»Wenn ich eine Ahnung hätte, würde ich dich nicht fragen«, erwidere ich. Da sie mich abwartend ansieht, hole ich ihr Papier und Stift aus der Schublade und lege beides auf der Kücheninsel ab. Sie setzt sich auf einen der Barhocker.

Mit schnellen Bewegungen zieht sie Striche auf dem Papier, dann hält sie das Blatt hoch. »Das ist ›ein paar Linien auf Papier kritzeln‹.«

»Wow, was für eine Darbietung«, antworte ich, kann mir ein Grinsen aber nicht verkneifen.

»Jetzt wird gekocht. Wie kann ich helfen, Chef? Soll ich den Feuerlöscher bereithalten?« Muss ich mir Sorgen machen, weil sie plötzlich total euphorisch klingt? Vermutlich.

»Bitte, habe ein bisschen mehr Vertrauen in mein Können«, antworte ich gespielt empört. Aus dem Küchenschrank nehme ich einen großen Topf für die Nudeln heraus. Sobald ich ihn mit Wasser gefüllt habe, stelle ich ihn auf den Herd und gebe etwas Salz hinein. Anschließend werfe ich einen Blick in den Kühlschrank, um nachzusehen, aus welchen Zutaten wir eine Soße zaubern können. Ich entdecke ein paar Tomaten und Kräuter, die von gestern noch übrig sind. Beides stelle ich auf der Kücheninsel ab. Dann ziehe ich das Schubfach, in dem ich die ungekühlten Lebensmittel aufbewahre, auf und inspiziere den Inhalt. Zwiebeln, Knoblauch, Öl und ein Glas getrocknete Tomaten sowie Oliven und eine Dose Thunfisch. Daraus sollte sich doch etwas machen lassen. Sobald ich alles bereitgestellt habe, sehe ich zu Aspen, die mich verwirrt ansieht.

»Du kannst wirklich kochen, oder?«

»Ich habe nie behauptet, dass ich es nicht kann.« Man lernt so einiges, wenn man keine andere Wahl hat.

»Ich gebe es ungern zu, aber du beeindruckst mich, Jasper Anderson.« Bei der Erwähnung des Namens, von dem sie glaubt, dass er zu mir gehört, halte ich für den Bruchteil einer Sekunde in der Bewegung inne. Bisher hat sie mich nur einmal mit diesem Namen angesprochen, und das war, als sie versucht hat, mich vor dem Theaterkurs in ein Gespräch zu verwickeln. Das hat mich völlig aus dem Konzept gebracht und kurzerhand habe ich das Weite gesucht. Nicht, weil mir die Begegnung mit ihr unangenehm war, sondern weil ich ihre Annahme, ich wäre Jasper, nicht bestätigen wollte.

Ich hatte nicht vor, etwas auf einer Lüge begründet aufzubauen. Das war der Plan. Keine Sozialkontakte, keine persönlichen Beziehungen, keine Komplikationen. Fünf Wochen später habe ich genau das Gegenteil von dem erreicht, was ich mir vorgenommen hatte.

26.

ASPEN

Fasziniert beobachte ich Jasper dabei, wie er erst routiniert die Zwiebeln schält und sie anschließend fein würfelt, ohne ein einziges Tränchen zu verdrücken. Und das, obwohl die Dinger beißen, als kämen sie direkt aus der Hölle, wie ich feststellen muss. Ich ziehe den Blusenärmel über meine Handfläche und wische mir damit über die Augen, die munter vor sich hin tränen. Der Abstand zu den Monstern ist leider nicht groß genug, um zu verhindern, dass die Dämpfe bei mir ihre Wirkung entfalten. Als Jasper es bemerkt, grinst er schelmisch in sich hinein.

»Was? Es ist nicht jeder so hart im Nehmen wie du.«

»Oder so eine Heulsuse wie du«, schießt er zurück. Das ist die verdiente Retourkutsche für den Klugscheißer.

»Kann ich dir helfen, oder muss ich nur dabei zusehen, wie du deine Fähigkeiten am Herd zur Schau stellst?«

»Ich habe so eine Ahnung, es ist sicherer, wenn du mir nicht zur Hand gehst.« Damit könnte er nicht ganz falschliegen. Außerdem habe ich nichts dagegen, dass er für unser leibliches Wohl sorgt. Da ich mir im Augenblick dennoch überflüssig vorkomme, schnappe ich mir das Blatt Papier und drehe es herum. Diesmal ziehe ich meine Linien mit Bedacht. Wer hätte gedacht, dass wir tatsächlich etwas gemeinsam haben. Gut, seine Zeichnung ist deutlich besser als mein wackeliges Mandala. Aber Zeichnen ist Zeichnen.

»Wie ist noch mal dein zweiter Vorname?«, will ich von ihm wissen, weil es mir partout nicht einfällt. Jasper sieht zu mir auf und mustert mich stutzig.

»Wie kommst du jetzt darauf?«

»Keine Ahnung, es kam mir gerade so in den Sinn. Bei Professor

Henson hast du dich mit deinem vollen Namen vorgestellt. Das war putzig. Allerdings habe ich ihn mir nicht gemerkt.«

»Putzig? Genau das will ein Mann über sich hören.« Er wendet sich wieder dem Knoblauch zu, den er so klein schneidet, dass ich befürchte, statt eines Feuerlöschers könnten wir in den nächsten Sekunden einen Notarzt benötigen.

»Ich dachte, du hast mich gegoogelt?«, merkt er an.

»Ja, aber ein zweiter Vorname ist nicht unbedingt die Information, nach der jemand sucht, wenn er oder sie eine Person googelt.«

Erneut taucht dieses verwegene Schmunzeln auf seinen Lippen auf. Amüsiert ihn das etwa gerade? Wenn ihn Gemüseschnippeln immer so entspannt und zugänglich macht, werde ich demnächst stets einen Bund Möhren und ein Messer in der Tasche haben.

»Und nach welchen Informationen sucht man stattdessen?«, fragt er herausfordernd. Will er das wirklich thematisieren?

»Na, so grundlegende Sachen halt.« Seine linke Augenbraue wandert nach oben. Mit der Antwort komme ich nicht durch.

»Also, Aspen Hill, was ist es, das du so dringend wissen willst?«, hakt er nach.

Während ich darüber nachdenke, wie ich meine Fragen clever verpacke, um ein paar Antworten aus Jasper herauszukitzeln, nimmt er die Kräuter und schneidet sie klein.

»Alles, was auch in einem Wikipedia-Eintrag über dich zu finden wäre, würde es einen geben.«

»Du willst also einen Steckbrief und einen aussagekräftigen Lebenslauf? Ist das hier ein Bewerbungsgespräch?«

»Mir würden die gängigen Eckdaten reichen.«

»Die da wären?«

»Name. Geburtstag.« Ich mache eine kurze Pause, bevor ich weiterspreche. »Beziehungsstatus.«

»Dafür interessierst du dich?«, erwidert er und klingt ein klein wenig nervös. Damit habe ich ihn eiskalt erwischt.

»Ich? Nein. Ich sammle nur die Informationen für deinen zukünftigen Wikipedia-Eintrag«, versuche ich möglichst beiläufig zu klingen. Denn inzwischen habe ich gelernt, dass er sich immer dann zurückzieht, wenn er das Gefühl hat, dass ich ihm zu nahe komme oder zu neugierig bin.

Ein zischendes Geräusch erweckt unsere Aufmerksamkeit und wir blicken in Richtung Herd. Jasper nimmt den Deckel vom Topf ab und verhindert damit, dass das Wasser weiterhin überkocht. Dann greift er nach der Spaghetti-Packung und stößt sie in einer schnellen Bewegung senkrecht auf die Arbeitsplatte. Die Verpackung platzt auf und die Nudeln schieben sich aus dem Plastik. Im nächsten Moment landen sie im sprudelnden Wasser. Jepp, er macht das nicht zum ersten Mal.

Als Jasper sich mir nicht wieder zuwendet, heftet sich mein Blick an seine Rückansicht und folgt seinen Bewegungen. Er trägt ein mit vielen kleinen bunten Dreiecken bedrucktes Shirt und dazu eine dunkelgrüne Trainingshose, die vielleicht etwas zu tief auf seinen schmalen Hüften sitzt, aber einen fantastischen Anblick seines Hinterns bietet. An diese Aussicht könnte ich mich gewöhnen.

Sofort schießt mir Hitze in die Wangen, weil ich mir vorstelle, er würde nur mit einer Schürze bekleidet am Herd stehen und für uns kochen. Als er sich bückt und das unterste Schubfach aufzieht, um eine Pfanne herauszunehmen, kann ich mir ein Kichern nicht verkneifen, weil er mir seinen Hintern regelrecht auf dem Silbertablett präsentiert und damit meine Fantasie weiter füttert.

Gekonnt ignoriert er mein Feixen und rührt im Topf herum. Während ich meinen Tagträumen nachhänge, die gefährlich in die nicht jugendfreie Abteilung abdriften, behält Jasper die Pasta im Blick. Minuten später bückt er sich erneut und holt ein Nudelsieb heraus, richtet sich wieder auf und stellt es in das Spülbecken. Er nimmt den Topf vom Herd und gießt die Nudeln ab. Sobald er fertig ist, wendet er sich mir wieder zu und mustert mich irritiert.

»Jasper Maxwell Anderson aus Boston. Zwanzig. Single. Keine

Präferenzen«, sagt er wie aus dem Nichts, als hätte er es einstudiert. Und dann lache ich los. Dabei weiß ich nicht genau, was der ausschlaggebende Punkt dafür ist. Ob es sein verwirrter Gesichtsausdruck ist oder dass seine Antwort wie ein schlechter Kontaktversuch auf Tinder klingt.

»Was ist so witzig?«

»Auf Tinder würdest du so was von leer ausgehen«, versichere ich ihm und lache erneut.

»Dann ist es ja gut, dass ich dort nicht zu finden bin«, entgegnet er und grinst. Nein, aber bei *Be My Date*. Kurz überlege ich, ihn darauf anzusprechen, aber mir fällt keine vernünftige Überleitung ein, ohne dass es zu plump klingt.

»Was willst du noch wissen?«, reißt Jasper mich aus den Gedanken. Wo waren wir gerade stehen geblieben?

»Geburtsort und Geburtsdatum.«

»Bristol. Vierzehnter Februar.«

»Oh, Engländer und ein Valentinstagskind«, merke ich an, was er völlig unkommentiert lässt.

»Wo ist dein britischer Akzent abgeblieben, oder bist du in den Staaten aufgewachsen?«, hake ich vorsichtig nach. Er hält in der Bewegung inne. Dann sieht er mich nachdenklich an. Wird das Eis, auf dem ich mich bewege, gerade dünner?

»Habe ich mir mühsam abtrainiert. Bestich mich mit Jelly Beans und du bekommst die volle akustische Dröhnung.« Das nehme ich ihm nicht ab, dafür klang es nicht überzeugend genug, sondern hatte einen leicht panischen Unterton. Irgendwas stimmt mit seiner Vergangenheit in England nicht. Vorerst werde ich nicht weiter nachfragen, weil er mich direkt vor die Tür setzt, sobald er misstrauisch wird. Okay, wie weiter? Irgendwas Neutrales.

»Vorlieben?« Habe ich ihn gerade nach seinen Vorlieben gefragt? Ich spüre, wie meine Wangen heiß werden.

Statt mir zu antworten, legt er das Messer beiseite und mustert mich. Intensiv. Vielleicht ein bisschen zu sehr, um es als harmlos zu interpretieren. Unser harmloses Geplänkel wechselt gerade die Richtung. Er weiß das und ich ebenfalls.

»Lass uns die Sache für beide Seiten spannender gestalten.«

»Du meinst so eine Art Strip-Quiz?«, frage ich grinsend, weil ich mir die Bemerkung nicht verkneifen kann. Seine Vorlage war zu gut, um sie nicht zu nutzen. Er verdreht die Augen, grinst aber zurück.

»Nein, Aspen. Jede Frage, die ich beantworte, beantwortest du ebenfalls.«

Das könnte durchaus eine interessante Sache werden. Herausfordernd blicke ich ihn an. »Deal.«

27.

CAMERON

»Und hast du Vorlieben?«, wiederholt sie ihre Frage.

Wenn ich Nein sage, bin ich schneller aus der Nummer heraus, als ich hineingestolpert bin. Wäre da nicht das Problem, dass ich durchaus an ein paar Antworten ihrerseits interessiert bin. *Und dann, was erhoffst du dir davon, wenn du ihr einen Berg Unwahrheiten auftischst? Sie wird dir dafür nicht dankend um den Hals fallen,* höhnt die leise Stimme in meinem Kopf. Nein, das wird sie ganz sicher nicht. Mit der Ausrede zum fehlenden britischen Akzent bin ich gerade so noch durchgekommen, hoffe ich jedenfalls. Immerhin hat sie nicht weiter nachgefragt.

»Von welchen Vorlieben sprechen wir?«, antworte ich entgegen jeder Vernunft und setze damit den ersten Spatenstich, um mein eigenes Grab auszuheben.

»Über welche möchtest du denn sprechen?«

»Für welche interessierst du dich denn?« *Lass das! Hör auf, sie herauszufordern.*

Ein Schmunzeln erscheint auf ihren Lippen. Sollten wir von Vorlieben zu Stellungen und anderweitigen expliziten Sachverhalten kommen, könnte es in der ohnehin schon viel zu heißen Küche die Temperaturen erheblich ansteigen lassen.

»Essen.«

»Was?« Ich bin so perplex, dass ich hektisch blinzle, was sie zum Lachen bringt. Mit der Antwort habe ich am allerwenigsten gerechnet. Ich bin ihr voll auf den Leim gegangen. Meine Reaktion hätte nicht eindeutiger zeigen können, in welche Richtung ich gedacht habe.

»Wir können auch über andere Vorlieben reden, wenn die dich

mehr interessieren?«, bietet sie grinsend an. O ja, sie weiß genau, woran ich gedacht habe.

»Ich esse alles, aber ich kann Eier nicht ausstehen.«

»Also keine Eier. Ich mag keine Pommes«, antwortet sie.

»Lieblingsgetränk mit und ohne Alkohol?«

»Cranberrysaft. Ich trinke keinen Alkohol.« Nicht mehr.

»Ich bin ein Softdrinkjunkie und mag Rotwein. Lieblich, keinen trockenen.«

»Lieblingsfarbe?«, führt sie ihre Fragerunde fort.

»Schwarz.«

»Wirklich? Dafür trägst du ziemlich bunte Klamotten«, stellt sie fest. Ja, das stimmt, allerdings ist das eher unfreiwillig, aber das weiß sie ja nicht.

»Die unterstreichen meine Persönlichkeit besser. Was ist deine?«, sage ich, damit wir das Thema über meinen etwas eigenwilligen Kleidungsstil nicht weiter vertiefen.

»Rot.« Ich kann nicht verhindern, dass mein Blick in diesem Augenblick auf ihre rot geschminkten Lippen fällt. Warm, weich, unersättlich … Shit!

Als wären wir beim Speeddating, beantworte ich in den nächsten Minuten alle möglichen Fragen, die mit »Lieblings…« anfangen. Lieblingssong, Lieblingsfilm, Lieblings-was-auch-immer.

»Okay, kommen wir zu den wirklich pikanten Details.« Ich habe geahnt, dass es darauf hinauslaufen würde. Es liegt seit geraumer Zeit ein latentes Knistern in der Luft, das nur darauf wartet, dass es sich in voller Pracht präsentieren kann.

»Ich habe meinen ersten Kuss von einer Frau bekommen.«

Erneut landet mein Blick auf ihrem Mund. *Ich bin so was von am Arsch!*

»Willst du gar nicht wissen, wie es dazu gekommen ist?«

»Nein, um ehrlich zu sein«, platzt es aus mir heraus. Das Letzte, was ich gebrauchen kann, ist, mir vorzustellen, wie Aspen jemanden küsst, wenn ich weiß, wie es sich anfühlt.

»Ich erzähle es dir trotzdem.« Genau das habe ich befürchtet. Aspen hat diese Art von gnadenloser Ehrlichkeit, die ich von mir selbst kenne und die ich gerade mit aller Macht zu unterdrücken versuche. Hätten wir uns unter anderen Voraussetzungen kennengelernt, würde ich alle ihre Fragen bedenkenlos beantworten. Doch im Augenblick wäge ich bei jeder Unterhaltung die möglichen Konsequenzen ab. Ob sie Cameron mögen würde?

Lass das, ermahne ich mich selbst, mich gar nicht erst auf solche Gedanken einzulassen.

Um nicht länger auf ihre Lippen zu starren, nehme ich das Messer wieder zur Hand und schneide die restlichen Zutaten für die Soße klein.

»Nachdem Dion ihren ersten Kuss bekommen hat, brauchte sie Vergleichsmöglichkeiten, um die Qualität beurteilen zu können. Also hielt sie es für eine fantastische Idee, dass Abbie und ich die Probanden für ihre Versuchsreihe spielen. Bis heute ist Dion der Ansicht, sie hätte von mir den schlechtesten Kuss aller Zeiten bekommen.«

Ich habe von ihr den besten aller Zeiten bekommen, und das macht es noch um einiges tragischer. Wäre der Kuss zwischen uns mies gewesen, würde ich nicht ständig darüber nachdenken und mich nach einer Wiederholung sehnen. Geht es ihr auch so oder misst sie dem Ganzen deutlich weniger Bedeutung zu? War es für sie nur ein mittelmäßiger Kuss? Nein, dafür hat sie zu intensiv auf mich reagiert. Außerdem hat sie auf der Party selbst gesagt, dass sie ihn gut fand. So *gut* gut oder *überragend* gut? Das ist wirklich frei interpretierbar.

Mein Blick landet wieder auf ihren Lippen. Sie verziehen sich kaum merklich, als sie mich dabei erwischt. Aspen verfolgt eindeutig einen Plan. Und ich habe so eine Vermutung, welcher das ist. Ich hasse die unterschwellige Art, wie sie mit mir flirtet. Ohne es zu bemerken, habe ich mir selbst eine Falle gestellt. Habe Aspen zu einem Spiel verleitet, das ich nur verlieren kann. Für einen Rückzieher ist es zu spät, denn ich stecke schon viel zu tief drin. Mir bleibt gar nichts anderes übrig, als mitzuspielen und ihr all die Lügen aufzutischen, die ich so dringend habe vermeiden wollen. Oder ich packe alle Karten auf den Tisch und breche die Scharade ab? Und dann? Zahl ich Jasper mal eben die vorgeschossenen fünfundzwanzigtausend Dollar zurück? Klingt nach einem fantastischen Plan. Ob Jasper Zinsen für ein Darlehen verlangt?

»Was ist mit dir, wie war dein erster Kuss?«, reizt sie mich weiter und hat keine Ahnung, dass sie mit der Frage ihr eigentliches Ziel um Meilen verfehlt.

»Gut«, antworte ich knapp. Die aufblitzenden Bilder des Tages meines ersten Kusses und wie er geendet hat, verdränge ich sofort. Ein Flashback kann ich im Augenblick wirklich nicht gebrauchen. Dennoch werden meine Hände feucht und beginnen verdächtig zu kribbeln, als die Bilder sich Stück für Stück zusammensetzen. Fuck!

Aspen sieht mich mit einem Blick an, der sagt, dass sie bei dem Thema gerne nachhaken würde. Und ich hoffe inständig, dass sie es nicht tun wird. Um einem Gespräch über erste Erfahrungen zu entgehen, wende ich mich von ihr ab, platziere die Bratpfanne auf dem Herd und gebe Öl hinein. Sobald sie heiß genug ist, brate ich die Zwiebeln an. Ich stelle die Dunstabzugshaube an. Und begehe damit den größten Fehler, den ich machen kann, wenn mein Fokus eh schon auf wackeligen Beinen steht. Dieses monotone Geräusch ist wie ein Startschuss für unerwünschte Erinnerungen.

Hinter meinen Schläfen beginnt es plötzlich zu pochen, und mir fällt es zunehmend schwerer, meine Gedanken zum Schweigen zu bringen und die Bilder, die sie erzeugen, zu ignorieren. Ich spüre, wie die Panik mir die Wirbelsäule hochkriecht. Ein widerliches Gefühl. Bevor ich es verhindern kann, dreht sich das Gedankenkarussell schneller und schneller. Droht mich aus dem Sitz zu schleudern. Mein Blick fixiert die Pfanne auf dem Herd, ohne sie wirklich bewusst wahrzunehmen. Ich bin schon viel zu weit weg.

Als Nächstes finde ich mich in einem Rauschen wieder, das alle anderen Geräusche um mich herum verschluckt. Damit schaffe ich den perfekten Raum für alles, was sonst keinen Platz in meinem Kopf hat. Was ich sorgsam ganz tief in mir weggesperrt habe und was nun an den Fesseln rüttelt, um rausgelassen zu werden. Das werde ich keinesfalls zulassen.

Mit der rechten Hand fasse ich für den Bruchteil einer Sekunde an den Pfannenrand. Blitzartig schießt Schmerz durch meine Finger und sorgt dafür, dass ich schlagartig wieder hellwach bin. Tief atme ich durch, dann drehe ich mich zu Aspen um und mustere sie. Als sie es bemerkt, hebt sie fragend eine Augenbraue.

»Geht es dir gut? Du bist schon wieder so blass.«

Ich bin mir sicher, würde ich jetzt einen Blick in den Spiegel werfen, würde ich mir selbst Sorgen um mich machen.

»Ja, ich habe nur den ganzen Tag noch nichts gegessen«, rede ich mich heraus. Ihr skeptischer Blick verrät, dass sie mir die Erklärung nicht hundertprozentig abnimmt. Aber ich komme klar. In den letzten Jahren habe ich mir einige Skills angeeignet, um eine drohende Panikattacke abzuwenden. Schmerzreize auszulösen ist die radikale Notfall-Lösung, wenn mir die Zeit für bewusstes Atmen fehlt.

Das ist bereits das zweite Mal innerhalb kurzer Zeit. Ein Zeichen, dass mein Stresslevel viel zu hoch ist. Ich würde gerne darauf verzichten, dass es außer Kontrolle gerät. Beim nächsten Mal erwischt es mich vielleicht, ohne dass ich mit einem meiner Tricks herauskomme, und ich ertrinke in einem Meer aus Erinnerungen.

Ich habe es so oft erlebt. Es ist die Hölle, der man glaubt nicht entkommen zu können. Wie aus dem Nichts verliert man das Gefühl für seine Umgebung, weil die Welt sich plötzlich zu drehen beginnt, bevor sie verschwimmt. Der Druck im Kopf wird unerträglich, während das Gehirn erfolglos versucht, alles zuzuordnen, zu unterdrücken und gleichzeitig allem genügend Raum zu geben. Und bevor man es verhindern kann, hängt man kotzend über einer

Kloschüssel, weil das Stresslevel schlagartig ansteigt und man ein Ventil braucht, um den Scheiß loszuwerden.

In diesem Augenblick kommt mir etwas ganz anderes in den Sinn. Aspen. Wir haben bisher nicht darüber geredet, was in der Damentoilette passiert ist. Ich war so angepisst wegen der Sache mit ihrem Dad, dass ich völlig ignoriert habe, dass sie vielleicht jemanden gebraucht hätte, der es ihr erklärt und sie versteht. Damals hätte ich so jemanden gebraucht, denn das hätte mir einige Höllentrips erspart. Jetzt fühle ich mich wie das größte Arschloch, weil ich sie einfach sich selbst überlassen habe, da ich zu sehr mit meinen Befindlichkeiten beschäftigt gewesen bin. Das Thema jetzt auszupacken, wäre allerdings der Overkill für diesen Nachmittag, aber ich nehme mir fest vor, mit ihr das Gespräch zu suchen, ohne mich ihr offenbaren zu müssen.

»Wie ist dein zweiter Vorname? Und versuch gar nicht erst zu behaupten, dass du keinen hast, denn auch ich weiß, wie man eine Suchmaschine benutzt«, drehe ich den Spieß um. Das scheint mir im Augenblick die sichere Variante zu sein.

»Aspen Violet Grace Hill aus Manhattan. Neunzehneinhalb. Single. Präferenz: schräge Typen«, antwortet sie und imitiert damit meine, wie sie es nennt, Tinder-Kurzbeschreibung. Mit schrägen Typen, meint sie da mich oder so ganz allgemein? Die Frage liegt mir auf der Zunge, ich verkneife sie mir allerdings.

»Du hast drei Vornamen? Respekt«, erwidere ich überrascht. Tatsächlich habe ich ins Blaue geraten, weil ich vermutet habe, die Rich Kids hätten grundsätzlich mehr als einen zu bieten. »Willst du auch wissen, wie ich zu diesen drei hübschen Namen gekommen bin?« So, wie sie mich angrinst, bin ich mir sicher, ich will die Geschichte dazu hören. Bevor ich ihr antworte, befördere ich den Knoblauch zu den inzwischen gut gebräunten Zwiebeln in die Pfanne.

»Unbedingt«, antworte ich und fixiere ihr Gesicht.

»Ich wurde gezeugt, als meine Eltern sich gerade im Skiurlaub befanden. Dreimal darfst du raten, wo genau das gewesen ist? Die Lieblingsfarbe meiner Mom ist Violett, und sie ist der größte Grace-Kelly-Fan, den du dir vorstellen kannst«, verrät sie und grinst dabei.

»Wow, sehr einfallsreich.«

»Bereit für die nächste Frage?«

»Lass mich erst die Soße fertig machen, dann gehört meine Aufmerksamkeit dir, okay?«, bitte ich um eine kurze Pause.

»Klar, kann ich dein Badezimmer benutzen?«, fragt sie und klettert von dem Barhocker, ohne meine Antwort abzuwarten.

»Natürlich. Den Flur runter, zweite Tür rechts«, erkläre ich. Erneut sieht sie mich besorgt an.

»Du kippst aber nicht um, während ich pinkeln bin, oder?«

Ein Lächeln schleicht sich auf meine Lippen. Ich muss wirklich ein erbärmliches Bild abgeben. »Nein, ich werde nicht aus den Latschen kippen. Versprochen«, versichere ich ihr, dass sie mich ein paar Minuten allein lassen kann.

»Gut. Ich habe nämlich absolut keine Ahnung, wie das mit der Mund-zu-Mund-Beatmung funktioniert. Macht man das mit oder ohne Zunge?«, erwidert sie neckend. Die Frau ist wirklich mein Verderben und hat gerade ihre helle Freude daran, mich aus dem Konzept zu bringen.

Kopfschüttelnd wende ich mich wieder der Soße zu. Darauf werde ich nicht antworten. Denn wenn ich mich auf diesen neckischen Ton einlasse, befinden wir uns ganz schnell an einem Punkt, an dem wir nicht ohne Weiteres umkehren können.

Ich gebe die Oliven, Tomaten und den Thunfisch in die Pfanne hinzu und lasse alles auf kleiner Flamme köcheln. Mit den Ellenbogen stütze ich mich auf der Arbeitsplatte ab, halte mir die Ohren zu und schließe die Augen. Atme und sperre alles um mich herum für eine Weile aus. Dränge die Erinnerung an den Tag, als meine Eltern starben, endgültig wieder in die hinterste Ecke meines Verstandes zurück. Ich werde die Bilder der Vergangenheit nicht gewinnen lassen.

Als Aspen zehn Minuten später noch immer nicht zurück ist, werde ich nervös. Was zur Hölle macht sie so lange im Badezimmer? Wühlt sie sich gerade durch die Schränke? Oder hat sie sich durch das Fenster gequetscht und das Weite gesucht? Der Frau traue ich alles zu.

Ich nehme die Pfanne von der Platte und stelle den Herd ab. Nach kurzem Zögern begebe ich mich auf die Suche nach ihr. Die Badezimmertür ist geschlossen. Ohne darüber nachzudenken, ob ich vielleicht ihre Privatsphäre verletze, drücke ich ein Ohr gegen die Tür. Gedämpft dringt ihre Stimme zu mir durch. Was macht sie da drinnen? Führt sie Selbstgespräche? Ich presse mich noch etwas enger gegen das Holz. Dennoch verstehe ich kein Wort von dem, was sie sagt. Gerade als ich den Rückzug antreten will, öffnet sich die Tür und ich stolpere in den Raum hinein, verliere das Gleichgewicht und falle ihr sprichwörtlich vor die Füße. Großartig! Kann man sich noch mehr blamieren? Vermutlich nicht. Nein, ganz gewiss kann man sich nicht offensichtlicher zum Deppen machen.

Lachend blickt sie zu mir herab. »Jetzt bist du ja doch umgefallen«, zieht sie mich auf. Den Spott habe ich mehr als verdient. Was habe ich mir dabei gedacht, sie zu bespitzeln?

Du traust ihr nicht über den Weg. Weil Aspen viel zu scharfsinnig ist, um nicht irgendwann dahinterzukommen, dass du ein doppeltes Spiel spielst. Soll ich noch mehr Gründe aufzählen?

Hastig rapple ich mich auf und versuche, mir noch ein bisschen Restwürde zu bewahren.

»Essen ist fertig«, sage ich. Als wäre das hier gerade nicht passiert, husche ich aus dem Badezimmer und gehe schnurstracks den Flur entlang. Ich kann sie hinter mir erneut lachen hören. *So viel zu einem würdevollen Abgang.*

In der Küche angekommen, nehme ich zwei Teller aus dem Schrank und verteile die Pasta darauf. Aspen tritt durch die Tür und grinst breit. Das Thema ist noch nicht vom Tisch.

»Wolltest du mit deiner Lauscherei sicherstellen, dass ich die

Klospülung betätige und mir anschließend die Hände wasche?« Sie wird mich quälen, bis ich um Gnade winsele.

»Vielleicht«, erwidere ich.

»Dann wird es dich freuen, dass ich beides getan habe. Und bevor du dir weiterhin den Kopf zerbrichst, warum ich so lange verschwunden war, ich hatte einen kurzen Videocall mit Abbie und Dion, um sie auf dem Laufenden zu halten.«

»Und wie lautet der aktuelle Stand?«, frage ich neugierig und würde mir gerne selbst einen Tritt gegen das Schienbein verpassen, weil ich mal wieder in ihre Falle getappt bin.

»Dass du mir zu Füßen liegst«, zieht sie mich auf und lächelt zufrieden. Kopfschüttelnd erwidere ich es.

Aspen geht an mir vorbei zum Kühlschrank, öffnet ihn und wirft einen prüfenden Blick hinein. Aus dem Augenwinkel beobachte ich sie dabei, wie sie den Cranberrysaft herausnimmt, aufschraubt und ansetzt. Abwartend sehe ich ihr dabei zu. Das Zeug ist abartig sauer, aber ich mag's. Ruckartig lässt sie von der Flasche ab und verzieht das Gesicht. Das habe ich erwartet.

»Sorry.« Sie wirft mir einen entschuldigenden Blick zu. »Dumme Angewohnheit. Dion schimpft auch immer, weil sie das eklig findet. Sie hat versucht, es mir mit Essig auszutreiben. Ich hoffe, du hast noch eine Flasche, oder hast du Desinfektionstücher? Soll ich eine neue kaufen?«

Bisher habe ich nicht erlebt, dass Aspen nervös vor sich hin plappert und absoluten Quatsch redet, weil sie mit einer Situation überfordert ist. Ich habe erwartet, diese Frau bringt nichts so schnell aus dem Konzept, und dann scheitert sie ausgerechnet an einer halb vollen Flasche Cranberrysaft. Shit! Sie ist verdammt noch mal zum Niederknien, wenn sich die toughe Fassade in Luft auflöst und eine unsichere Aspen mit schamroten Wangen entblößt.

Mit wenigen Schritten bin ich bei ihr, nehme ihr den Saft aus der Hand, setze ihn an und genehmige mir einen großzügigen Schluck. »Dann haben wir was gemeinsam, ich verzichte für gewöhnlich auch auf ein Glas.« Als hätten wir gerade einen Pakt geschlossen, grinsen wir einander an. In dem Moment, als ihr Blick zu meinen Lippen huscht und dort verharrt, weiß ich, dass ich in Schwierigkeiten stecke. Denn plötzlich ist mir nur allzu bewusst, wie nah ich vor ihr stehe. Ich müsste mich nur etwas nach vorne beugen …

Es ist lächerlich, mit welcher Verzweiflung ich versuche, die Kontrolle nicht zu verlieren. Die Anziehung, die sie auf mich ausübt, in Schach zu halten. Aber wenn die Dame dazu in der Lage ist, den König in drei Zügen schachmatt zu setzen, ist man ohnehin am Arsch. Würde Aspen es darauf anlegen, bräuchte sie nicht mehr Spielzüge, um mich zu Fall zu bringen. Und sie versucht es tatsächlich. Unbewusst, aber nicht weniger effektiv.

Zug eins: Sie sieht zu mir auf. Zug zwei: Sie blickt mich unsicher an. Und Zug drei: …

»Warum trägst du eigentlich Kontaktlinsen? Du siehst bestimmt mit Brille ganz süß aus.«

Was? Das ist die kalte Dusche, die ich dringend gebraucht habe. Sofort weiche ich einen Schritt von ihr zurück und wende den Blick ab. Hat sie es sofort bemerkt oder ist es ihr gerade erst aufgefallen? Ist das überhaupt wichtig? Nein. Aber hat sie auch bemerkt, dass die Farbe fake ist? Die Dinger sehen schon verdammt echt aus, aber wenn man genau hinsieht, lässt es sich erahnen. Und Aspen hat mehr als einmal genau hingesehen.

Fuck! Sie weiß es. Sie hat mich durchschaut. Hat sie doch, oder? Die Frage kam nicht aus dem Nichts. Aspen ist clever, sie wird sich Gedanken darüber gemacht haben, bevor sie ihre Vermutung in eine unverfängliche Frage verpackt.

»Ich sehe damit ganz sicher nicht süß aus, ich sehe damit wie ein Blümchenhemden tragender Trottel aus«, versuche ich so locker wie möglich auf ihre Entdeckung zu reagieren.

»Das glaube ich dir nicht, das musst du schon beweisen«, erwidert sie grinsend.

Das werde ich ganz sicher nicht. Dann wäre ich Cameron. Und

in dieser Realität existieren Aspen und Cameron nicht, sondern Aspen und Jasper. Für Cameron ist hier kein Platz.

»Lass uns essen, bevor es kalt wird«, presse ich hervor. Damit verschaffe ich mir lediglich etwas Zeit. Dass ich die Partie verlieren werde, daran habe ich keinen Zweifel mehr. Die einzige Frage ist, wie lange dauert es, bis ich Aspen gewinnen lassen und alle Karten auf den Tisch legen muss.

28.

ASPEN

Jasper stellt den Cranberrysaft auf der Kücheninsel ab, greift nach einem der Barhocker und platziert ihn an der gegenüberliegenden Seite. Damit bringt er den größtmöglichen Abstand zwischen uns. Von *Wir trinken gemeinsam aus einer Flasche* zu *Komm mir nicht zu nah* in weniger als drei Minuten. Langsam zeichnet sich ein Muster ab. Ein Schritt nach vorne, zwei zurück. Meine Frage nach den Kontaktlinsen war eindeutig die falsche. Warum ihm das unangenehm ist, ist mir allerdings nicht ganz klar. Er ist ja nicht der einzige Mensch auf dem Planeten, der welche trägt. Dabei bin ich wirklich davon überzeugt, dass ihm eine Brille stehen würde.

Aber immerhin hat er inzwischen wieder etwas Farbe im Gesicht. Zwischenzeitlich habe ich mir ernsthaft Sorgen um ihn gemacht. Das war bereits das zweite Mal, dass er von einer Sekunde auf die andere kreidebleich geworden ist. Vorhin habe ich tatsächlich einen Blick in den Spiegelschrank im Badezimmer geworfen, um nachzusehen, ob sich darin Medikamente befinden, die er vielleicht vergessen haben könnte zu nehmen. Aber außer einer Packung Kopfschmerztabletten, einer Zahnbürste, Zahnpasta und der Aufbewahrung für die Kontaktlinsen befand sich nichts in dem Schrank. Allgemein wirkt hier alles unpersönlich und akribisch aufgeräumt. Das Persönlichste ist die Zeichnung, die auf dem Couchtisch gelegen hat.

Kommentarlos setzt sich Jasper hin. Ohne ihn aus den Augen zu lassen, gehe ich an ihm vorbei um die Kücheninsel herum und setze mich ebenfalls. Neugierig betrachte ich den Teller vor mir. Das sieht verdammt lecker aus und riecht köstlich. Ich sterbe vor Hunger. Sofort greife ich nach der Gabel.

»Guten Appetit«, sage ich und warte darauf, dass er etwas erwidert. Nichts, stattdessen starrt er gedankenverloren auf seinen Teller. Zu gerne wüsste ich, was gerade in seinem Kopf vor sich geht. Allerdings bezweifle ich, dass er mich an seinen Gedanken teilhaben ließe, würde ich ihn danach fragen. Das macht er nie. Seine Gedanken gehören einzig und allein ihm.

Geschickt dreht Jasper einige Spaghetti auf die Gabel und schiebt sie sich in den Mund. Einen Augenblick lang beobachte ich ihn dabei, wie er kaut. Kein einziges Mal sieht er zu mir auf. Schließlich richte ich meine Aufmerksamkeit auf die Pasta.

»Wow, die ist wirklich gut. Ich sollte mich öfter bei dir zum Essen einladen, wenn du immer so gut kochst«, starte ich einen weiteren Versuch, Jasper zum Reden zu bringen oder wenigstens die bedrückende Stimmung, die nun zwischen uns herrscht, aufzulockern. Vergebens. Mir ist nicht mal klar, was in den letzten Minuten schiefgelaufen ist, dass er auf einmal so in sich gekehrt ist. Okay, er ist mir vor die Füße gefallen, als er an der Tür gelauscht hat. Das ist zwar nicht die feine englische Art, war aber dennoch niedlich anzusehen. Also nichts, was sein Verhalten rechtfertigt. Es kann doch nicht wirklich nur an ein paar Kontaktlinsen liegen? Das ist lächerlich.

Während wir essen, herrscht um uns eine Stille, die mich wahnsinnig macht. Wenn wenigstens Musik im Hintergrund liefe, hätte ich nicht das Gefühl, das letzte Abendmahl hinter mich zu bringen, bevor ich zu meiner eigenen Kreuzigung aufbreche. Ich bin es einfach gewohnt, dass um mich herum ein gewisser Lärm herrscht. Das Geräusch von Metall, das immer wieder auf Porzellan trifft, geht mir allerdings zunehmend auf die Nerven. Jasper schiebt die Pasta mehr über seinen Teller, als dass er sie isst. Das macht mich ebenfalls wahnsinnig. Wenn es so weitergeht, endet dieser Nachmittag in einem Desaster.

Mit einem lauten Klimpern lege ich meine Gabel beiseite und sehe ihn so offensiv an, dass es von ihm unmöglich unbemerkt bleiben kann. Es dauert einen Augenblick, bis das mir inzwischen wohlvertraute Seufzen seine Lippen verlässt. Er blickt zu mir auf und schaut mich abwartend an. Da ich mir sicher bin, dass er kein Gespräch beginnen wird, bleibt mir nichts anderes übrig, als selbst das Wort zu ergreifen.

»Verrätst du mir, worüber du so intensiv nachdenkst?«

»Ich denke darüber nach, wie groß das Ausmaß der Schwierigkeiten sein wird, in die du mich bringen wirst«, antwortet er zu meiner Überraschung. Ich habe erwartet, die Kommunikation würde einseitig ablaufen.

»Ich bringe dich in Schwierigkeiten? Was meinst du damit?« Ich habe absolut keine Ahnung, worauf er hinauswill.

Sein Blick wandert zu meinen Lippen. Oh! Diese Art von Schlamassel.

»Dass die Sache für uns beide nicht gut ausgehen wird, wenn wir so weitermachen«, sagt er und Bedauern schwingt in seiner Stimme mit. Jasper sucht meinen Blick und hält ihm stand. Er glaubt das wirklich. Wie kommt er denn darauf? Wir kennen einander zu wenig, als dass einer von uns beiden beurteilen könnte, wie das mit uns enden wird. Ja, da besteht diese Anziehung zwischen uns, aber solange wir ihr nicht nachgeben, läuft das Ganze auf gar nichts hinaus. Außer auf ein großes Fass sexueller Frustration, das irgendwann überschwappt.

Und dann dämmert mir, was er vielleicht zu sagen versucht, sich aber nicht auszusprechen traut.

»Es ist, weil ich eine Hill bin, richtig?« Das wäre zwar völlig absurd, dennoch eine Erklärung für sein Verhalten. Blut ist dicker als Wasser. Dem Oberhaupt der Andersons sagt man eine strenge Führung nach. Meine Familie würde auch nicht den roten Teppich ausrollen, sollte ich ausgerechnet mit Jasper zu Hause auftauchen, aber das ist mir im Augenblick herzlich egal. Man stelle sich nur Familienfeiern vor. Die Andersons und die Hills an einem Tisch, das könnte durchaus eine explosive Angelegenheit werden. Und zack, haben wir *Romeo und Julia* den Staub abgeklopft und das Werk ins einundzwanzigste Jahrhundert geupdatet. Nicht unbedingt die besten Voraussetzungen für große Gefühle, aber dennoch nicht unüberwindbar. Niemand wird am Ende sterben müssen.

»Was meinst du damit?«, fragt er neugierig, allerdings mit einer Vorsicht in der Stimme, die mich stutzig macht.

»Unsere Familien kommen nicht sonderlich gut miteinander aus. Versuchst du deswegen, alles im Keim zu ersticken, bevor es kompliziert werden könnte?«

Ein überraschter Ausdruck erscheint auf seinem Gesicht, als wäre ihm die Information neu. Das kann er unmöglich nicht wissen, außer sein Verhältnis zu seinen Eltern ist noch mieser als meines zu meinen momentan. Einen Augenblick scheint er ernsthaft über meine Worte nachzudenken. Warum habe ich das Gefühl, ihm gerade eine Art Ausweg angeboten zu haben, den er bisher noch gar nicht in Betracht gezogen hat? Hier stimmt doch etwas nicht.

»Es ist schon kompliziert. Als ich nach Waterbury gekommen bin, hatte ich einen Plan. Jemand wie du ist kein Teil davon«, erwidert er stumpf.

Autsch! Jemand wie ich? Vielleicht hat er es nicht so gemeint, aber es fühlt sich so an, als hätte er mir gerade absichtlich in die Magengrube geboxt.

Er steht vom Barhocker auf, holt eine Plastikdose und füllt den Rest des Essens hinein, bevor er sie im Kühlschrank verstaut.

Weil ich nicht länger still sitzen kann, räume ich die halb vollen Teller ab und entdecke dabei meine Einkaufstüten neben der Tür. Irgendwann muss er sie dort abgestellt haben, ohne dass ich es mitbekommen habe. Zielstrebig gehe ich darauf zu, um sie an mich zu nehmen. Auch wenn ich ihn nicht sehen kann, weil ich mit dem Rücken zu ihm stehe, kann ich seine angespannte Haltung und seinen Blick regelrecht spüren. Für einen Moment halte ich inne und frage mich, wie wir uns in diese Situation manövrieren konnten. Ich habe keinen blassen Schimmer. Langsam drehe ich mich zu ihm um, darauf vorbereitet, in eine ausdruckslose Miene zu blicken. Und er enttäuscht mich nicht. Allmählich gehen mir seine Stimmungsschwankungen auf den Zeiger.

»Soll ich gehen, ist es das, was du willst? Du musst es nur sagen, wenn du dich in meiner Gegenwart unwohl fühlst oder wenn ich dir auf die Nerven gehe. Oder was auch immer es ist, das dich dazu zwingt, den Abstand zwischen uns auf die doppelte Distanz zu vergrößern, sobald wir uns aufeinander zubewegen.« Wir haben beide nichts davon, länger um den heißen Brei herumzureden, also wähle ich die Konfrontation.

Ein Schatten huscht über sein Gesicht, der sich nur schwer deuten lässt. Es ist eine Mischung aus Kapitulation und Verwunderung. Für ein paar Sekunden sehen wir einander an. Er unsicher, ich wild entschlossen zu verschwinden, sollte er mich nicht davon abhalten. Als er den Blick senkt, habe ich die Antwort.

Mit den Tüten in den Händen mache ich auf dem Absatz kehrt, gehe in den Flur und schlüpfe in meine Boots. Ich werfe einen Blick über die Schulter, um nachzusehen, ob Jasper mir folgt. Sobald ich mir sicher bin, dass er nicht plötzlich auftaucht, um mich doch aufzuhalten, verlasse ich den Bungalow. Krachend fällt die Tür hinter mir ins Schloss. Eigentlich wollte ich sie nicht so lautstark schließen, aber er soll ruhig wissen, dass er die Sache diesmal gehörig vermasselt hat.

Ich komme bis zur nächsten Straßenecke, als mir auffällt, dass meine Jacke noch an Jaspers Garderobe hängt. Verdammt! Das ist meine Lieblingsjacke. Abrupt bleibe ich stehen und sehe in die Richtung, aus der ich gekommen bin. Einen Moment lang denke ich darüber nach, umzudrehen, die wenigen Meter zurückzugehen und das Kleidungsstück zu holen, verwerfe den Gedanken allerdings wieder, weil ein erneutes Aufeinandertreffen mit Jasper darin enden könnte, dass ich ihn schüttle, damit er endlich aufhört, sich so aufzuführen.

Unsicher, ob ich mich auf dem richtigen Weg befinde, biege ich zu den Laboren ab und bleibe erneut stehen. Wo genau muss ich lang? Mein Orientierungssinn ist eine Katastrophe. Warum bin ich Jasper blind gefolgt, ohne mir den Weg einzuprägen? *Weil du nicht angenommen hast, die Tüten allein nach Hause tragen zu müssen,* beantworte ich mir die Frage selbst. Wie naiv ich doch sein kann. Glücklicherweise befinden sich überall auf dem Campus Wegweiser. Ohne sie oder meine Freundinnen wäre ich häufig aufgeschmissen.

Direkt vor den Laboren entdecke ich einen und werfe einen Blick darauf. *Hauptgebäude.* Ich sehe in die Pfeilrichtung und erspähe tatsächlich das Gebäude in einiger Entfernung. Die Sonne hat sich inzwischen hinter eine dicke Wolkendecke verzogen, und ich bereue es, meine Jacke nicht doch von Jasper geholt zu haben. Wenn ich mir eine Erkältung einfange, werde ich ihm den Kopf abreißen oder besser ihn anstecken. Eine Grippe erscheint mir die gerechte Strafe für die katastrophale Wendung unseres Nachmittags.

Mit schnellen Schritten und schwerer werdenden Armen setze ich den Weg zu meinem Bungalow fort. Die Sonne geht gerade unter. Am Ende brauche ich über eine halbe Stunde, weil ich einmal quer über den Campus laufe. Ziemlich sicher mache ich einen riesigen Umweg und es gibt eine kürzere Strecke zwischen den einzelnen Bungalow-Komplexen.

Sobald ich im Warmen bin, stelle ich die Einkäufe in der Küche ab und habe ein Déjà-vu, nur ohne Jasper in der Nebenrolle. Vor weniger als zwei Stunden habe ich in einem identisch eingerichteten, aber deutlich besser aufgeräumten Raum gesessen und Jasper hat mich bekocht.

Seufzend krame ich in den Tüten nach der Tafel Schokolade und der Colaflasche. Anschließend hole ich mein Tablet vom Couchtisch, stapfe ins Badezimmer und lasse mir eine heiße Wanne ein. Aus meinem Zimmer schnappe ich mir den kleinen Beistelltisch und trage ihn ins Bad, stelle ihn neben die Badewanne und drapiere meine Zuckerüberdosis griffbereit darauf. Im Schrank suche ich nach Dions Badezusatz, auch wenn sie mich dafür killen wird, sobald sie herausfindet, dass ich mich ungefragt daran bediene. Aber ich brauche dringend etwas Lavendel für die Seele.

Grübelnd sehe ich mich in dem Raum um. Irgendwie fehlt hier noch das cozy Feeling. Ich stelle das Wasser ab und haste erneut in mein Zimmer. Kurzerhand hänge ich die Lichterkette ab, die ich um das Kopfteil meines Bettes gewickelt, aber seitdem noch nie eingeschaltet habe. Dann hole ich ein paar Kerzen, die Abbie für einen eventuellen Stromausfall gekauft hat. Sie ist eher pragmatisch als romantisch veranlagt.

Sobald ich alles zusammengesammelt und das Badezimmer fertig dekoriert habe, schäle ich mich aus meiner Kleidung und teste mit den Zehenspitzen die Wassertemperatur. Heiß! Aus Erfahrung weiß ich, dass meine Hände deutlich hitzebeständiger sind als meine Füße. Vor ein paar Jahren habe ich einen Crash mit einem Schrank erlebt, weil ich meinen Händen bezüglich der Wassertemperatur vertraut habe. Ich bin so schnell aus der Wanne geklettert, dass ich mit den nassen Füßen auf den Fliesen ausgerutscht bin und mit der Stirn in einem Schrank gebremst habe. Als Andenken versteckt sich nun eine zweifingerbreite Narbe unter meinem Haaransatz. Man lernt durchaus aus Schmerz.

Es ist wie mit Kindern, die erst auf die Herdplatte fassen müssen, um zu glauben, dass sie sich daran verbrennen können. Ich bin so ein Kind. Immer.

Erst nachdem ich kaltes Wasser in die Wanne gelassen habe, steige ich hinein und seufze wohlig. Nach wenigen Augenblicken setzt der Entspannungseffekt ein und vertreibt die Gedanken an den Scherbenhaufen, den ich in Manhattan zurückgelassen habe, und auch mein Frust über Jasper lässt nach. Ich nehme das Tablet vom Beistelltisch und starte einen Videocall mit Dion.

»Lass mich raten, es lief mit dem floralen Hemdträger nicht wie geplant?«, fragt sie grinsend, sobald ihr Gesicht auf dem Bildschirm erscheint.

»Könnte man so sagen«, antworte ich frustriert.

»Was ist denn schiefgelaufen?«, will sie wissen.

»Wenn ich das nur wüsste.« Ich gebe ihr eine kurze Zusammenfassung davon, was sich nach unserem spontanen Telefonat zugetragen hat.

»*Besetzt!*«, brüllt sie plötzlich.

»Wo bist du gerade?«, frage ich sie. Sie schwenkt ihr Handy und gewährt mir einen Blick auf ihre Umgebung. Ich muss lachen, weil sie in einer winzigen Toilettenkabine sitzt.

»Die Veranstaltung ist so lahm. Dillon hat sich bereits nach zehn Minuten mit Mathilda Stewart abgesetzt.«

»Ich dachte, das mit den beiden wäre längst vorbei.« Ihr großer Bruder ist vierundzwanzig, hat auf das College verzichtet und ist direkt ins Familienunternehmen eingestiegen. Bis vor wenigen Monaten war er mit der Hotelerbin liiert, bis sie ihn für einen DJ verlassen hat.

»Das dachte ich auch, aber das Biest weiß genau, wie sie ihn um den Finger wickelt, damit er ihr winselnd nachläuft.«

»Was ist mit Damian?«

»Der hat kurzfristig abgesagt. Angeblich hat er den Flieger verpasst, weil das Training länger gedauert hat. Er kommt somit erst morgen früh.« Damian ist zweiundzwanzig und Quarterback des Footballteams der University of Oklahoma. Der einzige Grund, warum die Carmichaels ihn nicht nach Waterbury geschickt haben, ist, dass es hier kein Team gibt und seine Chancen auf die NFL ins Nichts laufen würden.

»Das tut mir leid«, sage ich, weil ich weiß, wie sehr sie sich auf die Zeit mit ihren Brüdern gefreut hat.

»Alles halb so wild. Ich habe mich ein bisschen umgehört, um etwas über den Anderson-Spross herauszufinden.«

Sofort werde ich hellhörig. Dion ist eine Meisterin darin, Wahrheiten aus Klatsch und Tratsch herauszufiltern. »Und?«, frage ich ungeduldig.

»Angeblich ist er erst Ende August in den Staaten aufgetaucht, als seine Familie ihn nach Hause beordert hat, nachdem sein Profivertrag geplatzt ist. Wusstest du, dass er Cricket spielt? Total unsexy. Auf jeden Fall erzählt man sich, seine Familie hätte ihm vorerst den Geldhahn zugedreht und würde Jaspers Geldzufluss wohl nun an ein paar Bedingungen knüpfen.«

Ich bin also nicht die Einzige, deren Familie Bedingungen fürs Taschengeld stellt. Wir scheinen mehr gemeinsam zu haben, als ich angenommen habe. »Was für Bedingungen?«, hake ich nach.

»Tja, hier kann ich nur spekulieren. Da gibt es verschiedene Theorien, und ich habe keine Ahnung, was davon stimmen könnte, weil es über den Kerl mehr Gerüchte als Fakten gibt. Er ist wie ein Phantom. Das ist fast schon gruselig.«

Muss Dion immer so eine Spannung aufbauen? »Spuck es schon aus«, fordere ich sie auf.

»Okay! Gina von den Forsters sagt, er müsse einen Abschluss am Waterbury College machen und ins Familienunternehmen einsteigen. Jasper habe aber keinen Bock darauf und wolle so schnell wie möglich zurück nach England. April Brown hingegen meint, er solle bei den Fitzgeralds einheiraten, weil es um das Vermögen der Andersons nicht so gut stehe, wie alle annehmen, und er sei in Waterbury, um Zeit zu schinden.

Grant Taylor behauptet allerdings, das sei alles Bullshit und Jasper habe sich schon vor Jahren mit seiner Familie verworfen. Allerdings hat er keine Ahnung, warum Jasper tatsächlich in den Staaten aufgetaucht ist. Er ist meine zuverlässigste Quelle in Sachen Tratsch. Wenn er es nicht weiß, weiß es niemand.«

Im ersten Augenblick weiß ich gar nicht, was ich antworten soll. Das klingt alles so absurd und doch einleuchtend, weil es gar nicht so abwegig ist.

»Guck nicht so«, ermahnt mich Dion.

»Wie denn?«

»So als hätte der Typ dir jetzt schon das Herz gebrochen.«

»Natürlich nicht, ich frage mich nur, wie viel an den Gerüchten dran ist.« Alle Szenarien sind nicht besonders praktisch. England liegt nicht unbedingt um die Ecke, und ich könnte mir nicht vorstellen, woanders zu leben, sollte aus uns jemals etwas werden. Im Augenblick sieht es eher weniger danach aus. Eine arrangierte Ehe mit Ava Fitzgerald verspricht auch nicht gerade ein Happy End.

»Wenn irgendwas davon stimmt, solltest du ihn dir schleunigst aus dem Kopf schlagen«, sagt Dion und lächelt mir aufmunternd zu. Ja, da kann ich ihr nicht widersprechen. Aber leider kann man Gefühle auch nicht an- und ausknipsen, wie es einem beliebt. Hat er das mit »kompliziert« gemeint und »jemand wie ich war nicht geplant«? Plötzlich ergibt das alles einen Sinn.

»Hat es gerade an der Tür geklingelt?«, fragt Dion. Ich sehe in Richtung der offenen Badtür und lausche.

»Ich habe nichts gehört«, sage ich just in dem Augenblick, als es erneut klingelt.

»Erwartest du Besuch?«

»Nein.« Wieder klingelt es.

»Vielleicht solltest du nachsehen?«

»Jetzt? Draußen ist es stockdunkel. Was, wenn ein Campus-Killer hier sein Unwesen treibt und mich als sein nächstes Opfer auserkoren hat?«

»Gott, du klingst schon wie Abbie.«

»Abbie ist ziemlich clever«, merke ich an. Ihre Theorien mögen manchmal etwas abgedreht klingen, aber im Rahmen des Möglichen scheinen sie alle zu sein.

»Aspen, geh endlich zur Tür. Ich bleibe am Telefon. Sollte dich jemand um die Ecke bringen, werde ich dafür sorgen, dass man deine Leiche findet«, feixt sie. Weil sie ohnehin nicht nachgeben wird, bis ich nachgesehen habe, klettere ich aus der Wanne.

Ein erneutes Klingeln. Wer auch immer vor der Tür steht, hat einen Preis für Hartnäckigkeit verdient. Ich schlüpfe in den flauschigen Bademantel und werfe einen Blick in den schwach beleuchteten

Flur. Das ist der Moment in Filmen, bei denen man auf seinem Sofa sitzt und sich eine Handvoll Popcorn in den Mund schiebt, während man sich fragt, warum die Person so dumm ist und zur Tür geht. Einem selbst würde das nicht passieren, man würde den Killer nicht ins Haus lassen, weil man die Gefahr erkennt. Tja, so leicht kann man sich irren.

Ich schaue auf das Tablet, um mich zu versichern, dass Dion noch nicht aufgelegt hat.

»Was glaubst du, wer es ist?«

»Meinst du, ich würde mir gerade vor Angst in die Hose machen, wenn ich wüsste, wer vor der Tür steht?«, erwidere ich leicht genervt.

»Stimmt. Ist das spannend!«

»Möchtest du dir vielleicht noch etwas zum Knabbern für die Vorstellung besorgen?«, frage ich ironisch. So leise wie möglich schleiche ich zur Eingangstür.

»Und?« Dion wird langsam ungeduldig, als könne sie es nicht erwarten, dass ich einem Serienkiller zum Opfer falle. Kurz sehe ich mich nach etwas um, das notfalls als Waffe dienen könnte. Ein massiver Holzschuhlöffel fällt mir ins Auge. Besser als nichts.

»Ich stelle das Tablet jetzt auf dem Schuhschrank ab. Wenn ich schreie, ruf die Polizei«, weise ich Dion an. In der einen Hand den Schuhanzieher in Schlagbereitschaft, greife ich mit der anderen nach der Türklinke. Okay, los! Mit einem Ruck reiße ich die Tür auf.

»Du?«

29.

CAMERON

Erst sieht sie mich entsetzt an, und dann lacht sie ungehalten und so laut, dass es unangenehm in meinen Ohren scheppert. Was hat sie mit dem Schuhanzieher vor und warum trägt sie nur einen Bademantel? Ich zwinge mich, ihr ins Gesicht zu schauen und nicht darüber nachzudenken, dass sie darunter höchstwahrscheinlich nackt ist. Vielleicht war es keine gute Idee, unangemeldet vor ihrer Tür aufzutauchen.

»Ich bin ein Idiot«, murmle ich mehr zu mir selbst, sie hört mich dennoch und hebt abwehrend eine Hand. Was mache ich hier überhaupt? Sie hat mir den perfekten Ausweg angeboten und ich wollte die Chance auch ergreifen. Jedenfalls bis zu dem Zeitpunkt, als die Tür krachend ins Schloss gefallen ist und mich aus der Illusion gerissen hat, ich könnte sie einfach gehen lassen und so weitermachen, als wäre sie nie in meinem Leben aufgetaucht. Als würde sie nichts in mir auslösen. Würde mein Herz nicht höherschlagen lassen. Denn genau das geschieht, wann immer meine Gedanken zu ihr abdriften und sich eine andere Realität formen. Eine, in der sie sich in Cameron und nicht in Jasper verliebt.

»Warte kurz«, bittet sie, dreht sich um und verschwindet in den Flur. Da sie mir die Tür nicht direkt vor der Nase zuschlägt, schiebe ich sie etwas auf und sehe ihr nach. Sie nimmt ein Tablet von dem Schuhschrank. Ihre Freundin grinst mir breit vom Bildschirm entgegen, als sie mich bemerkt.

»Dion, ich lege jetzt auf, es ist kein Killer«, flüstert Aspen, vermutlich damit ich es nicht mitbekomme. Sobald sie sich wieder zu mir umdreht, trete ich einen Schritt zurück.

»Was machst du hier?«, fragt sie.

»Du hast deine Jacke vergessen«, antworte ich und reiche ihr das Kleidungsstück. Sie nimmt sie mir ab und hängt sie an die Garderobe.

»Und deswegen tauchst du mitten in der Nacht hier auf?«

»Es ist gerade mal acht«, merke ich an. Niemals würde ich auf die Idee kommen, sie nachts aus dem Bett zu klingeln. »Legst du den Schuhanzieher jetzt beiseite, oder hast du vor, mir damit eins überzubraten?«, frage ich, weil sie das Teil fest umklammert in ihrer Hand hält.

»Ich denke noch darüber nach«, sagt sie und grinst frech.

»Was dachtest du, wer vor der Tür steht, als du dich mit dem Ding da bewaffnet hast?«

»Keine Ahnung. Stalker, Serienkiller, Psychopath, ein lebensmüder Romeo.«

Bei der Vorstellung, Aspen würde mich mit dem Schuhlöffel im Anschlag über den Campus jagen, schleicht sich ein Schmunzeln auf meine Lippen. »Dann habe ich ja Glück, nichts von alledem zu sein.«

»Woher weißt du überhaupt, in welchem Bungalow ich wohne?«

»Ich bin dir gefolgt«, gebe ich zu und zucke mit den Schultern.

Ihre rechte Augenbraue wandert nach oben. »Sicher, dass du kein Stalker bist? Immerhin lauschst du an Badezimmertüren und lungerst vor Häusern herum«, zieht sie mich auf.

»Jetzt, da du es sagst, bemerke ich die Parallele.« Mit ihr herumzualbern ist so viel leichter als … ja, was denn eigentlich? Sie auf Abstand zu halten, sie an der Nase herumzuführen, mich zu verbiegen, ein anderer zu sein? Es ist so verdammt anstrengend und ich bin es so was von leid.

Aspens Miene wird nachdenklich. Ganz automatisch begebe ich mich in Alarmbereitschaft. Bei ihr habe ich ständig das Gefühl, nur einen Steinwurf davon entfernt zu sein, dass sie mich entlarvt oder ich ihr die Wahrheit beichte. Der fehlende Akzent, die Kontaktlinsen. Wie lange dauert es wohl noch, bis sie dahinterkommt? Vorhin hat es einen Moment gegeben, da habe ich tatsächlich in Erwägung gezogen, alles auf eine Karte zu setzen und sie einzuweihen. Allerdings kann ich es mir nicht leisten zu versagen und ich kenne Aspen zu wenig, um mein Schicksal in ihre Hände zu legen. Ich sollte schleunigst herausfinden, ob ich ihr vertrauen kann, bevor ich mich zu etwas hinreißen lasse.

»Möchtest du vielleicht reinkommen?«, fragt sie. Die Unsicherheit in ihrer Stimme ist nicht zu überhören. Will ich? Ja. Werde ich es tun? Auf gar keinen Fall.

»Nein. Es ist spät und du trägst nur einen Bademantel.« Gedanklich haue ich meine Stirn gegen den Türrahmen. Was genau wollte ich ihr damit jetzt sagen? Dass die Gefahr besteht, ich könnte sie aus dem Frotteestoff schälen? Vermutlich. Denn die Chance existiert tatsächlich, sollte ich einen Schritt über die Schwelle machen.

Schlagartig beschleunigt sich mein Puls, als sich das Kopfkino anbahnt. Wie würde sie reagieren, sollte ich die Initiative ergreifen, nach dem Gürtel greifen und den Knoten lösen? Würde sie mich von sich stoßen oder … Mein Blick heftet sich auf ihren Mund, und ich bereue es sofort, als sie beginnt, auf ihrer Unterlippe herumzukauen. Scheiße!

Um mich davon abzuhalten, etwas wirklich Dummes zu tun, schiebe ich meine Hände in die Jackentaschen und balle sie zu Fäusten. »Okay, ich geh dann mal«, sage ich, bleibe aber wie festgewachsen stehen. *Idiot!*

Stumm flehe ich sie an, mich wegzuschicken, weil ich nicht dazu in der Lage bin, es selbst zu tun. Mich umzudrehen, einen Fuß vor den anderen zu setzen und zurück zu Bungalow Nummer 111 zu gehen. Stattdessen fühlt es sich an, als würden meine Beine sich nur in eine Richtung bewegen wollen. Und zwar auf Aspen zu. Das ist gar nicht gut.

Du brauchst das Geld, du kannst das hier nicht vermasseln.

Nicht mehr lange und du bist all deine Sorgen auf einen Schlag los. Du wirst das nicht wegen ein bisschen Herzklopfen aufs Spiel setzen. So dumm bist du nicht, rufe ich mir in Erinnerung. Ein verräterisches Lachen frisst sich durch mein Bewusstsein und verhöhnt mich, weil mein Verstand es besser weiß.

Hoffnungsvoll sieht sie mich an. Sie will nicht, dass ich gehe. *Komm schon, Aspen, schlag mir die Tür vor der Nase zu.* Ich fixiere ihr Gesicht.

»Du hast recht, es ist spät und du solltest gehen«, wirft sie mir das Rettungsseil zu, das ich dringend ergreifen sollte. Sie hat ein unglaubliches Gespür dafür, wann ich mich in einer Situation unwohl fühle. Das ist fast so beängstigend, wie es faszinierend ist.

Statt zu antworten, nicke ich. Im Augenblick traue ich mir selbst nicht über den Weg. Die Worte könnten in eine andere Richtung abzielen, als mein Verstand beabsichtigt. Bevor ich doch noch einknicke und die Distanz zwischen uns überbrücke, sie mit dem Rücken gegen die Tür presse, um meine Lippen auf ihre zu drücken, drehe ich mich um und gehe die Auffahrt hinunter.

»Gute Nacht, Romeo«, ertönt ihre Stimme hinter mir neckend. Ganz automatisch beginne ich zu grinsen. Es ist mir tausendmal lieber, wenn sie mich so nennt statt Jasper. Aber ich frage mich, wie es klänge, würden ihre Lippen den Namen *Cameron* formen.

»Träum was Schönes, Julia«, sage ich über meine Schulter hinweg. Am Ende komme ich genau zehn Schritte weit, bis ich einknicke und mich noch mal zu ihr umdrehe. Sie will gerade ins Haus gehen. »Hey, Aspen?«

»Ja?«, erwidert sie hoffnungsvoll. Als würde ich dieser Frau jemals entkommen. Es ist nahezu lächerlich, dass ich es überhaupt probiere.

»Der nächste Versuch klappt besser, versprochen«, sage ich und hoffe, dass ich die Entscheidung nicht bereuen werde. Aber wenn du den Feind nicht besiegen kannst, verbünde dich mit ihm. Stellt sich nur die Frage, wie das Bündnis letztendlich aussehen wird.

»Okay.« Warum klingt dieses einzelne Wort bei ihr nach so viel mehr?

Du bist so was von am Arsch, Cameron Monroe!

* * *

Von Aspens Bungalow bis zu meinem brauche ich eine knappe halbe Stunde. Sobald ich hinter mir abgeschlossen habe, gehe ich ins Badezimmer und fummle die Kontaktlinsen heraus, hole meine Brille aus dem Schlafzimmer und setze sie auf. Es ist kurz vor elf, als ich mich auf das Sofa fallen lasse und mir den Kopf darüber zerbreche, welche Möglichkeiten mir bleiben. Ich nehme das iPhone vom Couchtisch und versuche erneut, Jasper zu erreichen, rechne mir aber keine großen Chancen aus, dass er diesmal abnimmt.

»Cam, hast du Sehnsucht nach meiner herzallerliebsten Stimme oder steckst du in Schwierigkeiten?«

Wow, er ignoriert meine Anrufe nicht mehr, aber warum klingt er, als würde ihn Option zwei amüsieren?

»Warum hast du mich wirklich hierhergeschickt?«, frage ich ihn nicht zum ersten Mal.

»Wenn ich dir das verrate, müsste ich weitere fünfzigtausend in einen Auftragskiller investieren«, scherzt er und weicht damit wieder einmal einer Antwort aus. »Also, Cam, was verschafft mir die Ehre?«, hakt er nach, weil er weiß, dass ich nach dem geplatzten Datingspiel nicht anrufe, um freundschaftlich mit ihm eine Runde zu plaudern. Weil wir alles andere als Freunde sind. Ich kann ihn und seine selbstgefällige Art nicht ausstehen.

»Erinnerst du dich daran, als ich dich nach Aspen Hill gefragt habe und du sagtest, du würdest sie nicht kennen?«

»Klar. Macht sie Schwierigkeiten?«, will er wissen und klingt jetzt um einiges ernsthafter.

»Nicht direkt«, äußere ich vage.

»Bleib mal kurz dran, ich muss hier fix was loswerden.« Ein

Rascheln ertönt, gefolgt von einem leisen Fluchen, das nicht nach Jasper klingt. »Zeit zu gehen, Schätzchen«, höre ich ihn gedämpft sagen. Weniger gedämpft ist die plötzlich einsetzende Schimpftirade, die eindeutig weiblichen Ursprungs ist.

Schmeißt er gerade meinetwegen sein Date raus? Er hätte auch sagen können, wenn es im Augenblick etwas ungünstig ist und ich später noch mal anrufen soll. Eine Tür fällt ins Schloss und erinnert mich an eine Situation, die ich vor wenigen Stunden selbst erlebt habe. Mein Instinkt sagt mir, Jasper ist nicht der Typ, der einer Frau nachläuft, um ihr die Jacke hinterherzutragen.

»So, was ist jetzt mit der kleinen Hill?« Ich zucke tatsächlich zusammen, als seine Stimme plötzlich laut und deutlich in mein Ohr dringt.

»Warum hast du mir nicht gesagt, dass eure Familien sich nicht riechen können?« Keine Ahnung, warum mich ausgerechnet diese Sache beschäftigt und ich ihn danach frage. Im Grunde ist es völlig irrelevant, weil es nicht das Verhältnis zwischen Aspen und mir betrifft. Es ist nicht so, dass sie Jasper zwangsläufig nicht ausstehen kann, nur weil ihre Familie ein Problem mit den Andersons hat. Denn wäre es so, hätte ich eine Sorge weniger.

»Ist das so? Dann weißt du mehr als ich«, antwortet er ohne jeglichen Zynismus, den er für gewöhnlich an den Tag legt. Vielmehr klingt er erschöpft. Ähnlich müde, wie ich es war, bevor ich nach Waterbury aufgebrochen bin. Eine Müdigkeit, die man nicht mit ausreichend Schlaf in den Griff bekommt.

»Verarschst du mich gerade?«, zische ich genervt, weil ich ihm das nicht abnehme. Auf seine manipulativen Spielchen habe ich keinen Bock.

»Nein. Ich habe die letzten zehn Jahre in England verbracht. Entschuldige bitte, wenn mir der Gossip der High Society am Arsch vorbeigegangen ist.« Da spricht eine gehörige Portion Frust aus ihm. Jetzt glaube ich ihm doch. Zu gerne würde ich nachhaken, aber Jasper hat die Eigenschaft, nur Informationen über sich mit mir zu teilen, die einen Nutzen für ihn haben. Ich nehme an, sein Groll, den er offensichtlich hegt, gehört nicht dazu.

»Du bist ihr wirklich nie begegnet?«

»Cam, ich wiederhole mich ungern, wenn du also nur vorhast, meine Zeit mit Fragen zu verschwenden, die ich bereits beantwortet habe, lege ich jetzt auf.«

»Fick dich, Anderson!«, rutscht es mir heraus. Boah, er ist so ein arrogantes Arschloch. Es würde mich nicht wundern, wenn ihn niemand ausstehen kann. Ich würde ihm nämlich gerne jedes Mal die Fresse polieren, sobald er so mit mir spricht. Als wäre ich ein kleiner, dummer Junge, dem er die Welt erklären muss. Das muss er ganz gewiss nicht. Ich bin schneller erwachsen geworden, als mir lieb gewesen ist. Wenn man von einem Tag auf den anderen für seine Geschwister verantwortlich ist, lernt man auf unschöne Weise, worauf es im Leben wirklich ankommt.

»Okay, lass uns das Ganze abkürzen, denn ich habe so eine Theorie, in welcher Zwickmühle du gerade steckst. Du bist scharf auf die Hill und hast keine Ahnung, ob du sie in meinem Namen flachlegen darfst. Deswegen hast du auch beim Datingspiel hingeschmissen. Weil du ein Kerl mit Gewissen bist. Die Antwort ist, es ist mir scheißegal. Wenn du sie vögelst, gib mir eine Info, damit ich weiß, wofür ich die Ohrfeige kassiere, sollte ich ihr jemals begegnen.«

Schockiert klappt mein Mund auf. Das kann unmöglich sein Ernst sein. Ich habe keinen Schimmer, was ich darauf antworten soll.

»Ich will Aspen nicht flachlegen, und ich habe hingeschmissen, weil das Spiel absolut dämlich ist«, sage ich, sobald ich meine Sprache wiederfinde.

»Die Sache ist also ernster, als ich angenommen habe. Du hast dich in die Kleine verknallt«, schlussfolgert er und lacht. Kein amüsiertes Lachen, sondern eins, das nach *Was für ein Bullshit* klingt. Wie kann er von meiner Antwort zu so einer Schlussfolgerung gelangen?

»Habe ich nicht«, protestiere ich und höre selbst, wie wenig glaubhaft meine Worte klingen. Ich mag sie, aber verknallt?

»Ich halte dich für clever genug, dass du nicht versuchst, mich an der Nase herumzuführen, während du meine Hilfe beanspruchst. Wir würden dieses Gespräch nicht führen, wäre es nicht so.« Verdammt, da kann ich ihm nicht einmal widersprechen. Wir sprächen nicht über Aspen, würde sie keine Rolle spielen. »Du weißt hoffentlich, wie dumm das ist, Cam?«

Es ist das eine, wenn man weiß, dass man sich gerade in die falsche Person verliebt, etwas ganz anderes, es unter die Nase gerieben zu bekommen. »Ja«, antworte ich kleinlaut. Warum sollte ich abstreiten, was für ihn anscheinend längst offensichtlich ist. Die Energie kann ich mir sparen und stattdessen in eine Lösung dieses Problems investieren. Wenn ich nur wüsste, wie man Gefühle wieder ausknipst.

»Hör zu, ich sage das wirklich nur ungern, aber sie hält dich für mich. Ob du es glaubst oder nicht, der Name trägt maßgeblich zur Attraktivität bei. Was denkst du, wie hoch wäre ihr Interesse, würde Cameron Monroe aus Bellbrook vor ihr stehen, der über dreihundert Dollar auf seinem Konto verfügt und dessen Familie einen Haufen Schulden bei der Bank hat?«

Ich wünschte, ich würde mich durch seine Worte beleidigt fühlen, aber so ist es nicht. Er spricht lediglich aus, was ich mich selbst schon hundertfach gefragt habe, und gleichzeitig gibt er mir damit die Antwort, nach der ich gesucht habe, die ich aber nicht wahrhaben will.

Ich habe gerade mit Aspen einen Pakt geschlossen, und ich habe nicht vor zu scheitern, bevor ich es überhaupt versuche.

»Erklärst du mir nun, was es mit *Be My Date* auf sich hat und warum ich unbedingt daran teilnehmen sollte? Und nur damit das direkt klar ist, ich werde auf keinen Fall weiterspielen. Versuch also gar nicht erst, mir etwas aufzutischen oder mich abzuwimmeln«, weiche ich seiner Frage aus und lenke das Thema auf unser letztes Telefonat.

»Ich würde das wirklich ungern am Telefon besprechen.«

»Dann beweg deinen Arsch hierher«, zische ich und weiß selbst, dass es viel zu riskant wäre. »Oder wir treffen uns irgendwo außerhalb des Colleges«, biete ich ihm eine Alternative für ein klärendes Gespräch an.

»Alles zu seiner Zeit, Cam.«

Ich hasse es, wenn er mich so nennt. Aber noch mehr hasse ich es, wenn er einfach auflegt, so wie in diesem Augenblick.

30.

ASPEN

Ungeduldig warte ich darauf, dass die Nachricht aufploppt, die mir mitteilt, dass Jasper sich zu unserem Date eingeloggt hat. Noch habe ich die Hoffnung nicht aufgegeben, dass der Plan aufgeht und ich herausfinde, was hier gespielt wird. Allerdings werde ich meine Strategie ändern. Statt verhindern zu wollen, dass er herausfindet, dass ich sein Perfect Match bin, setze ich darauf, dass genau das passiert. Ich werde ihm Brotkrumen hinwerfen und schauen, ob er sie schluckt.

Dieses Umeinanderherumgetänzel wird allmählich anstrengend. Es ist frustrierend zu spüren, dass dich jemand will und du keine Ahnung hast, wie du ihm klarmachen kannst, dass nichts falsch daran ist, so zu fühlen. Unser einziger Fortschritt der vergangenen Wochen besteht darin, dass er nicht mehr das Weite sucht, aber auch nicht unbedingt meine Nähe. Wir schweben irgendwo zwischen Freundschaft und flüchtigen Bekannten. Als würden wir Tauziehen betreiben und wären nicht sicher, wer am Ende gewinnt.

Dein Perfect Match ist online.

Sofort klicke ich auf die lila Tür, die mich zu unserem nächsten Date bringt. Ein Autokino. Interessant. Jaspers verschwommene Gestalt erscheint. Wüsste ich nicht, dass er es ist, würde ich im Traum nicht darauf kommen, wer dieser verwaschene Schatten sein soll. Es wird vermutlich alle fünf Dates brauchen, damit der Avatar sich vollständig zeigt. Die hintere Autotür öffnet sich.

Dein Date bietet dir den Platz auf der Rückbank an. Wenn du damit nicht einverstanden bist, wähle einen anderen Sitzplatz aus.

Okay, das wundert mich etwas. Nach dem letzten Date hätte ich darauf gesetzt, dass er den Fahrersitz wählt. Höflich distanziert und vorsichtig, aber ganz sicher nicht offensiv. Dann schauen wir mal, was er heute für ein Ziel verfolgt. Ich entscheide mich für *Annehmen*. Keine Sekunde später sitze ich im Inneren eines SUVs und Jasper taucht neben mir auf. Aus der Spielperspektive ist die Leinwand nicht sonderlich gut zu sehen. Aber normalerweise sitzt man in einem Autokino auch nicht auf der Rückbank und schaut sich einen Film an. Dort landet man eher aus anderen Motiven.

Was möchtest du dir ansehen?

Dirty Dancing.

Days of Thunder.

Was für eine Frage. Kein Film eignet sich besser für ein Date als *Dirty Dancing*. Was mich allerdings etwas verwirrt, ist die Tatsache, dass *Days of Thunder* nicht Jaspers Lieblingsfilm ist. Danach habe ich ihn nämlich bei unserer Fragerunde gefragt und seine Antwort lautete *The Lord of the Rings*. Mein erster Gedanke ist daraufhin gewesen, dass gemeinsame Filmabende dann wohl ausfallen, weil ich mit Fantasy nichts anfangen kann und realistische Filme bevorzuge.

Dein Date hat sich für Days of Thunder *entschieden. Wie löst du diesen Konflikt?*

Das Chatfenster öffnet sich.

Mecaron: Ich werde auf keinen Fall Dirty Dancing schauen. Der Film ist lahm und die Musik furchtbar.

Ich kneife die Augen zusammen, während ich fieberhaft nachdenke. Hat er nicht behauptet, er habe den Film noch nie gesehen? Tischt er mir gerade absichtlich Unwahrheiten auf oder hat er sie mir schon die ganze Zeit untergeschoben? Er verwirrt mich gerade zunehmend.

Hazelnut: Das ist ein Klassiker und die Filmmusik ist großartig.

Hazelnut: Days of Thunder ist mir zu viel Männer-Ego.

Mecaron: Du hast also ein Problem mit ehrgeizigen Männern?

Hazelnut: Das habe ich nicht gesagt, aber der Film ist der reinste Schwanzvergleich.

Mecaron: Ist das so? Ich finde Nicole Kidman in dem Film ganz nett.

Irritiert starre ich auf den Bildschirm. Was ist denn in ihn gefahren? Provoziert er mich absichtlich? Ich werfe einen Blick auf die Auswahlmöglichkeiten.

Du gibst nach.

Du versuchst, dein Date höflich zu überreden.

Du zwingst deinem Date deinen Willen auf.

Tendenziell bin ich für Möglichkeit C, weil er sich so komisch aufführt. Allerdings könnte das nach hinten losgehen und dieses Date in einer Katastrophe enden lassen. Wenn man bedenkt, dass so ziemlich jedes Aufeinandertreffen von uns beiden zwangsläufig in irgendeinem Desaster endet, sobald wir die geschaffene Sicherheitszone verlassen und einen Blick über den Tellerrand werfen, um herauszufinden, was uns abseits davon erwartet. Was wir zusammen haben könnten, aber nicht zu greifen bekommen.

Mecaron: Sorry, hatte einen miesen Tag.

Hazelnut: Willst du darüber reden?

Der Illusion, er könnte sich darauf einlassen, gebe ich mich gar nicht erst hin. Der virtuelle Jasper ist genauso verschlossen wie der reale. Vielleicht ist er einfach so. Nicht jeder trägt sein Herz auf der Zunge. Er bevorzugt es offenbar, die Dinge mit sich selbst auszumachen.

Mecaron: So schlimm war er auch wieder nicht, dass ich mich bei dir ausheulen muss.

Hazelnut: Wenn du es dir anders überlegst, ich kann sehr gut zuhören.

Mecaron: Vielleicht komm ich darauf zurück, wenn ich so einen richtig miesen Tag hatte und getröstet werden will. Dann darfst du gerne bei mir vorbeikommen und den Job übernehmen. 😉

Mehrfach lese ich seine Antwort. Will er mich verarschen oder was soll das werden? Mir gefällt sein Ton ganz und gar nicht. Der passt überhaupt nicht zu ihm. Was erwartet er darauf bitte für eine Reaktion? Wäre er gerade hier, könnte es passieren, dass er von mir eine Ohrfeige kassiert.

Hazelnut: 🙄

Mecaron: 🤣

Mecaron: Du willst also Dirty Dancing schauen?

Hazelnut: Eigentlich ist es mir egal, weil wir den Film ja nicht wirklich ansehen.

Mecaron: Stimmt, aber säßen wir jetzt tatsächlich in einem Autokino, würde ich mit meiner Filmauswahl nicht punkten, richtig?

Hazelnut: Nein, wohl eher nicht.

Mecaron: Dann würde dieses Date damit enden, dass ich alleine nach Hause gehe?

Hazelnut: Wahrscheinlich, ja.

Mecaron: Das wäre schade.

Hazelnut: Warum?

Mecaron: Ich schlafe ungern allein.

Was zum … Flirtet er mit mir oder provoziert er mich? Ich bin mir da nicht ganz sicher.

Er benimmt sich extrem seltsam. *Während ich fassungslos auf die Chatnachricht starre, ploppt eine Information auf.*

Dein Date hat seine Meinung geändert. Der Film startet in wenigen Augenblicken.

Die Filmmusik setzt ein und auf der Leinwand flackern die ersten Bilder auf.

Mecaron: Hat es dir die Sprache verschlagen?

Ja, irgendwie schon. Heute geht er mir auf die Nerven.

Hazelnut: Ich will den Film sehen.

Mecaron: Den Film, der gar nicht läuft?

Hazelnut: Würden wir in einem Autokino sitzen, würde ich jetzt in Ruhe den Film sehen wollen.

Mecaron: Ist das so? Warum sitzt du dann auf der Rückbank und nicht auf dem Vordersitz, wo man eindeutig besser sieht?

Hazelnut: Das frage ich mich auch gerade. Gibt es einen Button, um den Platz zu wechseln?

Mecaron: Autsch!

Mecaron: Okay, was habe ich falsch gemacht?

Hazelnut: Vielleicht benimmst du dich wie ein Idiot?

Mecaron: Eventuell entspricht das meiner Persönlichkeit?

Hazelnut: Dann bist du nicht sehr sympathisch.

Mecaron: Ja, das höre ich öfter.

Hazelnut: Wundert mich nicht.

Mecaron: Du brichst mir gerade das Herz.

Hazelnut: Das bezweifle ich.

Mecaron: 😂 Erwischt.

Mecaron: Ich nehme an, meine Chancen, dass du auf der Rückbank näher an mich heranrückst, sind nicht besonders hoch, oder?

Hazelnut: Nein. Im Augenblick sind sie das nicht.

Mecaron: Gut, dann klicke ich wohl besser auf Annäherungsversuch ablehnen.

Hazelnut: Es ist nicht der Sinn des Spiels, dass du deine Interaktion vorher mit mir absprichst.

Mecaron: Ich weiß, erhöht aber meine Chancen, dass du nicht sofort den Button unten rechts klickst.

Und damit entlockt er mir tatsächlich ein Lachen. So ein Mistkerl!

Mecaron: Okay, lass uns das anders angehen. Ich nehme an, du hast die Möglichkeit, den Film nebenbei zu streamen, oder?

Hazelnut: Was hast du vor?

Mecaron: Wir schauen den Film tatsächlich.

Hazelnut: Du willst dir Dirty Dancing ansehen? Jetzt? Also, so richtig?

Mecaron: Sieh es als Zeichen meines guten Willens, damit das hier nicht in einem Desaster endet, oder hast du etwas Besseres vor?

Hazelnut: Ist das nicht gegen die Regeln?

Mecaron: So, wie ich das verstanden haben, sollen wir Zeit miteinander verbringen, um uns kennenzulernen. Also warum die Sache nicht etwas realistischer gestalten?

Da hat er nicht ganz unrecht. In einem virtuellen Autokino zu sitzen, ist nicht besonders spannend. Und wenn ich ihn damit bei der Stange halten kann, warum nicht?

Hazelnut: Okay. Gib mir fünf Minuten.

Sobald mein Laptop startklar ist, gebe ich ihm ein Zeichen, dass es losgehen kann. Da ich den Film inzwischen mitsprechen kann, konzentriere ich mich auf das Tablet.

Mecaron: Was magst du an dem Film?

Hazelnut: Er ist romantisch. Die Musik ist toll. Ich mag Tanzfilme.

Mecaron: Tanzt du selbst oder interessierst du dich nur dafür?

Hazelnut: Zählt unkontrolliertes Herumhopsen?

Mecaron: Nein. Du belegst demzufolge keinen der künstlerischen Kurse?

Hazelnut: Du bist ziemlich neugierig.

Mecaron: Ich versuche nur herauszufinden, mit wem ich es zu tun habe.

Da sind wir schon zwei. Denn ich würde zu gerne wissen, warum er sich plötzlich so eigenartig benimmt. Ich beschließe, das Spiel ein bisschen mitzuspielen, ohne zu viel zu verraten.

Hazelnut: Vielleicht besuche ich einen der Kurse. Besorgst du dir jetzt die Teilnahmelisten, um herauszufinden, wer ich bin?

Mecaron: Ja, das wäre mein nächster Schritt. 😈

Hazelnut: Was ist mit dir, besuchst du einen dieser Kurse?

Mecaron: Nein, nicht wirklich.

Okay, warum lügt er so offensichtlich? Ich krame in meinem Hirn nach etwas, das ich über Jasper weiß, finde aber nichts, mit dem ich mich nicht selbst entlarven würde.

Hazelnut: Was hast du für das verlängerte Wochenende geplant? Wirst du mit einem Eimer von Tür zu Tür ziehen und Süßigkeiten einsammeln? 😉👻

Mecaron: Süßigkeiten passen nicht in meinen Ernährungsplan. Ich werde einem Freund einen Besuch abstatten. Und du? Verkleidest du dich als Kürbis? 🎃

Hazelnut: Aber du magst Zuckerwatte, die ist auch süß. Ich gehe mit meinen FreundInnen auf eine Halloweenparty. Nicht als Kürbis. 🧚‍♀️

Damit lehne ich mich ein gutes Stück aus dem Fenster, denn Jasper weiß, dass ich mit Abbie und Dion das Wochenende in New York verbringe. Wir haben auch über mein Kostüm gesprochen, und er hat mich damit aufgezogen, dass ich lieber als Hexe gehen solle, das passe besser zu meinem Naturell. Allerdings haben wir nicht über seine Pläne gesprochen, weil er wieder einmal unser Gespräch umgelenkt hat. Die Angewohnheit hat er nach wie vor nicht abgelegt. Wird es zu privat, ändert er die Richtung.

Mecaron: Welche Party? Vielleicht komme ich vorbei und suche nach meiner Fee …

Hazelnut: Netter Versuch.

* * *

Als ich den Laptop zuklappe, schwirrt mir der Kopf. Nach dreißig Minuten hat er sich mit den Worten, ihm sei spontan etwas dazwischengekommen, verabschiedet und unser Film-Date abgebrochen. Ich habe allerdings eher das Gefühl, er hätte alle Antworten bekommen, die er von mir haben wollte. Im Gegenzug hat er zwar meine Fragen beantwortet, allerdings klang es nicht nach ihm. Dieser Jasper ist deutlich kommunikativer, neugieriger, sarkastischer und extrem arrogant. Und so gar nicht mein Fall.

»Hey, warum guckst du so angefressen?«, fragt Abbie, die im Türrahmen steht und sich dagegenlehnt.

»Ich hatte ein Date mit Jasper.«

»Und? Wie ist es gelaufen?« Abbies Perfect Match hat bereits beim ersten Date den »Never Be My Date«-Button gedrückt, weil sie sich mehr für den Spielaufbau als für ihr Date interessiert hat. Sie hat es mit Fassung getragen, aber ich bin sicher, das Ganze wurmt sie ein bisschen.

»Er war seltsam.« Ja, das war er wirklich. Anders lässt es sich nicht beschreiben.

»Inwiefern?«, hakt Abbie nach.

»Keine Ahnung, als hätte er sich selbst ausgetauscht. Er hat mich mit Fragen gelöchert. Jasper macht das nicht. Er stellt keine Fragen. Jedenfalls nicht so.«

»Wie stellt er sie denn dann?«

»Anders halt«, antworte ich und zucke mit den Schultern.

»Glaubst du, er ahnt was?«, will sie wissen.

»Nein, dafür waren seine Fragen zu unspezifisch. Das war so unglaublich schräg, als wäre er ein völlig anderer Typ.« Ich springe vom Bett und haste in den Flur.

»Wo willst du denn hin?«

»Ich statte ihm einen Besuch ab und gehe der Sache auf den Grund.«

»Und wie genau willst du das anstellen?« Das ist eine wirklich gute Frage. Ich kann unmöglich an seine Tür klopfen und damit herausplatzen, was das für eine Nummer gewesen ist, ohne ihm zu erklären, wie ich darauf komme. Mist!

»Bist du dir wirklich sicher, dass dein Kontakt keinen Fehler gemacht hat?« Denn das ist die einzige plausible Erklärung, die mir dafür einfällt.

»Ganz sicher. Wenn nicht versehentlich jemand die Daten falsch in das System eingespeist hat, ist der Typ auf der anderen Seite Jasper Anderson«, versichert Abbie mir, dass kein Zweifel an seiner Identität besteht.

Dennoch, irgendwas stimmt mit ihm nicht. Ich werfe einen Blick auf die Uhr. Es ist bereits nach zehn. Vielleicht ist es nicht die beste Idee, ohne einen richtigen Plan bei ihm aufzutauchen und zu improvisieren. Das würde schiefgehen.

»Wo ist eigentlich Dion?«, frage ich Abbie, weil ich sie seit dem gemeinsamen Mittagessen nicht mehr gesehen habe.

»Trifft sich mit Henry.«

»Also ist das mit den beiden doch ernster?«

»Keine Ahnung. Ich leg mich hin, oder muss ich aufpassen, dass du nicht doch zu Jasper rennst und ihn zur Rede stellst?«

»Nein, ich muss erst darüber nachdenken, wie ich die Sache angehe, ohne dass er misstrauisch wird.«

»Okay, dann gute Nacht.«

»Gute Nacht.«

Noch eine ganze Weile liege ich wach und grüble. Aber alle Fäden, die ich spinne, laufen am Ende immer in demselben Ergebnis zusammen. Wenn er nicht zufällig über eine Jekyll-und-Hyde-Persönlichkeit verfügt, kann der Typ unmöglich Jasper sein.

* * *

Mein Blick ruht auf Jasper, der konzentriert mit einem Bleistift Linien auf einem Blatt Papier zieht. Zeichnet er etwa? Als hätte er meinen Blick bemerkt, sieht er auf. Sein linker Mundwinkel verzieht sich zu einem Schmunzeln. Heute wirkt er seltsam entspannt. Ich habe ihn sogar dabei erwischt, wie er bei einem von Einsteins flachen Witzen in sich hineingegrinst hat. Bevor unser Blickkontakt unangenehm wird, sieht er wieder auf das Blatt Papier.

Seit dreißig Minuten hält der Professor bereits einen Monolog über die Entwicklung des Aktienmarktes der letzten zwanzig Jahre. Henson redet gerne über Dinge, die in der Vergangenheit liegen, und gerät regelmäßig darüber ins Schwärmen, wie viel besser es irgendwann mal war. Ich wünschte, ich könnte ihm da zustimmen. Wenn ich in die Vergangenheit zurückblicke, frage ich mich unweigerlich, wie viel davon der Wahrheit entspricht. Ob ich zu naiv war, um Dinge mitzubekommen, oder ob ich absichtlich blind war. Wahrscheinlich von beidem ein bisschen. Es ist deutlich leichter, an der Vorstellung eines Menschen, den man liebt, festzuhalten, als sie loszulassen. Und hätte er sie mir nicht so überraschend aus den Händen gerissen, würde ich immer noch glauben, dass es diesen Menschen gibt, den mein Dad mir so erfolgreich verkauft hat.

»Du starrst«, sagt Abbie. Ich blinzle. Wie so oft in letzter Zeit sind meine Gedanken abgedriftet, ohne dass sie eine allumfassende Erkenntnis offenbaren. Es ist zermürbend. Mein Fokus landet auf Jasper, der mich mustert. Intensiv. Neugierig und eine Spur besorgt.

Als Abbie mir gegen die Schulter schnippt, löse ich meinen Blick von ihm und sehe sie an. Dion dreht sich mit dem Handy in der Hand ebenfalls zu mir um.

»Warum grinst du so?«, will ich wissen. Dieses Grinsen kenne ich, das heißt, sie hat etwas mit uns vor und wir werden nicht drum herumkommen.

»Erstens: Mein Social-Media-Account gehört endlich wieder mir. Halleluja. Ich habe schon gar nicht mehr daran geglaubt. Und zweitens: Du hast Samstag einen Termin bei Giovanni. Das war gar nicht so einfach. Du schuldest mir etwas, Darling, denn eigentlich ist er die nächsten acht Wochen ausgebucht.«

»Wer ist Giovanni?«, fragen Abbie und ich synchron.

»Giovanni wird das hier«, sie zieht leicht an einer meiner Haarsträhnen, »wieder in Ordnung bringen. Du entwickelst allmählich eine Wischmopptendenz. So kannst du keinesfalls auf die Halloweenparty gehen, außer du gehst als Hexe.«

»Du schickst mich zum Friseur?« Ich gebe es ungern zu, aber Dion hat recht. Das auf meinem Kopf könnte dringend etwas Zuwendung gebrauchen. Um solche Sachen hat sich meine Mom immer gekümmert. Sie hat entschieden, wann ich eine anständige Haarkur brauche. Es wird Zeit, die Dinge selbst in die Hand zu nehmen. Das klingt nach einem guten Plan.

Dion wirkt nachdenklich. »Auf den Winterball kannst du so auch nicht gehen. Schade, dass Giovanni davor keinen Termin mehr frei hat, aber wir werden da schon etwas zaubern.«

»Um ehrlich zu sein, will ich überhaupt nicht zum Ball gehen.« Mein Blick huscht zu Jasper.

»Aber mit ihm würdest du hingehen«, neckt mich Abbie, als sie mich schon wieder dabei erwischt, wie ich ihn ansehe. Das Thema Winterball ist bisher in keinem unserer Gespräche aufgekommen, aber ich glaube nicht, dass Jasper scharf auf eine Tanzveranstaltung ist, und ich bin es auch nicht. Dennoch habe ich mich schon bei dem Gedanken ertappt, wie es wäre, würden wir gemeinsam hingehen. Um nicht auf Abbies Frage antworten zu müssen, wechsle ich bewusst das Thema.

»Wie verrückt findet ihr die Theorie, dass er gar nicht Jasper Anderson ist?« Nach dem gestrigen Date habe ich mir stundenlang den Kopf zerbrochen und alle möglichen Szenarien durchgespielt. Und eins davon ist, dass er nicht der ist, der er vorgibt zu sein, weshalb er versucht, alles abzublocken, was ihn auffliegen lassen könnte. Dieses Szenario hält sich im Augenblick im Ranking an der Spitze. Aktuell auf Platz zwei: Der virtuelle Jasper zeigt sein wahres

Ich, während der reale es versteckt und weniger aufdringlich und nervtötend ist. Ich schwanke also zwischen Jekyll-und-Hyde-Persönlichkeit und Identitätsdiebstahl.

»Und wer ist er dann, deiner Meinung nach?«, fragt Dion interessiert. Von ihr hätte ich eigentlich erwartet, dass sie mich für übergeschnappt hält. Auf der anderen Seite ist sie einer guten Verschwörungstheorie nie abgeneigt.

»Keine Ahnung, aber bei ihm passt so vieles nicht zusammen.«

»Was genau meinst du?« Abbie hält mich also auch nicht für verrückt. Vielleicht bin ich doch nicht auf dem Holzweg.

»Zum Beispiel, dass er überhaupt keinen Akzent hat. Wenn er bis vor wenigen Monaten noch in England gelebt hat, müsste er dann nicht einen haben? Das legt man doch nicht so schnell ab. Er meinte, er hätte ihn sich abtrainiert, aber so perfekt? Der Akzent müsste doch hin und wieder durchblitzen. Oder dass er so typisch amerikanische Dinge mag. Sollte er nicht eher britische Sachen mögen?«

»Was ist denn deiner Meinung nach typisch britisch?«, fragt Abbie nach.

»Keine Ahnung, Tee trinken, Bond-Filme anschauen und keinen Humor haben.«

»Ich bin mir sicher, Briten trinken nicht nur Tee, und sie haben Mr Bean«, merkt sie an.

»Mal angenommen, an deiner Theorie – also wirklich ganz rein hypothetisch – ist etwas dran, warum sitzt der Kerl dann als Jasper Anderson getarnt in einem Wirtschaftskurs?«

»Das ist der Punkt, an dem meine Theorie hakt«, gebe ich zu, denn ich habe keinen blassen Schimmer, was die Antwort auf diese Frage sein könnte.

31.

ASPEN

»Bitte gehen Sie bis nächste Woche noch einmal die Texte zum ersten und zweiten Akt durch. Vom Team Bühnenbild hätte ich gerne konkrete Skizzen und von den Teams Maske und Kostüm eine Kostenaufstellung für die benötigten Materialien. Das war's für heute. Genießen Sie das verlängerte Wochenende.«

Mein Blick wandert zu Jasper, der ebenfalls in meine Richtung sieht. Ich frage mich, was ich übersehe. Dass es so ist, davon bin ich inzwischen überzeugt. Wir haben in den letzten zwei Wochen so viel Zeit miteinander verbracht, um an dem Romeo-und-Julia-Projekt zu arbeiten, weshalb ich behaupten würde, ihn mittlerweile ganz gut zu kennen. Aber leider passt das, was ich vor Augen habe, nicht zu dem, was sich virtuell abspielt. Gerne würde ich erneut einen Blick in seinen Bungalow werfen, um nach Hinweisen zu suchen, ob an meiner Theorie, er könnte vielleicht jemand ganz anders sein, etwas dran ist. Allerdings ist Jasper in dem Punkt weniger zugänglich. Unsere Treffen finden ausschließlich auf neutralem Boden und nicht hinter verschlossenen Türen statt.

»Ich hasse Textlernen«, mault er. Ja, das hat er bereits mehrfach erwähnt. Und er tut sich damit wirklich schwer. Mir hingegen macht es enorm viel Spaß. Das hätte ich nie für möglich gehalten, aber in eine andere Rolle zu schlüpfen, mal jemand anders zu sein, ist gar nicht so übel. Okay, mit Jasper als Romeo bin ich auch sehr zufrieden.

»Du kommst trotzdem nicht drum herum. Los, nimm deine Tasche, dann prügle ich dir den Text in den Kopf«, antworte ich und grinse ihn an. Ein genervter Laut verlässt seine Lippen. Er hasst es wirklich.

»Warum hast du dich für den Kurs eingeschrieben, wenn du kein

Interesse daran hast?« Die Frage habe ich mir schon häufiger gestellt. Aber auch hier ist Jasper eher weniger mitteilungsbedürftig. Oberflächliche Gespräche sind okay, persönliche blockt er direkt ab, wenn ich nur daran denke, unsere Unterhaltung in die Richtung zu lenken.

»Das frage ich mich auch. Wirklich. Ich habe keine Ahnung, wie ich hier gelandet bin«, antwortet er und grinst zurück. Er hängt sich seine Tasche um, steht vom Sitzkissen auf und streckt mir seine Hand entgegen, um mir aufzuhelfen.

Wir machen dennoch Fortschritte. Unser Umgang miteinander ist weniger verkrampft und sorgt leider auch dafür, dass sich dieses Flattern, das er in mir auslöst, zunehmend verstärkt. Irgendwann zwischen Neugier und gemeinsam Zeit verbringen habe ich mich in ihn verliebt. Allerdings behalte ich dieses Detail tunlichst für mich. Vorerst jedenfalls. Erst muss ich herausfinden, was ich die ganze Zeit übersehe.

»Kommst du oder bleibst du hier sitzen?«, reißt er mich aus meinen Gedanken. Ich greife nach seiner Hand und lasse mich von ihm auf die Füße ziehen.

»Gehen wir zum Lernen ins Café?«, frage ich ihn, weil wir das die letzten Male auch so gemacht haben. Die Geräuschkulisse ist zwar etwas nervig, aber der Salted-Caramel-Milchshake und die Cookies sind fantastisch.

»Fährst du übers Wochenende nicht mit deinen Freundinnen nach New York? Ihr wolltet doch zu einer Halloweenparty?«

»Wir fahren erst morgen Mittag.« Dion und Abbie bestehen darauf, dass ich nicht alleine in Waterbury bleibe. Statt bei meinen Eltern zu übernachten, werde ich bei Abbie schlafen. Meine Mom hat ein paarmal angerufen, weil die Hills jedes Jahr zu Halloween eine gigantische Party schmeißen. Ich habe ihr eine Nachricht geschickt, dass es mir gut geht, ich aber nicht kommen werde. Normalerweise gehen wir drei immer zu der Party meiner Eltern. In diesem Jahr weichen wir auf eine andere aus.

»Was ist mit dir?«, wage ich einen Versuch, hinter seine Pläne zu kommen.

»Ich bleibe hier und genieße die Ruhe vor dir«, zieht er mich auf. Er lacht, als ich ihn gegen den Oberarm boxe. Es ist wirklich deutlich leichter zwischen uns geworden. Ich mag den Jasper, der inzwischen zum Vorschein gekommen ist, aber der andere Jasper wirft zunehmend Fragen auf.

»Du könntest auch mitkommen?«, locke ich ihn.

Überrascht sieht er mich an. »Partys sind nicht so mein Ding. Und Partys, auf denen man sich verkleidet, noch viel weniger.« Eine andere Antwort habe ich auch gar nicht erwartet, aber warum sagt er nicht einfach, dass er sich mit einem Freund trifft?

»Und was ist stattdessen dein Ding?«

Er lässt mir den Vortritt, als wir den Theaterraum verlassen. »Keine Ahnung. Ich hatte in den letzten Jahren wenig Zeit, mir Hobbys zuzulegen.«

Neugierig mustere ich ihn von der Seite. Was genau meint er damit?

»Was ist mit dir, was hast du für Hobbys?«, fragt er, bevor ich weiter nachhaken kann. Eine wirklich gute Frage. Meine Hobbys haben meine Eltern ausgesucht, das wenigste davon habe ich gemocht. Reiten, Klavierspielen, Ballett. Nichts davon hat mich wirklich begeistert. Am liebsten habe ich schon immer meine Zeit mit Dion und Abbie verbracht. Aber die beiden als Hobby zu bezeichnen, wäre armselig.

»Dir auf die Nerven gehen«, antworte ich und entlocke ihm damit ein weiteres Lachen. Das macht er inzwischen recht häufig. Ich nehme an, es liegt daran, dass er sich in meiner Gegenwart nicht mehr unwohl fühlt, nachdem wir uns auf dieses So-was-wie-Freunde geeinigt haben. Gemeinsam verlassen wir das Hauptgebäude und biegen nach links auf den Kopfsteinpflasterweg, der zum Café führt.

Sobald wir es betreten, schlägt mir der Duft von frisch gebackenen Cookies entgegen.

»Such du einen Platz, ich kümmere mich um die Verpflegung«, sagt Jasper und stellt sich bereits an der kurzen Warteschlange an. In der Zwischenzeit halte ich nach einem freien Tisch Ausschau und entdecke einen in der Ecke. Zielstrebig gehe ich darauf zu. Jasper mag es nicht, mitten in einem Raum zu sitzen. Allgemein, glaube ich, mag er es nicht, sich im Mittelpunkt des Geschehens zu befinden oder Aufmerksamkeit auf sich zu ziehen. Er hält sich immer etwas abseits. Anfänglich habe ich angenommen, dass es an mir liegt und er deswegen immer so distanziert ist, aber nein, er ist grundsätzlich zurückhaltend. Fast als würde er versuchen, unsichtbar zu sein.

»Salted-Caramel-Milchshake und Cookies mit weißer Schokolade, wie immer«, sagt er und stellt beides ab.

»Ist ja nicht jeder der langweilige Schwarzer-Kaffee-Typ«, erwidere ich neckend. Grinsend setzt er sich mir gegenüber.

»Das ist das ehrlichste Getränk auf der Karte. In der Regel weiß man da genau, was man bekommt.«

»Du könntest dich auch einfach mal an etwas Neues wagen.«

»Sagt die Frau, die jedes Mal, wenn wir hier sind, exakt das Gleiche bestellt?« Ja, da kann ich leider nicht widersprechen, aber ich habe einiges ausprobiert, bis ich schlussendlich daran hängen geblieben bin. Bei ihm kann ich mir nicht vorstellen, dass er mit ähnlicher Herangehensweise schließlich bei einem simplen Kaffee gelandet ist.

»Okay, lass uns tauschen«, fordere ich ihn auf.

»Was? Vergiss es, ich will dein süßes Zeug nicht.«

Bevor er reagieren kann, habe ich mir seine Tasse geschnappt und halte ihm den Milchshake unter die Nase. »Vielleicht sollten wir uns gemeinsam etwas aus unserer Komfortzone herauswagen«, sage ich bedeutungsschwanger.

»Und du denkst, ein Salted-Caramel-Milchshake wäre da ein guter Anfang?«, fragt er skeptisch.

»Ja, also runter mit dem Zeug, Romeo.« Demonstrativ führe ich die Tasse an meine Lippen, nur um im nächsten Augenblick das Gesicht zu verziehen.

Er lacht kurz. »Doch lieber wieder die Komfortzone?«

»Nein.« Entschlossen nehme ich noch einen winzigen Schluck und bringe meine Gesichtsmuskeln unter Kontrolle.

»Gut, runter mit dem Zeug«, sagt er und seufzt. Zögerlich führt er das Glas an seinen Mund und nippt an dem Milchshake. Dann noch mal. Ein angewiderter Ausdruck erscheint auf seinen Lippen, die vom Shake feucht glänzen. Mit dem Handrücken wischt er über seinen Mund. »Bäh, das ist ekelhaft. Wenn du das nächste Mal willst, dass wir uns gemeinsam aus der Komfortzone bewegen, lass dir dafür etwas Besseres einfallen.«

Breit grinse ich ihn an, weil er indirekt ein Eingeständnis gemacht hat. Er lehnt es nicht mehr prinzipiell ab, unser Verhältnis zueinander auszubauen.

»Deal. Und jetzt gib mir den Milchshake zurück, bevor du grün anläufst.« Wir tauschen die Getränke wieder zurück. Anschließend holt Jasper das Skript aus seiner Tasche und legt es auf den Tisch.

»Wo fangen wir an?«

»Erster Akt, fünfte Szene. Romeo begegnet Julia auf dem Maskenball.« Während Jasper die Seite aufschlägt, hole ich mein eigenes Skript aus der Tasche heraus.

»Bereit?«, fragt er. Zur Antwort halte ich ihm meine Hand hin. »Vergiss es, ich werde nicht in einem vollen Café deinen Handrücken küssen und wie ein Trottel quatschen«, entgegnet er und klingt dabei wie ein bockiges Kind.

»Komfortzone, mein Lieber. In ein paar Wochen wirst du genau das nämlich in einem ausverkauften Theatersaal machen. Sieh es als Probe«, erwidere ich ernst, obwohl ich gerne lachen würde, weil er verdammt süß ist, wenn er schmollt.

»Du hast echt Spaß an dem Mist.« Kopfschüttelnd ergreift er meine Hand und wirft einen flüchtigen Blick auf den Text. Seine

Finger umschließen warm und sanft meine. Das Flattern in meiner Magengegend läuft direkt zur Hochform auf.

»Habe ich einfach deine Hand genommen. Sorry, Schönheit, aber ich bereue es nicht. Ein Kuss soll meine ungehobelte Art versüßen«, rattert er die Worte ohne jegliches Gefühl herunter und verdreht genervt die Augen. Das kann er besser.

»Entschuldige dich nicht. Noch hast du nichts Unrechtes getan. Ein Handkuss ist kein Verbrechen.« Ich beuge mich etwas über den Tisch, um ihm näher zu sein.

»Und wenn ich deine Lippen küsse? Was ist dann?« Während sich mein Körper daran erinnert, wie es sich anfühlt, wenn Jasper erst meine Hand und anschließend meine Lippen küsst, grinst mich der Romeo direkt vor mir frech an. Sein Blick sucht meinen, als er einen sanften Kuss auf meinem Handrücken platziert. Hektisch beginne ich zu blinzeln. Verdammt, vielleicht war das Verlassen der Komfortzone doch keine so gute Idee.

»Find es heraus«, presse ich hervor. Und tatsächlich beugt er sich über den Tisch. Sein Gesicht schwebt vor meinem. Ich halte den Atem an, während mein Herz wild pocht.

Er dreht mein Handgelenk und führt es an seine Lippen. »Das habe ich vor«, flüstert er und haucht einen Kuss auf meinen Puls, genau wie er es bei der Bewegung-durch-Impuls-Übung im Schauspielkurs getan hatte. Ich erschaudere. »Dein Mund gehört nun mir.« *Du kannst ihn für immer behalten, wenn ich im Gegenzug deinen bekomme*, antworte ich gedanklich.

Mit sanften tiefbraunen Augen sieht er mich an. Plötzlich fühlt sich mein Kopf wie leer gefegt an. Wie war noch gleich mein Text? Unauffällig schiele ich zum Skript. »Das nennst du einen Kuss? Das war nicht mehr als ein Windhauch auf meinen Lippen.« Warum fühlt es sich dann an, als hätte er einen Orkan entfacht? Das hier ist mehr als nur ein laues Lüftchen. Ob er ebenfalls spürt, dass sich gerade etwas grundlegend zwischen uns verändert? Ich hoffe es.

Bevor er erneut seinen Mund auf meine Haut drückt, entziehe ich ihm meine Hand. Er lacht. Mistkerl! Das hat er mit Absicht gemacht. Grinsend lehnt er sich auf dem Stuhl zurück. »Und? Wie war ich?«

»Du küsst miserabel«, antworte ich scherzhaft.

»Ist das so? Dann werde ich das wohl bis zum nächsten Mal üben«, erwidert er todernst. Ich hätte nichts dagegen einzuwenden, diesen Part gemeinsam mit ihm ausgiebig zu proben. Aber inzwischen kenne ich ihn gut genug, um zu wissen, dass ich ihn heute ein ganzes Stück aus seiner Ecke hervorgelockt habe, und ich werde mein Glück nicht herausfordern, indem ich anbiete, ihm dabei behilflich zu sein.

»Lass uns noch mal die ersten Szenen durchgehen. Da sitzt der Text bei dir noch nicht ganz«, schlage ich vor.

»Entschuldigt, ihr beiden, aber wir schließen gleich«, reißt uns jemand aus der Unterhaltung. Ich werfe einen Blick auf die Uhr. Oh, schon so spät.

»Natürlich, wir sind sofort weg.« Jasper packt bereits zusammen. Sobald ich alles in meiner Tasche verstaut habe, stehe ich von meinem Platz auf und folge ihm nach draußen.

»Also dann. Viel Spaß auf der Party. Wir sehen uns, Julia«, verabschiedet er sich, kaum dass wir das Café verlassen haben.

»Lern deinen Text, Romeo. Ich frag dich nächste Woche vor dem Kurs ab«, rufe ich ihm hinterher, als er sich wenige Schritte entfernt hat. Einige Sekunden sehe ich ihm nach, dann trete ich den Heimweg an. Abbie und Dion warten sicher bereits auf mich, damit wir alles für unsere Abreise vorbereiten können.

Mir gefällt der Gedanke nicht, dass Jasper alleine auf dem Campus ist, während alle ins verlängerte Wochenende fahren. Es muss doch irgendjemanden geben, den er sehen will? Wenn er wirklich nicht Jasper ist, hat er doch sicher irgendwo eine Familie, die ihn vermisst, oder nicht?

Kaum haben sich einige Fragen über ihn aufgelöst, tauchen neue

Unstimmigkeiten auf. Es ist, als fänden sie kein Ende. Ich befürchte, ich werde nicht alle Antworten finden, wenn ich Jasper nicht mit meinem Verdacht konfrontiere.

32.

CAMERON

Völlig gerädert krieche ich aus dem Bett. Mein Kopf pocht heftig. Wenn ich es nicht besser wüsste, würde ich denken, ich hätte einen Kater. Vermutlich habe ich den sogar – einen Waterbury-Kater. Oder einen Shakespeare-Hangover. Bis tief in die Nacht hinein habe ich versucht, mir den Text in den Kopf zu prügeln. Vielleicht sollte ich das Skript unter das Kopfkissen packen und auf ein Wunder hoffen.

Ich nehme meine Brille vom Nachtschrank und schleppe mich ins Bad. Nach einer schnellen Dusche putze ich mir die Zähne. Es riecht nach Kaffee, als ich das Badezimmer verlasse, und mein erster Gedanke ist, dass ich dringend einen vertragen könnte. Warte … Warum riecht es überhaupt nach Kaffee? Misstrauisch schleiche ich zur Küche.

»Gut, du bist endlich wach.«

Wie erstarrt halte ich in der Bewegung inne und blinzle. Bilde ich mir das nur ein oder steht Jasper tatsächlich mit einer Tasse in der Hand am Tresen und grinst mich an?

»Du siehst müde aus. Tee oder möchtest du lieber Kaffee? Ich war mir nicht sicher, was du magst, und habe beides vorbereitet.«

»Was zum Teufel machst du hier?«, frage ich, erwache aus meiner Starre und gehe auf ihn zu. »Wie bist du überhaupt auf das Gelände gekommen?«

»Ich dachte, ich sehe mal nach dir. Du warst bei unserem letzten Telefonat sehr aufgebracht.« Wie er es am Wachposten vorbeigeschafft hat, verrät er mir natürlich nicht.

»Wundert dich das?«, erwidere ich bissig. Der hat echt Nerven, hier aufzutauchen und fröhlich vor sich hin zu grinsen. Er will mich doch verarschen.

»Ein bisschen, ja.« Sein Ernst? Hat der Kerl eigentlich so etwas wie ein Gewissen oder ist er grundsätzlich ein Arschloch?

Bevor ich mich mit ihm auseinandersetze, brauche ich Kaffee.

»Nett hast du es hier«, sagt er betont gleichgültig.

Ich werfe ihm einen bösen Blick zu, damit er weiß, dass er sich den Small Talk sparen kann. Sobald ich mir eine Tasse eingeschenkt habe, stelle ich mich zu ihm an den Tresen und sehe ihn abwartend an.

»Okay, klär mich auf. Warum bin ich wirklich hier?«

»Willst du das ernsthaft wissen?«, erwidert er stumpf.

»Ja, verdammt!«

»Du bist mein trojanisches Pferd«, sagt er und stellt seine Tasse auf der Arbeitsfläche ab.

»Ich bin was?«

»Ein trojanisches Pferd ist ein harmlos aussehendes Objekt, das –«

»Ich weiß, was das ist«, schneide ich ihm das Wort ab.

»Warum fragst du dann?«

In diesem Augenblick würde ich ihm nur zu gern sein selbstgefälliges Grinsen aus dem Gesicht wischen. »Ich bin also nur eine Marionette in deinem Spiel?«, werfe ich ihm vor. Gut, dass sein Angebot kein Akt der Nächstenliebe ist, liegt auf der Hand. Aber ich habe angenommen, er ließe sich irgendwo die Sonne auf den Bauch scheinen und hätte einfach nur keinen Bock aufs Studieren. Inzwischen bin ich allerdings überzeugt, dass ich mich getäuscht habe. Hier geht es um viel mehr als ein gelangweiltes Rich Kid.

»Wir alle werden von irgendjemandem für irgendwas benutzt. So funktioniert unsere Gesellschaft. Die Upperclass macht einen nicht unantastbar, nur falls du das glaubst.« Etwas in seiner Stimme ist anders. Der typische Unterton, der immer den Anschein vermittelt, er würde über allem stehen, ist verschwunden. Plötzlich empfinde ich so etwas wie Mitleid für ihn. Vielleicht ist in seinem Leben doch nicht alles so auf Hochglanz poliert, wie ich es ihm unterstellt habe.

Vergiss es, Cameron, er versucht gerade, dich zu manipulieren. So naiv bist du nicht, um auf die Nummer hereinzufallen.

»Verrätst du mir wenigstens, wofür du mich benutzt?«

»Ich bin auf der Suche nach etwas.«

»Und nach was?«

»Daten.«

»Was für Daten?«

»Hör zu, Cam, willst du das wirklich so genau wissen? Manchmal ist es besser, wenn man nicht alles weiß, seinen Zweck erfüllt und sich anschließend mit fünfzigtausend Dollar in der Tasche entspannt zurücklehnt.«

»Und ob ich das wissen will. Ich bin ganz Ohr. Sind wir uns auf der Veranstaltung in Cincinnati zufällig über den Weg gelaufen oder gehörte das bereits zu deinem Plan?«

»Nein, das war wirklich Zufall, aber es hat mir in die Hände gespielt.« Ja, genau das hat er zu mir gesagt. Das Schicksal spiele ihm in die Hände, aber ich hatte keine Ahnung, wohin sich diese Begegnung entwickeln würde. Hätte ich es gewusst, hätte ich mich niemals darauf eingelassen. Ich habe geglaubt, hier meine Zeit absitzen zu können und hinterher mit der Kohle rauszumarschieren.

»Inwiefern?«, hake ich nach.

»Weil ich so gleichzeitig an zwei Orten sein konnte.«

»Und wo warst du in den letzten Wochen?«

»Die Information ist unwichtig.« Der Kerl hat eine stoische Ruhe, die mich wahnsinnig macht.

»Was ist mit dem Datingspiel, warum warst du so versessen darauf, dass ich mitmache?«

»Du bist mein trojanisches Pferd, das Spiel meine Soldaten.«

»Kannst du einfach so reden, dass ich es verstehe?«

»Ich habe einen Teil davon programmiert.«

»Was genau hast du programmiert?«

»Der Algorithmus ist von mir. Deine Teilnahme am Spiel ist der Türöffner für das Sicherheitssystem von Waterbury. Jedenfalls hätte es so sein sollen. Dafür hättest du allerdings kein Match haben dürfen.«

»Warum nicht?«

»Ich habe Parameter eingebaut, die das hätten verhindern und stattdessen die Backdoor aktivieren müssen, die mir den Zugang zum zentralen Server verschafft. Das Ding ist besser geschützt als der Buckingham Palace. Das Tablet, das du von mir bekommen hast, fungiert mittels eines Programms als Verbindungsstück.«

»Du hast dich in den Buckingham Palace gehackt?«

»Nein, das ist eine Metapher, damit du es dir besser vorstellen kannst.«

»Aber du könntest?«

»Willst du wissen, was die Queen zum Frühstück isst, oder warum fragst du?«

»Nein, ich versuche nur gerade herauszufinden, wie groß die Scheiße ist, in die du mich mit hineingezogen hast.«

»Es war nie geplant, dass du wirklich spielen musst. Die Gefahr, dass du dich verplapperst, wäre viel zu hoch gewesen.«

»Danke für dein Vertrauen.«

Jasper zuckt mit den Schultern.

»Was ist schiefgelaufen?«, frage ich. Denn ganz offensichtlich ist das der Fall, wenn er hier persönlich auf der Matte steht.

»Jemand hat mich sabotiert.«

»Wer?«

»Keine Ahnung, aber irgendjemand spielt falsch und sitzt jetzt auf meinem Ticket für den Server, und ich muss herausfinden, wer es ist«, antwortet er gefrustet. Dass ihn jemand ausgetrickst hat, scheint ihn echt zu nerven. Dennoch werde ich nicht schlau aus der Sache. Was hofft er zu finden, oder was ist so wichtig, dass er so einen Aufwand betreibt?

»Aber das Onlinespiel wurde doch von *Alpha Solution Technology* entwickelt, vielleicht haben sie etwas damit zu tun? Hast du mich doch angelogen, als du gesagt hast, du kennst die Hills nicht?«

»Nein, ich kenne sie wirklich nicht. Ich habe nur den Algorithmus für das Spiel entwickelt, als letztes Jahr von der Firma die Anfrage kam, das Projekt mit einem simplen Algorithmus zu unterstützen. Der Abschlussjahrgang hat das anscheinend nicht selbst auf die Kette bekommen und *Alpha Solution* mit ins Boot geholt. Die Studierenden haben sich dann ausschließlich um die anderen Bereiche gekümmert. Konzept, Design, Organisation, Rechtliches, Psychokram und so weiter. Ich habe meine Chance gesehen und sie ergriffen.«

»Also weiß Aspens Dad doch, wer du bist.«

»Nein. Das lief über einen Mittelsmann. Hin und wieder übernehme ich Jobs für einen Freund, der für *Alpha Solution Technology* arbeitet und keinen Bock auf Dinge wie einen simplen Algorithmus hat. Die stecken also sicher nicht dahinter. Sie haben keinen Grund, das Spiel zu manipulieren.«

»Wenn du ›simpler Algorithmus‹ sagst, heißt das, dass er gar nicht wirklich funktioniert.«

»Ich bin ziemlich gut.«

»Aber anscheinend nicht gut genug, wenn dir jemand die Tour vermasselt hat.« Den Seitenhieb kann ich mir nicht verkneifen.

Von meiner Schlagfertigkeit ist er gänzlich unbeeindruckt, denn er verzieht keine Miene. »Können wir das hier vielleicht abkürzen? Um dir alles bis ins Detail zu erklären, bräuchte ich Tage, und die haben wir nicht.«

»Wir? Du glaubst doch nicht, dass ich weiterhin bei dem Kram mitmache.«

»Komm schon, Cam, du kannst hier mit einem großen Batzen Geld rausmarschieren. So dumm bist du nicht, so kurz vor dem Ziel auszusteigen.«

»Glaubst du wirklich, du kannst im nächsten Semester in Waterbury antanzen, ohne dass jemandem auffällt, was du hier gespielt hast?« Dieser Gedanke ist mir in den letzten Tagen immer wieder gekommen. Egal, wie viel Mühe ich mir gebe, wir sind dennoch grundlegend verschieden. Das wird nicht unbemerkt bleiben.

»Wer sagt, dass ich das vorhabe?«

»Hast du nicht?«, frage ich ungläubig.

»Natürlich nicht, sonst hätte ich dich niemals nach Waterbury geschickt. Mein Plan ist, unbemerkt rein- und unbemerkt wieder rauszukommen. Allerdings brauche ich dazu deine Hilfe.«

»Vergiss es. Ich bin raus.«

»Du brauchst die Kohle also nicht mehr?«, sagt er und erinnert mich daran, warum ich mich überhaupt auf all das hier eingelassen habe. Selbst wenn ich wollte, könnte ich ihm das Geld, das er mir vorgestreckt hat, nicht zurückzahlen. Erst jetzt wird mir richtig bewusst, wie clever dieser Schachzug von ihm war. Jasper hat mich in der Hand, ob mir das nun gefällt oder nicht.

»Was hast du vor?«

»Du musst für mich auf den Ball gehen.«

»Und was machst du in der Zeit?«

»Ich bin mir sicher, der Moralapostel in dir will das gar nicht so genau wissen. Von mir aus kannst du der kleinen Hill nach dem Ball die Doppelgängernummer beichten, indem du ihr eine nette Geschichte auftischst, warum du in Waterbury gelandet bist, und anschließend mit ihr zusammen in den Sonnenuntergang reiten. Denn das ist es doch, worum es hier eigentlich geht. Du hast dich verknallt und willst deswegen den Schwanz einziehen.«

»Fick dich!«, zische ich, als er mich siegessicher angrinst, weil er genau weiß, dass er gewinnen wird.

33.

ASPEN

Das gemeinsame Wochenende mit Abbie und Dion hat wirklich gutgetan. Die Party war zwar etwas lahm, was aber eher daran lag, dass meine Gedanken in Waterbury zurückgeblieben sind. Bei Jasper, um genau zu sein. Ich kann mich nicht erinnern, dass er erwähnt hätte, in den letzten Wochen über das Wochenende auch nur einmal nach Hause gefahren zu sein. Was meine Vermutung anheizt, dass er kein besonders enges Verhältnis zu seinen Eltern zu haben scheint. Vorausgesetzt, er ist wirklich der, für den er sich ausgibt. Die Theorie hat sich inzwischen wie eine Dauerschleife in meinem Kopf festgesetzt.

Dadurch, dass Halloween an einem Montag war, hat die Collegeleitung beschlossen, den Dienstag als frei zu erachten. Seit wir zurück sind, habe ich Jasper nicht gesehen. Irgendwie habe ich das Gefühl, er könnte mir aus dem Weg gehen. Vielleicht habe ich mit der Handkussnummer den Bogen wieder einmal überspannt und er braucht etwas Ruhe vor mir. Da Jasper sich wenig Mühe gibt, das zu verbergen, werde ich es spätestens morgen im Schauspielkurs erfahren.

»Ja?«, sage ich, als es an meiner Zimmertür klopft. Abbie steckt ihren Kopf durch den Spalt.

»Heute ist das dritte Date, richtig?« Ich nicke und sie kommt herein. »Vielleicht können wir ja gemeinsam hinter sein Geheimnis kommen?«

»Was schlägst du vor?«

»Wir werden versuchen, ihn mit gezielten Fragen in die Falle zu locken.« Als hätte ich das nicht bereits versucht. Aber statt einer Erkenntnis sind weitere Fragen aufgetaucht.

»So, dann wollen wir dem Kerl mal die Blümchenhemden ausziehen«, trällert Dion und tritt ebenfalls durch die Tür.

Ich werfe einen Blick auf die Uhr. Noch fünf Minuten. Vielleicht ist ein bisschen Hilfe gar nicht so schlecht. Manchmal ist eine weitere Betrachtungsweise nicht verkehrt. Nachdem ich das Tablet vom Nachtschrank genommen habe, lehne ich mich gegen das Kopfteil meines Bettes. Dion und Abbie setzen sich rechts und links neben mich, dann warten wir.

Dein Perfect Match ist online.

Spiel starten.

Eine gelbe Tür erscheint und öffnet sich. Als ich die Schaltfläche anklicke, finde ich mich vor dem Madison Square Garden wieder. Ein Grinsen schleicht sich auf meine Lippen, als ich das Plakat entdecke.

»Ein Billie-Eilish-Konzert? Willst du ihn direkt in die Flucht schlagen?«, fragt Dion ungläubig. Das war eine der drei Antworten auf die Frage nach meinen Lieblingsorten. Eignet sich vielleicht nicht unbedingt für eine Verabredung, aber als ich den Fragebogen ausgefüllt habe, bin ich nicht davon ausgegangen, dass die Dates darauf aufbauen würden.

Dein Ticket befindet sich im Inventar. Finde deinen Platz und triff dein Perfect Match in drei Minuten.

Ich öffne die kleine Handtasche und sehe mir das Konzertticket an. *GA Floor.*

»Gibt es irgendwo eine Übersicht, wo sich der *GA Floor* befindet?«, fragt Abbie.

»Brauche ich nicht. Das ist direkt vor der Bühne«, sage ich und setze meine Avatarin in Bewegung. Ich habe so viele Konzerte im Madison Square Garden besucht, dass ich mich in dem Gebäude mit geschlossenen Augen zurechtfinden würde.

»Direkt vor der Bühne? Das wird so richtig romantisch. Ich sehe es bereits vor mir. Hysterisches Gekreische und Gedränge. Ständig tritt dir jemand auf den Fuß. Schweißgestank und das Gekrächze von Billie Eilish«, spottet Dion. Sie ist weder ein Fan von der Musik noch von Stehplätzen. Wenn man sie glücklich machen will, dann mit Harry Styles und Sitzplätzen.

Das Chatfenster ploppt auf.

Mecaron: Ein Billie-Eilish-Konzert? Du willst mich umbringen, oder? Du hast also nicht nur einen schlechten Filmgeschmack.

Da mir die Zeit davonläuft, ignoriere ich die Nachricht und haste durch die Gänge, bis ich mein Ziel erreicht habe. Jaspers Avatar taucht neben meinem auf. Die Umrisse sind deutlich schärfer, bis auf das Gesicht. Das ist gruselig, weil es wirkt, als hätte er keins. Sein Mini-Me trägt eine schwarze Hose, die an den Knien Risse hat, und ein weißes T-Shirt. Ich kneife die Augen zusammen, in der Hoffnung, dass das Bild schärfer wird. Sind das Chucks? Das ist ein Outfit, das ich so bisher nicht einmal ansatzweise an ihm gesehen habe.

Hazelnut: Hey

Mecaron: Ich habe wirklich darüber nachgedacht, mich in den Gängen des Madison Square Garden zu verlaufen, um das Date platzen zu lassen. Billie Eilish, ernsthaft?

Hazelnut: Ich liebe ihre Musik. Was hätte dir denn mehr zugesagt?

Mecaron: Bastille.

»Kennt die jemand von euch?«

»Ist eine Indie-Rock-Band aus London – sagt Google jedenfalls«, beantwortet Abbie meine Frage.

»Mmh. Jaspers Lieblingsband ist aber Thirty Seconds To Mars, warum erwähnt er eine andere?«

Hazelnut: Noch nie gehört. Warst du bei denen schon auf einem Konzert?

Mecaron: Ich habe sie im Sommer auf einem Festival gesehen. Stickige Hallen sind nicht mein Ding.

Um ehrlich zu sein, kann ich mir Jasper nicht auf einem Musikfestival vorstellen. Er wirkt nicht wie jemand, der gerne zelten geht. Ich war in meinem ganzen Leben noch nie campen. Vielleicht frage ich ihn, ob er mich irgendwann mitnimmt, um diese Erfahrung nachzuholen.

Hazelnut: Also beim nächsten Mal Festival inklusive Zelten. Ist notiert.

Mecaron: Nur wenn wir uns einen Schlafsack teilen. 😉

»Die einzigen Festivals, bei denen die Band im Sommer aufgetreten ist, waren Ende August in Großbritannien und eins in Ungarn. Das deckt sich damit, dass er erst kurz vor Semesterbeginn in den Staaten aufgetaucht ist.«

Mein Blick huscht zu Abbie, die vermutlich gerade den Tourplan der Band recherchiert hat. »Und wie bekomme ich nun die nötigen Infos aus ihm heraus? Dass er als Engländer dort auf Festivals geht, ist jetzt nichts Ungewöhnliches.«

Der Bildschirm auf dem Tablet verdunkelt sich. Leute drängen sich dicht neben uns, bevor das Bild zur Bühne schwenkt.

Mecaron: Ich werde dich auf keinen Fall auf meine Schultern setzen, damit du besser siehst. Nur damit das direkt klar ist.

Dion reißt mir das Tablet aus den Händen und stellt den Ton aus, als die ersten Klänge von Billie Eilish einsetzen.

Hazelnut: Schade, dein Kopf zwischen meinen Schenkeln

»Bist du übergeschnappt?!« Ich nehme das Tablet wieder an mich, bevor sie die Nachricht zu Ende tippen und abschicken kann. Hastig lösche ich sie.

»Was? Das hätte eine interessante Unterhaltung werden können«, sagt sie und grinst.

»Ich will herausfinden, ob an meiner Theorie etwas dran ist, und keinen Dirty Talk betreiben.«

»Und wie willst du das anstellen, ohne ihn direkt darauf anzusprechen?«, fragt Dion.

»Keine Ahnung. Ich sammle erst einmal Informationen, die widersprüchlich sind, und konfrontiere ihn dann damit.«

»Was weißt du denn über den Jasper, der auf dem Campus herumrennt, was der auf der anderen Seite des Bildschirms nicht wissen könnte?«, fragt Abbie.

»Mmh, offensichtlich weiß er nichts von Jaspers Musik- und Filmgeschmack«, antworte ich schulterzuckend.

»Ihr müsst euch doch mal über persönlichere Dinge unterhalten haben? Ihr hängt in letzter Zeit ständig zusammen.«

»Nein, eigentlich nicht. Er spricht nicht gerne über sich.«

»Okay, wie sicher bist du dir denn, dass der Kerl nicht Jasper Anderson ist oder jedenfalls nicht dein Romeo, der sich in Waterbury für ihn ausgibt?«, hakt Abbie nach und wirkt plötzlich seltsam konzentriert.

»Mein Bauchgefühl schwankt zwischen siebzig und achtzig Prozent«, antworte ich. Es passt einfach zu vieles nicht zusammen, und irgendwie sind da doch Restzweifel, dass ich danebenliegen könnte. Weil es völlig verrückt wäre, sollte ich recht haben.

Mecaron: Wird das hier ein Wir-schweigen-uns-an-und-lauschen-der-Musik-Date?

Hazelnut: Wir sind auf einem Konzert, da ist es für gewöhnlich sehr laut und man unterhält sich eher weniger.

Meine Antwort verschafft mir hoffentlich etwas Zeit, um mir eine Strategie zu überlegen.

Mecaron: Dann sollten wir irgendwo hingehen, wo es ruhiger ist.

Hazelnut: Stell einfach den Ton aus.

»Ernsthaft, Aspen? Willst du ihn vergraulen?«

»Ihr macht mich verrückt. Ich kann nicht nachdenken, wenn ihr mir neugierig über die Schulter schaut«, erwidere ich seufzend. Das hier könnte in einem Desaster enden, wenn ich nicht bald eine zündende Idee habe.

Willst du dein Date zum Tanzen auffordern?

Ich wähle *Nein*.

Mecaron: Man kann auf einem Konzert nicht die Musik stumm stellen, oder meinst du, ich soll versuchen, Billie den Saft abzudrehen? Gibt es dafür einen Button? Ein Stromausfall wäre ganz reizend. 🤔

»Der Kerl trifft meinen Humor«, pflichtet Dion bei.

»Dann solltest du ihn vielleicht daten«, zische ich sie an.

»Wenn er sich nicht als der florale Hemdträger entpuppt, werde ich es in Erwägung ziehen«, schießt sie zurück.

»Wenn ihr euch anzickt, kommen wir nicht weiter«, sagt Abbie. Sie hat recht.

Hazelnut: Okay, was würden wir machen, wären wir nicht auf einem Konzert?

Mecaron: Wir würden in einem netten Restaurant sitzen. Ich habe nämlich Hunger.

Hazelnut: Was würdest du bestellen, Fisch oder Fleisch?

Mecaron: Weder noch. Ich esse beides nicht.

Hazelnut: Also Spiegeleier?

Mecaron: Pochiert, nicht gebraten.

Hazelnut: Und dazu ein Glas Apfelsaft?

Mecaron: Fragst du mich gerade aus? Wasser und ein Glas Portwein. Was ist mit dir?

»Okay, er kann es nicht sein. Jasper hat für uns Pasta mit Thunfisch gekocht, er hasst Eier und trinkt keinen Alkohol«, sage ich eine Spur zu schrill, weil ich gerade einen Teil des Rätsels gelöst habe. Stellt sich nur die Frage, wer der Typ auf der anderen Seite ist und ob Jasper tatsächlich nicht Jasper ist. Denn das eine schließt das andere leider nicht zwangsläufig mit ein.

Hazelnut: Ich versuche herauszufinden, ob wir wenigstens beim Essen einen ähnlichen Geschmack haben, aber anscheinend ist das nicht der Fall. Thunfischpasta und Cranberrysaft.

Damit lehne ich mich diesmal nicht nur weit aus dem Fenster, sondern stürze mich regelrecht hinaus.

Mecaron: 🤢

34.

CAMERON

»Das war ganz hervorragend. Kommen wir nun zum zweiten Akt.«

Die Begeisterung, die in der Stimme von Professorin Simmons mitschwingt, teile ich absolut nicht. Denn jetzt kommen wir zu den Szenen, die wirklich heikel sind. Romeo trifft auf Julia.

»Mr Anderson, wenn Sie uns die Ehre erweisen würden.«

Mein Blick heftet sich auf Aspen, die grinsend auf der Bühne steht und darauf wartet, dass ich zu ihr stoße. Kopfschüttelnd klettere ich auf die Bühne und sehe abwartend zur Professorin.

Aspen kommt direkt auf mich zu. »Du wirst das ganz großartig machen«, sagt sie und lächelt mich aufmunternd an, dann verschwindet sie hinter dem roten Samtvorhang.

Den zweiten Akt haben wir bisher noch nicht geprobt. Der erste sitzt so einigermaßen. Carter, der Benvolio alias Ben verkörpert, tritt neben mich. Jacob spielt Mercutio, der kurzerhand zu Curtis umgetauft wurde. Meredith hat ihre Aufgabe, Shakespeares Werk den Staub abzuklopfen, sehr ernst genommen und gemeinsam mit ein paar anderen aus dem Kurs ein an das Original angelehntes Skript geschrieben.

»Meine Herren, wenn ich bitten darf«, gibt die Professorin den Startschuss für den zweiten Akt. Ich räuspere mich.

»Wie kann ich gehen, wenn mein Herz hier zurückbleibt? Ich bin ein Gefangener der Dunkelheit und werde mein Licht suchen.« Der Text ist dank Aspen weniger mein Problem, eher, das Ganze authentisch rüberzubringen. Darin bin ich eine Vollkatastrophe. Da es bisher nur ein provisorisches Bühnenbild gibt, steige ich auf die Bank, die eine Mauer darstellen soll, und hüpfe leichtfüßig wieder hinunter.

»Romeo! Wo bist du?«, ruft Carter. Sein Talent ist ähnlich verkümmert wie meins.

»Der schläft wahrscheinlich bereits im Bett seinen Rausch aus«, antwortet Jacob. Von uns dreien gibt er eindeutig die beste Vorstellung ab.

»Nein, ich habe gesehen, wie er über die Gartenmauer gehüpft ist. Ruf du nach ihm.«

»Hey, Romeo, du verliebter Trottel, komm her und lass dich über Amor aus, dessen Pfeil dich traf. Los, stell dich nicht tot. Denk an Rose, die sich nach dir verzehrt. Ihre leuchtenden Augen, ihre rosaroten Lippen, ihre bebenden Schenkel und alles, was sich dazwischen befindet und nur auf dich wartet. Zeig dich, alter Freund.«

»Willst du ihn verärgern?«

»Das kann ihn nicht verärgern. Ich habe das Kind nur beim Namen genannt und seine Angebetete erwähnt.«

»Lass uns verschwinden. Er hat sich sicher verkrochen, weil er allein sein will.« Die beiden gehen von der Bühne ab und jetzt wird es ernst. Die wohl berühmteste Szene der Welt, ausgerechnet mit mir in der Hauptrolle. Hätte mir das vor zwei Monaten jemand gesagt, ich hätte herzhaft gelacht.

»Zweite Szene. Ich spüre es, das hier wird ein magischer Moment«, säuselt die Professorin. Wenn sie damit meint, dass ich hier gleich auf die Bühne kotze, ist das eher weniger magisch als erbärmlich. Mein Herzschlag nimmt an Fahrt auf, als ich die Aufmerksamkeit aller habe.

Ich gehe auf die frei stehende Leiter zu. »Wer nie verletzt wurde, weiß auch nicht, was Schmerzen sind.«

Aspen tritt hinter dem Vorhang hervor und klettert auf der einen Seite die Leiter nach oben. Einen Moment zögere ich und ziehe ernsthaft in Erwägung, das Weite zu suchen, aber das wäre gegen unsere Abmachung. Kein Davonlaufen mehr.

»Wer versteckt sich dort am Fenster, hinter zu viel Stoff?« Zögerlich setze ich einen Fuß auf die unterste Sprosse. »Es ist der

Dunkelheit Licht. O strahle, bezaubernde Julia, töte die Finsternis, weil du viel schöner bist. Sie ist es, mein Licht! Meine Liebe! Wenn sie nur wüsste, dass sie es ist –

Sie spricht, aber nicht zu mir. Ich will ihr antworten, doch kommen mir die richtigen Worte nicht in den Sinn. Ich könnte Taten sprechen lassen. Klettere zu ihr hinauf, küsse ihre Wange.«

»Ich Unglückliche.« Aspen schielt zu mir herunter.

»Sprich weiter, du Schönheit. Erhelle mit deinen Worten diese Nacht.«

»Romeo! Warum denn, Romeo? Würdest du deinen Vater, deinen Namen verleugnen? Wenn nicht, dann schwöre, dass du mich liebst, und ich will nicht länger die sein, deren Namen ich trage, und ich gebe dir all meine Liebe.«

Ich kann nicht ignorieren, dass dieses Szenario auch auf die Realität zutrifft. Irgendwie jedenfalls. Mein geliehener Name stellt ebenfalls ein Problem für uns beide dar. Nur dass sie davon keine Ahnung hat. Noch nicht.

Als ich meinen Einsatz verpasse, flüstert Aspen mir den Text zu. »Höre ich ihr nur zu oder gebe ich mich zu erkennen?«, wiederhole ich ihn laut.

»Mein Feind ist nur dein Name. Du bist du, selbst wenn du einen anderen Namen hättest. Was ist schon ein Name? Weder Hand noch Fuß, weder Arm noch Gesicht. Ein Name ist nur ein Name. Er definiert dich nicht. Und doch, sei ein anderer Name –« Sie macht eine kurze Pause und sucht meinen Blick, auch wenn das so nicht im Skript steht.

Ich schlucke schwer, weil ich wünschte, sie würde das auch so meinen, was sie gerade gesagt hat. Dass es egal ist, ob ich Jasper oder Cameron bin. Weil es eben nur ein Name ist, den man unabhängig von Gefühlen betrachtet. Dass es egal ist, dass Cameron nicht die Kohle von Jasper auf seinem Konto hat. Dass er aus Bellbrook statt aus Bristol stammt. Dass er die Upperclass bedient, statt einer von ihnen zu sein. Allerdings unterscheidet mich und Romeo eine grundlegende Sache: Er hat nie vorgegeben, jemand anders zu sein.

»Eine Rose, würde sie anders heißen, so würde sie immer noch lieblich duften. So wäre es auch bei Romeo. Mit einem anderen Namen wäre er dennoch derselbe. Ach, Romeo, leg deinen Namen ab, der nicht mehr als das ist, und ich gehöre auf ewig dir.« Aspen macht das erstaunlich gut.

Ich klettere eine weitere Sprosse nach oben, nähere mich ihr. »Ich nehme dich beim Wort. Gib mir einen anderen Namen und ich werde nicht mehr Romeo heißen.« Wie wäre es mit Cameron? *Gefällt dir der Name, hübsche Julia?*, füge ich gedanklich hinzu, während ich eine weitere Sprosse erklimme. Das Problem an dieser Leiternummer ist, dass wir uns zu schnell viel zu nah kommen, weil es keinen Balkon zwischen uns gibt, der die nötige Distanz bildet. Ich hätte das Ganze für eine wackelige Angelegenheit gehalten, das Teil steht allerdings bombenfest.

»Wer bist du?«

»Meinen Namen kann ich dir nicht sagen. Nur so viel, ich hasse ihn, weil er dein Feind ist. Wenn ich könnte, würde ich ihn ablegen.«

»Du bist Romeo. Deine Stimme würde ich immer erkennen.«

»Nein, bin ich nicht, wenn du es willst.«

»Was machst du hier?«

»Ich habe nach dir gesucht.«

»Du bringst dich in Gefahr. Sie werden dich töten.«

»Gefährlich sind nur deine Augen: Blickst du mich an, können sie mir nichts anhaben.« Es ist erschreckend, wie nah wir uns an der Wahrheit befinden und doch meilenweit davon entfernt sind.

»Ich will nicht, dass du entdeckt wirst.«

»Die Nacht schützt mich, aber wenn du mich nicht liebst, dann sollen sie mich finden. Ich sterbe lieber durch ihren Hass, als ohne deine Liebe leben zu müssen.«

»Woher wusstest du, wo du mich findest?« Aspen ist verdammt gut, und ich spüre, wie sie mich mitzieht. Wie ich allmählich alles um mich herum ausblende. Wie es nur noch sie und mich und unsere reale Version von Romeo und Julia gibt.

»Meine Liebe zu dir hat mir den Weg gezeigt. Ich würde dich immer finden, und sei die Menschenmenge, die dich verbirgt, noch so groß. Mein Herz findet deins auf ewig.« Wie wahr. Jedes verfluchte Mal. Als hätte man mich auf sie gepolt.

»Du liebst mich? Sag nichts, ich kenne die Antwort, oder sag es doch. Vielleicht geht das hier zu schnell, zu unbedacht, zu plötzlich. Vielleicht sollte ich dir die kalte Schulter zeigen, damit du dir Mühe geben musst? Aber was hätte das für einen Sinn, immerhin hast du mich belauscht und kennst meine Gefühle für dich.«

»Ich schwöre –«

»Bitte nicht. Spar dir das für unser Wiedersehen auf. Wenn du mich dann noch immer liebst, dann schwöre es mir, aber nicht heute Nacht.« Im Augenblick würde ich ihr alles schwören, wenn sie mich nur darum bäte.

Ich klettere zu ihr hinauf. Sie auf der einen Seite der Leiter, ich auf der anderen. Mein Gesicht direkt vor ihrem. Das Blut rauscht in meinen Ohren. Weil es sich nach viel mehr als einer Theaterprobe anfühlt. Als könnte ich ihr meine Gefühle offenbaren, ohne es wirklich zu tun, und sie würde es dennoch verstehen. In diesem Moment lasse ich zu, dass wir eine Grenze übertreten.

»Gute Nacht«, sagt sie weniger gespielt. Das hier ist echt.

»Du willst mich einfach so fortschicken?« Mein Blick verfängt sich in ihrem. Der Schalter für die knisternde Atmosphäre hat sich zuverlässig umgelegt. Was nicht sonderlich schwer ist, wenn man das Skript kennt und genau weiß, worauf die Szene hinausläuft.

»Was willst du denn noch? Meine Liebe habe ich dir schon gestanden, bevor du überhaupt danach gefragt hast.«

»Ich will dich küssen.«

Aspens Augen werden groß. Verdammt!

»Und warum machst du es dann nicht?«, haucht sie und nähert sich meinem Gesicht, bis ihres vor meinen Augen verschwimmt.

»Weil das so nicht im Skript steht«, flüstere ich an ihren Lippen, die kaum merklich meine streifen.

»Scheiß auf das Skript!«, erwidert sie ebenso leise. Bevor ich überhaupt reagieren kann, schließt sie die letzte Lücke zwischen uns und küsst mich. Hier. Vor allen Leuten.

Ich spüre ihre Finger an meiner Wange und wie sie sich in meinen Nacken schieben, um mich noch näher an sich zu ziehen. Ein, zwei Sekunden lang erwidere ich ihren Kuss, der so viel sanfter als unser erster ist. Der war rau, voller Frust und unkontrollierter Wut. Das hier fühlt sich umso echter an. Ist es aber nicht. Sie ist nicht Julia und ich bin nicht Romeo. Fuck! Fuck! Fuck!

Abrupt reiße ich mich von ihr los und verliere dabei den Halt auf der Leiter. Um Aspen nicht mit in die Tiefe zu reißen, versuche ich gar nicht erst, mich an ihr festzuhalten. Zu meiner eigenen Überraschung lande ich nicht auf meinem Hintern, sondern auf den Füßen. Der Sportkurs zahlt sich also doch aus. Coach Porters Reaktionstraining zeigt Wirkung. Mein Blick schnellt zu Aspen, die besorgt zu mir herabsieht und gerade von der Leiter klettert. Ein Klatschen ertönt. Zeitgleich sehen wir zur Professorin.

»Das war ganz wunderbar. Sie beide haben eine besondere Magie. So viel Liebe und doch voller Tragik. Mein Herz. Lassen Sie diese Aura, die Sie umgibt, zu einem Teil von Ihnen werden und sperren Sie sie nicht länger aus. Gemeinsam hätten Sie so viel gute Energie. Das war's für heute. Vielen Dank, meine Schäfchen, Sie alle waren großartig.«

Vorsichtig sehe ich zu Aspen, die in diesem Moment ebenfalls zu mir sieht. Ein unsicheres Lächeln erscheint auf ihren Lippen, die mich vor wenigen Augenblicken noch geküsst haben. Ich lächle zurück und unterzeichne damit meine Kapitulation. Die Macht des Stärkeren hat gewonnen. Herz über Verstand. Leichtsinn über Vernunft. Mut über Angst. Aspen über Cameron.

35.

CAMERON

»Ich sehe albern aus. Muss ich das wirklich anziehen?«

Wieder einmal ist Jasper wie aus dem Nichts im Morgengrauen aufgetaucht. Zur Generalprobe für den Winterball, wie er es nennt. Wer probiert fünf Wochen vorher einen Anzug an? Im Augenblick stecke ich also in einem Smoking und unterziehe mich Jaspers prüfendem Blick. Als ich ihn gefragt habe, ob der Quatsch wirklich sein muss, meinte er, es wäre schade, wenn sein Plan an einem schlecht sitzenden Smoking scheitern würde. Das ist total bescheuert. Es ist nur ein Anzug.

Keine Ahnung, wie er es anstellt, dass er immer wieder unbemerkt auf das Gelände schleicht. Er hat das komplette Halloween-Wochenende hier verbracht und tatsächlich auf dem Sofa gepennt, und ich befürchte, dieses Wochenende wird es nicht anders sein. Auf eine verquere Art habe ich mich sogar an ihn gewöhnt.

Bevor er mich in den Anzug gesteckt hat, saß er mit seinem Laptop auf dem Sofa und hat eine Dokumentation über irgendeinen Technikkram geschaut. Ich habe nicht einmal die Hälfte davon verstanden, er hingegen hat zufrieden vor sich hin gegrinst. Als wären wir alte Freunde und er zu Besuch, habe ich uns sogar etwas zum Mittag gekocht. Wir haben seit unserer ersten Begegnung eindeutig eine Entwicklung durchlebt. Und tatsächlich habe ich mich bei dem Gedanken erwischt, ob wir Freunde wären, hätten wir uns zufällig kennengelernt und er mir statt fünfzigtausend Dollar seine Freundschaft angeboten. Verrückt! Wäre ich dann jemals Aspen begegnet? Vermutlich nicht.

»Okay, spuck es aus.«

»Ich will nicht mit dir darüber reden«, sage ich. Gespräche mit ihm enden stets damit, dass ich mich entweder wie ein Versager fühle oder er mich in noch größere Schwierigkeiten bringt. Von beidem habe ich die Nase voll. Wenn ich ihm erzähle, dass Aspen mich gestern bei der Probe geküsst hat und ich keine Ahnung habe, ob es eine Bedeutung hat oder dem Augenblick geschuldet war, wird er mir darauf keine Antwort geben, die ich hören will. Das macht er nämlich grundsätzlich nicht. Jasper wirft für gewöhnlich mehr Fragen auf, als er beantwortet.

Skeptisch betrachte ich mich im Spiegel. Dann sehe ich zu Jasper, der gegen den Türrahmen lehnt und mich kritisch beäugt. Bequem ist das Teil in keinem Fall. Das Sakko ist zu eng und die Hose zu lang. Mit ernster Miene kommt er auf mich zu.

»Nein, willst du vielleicht nicht, aber du musst mit jemandem darüber reden, sonst zerfrisst es dich. Im Augenblick bin ich die einzige Person, die dir zur Verfügung steht, um Ballast loszuwerden. Und da ich heute nichts weiter vorhabe …« Den Rest seiner Antwort lässt er in der Luft hängen, aber ich weiß auch so, was er meint. Und wahrscheinlich hat er sogar recht damit. Er greift nach der Fliege um meinem Hals und rückt sie zurecht, dann macht er eine Handbewegung, als würde er einen Fussel von meiner Schulter wischen. Genervt verdrehe ich die Augen.

»Wenn es sein muss, können wir auch über die kleine Hill und Gefühle reden. Zweiteres ist zwar nicht mein Fachgebiet, aber ich bin brillant darin, Zusammenhänge zu erkennen.«

»Wirklich, und was sagt dein Expertenhirn?«, antworte ich sarkastisch.

»Dass du reinen Tisch machen solltest. Dein Elend ist kaum zu ertragen.« Grinst er mich ernsthaft amüsiert an?

»Und dann? Was, wenn sie uns auffliegen lässt?«

»Glaubst du denn, dass sie das tun würde?«

»Woher soll ich das wissen? Wie würdest du denn auf solche Neuigkeiten reagieren?«

»Ich bin hierfür kein geeignetes Fallbeispiel. Da ich dazu neige, dass meine Aktionen, hervorgerufen durch eine Reaktion auf eine Situation, nicht unbedingt der Norm entsprechen«, antwortet er.

»Warum wundert mich das bei dir nicht?«, erwidere ich kopfschüttelnd. Aus Gründen, die er mir partout nicht verrät, will er das College aus seinen Grundmauern heben. So hat er es jedenfalls genannt. Was auch immer dahintersteckt, ich gehe davon aus, es ist etwas Persönliches.

»Wir ziehen die Sache durch, dann bist du frei«, wechselt er das Thema.

»Was passiert mit dir, wenn sie dich erwischen?« Und warum ist er eigentlich so tiefenentspannt? Mir würde der Arsch auf Grundeis gehen, wenn ich vorhätte, irgendwo einzusteigen, um irgendwelche Daten zu stehlen.

»Darüber musst du dir keine Gedanken machen, solange du dich an den Plan hältst.« Der recht simpel ist, weil ich nichts anderes zu erledigen habe, als dafür zu sorgen, dass ich auf dem Ball gesehen werde. Ich bin sein Täuschungsmanöver oder, wie er es nennt, trojanisches Pferd. Es mag absurd klingen, aber ich hoffe, dass ihn niemand erwischt. Mein Gefühl sagt, dass er zu den Guten gehört und es lediglich hinter dem Arschloch versteckt, das er für alle zur Schau stellt. Würde ich etwas anderes vermuten, würde ich keinesfalls bei der Nummer mitmachen.

»Apropos, deine Auserwählte lungert vor dem Haus herum.«

»Shit!«

»Vielleicht solltest du rausgehen und mit ihr reden? Oder vielleicht möchte sie gemeinsam mit uns eine Tasse Tee trinken?«, feixt er. Ich hasse ihn.

»Halt die Klappe«, zische ich ihn an.

»Aber jetzt weiß ich, warum du auf sie stehst, sie ist scharf.« Ich werfe ihm einen bösen Blick zu. »Vielleicht gehe ich mal Hallo sagen.«

Ist er übergeschnappt? Hastig löse ich die Fliege.

»Als ob sie dir abkaufen würde, dass du ich bist.«

»Wer weiß, sie glaubt ja auch, du wärst ich.« Er provoziert mich absichtlich. Fluchend steige ich aus der Anzughose und werfe sie aufs Bett. Während ich panisch ein Kleidungsstück nach dem anderen ausziehe und gegen Jeans und Shirt eintausche, trinkt Jasper in aller Ruhe seinen Tee.

»Also, was hast du jetzt vor?«, fragt er mich, als ich erneut aus dem Fenster schaue.

»Keine Ahnung. Was soll ich denn deiner Meinung nach machen, du bist das Situation-Reaktion-Aktion-Genie von uns beiden.«

»Herauszufinden, warum sie hier ist, wäre ein guter Anfang.«

»Und wenn sie reinkommen will?«

»Dann bin ich hoffentlich schon verschwunden.« Jasper stellt seine Tasse auf dem Schreibtisch ab, dann sammelt er die einzelnen Teile des Smokings ein, hängt alles ordentlich auf einen Bügel und verstaut ihn wieder im Kleidersack. »Während du dich um das Problem vor der Tür kümmerst, kümmere ich mich um einen Smoking, der dir passt. In dem hier siehst du furchtbar aus.«

»Und wie löse ich das Problem vor der Tür?«, frage ich eher mich selbst als ihn.

»Es ist deine Freundin, nicht meine«, antwortet er.

»Sie ist nicht meine Freundin«, protestiere ich.

»Du hättest sie aber gerne. Fühl ihr ein bisschen auf den Zahn und finde heraus, wie viel Wert sie auf all das legt, was du nicht besitzt«, schlägt er vor.

»Und dann?« Warum führe ich ausgerechnet mit ihm das Gespräch? *Weil du niemand anderen hast, mit dem du darüber reden kannst, hallen Jaspers Worte durch meinen Kopf.* Ich hasse es, wenn er recht hat.

»Wenn du das Gefühl hast, dass sie es aushält und uns nicht verpfeift, dann weih sie ein, wenn nicht, halt die Füße still«, sagt er und zuckt mit den Schultern. Ich weiß nicht, ob ich es gut finde, dass er mir in der Hinsicht so blind vertraut. Immerhin besteht eine

Chance, dass ich mich irren könnte, und dann würden wir so richtig in der Scheiße stecken.

»Ich hau ab. Viel Spaß mit der Kleinen. Wir sehen uns morgen früh.« Und dann verschwindet er tatsächlich einfach durch das offene Schlafzimmerfenster, als bestünde nicht die geringste Gefahr, erwischt zu werden. Sein Ego hätte ich gerne.

Sobald er genug Vorsprung hat, nehme ich das Handy vom Schreibtisch, stelle mich ans Fenster und schaue nach, ob Aspen immer noch vor dem Bungalow steht.

36.

ASPEN

Aus sicherer Entfernung beäuge ich den Bungalow skeptisch. Warum habe ich mich von den beiden nur dazu überreden lassen, meiner Theorie auf den Grund zu gehen? Ich kann nicht einfach an seine Tür klopfen und fragen: Hey, kann es sein, dass du dir eine Identität geklaut hast? Allerdings habe ich auch keinen anderen plausiblen Grund, um überhaupt hier zu sein. Und ich bin zufälligerweise nicht Kim Possible, die sich mal eben durchs Fenster quetscht, um nach Hinweisen zu suchen.

Das gestrige Date hat klar gezeigt, dass der virtuelle Jasper und der Waterbury-Jasper unmöglich ein und dieselbe Person sind. Nachdem ich das Rätsel gelöst hatte, habe ich mit ihm im Chat ebenfalls das Vorliebenspiel veranstaltet. Nahezu keine Antwort hat sich mit denen von Jasper gedeckt.

Bevor ich aus dem Versteck trete, vibriert es in der hinteren Hosentasche meiner Jeans. Ich ziehe das Handy heraus und werfe einen Blick darauf.

Unbekannt: Stalkst du mich?

Suchend sehe ich mich um, kann aber niemanden entdecken. Erneut wandert mein Blick zu dem Bungalow und dann zurück auf das Display. Jasper. Sofort speichere ich die Nummer ab.

Ich: Ich bin überrascht, dass du tatsächlich ein Smartphone bedienen kannst.

Den Seitenhieb, weil er nach wie vor nicht auf meine Notiz in

Shakespeares Klassiker reagiert hat, kann ich mir nicht verkneifen. Bisher hat er es nämlich nicht für nötig gehalten, mir seine Nummer zu geben, und das, obwohl wir regelmäßig Zeit miteinander verbringen. Als keine Antwort zurückkommt, schicke ich ihm eine weitere Nachricht.

Ich: Wollte nur mal testen, wie das so ist, wenn man vor fremden Häusern herumlungert. 😉

Jasper: Und?

Ich: Habe es mir spaßiger vorgestellt.

Jasper: Verrätst du mir, warum du hinter einem Busch stehst?

Ich: Nein.

Das werde ich ganz sicher nicht. Leider habe ich auch keine passende Erklärung parat, die meine Anwesenheit glaubwürdig begründen würde. *Ich war zufällig in der Nähe,* schreit regelrecht nach einer Ausrede. Planlos starre ich auf das Display und warte darauf, dass die drei kleinen Punkte erscheinen. Nichts. Ich beginne zu tippen.

Ich: Was machst du gerade?

Okay, das klingt genauso lahm wie *Ich war zufällig in der Gegend.* Ich lösche die Nachricht wieder und setze neu an. Lösche erneut. Das Ganze probiere ich drei Mal, dann lasse ich es. Genervt von mir selbst, weil ich offenbar nicht dazu in der Lage bin, eine simple Textnachricht, die nicht bescheuert klingt, zu verfassen, schüttle ich den Kopf. In dem Moment, als ich aufsehe, steht plötzlich Jasper vor mir. Vor Schreck lasse ich das Handy fallen. Krachend schlägt es auf dem Kopfsteinpflaster auf.

»Verdammt, musst du dich so anschleichen?!«, fluche ich.

»Bin wohl doch nicht so leise wie ein Elefant im Porzellanladen«, feixt er.

»Soll das zu einem Running Gag werden?«, antworte ich spöttisch. Er bückt sich und hebt mein Smartphone auf.

»Sorry. Ich besorge dir ein neues«, sagt er nun deutlich weniger amüsiert, sondern reumütig. Erst weiß ich nicht, was er meint, dann entdecke ich das hübsche Muster, das ab sofort mein Display ziert. Ich nehme ihm das Handy aus der Hand und tippe darauf herum. Immerhin funktioniert es noch.

»Ich schick dir die Rechnung«, erwidere ich scherzhaft. Kaum merklich zuckt Jasper zusammen, als wäre ich ihm versehentlich auf den Fuß getreten. »Das war ein Witz, du musst mir kein neues Handy kaufen, das kann ich mir gerade so noch selbst leisten«, füge ich grinsend hinzu.

»Gut, ich nämlich nicht. Die Dinger kosten inzwischen ein kleines Vermögen«, antwortet er frech. Sein linker Mundwinkel wandert nach oben und bringt dieses tiefe Grübchen zum Vorschein, das er viel zu selten preisgibt. Zu gern würde ich ein einziges Mal mit dem Finger hineinpiksen. Nur um zu wissen, wie es sich anfühlt.

»Sagt der Typ, dessen Familie halb New York gehört«, erwidere ich sarkastisch. Die Worte sind raus, bevor ich wirklich darüber nachgedacht habe. Was, wenn doch etwas an dem dran ist, was Dion in Erfahrung gebracht hat, und er benimmt sich so seltsam, weil er bald vor den Traualtar tritt? Um ehrlich zu sein, wäre mir der geklaute Name lieber.

Das Grübchen verschwindet so schnell, wie es auf seiner Wange erschienen ist. Mit Jasper ein Gespräch zu führen, ist, wie barfuß über heiße Kohlen zu laufen. An manchen Stellen verursacht es ein Kribbeln, an anderen unangenehme Brandblasen bis hin zu einem vernichtenden Flächenbrand. Ich suche seinen Blick, um das Ausmaß meiner Worte abzuschätzen. Kein Flächenbrand, nicht mal ein kleines Lodern. Damit habe ich nicht gerechnet. Stattdessen funkelt das Schokolendenbraun in seinen Augen amüsiert.

»Verrätst du mir nun, warum du hier draußen herumstehst? Wolltest du zu mir oder warst du zufällig in der Gegend?« Er lächelt mich so breit an, dass mir schwindlig wird.

Immer nur zu dir, schießt es mir durch den Kopf. Wo kommt der Gedanke so schlagartig her? Ich beiße mir auf die Lippe, damit er nicht versehentlich meinen Mund verlässt.

»Glaubst du mir, wenn ich sage, dass ich von Aliens entführt und ausgerechnet vor deiner Tür abgesetzt wurde?«

»Nein«, antwortet er, ohne zu zögern, und lacht. Wenn er lacht, setzt schlagartig mein Verstand aus. Es klingt so aufrichtig. So echt. Und berührt etwas tief in mir.

Sein Lachen ebbt ab, bis es schließlich versiegt, und dann gewinnt die Mauer, die er um sich gezogen hat, wieder die Oberhand. Das Zeitfenster, in dem er mich einen Blick dahinter werfen lässt, ist selten größer als fünf Minuten, und das ist frustrierend.

Etwas unbeholfen stehen wir voreinander. Wie so oft. Wir sehen einander an, unschlüssig, in welche Richtung wir uns bewegen sollen. Aufeinander zu oder voneinander weg. Wo es mich hinzieht, weiß ich. Bei ihm bin ich mir da nicht ganz sicher. Seine Körpersprache widerspricht grundsätzlich dem Ausdruck in seinem Blick. Denn darin liegt eine gewisse Sehnsucht, die ich nur zu gut nachempfinden kann. Weil ich sie kenne. Weil es mir genauso geht. Immer dann, wenn er in meiner Nähe ist und sobald er es nicht ist. Alles andere an ihm hingegen sagt: *Komm mir nicht zu nah.*

Menschen können auf verschiedenste Weise ihre Zuneigung zeigen. Worte, Mimik, Gestik. Worte sind hierbei das schwerste Mittel. Denn oft finden wir nicht die, die es braucht, um all das zu sagen, was wir loswerden müssen, damit sich unser Herz leichter anfühlt.

Mimik verrät einiges, führt uns aber auch oft in die Irre. Gestik ist die einfachste Methode. Sollte man meinen. Es ist so simpel, in unsere Körpersprache so viele ungesagte Worte zu verpacken, und doch sind wir häufig wie erstarrt, bleiben stumm.

»Gehen wir ein Stück?«, frage ich vorsichtig und wappne mich innerlich bereits dafür, dass er ablehnt, sich umdreht und zurück ins Haus geht. Ohne mich.

Ich kann seine ausgestoßene Luft auf meinen Lippen spüren, als er tief durchatmet. Federleicht und wie eine Liebkosung hinterlässt sie ein Kribbeln auf meiner Haut. Steht er schon die gesamte Zeit so dicht vor mir, oder hat er den Abstand verringert, ohne dass ich es bemerkt habe? Ist das wichtig? Nein. Im Augenblick weiß ich nur, dass ich meine Hände an seine Seiten legen und ihn zu mir heranziehen möchte, bis sich unsere Körper berühren. Ihn küssen will, so wie ich es gestern während der Probe getan habe. Für einen winzigen Moment hat er den Kuss erwidert, bis er beinahe die Leiter hinuntergestürzt wäre, weil er sich nicht schnell genug von mir losreißen konnte.

Mein Blick heftet sich auf seine Lippen.

»Okay«, erwidert er leise, zögerlich, aber dennoch entschlossen.

»Wirklich?«, frage ich überrascht. Amüsiert zuckt sein linker Mundwinkel.

»Los, bevor ich es mir anders überlege«, antwortet er ohne jegliche Ernsthaftigkeit in der Stimme.

»Vielleicht solltest du dir vorher eine Jacke anziehen, außer du spekulierst auf eine Erkältung, um mich loszuwerden, dann ist ein T-Shirt die perfekte Wahl. Allerdings würde ich nicht ausschließen wollen, dass ich mit Hühnerbrühe vor deiner Tür auftauche.«

»Ich geh mir eine Jacke holen.«

Ohne darüber nachzudenken, folge ich ihm, als er zurück zum Bungalow geht, halte allerdings inne, als er hineingeht. Er nimmt eine dunkelgrüne Jacke vom Haken und zieht sie sich über. Nervös trete ich von einem Fuß auf den anderen.

»Musst du mal aufs Klo oder warum zappelst du so rum?«, fragt er und mustert mich neugierig. Das würde mir die Möglichkeit verschaffen, ins Haus zu gelangen, um nach Informationen zu suchen. Immerhin bin ich deswegen hier.

»Vielleicht«, erwidere ich. Jasper tritt beiseite und nickt in Richtung Badezimmer. Ich husche an ihm vorbei und werfe einen flüchtigen Blick über die Schulter, um nachzusehen, ob er mir folgt. »Ich werde nicht telefonieren«, necke ich ihn. Für einen Augenblick scheint er irritiert, dann grinst er, lässt es allerdings unkommentiert.

Ich biege ins Badezimmer ab. Und jetzt? So wird das nichts. Niemand bewahrt seine Geheimnisse im Badezimmer auf. Damit er nicht misstrauisch wird, betätige ich die Klospülung.

Nachdem ich das Badezimmer verlassen habe, sehe ich mich nach ihm um. Irgendwie habe ich damit gerechnet, dass er vor der Tür auf mich warten würde. Geräusche aus dem Wohnzimmer erwecken meine Aufmerksamkeit, und ich schleiche den Flur entlang, um ihnen auf den Grund zu gehen. Jasper steht an der Kücheninsel und packt etwas in einen Rucksack. Das ist meine Chance. Einen Moment lang zögere ich, dann schleiche ich ins Schlafzimmer. Hier herrscht tatsächlich ein bisschen Chaos. Klamotten liegen auf dem Bett verteilt. Der Kleiderschrank steht offen. Auf dem Schreibtisch steht eine halb volle Tasse. Der Geruch von schwarzem Tee steigt mir in die Nase. Ich habe ihn noch nie Tee trinken sehen.

Mein Blick schweift durch den Raum. Mir fällt nichts ins Auge, was darauf hinweist, dass er nicht Jasper Anderson ist. Kurz sehe ich zur Tür, dann ziehe ich die Schublade vom Schreibtisch auf. Darin befindet sich nur Kleinkram. Sein Handy liegt auf dem Nachtschrank. Mit dem Zeigefinger tippe ich auf das Display. Natürlich hat er es mit seinem Fingerabdruck gesichert. Hätte ich die Identität einer anderen Person angenommen, würde ich die Beweise nicht offen herumliegen lassen. Das wäre auch wirklich zu einfach. Bevor Jasper misstrauisch wird, verlasse ich das Schlafzimmer und schleiche zurück in den Flur. Ich lehne mich gegen den Türrahmen, der in den offenen Wohnbereich mit angrenzender Küche führt, und beobachte ihn nachdenklich.

»Was machst du da?«, frage ich, aber er scheint mich gar nicht zu bemerken, also nähere ich mich ihm. Eine Flasche Cranberrysaft wandert gerade in den Rucksack. Das Zeug scheint er zu mögen, ich persönlich finde, es ist viel zu sauer und maximal in einem Cocktail genießbar. Er hebt den Blick und sieht mich überrascht an, als wäre ich aus dem Nichts aufgetaucht.

»Was machst du da?«, wiederhole ich meine Frage.

»Ich dachte, wir könnten picknicken, die Sonne kommt gerade raus«, antwortet er und wirkt bei seinem Vorschlag tatsächlich ein bisschen verlegen.

»Ein Picknick? Ich glaube, ich war in meinem ganzen Leben noch nie picknicken. Außer es zählt, sich bei einem Straßenverkauf etwas zu holen und es auf einer Parkbank im Central Park zu essen, dann bin ich Meisterin darin.«

Jasper verzieht das Gesicht, als ich lache. Dabei mache ich mich gar nicht über seine Idee lustig. Im Gegenteil, die finde ich süß, auch wenn wir uns den Hintern abfrieren werden, weil die Sonne Anfang November längst nicht mehr genügend Kraft hat. Mich amüsiert eher die Tatsache, dass ich so was noch nie gemacht habe, obwohl ich von meinem Zimmer in Manhattan direkt auf den Central Park schaue. *Weil die Hills das nicht machen.*

»Du hast recht, es ist eine bescheuerte Idee. Lassen wir das«, sagt er und beginnt, die Dinge wieder auszupacken.

Erneut haste ich um die Kücheninsel. Völlig unbedacht greife ich nach seiner Hand, um ihn davon abzuhalten. Er zieht sie so schnell zurück, dass ihm die Packung Cookies aus den Fingern rutscht. Erschrocken starrt er mich an.

»Sorry«, sage ich kleinlaut und weiche sofort einen Schritt von ihm zurück. Was habe ich mir nur dabei gedacht? Nichts. Verdammt! Inzwischen sollte ich es besser wissen. Berührungen sind nämlich immer nur dann okay, wenn sie von ihm ausgehen. Als müsste er sich erst darauf vorbereiten, von mir angefasst zu werden.

37.

CAMERON

Verdattert sieht Aspen mich an. Ich bin mir nicht sicher, was sie im Augenblick mehr schockiert – mich angefasst zu haben oder meine Reaktion darauf. Vermutlich Letzteres. Denn für gewöhnlich trifft mich eine Berührung von ihr nicht so unvorbereitet und versetzt mich in Panik. Dabei habe ich nicht mal grundsätzlich ein Problem damit, berührt zu werden, sondern nur wenn sie diejenige ist. Weil sie Gefühle in mir weckt, denen ich selbst nicht traue. Gefühle, von denen ich angenommen habe, dass ich sie auf immer mit meinen Eltern begraben hätte. Und dieser Umstand macht mir tatsächlich ein bisschen Angst.

Ich will das Gefühl von Liebe nicht neu entdecken, wenn ich es nicht festhalten kann, sollte mir erneut alles um die Ohren fliegen. Und ich hasse Jasper dafür, dass er es mir in Aussicht gestellt hat und meine Gedanken sich seitdem einzig um die Frage *Was wäre, wenn?* drehen. Ich bücke mich nach der Packung Cookies und lege sie auf der Kücheninsel ab.

»Ich würde wirklich gerne mit dir picknicken«, sagt sie vorsichtig, und ich könnte mir selbst in den Arsch treten, weil ich sie verunsichere, obwohl das Gegenteil mein Ziel ist. Es war ein spontaner Einfall, weil ich dachte, es könnte ihr gefallen. Frauen stehen ja auf so was. Jedenfalls die, mit denen ich für gewöhnlich verkehre. Wie es in der Upperclass mit so einfachen Dingen aussieht, keinen Schimmer. Vermutlich muss es ausgefallener sein, um Eindruck zu hinterlassen. Mondscheindinner auf einer Jacht oder in einem Museum. Etwas, wobei man anständig blechen muss, um seinem Interesse einen angemessenen Wert zu geben.

»Lass gut sein, Aspen«, blocke ich ab und packe weiter aus. Sie muss sich nicht darauf einlassen, nur um nett zu sein. Denn das ist es, was sie hier gerade versucht. Sie will zu dem dämlichen Typen nett sein, der denkt, ein simples Picknick wäre angemessen. Keine Ahnung, warum sie wirklich vor meiner Tür stand, aber ich konnte sie nicht wegschicken, obwohl ich es hätte tun sollen.

Warum habe ich mich bloß von Jasper bequatschen lassen? Ich hätte das Gespräch beenden sollen, bevor er mir den Floh ins Ohr setzen konnte, Aspen auf den Zahn zu fühlen, wie wichtig ihr all das ist, was ich nicht bin.

Ich hasse Jaspers Art, mir eine Lektion fürs Leben zu erteilen. Kundzutun, jeder hat seinen Platz und meiner ist nicht hier. Meine Anwesenheit in Aspens Welt ist mit einem Ablaufdatum versehen und dann geht es für mich zurück nach Bellbrook. Weil wir absolut nichts gemeinsam haben. Weil sich niemand von uns in der Welt des anderen zurechtfinden würde. Und dennoch stellt sich die Frage *Was, wenn doch?* tapfer gegen alle Zweifel.

»Hör auf damit!«, sagt sie schroff. Von ihrem Ton verblüfft, erstarre ich in der Bewegung und blicke sie abwartend an. Blitzschnell greift Aspen nach dem Rucksack und nimmt ihn an sich. »Hör auf, ständig einen Rückzieher zu machen, lass doch einfach mal etwas zu und warte ab, was passiert. Vielleicht ist es ja gar nicht so furchtbar, wie du glaubst.« Sie klingt tatsächlich ein bisschen verzweifelt.

Und ich verstehe sie, ich bin es mit jeder Minute, die ich diese Scharade aufrechterhalte, auch. Dabei bin ich mir nicht einmal sicher, ob es überhaupt noch um das Geld geht. Klar, ich brauche es, aber wie hoch ist der Preis, den ich bereit bin dafür zu zahlen?

»Ich kann dir nicht ganz folgen, du meinst schon noch das Picknick, oder?« Natürlich meint sie das nicht.

»Herrje, stehst du wirklich so auf dem Schlauch?«

Nein, aber wenn ich zulasse, dass das Gespräch in die von ihr beabsichtigte Richtung geht, werde ich Eingeständnisse machen müssen, von denen ich nicht weiß, ob ich dazu bereit bin. Ich hebe die Cookies vom Boden auf und reiche sie ihr.

»Okay, dann ziehen wir das jetzt durch.« Das ist zwar nicht, was sie gemeint hat, aber der Tag ist noch lang und schreit regelrecht danach, dass ich mich in Schwierigkeiten bringe. Aspen nimmt mir die Kekse ab und steckt sie mit etwas zu viel Nachdruck zurück in den Rucksack. Sie ist angefressen, weil ich sie hinhalte. Auch das kann ich verstehen. Aber ich brauche noch etwas Zeit, um eine finale Entscheidung zu treffen.

»Das ist ein Anfang«, sagt sie und lächelt verhalten. Der Anfang von was? Vom Ende oder Neubeginn? Wortlos reiche ich ihr die Weintrauben und den Saft. Ebenfalls wortlos packt sie die Dinge ein. Anschließend strecke ich ihr auffordernd die Hand entgegen, damit sie mir den Rucksack gibt. Einen Augenblick zögert sie, bevor sie ihn mir überlässt. Von der Sofalehne nehme ich die Wolldecke und klemme sie unter die beiden Riemen, die zum Verschließen des Rucksacks gedacht sind, dann setze ich ihn auf.

»Bereit?«

»Bereit, wenn du es bist«, erwidert sie. Bevor ich es mir anders überlege und sie damit erneut vor den Kopf stoße, gehe ich voran, halte Aspen die Tür auf und ziehe sie anschließend hinter mir zu.

»Und in welche Richtung laufen wir?«, fragt sie am Ende der Auffahrt und sieht einmal nach rechts und links.

In die richtige hoffentlich, schießt es mir durch den Kopf.

»Rechts«, antworte ich und biege ab. Die nächsten fünf Minuten trotten wir schweigend nebeneinander her. Immer wieder sehe ich aus den Augenwinkeln zu ihr rüber, aber sie sieht konzentriert geradeaus. Aspen denkt nach. Denn sobald sie das macht, presst sie ihre Lippen fest aufeinander, bis sich eine schmale Linie bildet. Zu gerne wüsste ich, was ihr gerade im Kopf herumschwirrt. Ob sich ihre Gedanken um mich oder etwas völlig anderes drehen. Ich bin wirklich am Arsch.

Unauffällig atme ich tief durch, schiebe beide Daumen unter die Tragegurte des Rucksacks und umklammere sie fest, um mich davon abzuhalten, meine Hand nach ihrer auszustrecken und unsere

Finger miteinander zu verflechten. Einfach nur, damit sie sich etwas entspannt. Es ist völlig ausreichend, dass ich bis in die Zehenspitzen angespannt bin, weil die Katastrophe unaufhaltsam näher rückt.

Cameron, du bist wirklich brillant darin, bescheuerte Ideen zu haben. Was hast du gedacht, wie das hier laufen wird?, meldet sich die lästige Stimme zu Wort.

Ich ignoriere sie, weil ich mich inzwischen damit abgefunden habe, dass ich scheitern werde.

Als wir an den Sportanlagen vorbeikommen, spüre ich Aspens Blick auf mir. Ganz automatisch sehe ich sie an. So wie ich es immer tue, sobald ihre Aufmerksamkeit mir gehört. Es ist wie ein Reflex, den ich nicht kontrollieren kann.

»Verrätst du mir, wo wir hingehen? Der Park liegt in der entgegengesetzten Richtung.«

»Wusstest du, dass das College auf den alten Mauern eines Klosters errichtet wurde?«, frage ich sie. Ihre Augen werden groß. Die Information ist ihr neu.

Irgendwann in den ersten Wochen bin ich auf einem der Wegweiser über das Wort *Refektorium* und den Hinweis auf eine Abtei gestolpert. Letztes Wochenende bin ich beim Joggen den Pfeilen gefolgt und bei einer Ruine herausgekommen. Hätte sich davor nicht eine Informationstafel befunden, die darüber aufklärt, was dort einst für ein Bauwerk stand, hätte es alles sein können.

Laut Tafel ist es einem Brand zum Opfer gefallen und wurde dann zu großen Teilen abgerissen, als das College 1875 gegründet wurde. Fünf Familien, die hier ansässig waren, hatten viel Geld im Messinggeschäft gemacht und in die Bildung der Nachkommen ihrer Stadt investiert, damit sie nicht anderswo studieren und möglicherweise nicht zurückkommen. Was als Absicherung für die Zukunft von Waterbury gedacht war, hat sich zu einer Bildungseinrichtung für die reichsten Kids des Landes entwickelt. Ob das wirklich im Sinne der Gründer gewesen ist, bleibt fraglich. Allerdings wird man am Waterbury College nur angenommen, wenn man einen Stammbaum hat, der auf die Gründer zurückführt, oder ein Empfehlungsschreiben ebenjener, die ihr Studium hier absolviert haben. Jedenfalls hat das Jasper erzählt, alles andere habe ich im Internet recherchiert.

Die massive Mauer um das Gelände ist ebenfalls ein Überbleibsel aus dem achtzehnten Jahrhundert. Sie existierte also bereits vor dem College und ist nicht, wie ich angenommen habe, extra dafür errichtet worden. Die Gegend um die Klostermauern ist felsig, völlig unberührt und mein persönliches Highlight. Von meinem Bungalow aus ist es ungefähr eine halbe Stunde Fußmarsch, aber es lohnt sich. Spätestens wenn man auf einem der Felsen sitzt und auf den Naugatuck, den Fluss, der durch Waterbury fließt, blickt.

Da Aspen mich noch immer neugierig mustert, gebe ich ihr einen kurzen historischen Exkurs. Aufmerksam hört sie mir zu und lächelt schließlich.

»Du interessierst dich für Geschichte?«, schlussfolgert sie.

»Ein bisschen«, antworte ich. Cameron interessiert sich dafür, Jasper eher weniger.

»Du belegst Geschichte aber nicht.«

Fragend ziehe ich eine Augenbraue hoch. Woher weiß sie das? Ich kann mich nicht erinnern, dass wir je über die Kurse, die wir nicht gemeinsam besuchen, gesprochen haben.

»Abbie hat Geschichte gewählt, sie hätte es mir erzählt, würdest du in dem Kurs sitzen.« Natürlich hätte sie das.

»Wir müssen da entlang«, sage ich und deute nach rechts.

»Da führt aber kein Weg entlang«, erwidert sie skeptisch, folgt mir jedoch.

»Dann musst du wohl darauf vertrauen, dass ich über eine gute Orientierung verfüge und uns sicher ans Ziel bringe.«

»Wenn du mich loswerden willst, musst du mich nur hier zurücklassen. Mein Orientierungssinn ist eine Katastrophe.«

»Gut zu wissen«, erwidere ich grinsend. Sie boxt gegen meine Schulter. Überrascht zucke ich zusammen. Mir ist gar nicht aufgefallen, wie nah wir nebeneinander herlaufen. Augenblicklich vergrößere ich so unauffällig wie möglich den Abstand zwischen uns.

»Romeo hätte Julia nie irgendwo zurückgelassen, weil sie ihm auf die Nerven ging.«

»Nach fünf Tagen waren beide tot. Sie hatten überhaupt keine Zeit, sich gegenseitig auf den Zeiger zu gehen.«

»Du bist so unglaublich romantisch«, zieht sie mich auf. Der Weg wird zunehmend felsiger und Aspen scheint allmählich die Puste auszugehen.

»Brauchst du eine Pause?«, frage ich sie.

»Unbedingt. Hätte ich geahnt, dass ich mir das Picknick erst durch körperliche Erschöpfung verdienen muss, hätte ich mir eine Ausrede überlegt.«

Ein Lachen verlässt meine Kehle. Ihr Blick heftet sich auf meine Lippen. Sie muss dringend damit aufhören, mich immer so anzusehen. So als wäre ich alles, was sie will.

»Ich schwöre, die Mühe lohnt sich«, versichere ich ihr.

»Davon bin ich überzeugt«, erwidert sie, ohne ihren Blick von meinen Lippen zu lösen. Fuck!

38.

ASPEN

Viel zu lange verharrt mein Blick auf Jaspers Lippen ohne eine Reaktion von ihm. Dabei bin ich mir sicher, er hat es bemerkt. Diskretion ist nicht unbedingt etwas, das ich beherrsche. Jedenfalls nicht in Bezug auf ihn.

Seine Mundwinkel zucken, als er schluckt und den Kopf wegdreht. Seine Zurückweisung fühlt sich jedes Mal an, als würde er mir in den Magen boxen. Inzwischen kratzt Jasper nicht mehr nur an meinem Ego, sondern auch an meinem Herzen. Das ist nicht, was ich mir erhofft habe. Ich erwarte ja nicht, dass er mich an sich zieht und um den Verstand küsst und … Doch, genau das ist es, was ich mir in meiner Fantasie regelmäßig zusammenreime, sobald dieses Knistern, das den perfekten Moment ankündigt, in der Luft liegt. Der dann nicht kommt, weil Jasper es nicht zulässt. Oder er fühlt es einfach nicht. Aber dann hätten wir uns doch kein zweites Mal geküsst, oder?

»Hier«, sagt er und reißt mich damit aus meinen Gedanken. Wie einen Trostpreis hält er mir die geöffnete Flasche Cranberrysaft entgegen. Großartig. Das ist dann wohl die einzige Art und Weise, wie wir uns im Augenblick näherkommen. Speichel, der sich an einem Flaschenhals vermischt. Wenn das nicht Romantik pur ist. Und doch nehme ich ihm den Saft ab und trinke einen kleinen Schluck. Das Zeug ist so abartig sauer, dass sich meine Eingeweide zusammenziehen.

»Wie weit ist es denn noch?«, frage ich genervt, weil ich keinen Meter weitergehen will. Ich habe wirklich nicht damit gerechnet, dass wir für ein Picknick einen ganzen Bundesstaat durchqueren müssen. Okay, das ist übertrieben, aber meine Füße fühlen sich so an. Hier ist weit und breit nichts außer Felsen, die vor uns in die Höhe ragen. Wir hätten einfach in den Park auf dem Campus gehen können, hätten die Decke auf dem Rasen ausgebreitet und ein paar Cookies gegessen. Das wäre sicher ganz nett geworden.

Die Sonne verschwindet hinter einer dicken dunklen Wolkenschicht. Sofort erfasst mich eine kühle Brise. Um mich zu wärmen, schlinge ich die Arme um meinen Körper. Ich wusste, dass wir uns den Hintern abfrieren würden. Niemand bei klarem Verstand geht Anfang November picknicken. Jasper scheint es hingegen nicht zu stören, denn er hat nicht einmal den Reißverschluss seiner Jacke zugezogen.

»Vielleicht zehn Minuten«, erwidert er und verstaut die Flasche wieder in seinem Rucksack.

»Meine Füße bringen mich um. Sollten wir noch einmal zusammen spazieren gehen, besorge ich mir vorher Wanderschuhe.«

Jasper wirft einen Blick auf meine Converse. Wenn meine Mom wüsste, in was meine Füße stecken, würde sie hyperventilieren. *So was tragen wir nicht.* Nein, sie trägt so was nicht, Aspen schon. Die Schuhe sind bequem, aber eher für Kurzstrecken und ganz sicher nicht dazu geeignet, über steinigen Untergrund zu laufen. Ich schwöre, meine Fußsohlen haben blaue Flecken, und über die Blasen an meinen Zehen will ich gar nicht erst nachdenken.

»Es sieht nach Regen aus«, sage ich, während ich in den wolkenverhangenen Himmel blicke. Demonstrativ setze ich mich auf einen der großen Steine und sehe zu Jasper.

Er legt den Kopf in den Nacken. »Es wird nicht regnen«, widerspricht er.

»Ach, bist du jetzt auch noch Meteorologe, oder was?«, motze ich ihn an. Mein Frustrationslevel klettert langsam, aber stetig aufwärts. Picknicken habe ich mir anders vorgestellt.

»Wow, du erinnerst mich gerade an eine quengelige Fünfjährige.«

»Und du mich an einen Klugscheißer«, zische ich ihn an. Als

Antwort grinst er schief. »Können wir nicht einfach hierbleiben und picknicken?«, versuche ich es eine Spur freundlicher.

»Nein, können wir nicht. Wer schlappmacht, verliert.«

Ich wusste gar nicht, dass wir im Wettstreit sind.

»Dir ist hoffentlich klar, dass wir den gesamten Weg auch wieder zurücklaufen müssen«, merke ich an.

»Ja, das ist mir bewusst.«

Noch nicht davon überzeugt, den Weg fortsetzen zu wollen, schaue ich Jasper nach, der bereits über die Felsbrocken kraxelt. Das kann unmöglich sein Ernst sein. Wenn er glaubt, dass ich eine Felswand hochklettere, überschätzt er mich eindeutig. Wir wollten picknicken und nicht den Mount Everest erklimmen.

»Aspen, wo bleibt dein Ehrgeiz? Ich hätte nicht erwartet, dass du so schnell aufgibst«, ruft er mir provokant über seine Schulter hinweg zu.

»Vielleicht habe ich einfach wenig Interesse, mir deinetwegen den Hals zu brechen«, erwidere ich laut genug, dass er mich auf die Entfernung hören kann. Das Risiko, mir von ihm das Herz brechen zu lassen, gehe ich, ohne zu zögern, ein, sobald er mir ein Signal gibt, aber ich werde keine Knochenbrüche riskieren, um ihn zu beeindrucken.

Da ich keine Anstalten mache, auch nur einen Fuß vor den anderen zu setzen, hüpft er den Felsen wieder herunter und kommt mit skeptischer Miene auf mich zu. Seufzend stehe ich auf und klopfe mir den Staub vom Hintern.

»Hast du Angst?«, fragt er leise.

»Nein, aber ich bin nicht lebensmüde.«

»Manche Risiken sind es wert, sie einzugehen, oder nicht?« Er sucht meinen Blick, und ich lasse zu, dass er ihn findet. Dass sie einander festhalten. Ineinander versinken. Ist das ein Signal? Meint er so viel mehr, als er tatsächlich sagt? Ich bin verwirrt und doch macht sich eine Aufregung in mir breit. Ist das der Augenblick, in dem er endlich aufhört, sich gegen das zu wehren, was so unmissverständlich spürbar ist? Stumm flehe ich ihn an, mir mehr als das hier zu geben. Nur ein bisschen. Nicht viel. Etwas, das mir die Gewissheit gibt, mich nicht in etwas Auswegloses hineinzustürzen. Das hier ist eindeutig ein *Jetzt-oder-nie-Moment.*

»Gib mir einen Grund und ich riskier es …«, *dass du mir das Herz brichst,* beende ich in Gedanken meinen Satz.

Seine Augen weiten sich für den Bruchteil einer Sekunde. Er hat mich verstanden, auch ohne dass ich es laut ausgesprochen habe. Und dass er das tut, setzt voraus, dass er ganz ähnliche Gedanken gehabt haben muss. Ein vorsichtiges Lächeln erscheint auf seinen Lippen und ich erwidere es.

Mit einer federleichten Bewegung streicht er mit den Fingerspitzen über meine rechte Wange und schiebt mir eine lose Strähne hinters Ohr. Es ist so kitschig und klischeehaft. Unter anderen Umständen würde ich darüber lachen und fragen, ob es noch plumper geht. Bei Jasper nicht. Bei ihm lehne ich mich in die Berührung, um sie intensiver zu spüren, damit sie nicht nur ein Hauch ist, sondern mehr. Überraschenderweise weicht er nicht zurück, sondern geht noch etwas weiter, indem er seine Finger über meine empfindliche Haut wandern lässt. Als er die kleine Kuhle unterhalb meines Ohrläppchens erreicht, hält er einen Moment inne.

Rettungslos versinke ich in dem Braun seiner Augen. So tief, dass ich ohne Hilfe den Weg nie wieder hinausfinden werde. Und ich will es auch gar nicht. Ich möchte die Zeit anhalten, den Augenblick einfrieren, weil ich zum ersten Mal all das in den Tiefen entdecke, von dem ich geahnt habe, dass er es dort versteckt hält.

Als er sich Sekunden später zurückzieht und Abstand zwischen uns bringt, fühle ich mich um etwas beraubt. Um ihn, wenn das überhaupt möglich ist. Ich unterdrücke den Impuls, nach seiner Hand zu greifen und sie wieder an die Stelle zu legen, wo sie bis vor wenigen Augenblicken verweilt hat. Ich ermahne mich selbst, nicht zu viel auf einmal zu wollen und Jasper das Tempo bestimmen zu lassen. Und dann marschiere ich voran, um die verdammten Felsen hochzuklettern. Setze ein Zeichen, dass ich bereit bin, für ihn alles zu riskieren, und hoffe, dass er die Botschaft versteht.

Es dauert einen Moment, bis Jasper mir folgt und mich schließlich überholt. Was vernünftig ist, immerhin kennt er den Weg. Allerdings bieten sich auch nicht viele Möglichkeiten außer bergauf auf steinigem Untergrund.

Es ist fast schon lächerlich, wie mühelos der Aufstieg bei ihm aussieht, während ich keuchend hinter ihm herkraxle. Mein linker Fuß verliert den Halt und rutscht auf dem Geröll weg. Das Geräusch von kleinen Steinen, die ins Rollen kommen, dringt in mein Ohr und sorgt dafür, dass Adrenalin durch meine Adern schießt. Hastig werfe ich einen Blick über meine Schulter. Okay, der Weg ist nicht so steil, wie ich vermutet habe, aber dennoch beschwerlich.

»Gib mir deine Hand«, sagt Jasper, und es dauert tatsächlich einige Sekunden, bis seine Worte bei mir ankommen. Ich blicke zu ihm auf, er steckt die Hand nach mir aus. Was völlig unnötig ist, ich würde es auch alleine hinaufschaffen. Dennoch ergreife ich sie und lächle in mich hinein, als seine Finger meine warm und fest umschließen. Jasper hilft mir, über die großen Steine zu klettern, die immer wieder unseren Weg kreuzen, lässt mich aber auch dann nicht los, als der Untergrund ebener wird. Ohne Vorwarnung schieben sich seine Finger zwischen meine und verschränken sie miteinander. Bei dieser Geste setzt mein Herz ein, zwei Schläge aus und findet polternd in einen Rhythmus, der schnell und heftig gegen meinen Brustkorb klopft.

»Und? Habe ich zu viel versprochen?«, will er wissen.

Widerwillig löse ich den Blick von unseren ineinandergeschlungenen Händen und sehe mich um. Dann stockt mir der Atem. Unter uns liegt ein Fluss und am anderen Ufer kann man die Umrisse einer Stadt erkennen. Links von uns liegen die Klosterruinen, von denen er vorhin erzählt hat. Die Aussicht von hier oben ist fantastisch.

»Nein«, sage ich beinah ehrfürchtig.

Bevor ich es verhindern kann, rutscht seine Hand aus meiner und ein Seufzen entfährt mir. Um nachzusehen, warum er unsere Verbindung unterbrochen hat, wende ich mich ihm zu. Jasper befreit die Decke, die er unter die Riemen des Rucksacks geklemmt hat, und breitet sie auf dem Boden aus. Mit einer Handbewegung bedeutet er mir, mich zu setzen. Wortlos komme ich seiner Aufforderung nach. Der Boden ist hart und kalt, und kleine Steine bohren sich in meinen Hintern. Aber das nehme ich nur zu gerne in Kauf. Mit mehr Abstand, als mir lieb ist, setzt sich Jasper neben mich und platziert den Rucksack zwischen seinen Beinen. Für einen Augenblick bin ich neidisch auf das Gepäckstück. Ich hätte nichts dagegen, an dieser Stelle zu sitzen und meinen Rücken gegen seine Brust sinken zu lassen, während seine Arme mich umschlingen, um mich gegen die aufziehende Kälte zu wärmen. Tiefer kuschle ich mich in meine viel zu dünne Jacke.

»Hunger?«

Ich schüttle den Kopf und lasse anschließend den Blick schweifen. »Welche Stadt ist das?«, frage ich ihn. Weil er nicht antwortet, sehe ich ihn an. Er hält einen Cookie in der Hand und kaut.

Als er bemerkt, dass ich ihn ansehe, hebt er fragend eine Augenbraue. »Alles okay?«

»Ich habe gefragt, welche Stadt auf der anderen Seite des Flusses liegt«, wiederhole ich.

»Sorry, das habe ich nicht mitbekommen.« Mit den Fingern fährt er sich durch die Haare und macht ein verlegenes Gesicht. Ist es ihm unangenehm, dass er unaufmerksam gewesen ist? Himmel, das passiert mir ständig. »Das ist Waterbury, also, der Teil, der außerhalb des Campus liegt«, erklärt er. Erstaunlich, dass ich seit meiner Ankunft noch nicht ein einziges Mal in der Stadt war. Dabei sieht sie aus der Ferne durchaus nett aus. Das sollte ich nachholen.

Jasper holt eine Packung Jelly Beans aus dem Rucksack und kippt sich einige auf die Hand, bevor er die weißen aussortiert und die anderen zurück in die Tüte befördert.

»Was machst du da?«, will ich von ihm wissen.

Verwundert sieht er mich an, dann scheint er zu begreifen, worauf ich anspiele. »Ich esse nur die weißen«, erwidert er gleichgültig.

»Ja, das sehe ich, aber warum machst du das? Wieso isst du nicht einfach alle?« Das interessiert mich wirklich. Ich gebe zu, ich habe selbst eine bestimmte Reihenfolge, in der sie in meinen Mund wandern, aber am Ende bleibt keines übrig.

Jaspers Miene wird nachdenklich, als würde er überlegen, ob er wirklich darauf antworten soll. »Weil sie selten jemand will«, antwortet er schulterzuckend. Täusche ich mich oder schwingt da eine gewisse Traurigkeit in seiner Stimme mit?

Er hält mir die offene Hand hin, auf der fünf weiße Jelly Beans liegen. Soll das hier jetzt eine symbolische Geste sein? Wenn es ihm so viel bedeutet, esse ich halt welche. Mit spitzen Fingern nehme ich eins und stecke es mir in den Mund. Zufrieden lächelt er, als hätte ich gerade eine wichtige Prüfung bestanden. Normalerweise ist meine Reihenfolge: Rot, Grün, Orange, Gelb und zum Schluss Weiß. Und dann dämmert mir, was er meint. Das weiße Jelly Bean ist sein hässlicher Weihnachtsbaum. Das ist so unglaublich süß. Hätte ich nicht schon längst mein Herz an den Kerl neben mir verloren, wäre es spätestens jetzt der Fall.

39.

CAMERON

Nur ich schaffe es, Jelly Beans zu thematisieren. Aspen muss mich für bescheuert halten. Dabei habe ich es nicht einmal absichtlich gemacht, um damit irgendetwas zu beweisen. Es ist reine Gewohnheit. Cassie liebt die roten und gelben, Kaden die grünen und orangen. Die weißen bleiben in der Regel einsam in der Packung zurück. Irgendwann habe ich angefangen, sie zu essen und die anderen für meine Geschwister übrig zu lassen. Mehr steckt nicht dahinter.

Allerdings sieht Aspen mich an, als hätte ich gerade ein Katzenbaby von einem Baum gerettet. Ihr Blick ist so weich und liebevoll, dass ich mich bei dem Gedanken, sie könnte zu viel hineininterpretieren, unwohl fühle. Aber ich kann es nicht aufklären, ohne ihr von den beiden zu erzählen.

Um mich ihrem Blick zu entziehen, krame ich erneut im Rucksack und hole die anderen Dinge heraus, die ich vorhin spontan zusammengepackt habe. Weintrauben, Cranberrysaft, Nüsse und eine Packung Cocktailtomaten. Mehr war auf die Schnelle nicht aufzutreiben. Bewusst platziere ich die Lebensmittel zwischen uns, bis auf den Cranberrysaft, den behalte ich in den Händen, um mich davon abzuhalten, erneut meine Finger nach Aspen auszustrecken und über ihre zarte Haut zu streichen. Für heute habe ich genug Grenzen übertreten. Oder ich beichte ihr jetzt alles und hoffe, sie stößt mich nicht von dieser Klippe, weil ich sie wochenlang an der Nase herumgeführt habe. Sie als ein anderer geküsst habe als der, der ich bin. Und wenn sie mich auffliegen lässt?

Was habe ich mir nur dabei gedacht, sie so zu berühren? Gar nichts, ich habe mich von dem Gefühl leiten lassen, das sie in diesem Augenblick in mir ausgelöst hat. Verlangen nach ihr. Nach einem Uns. Fuck, ich war so kurz davor, alles zu vergessen und sie erneut zu küssen, ohne über mögliche Konsequenzen nachzudenken. Mich selbst von der Qual zu erlösen, sie im Augenblick nicht haben zu dürfen, obwohl ich sie eindeutig haben kann. Alles an Aspen schreit *Lass es endlich zu, lieb mich*. Okay, das ist vielleicht übertrieben, aber es fühlt sich so an, als würde sie etwas von mir erwarten, von dem sie ahnt, dass es in mir steckt. Und wenn ich tief in mich hineinhöre, weiß ich, sie hat recht. Die Erkenntnis macht es nicht leichter, all die unterdrückten Gefühle, die sich an die Oberfläche kämpfen, weiterhin im Zaum zu halten. Weil sie sich zu etwas entwickeln könnten, von dem ich nicht sicher bin, ob ich es kontrollieren kann.

Ich kann mich nicht erinnern, dass ich mich in den vergangenen Jahren jemals so zu jemandem hingezogen gefühlt habe, dass der körperliche Reiz dermaßen hinter den emotionalen gedrängt wurde, der so viel tiefer ging. Shit! Ich traue Aspen genug Verstand zu, um genau zu wissen, dass sie nur ein paar Knöpfe drücken muss, bis mein Widerstand in sich zusammenfällt. Aber noch mehr traue ich ihr zu, es auch zu tun. Schleichend, einen nach dem anderen, bis sie meine Vernunft völlig ausgeknipst hat, ohne zu wissen, was sie damit anrichtet. Am Ende bricht sie erst mir und anschließend sich selbst das Herz, sobald sie realisiert, auf wen sie reingefallen ist. Darauf wird es doch hinauslaufen, oder nicht?

»Erzähl mir von England.«

Verblüfft sehe ich sie an. Wie kommt sie denn jetzt darauf? Bisher hat sie mich nie nach etwas gefragt, was vor der Zeit in Waterbury liegt. Das sind Themen, die wir auslassen. Weil alles hier begann. Wir reden nicht über das Davor, weil das unausweichlich zu der Frage führen würde, was zwischen ihr und ihrem Dad steht, und ich müsste eine Lüge an eine andere reihen, um meine Identität zu verschleiern. Kurz denke ich darüber nach, ihre Frage einfach zu ignorieren, um mich nicht noch tiefer in Unwahrheiten zu verstricken.

»Wie ist es da so?«, lässt sie nicht locker und zwingt mich damit indirekt zu einer Antwort.

»Nett, aber das Wetter ist mies«, erwidere ich. Ich habe absolut keine Ahnung von England, weil ich noch nie dort gewesen bin.

»Du warst auf einem Internat, richtig?«

»Ja.« Meine Hände werden feucht, weil ich mich zunehmend unwohler dabei fühle, ihr eine Unwahrheit nach der anderen aufzutischen, obwohl ich es nicht will. Weil es sich absolut falsch anfühlt, ihr eine andere Geschichte als die meine zu erzählen.

»Du möchtest nicht darüber reden, oder?«

»Möchtest du über deinen Dad reden oder darüber, warum du in der Damentoilette gelandet bist?«, antworte ich eine Spur zu scharf. Großartig, so wollte ich das Thema eigentlich nicht zur Sprache bringen. »Sorry, das war unsensibel, aber ich rede ungern über Vergangenes. Ich halte mich lieber im Hier und Jetzt auf.« Das ist nicht einmal gelogen. Die Gegenwart ist auf diese Art um einiges leichter zu ertragen.

Aspen ignoriert meine Aussage, wendet ihren Blick von mir ab und sieht auf das, was uns zu Füßen liegt. »Warum hast du eigentlich den Semesterstart verpasst?«, will sie wissen und bemüht sich, dabei möglichst beiläufig zu klingen.

Ich stutze und mustere ihr Gesicht von der Seite. In welche Richtung treiben ihre Gedanken gerade? Neugier oder Misstrauen?

»Hatte noch etwas zu erledigen«, antworte ich vage.

»Und was?«, hakt sie nach.

Der Druck in meiner Brust entwickelt sich zu einem krampfenden Gefühl. Ich löse meinen Blick von ihr und starre zum Horizont, der genauso grau aussieht, wie ich mich innerlich fühle. Die Sonne versucht sich durch die Wolkendecke zu kämpfen. Erfolglos. Das Grau lässt sich nicht so einfach vertreiben.

»Ist das wirklich wichtig, Aspen?«, motze ich sie erneut an.

»Entschuldige, ich wollte dir nicht zu nahe treten«, antwortet sie kleinlaut.

»Dann lass es!«

Verdammt, ich hasse mich dafür, dass sie mir eine völlig simple Frage stellt und ich sie im Gegenzug von mir stoße. Denn genau so fühlt es sich an. Mit jeder Antwort, die meine Lippen verlässt, trete ich den Rückzug an. Warum muss sie mich so in die Enge treiben?

Die nächsten Minuten verfallen wir in tiefes Schweigen. Diese Stille führt zwangsläufig dazu, dass sich das Gedankenkarussell quietschend in Bewegung setzt. Runde um Runde dreht und zunehmend schneller wird.

»Darf ich?«, fragt sie und reißt mich aus dem Versuch, ihr ein mögliches Scheitern meinerseits in die Schuhe zu schieben. Wie armselig ist das bitte? Ihr die Schuld an etwas geben zu wollen, was einzig auf meine Kappe geht. Nicht sie spielt hier Scharade, sondern ich.

Ich schlucke schwer und somit alles hinunter, was mir auf der Zunge liegt. Was ich ihr sagen will, aber nicht kann. Nicht darf. Noch nicht. Oder niemals sagen werde. Hinter meinen Schläfen beginnt es schlagartig zu pochen, als meine Gedanken miteinander kollidieren und schlussendlich zu einer zähen Masse verschwimmen, die sich nicht entwirren lässt.

Sofort zwinge ich mich dazu, Aspen anzusehen und mich ausschließlich auf sie zu konzentrieren und nicht auf das, was sich gerade zu befreien versucht. Aspen deutet auf den Cranberrysaft in meinen Händen, den ich so fest umklammere, dass meine Fingerknöchel weiß hervortreten. Sich verzweifelt an einer Flasche festzuhalten, zeugt eindeutig nicht von Charakterstärke. Ich habe es nicht unter Kontrolle, denn ich spüre, wie es seine Klauen bereits nach mir ausstreckt.

Reiß dich zusammen und gib ihr einfach den verdammten Saft, ermahne ich mich selbst. Zu meiner Überraschung reagiert der andere Teil meines Bewusstseins tatsächlich darauf und reicht ihr die Glasflasche.

Meine Aufmerksamkeit heftet sich auf ihr Gesicht, als sie die Flasche an ihre Lippen führt und dabei die Augen schließt, während sie einen Schluck trinkt. Für einen Moment ziehe ich ernsthaft in Erwägung, es hinter mich zu bringen und reinen Tisch zu machen. Mich kopfüber in das Chaos zu stürzen und anschließend wieder einmal die Scherben aufzusammeln und alles so gut es geht erneut zusammenzusetzen. Wie schlimm würde es wohl diesmal werden?

Die Antwort bekomme ich, als sie die Flasche absetzt und sich ihre Lider heben. Sonnenstrahlen treffen auf Eisblau. Es wäre richtig übel. Und doch löse ich meinen Blick nicht von ihr. Fordere die Angst heraus. Aspens Augen halten mich gefangen und ich stürze hinein. Wie lange dauert es, bis man ertrinkt? Zwei, maximal drei Minuten? Genug Zeit, um sich ans rettende Ufer zu kämpfen. Aber vielleicht will ich in diesem Augenblick einfach loslassen.

Als Aspen näher zu mir heranrückt, weiche ich nicht zurück, weil ich wie erstarrt bin. Selbst wenn ich wollte, mein Körper würde sich nicht vom Fleck bewegen, weil mein Herz entschieden hat, an Ort und Stelle zu bleiben. Bei ihr, selbst wenn es daran zerbricht.

Ihre Hand tastet nach meiner, die ich zur Faust geballt habe und die sich augenblicklich entspannt, als sie Aspens Berührung wahrnimmt. Sie beugt sich vor. Näher. Noch näher. Zu nah. Zu weit entfernt. Ihre Nähe ist zu viel. Zu wenig. Mir schwirrt der Kopf, weil darin ein Krieg tobt, aus dem niemand als Sieger hervorgehen kann. Dann spüre ich Aspens Finger an meiner Wange, kühl und doch siedend heiß. Liebkosung und Qual.

Wie auf Knopfdruck beginne ich, hektisch zu atmen, nur um im nächsten Augenblick zu vergessen, wie das überhaupt funktioniert, während ich ihren Atem sanft und lockend auf meinen Lippen spüre.

Küss mich.

Lass es.

Küss mich.

Zaghaft schieben sich ihre Finger in meinen Nacken, vergraben sich in meinen Haaren, während ihre Lippen federleicht über meine streichen. Vorsichtig testen, ob sie das dürfen und wie weit sie gehen können. Mit jeder Faser will ich sie – so sehr, dass es schmerzt, weil die Vernunft wieder einmal mit allem, was sie zu bieten hat, dagegenhält.

Meine Lungen brennen, weil sie gewaltsam nach Sauerstoff verlangen. Resigniert schließe ich die Augen, hole Luft und lasse meine Stirn gegen Aspens sinken. Ich bin nicht bereit zu ertrinken. Noch nicht.

»Tu es nicht, bitte. Küss mich nicht«, flüstere ich. Das ist der Augenblick, in dem mein dürftig zusammengesetztes Herz einen Riss bekommt und droht, erneut in tausend Teile zu zerspringen. Denn das wird es, wenn ich das zwischen uns zulasse.

Mit einem enttäuschten Seufzen zieht Aspen sich zurück. Sofort wende ich den Blick von ihr ab, weil ich es nicht ertragen kann, sie anzusehen, ohne mich selbst dafür zu verachten, was ich gerade getan hatte. Ich habe ihr Signale gesendet und sie mit wenigen Worten alle wieder zurückgenommen. Habe sie auf eine Weise berührt, die unmissverständlich ist. Man streicht niemandem die Haare aus dem Gesicht, wenn es nichts zu bedeuten hat. Man hält keine Hand, wenn man damit nichts zum Ausdruck bringen will. Das ist nicht fair. Und doch habe ich all das getan. Ihr Hoffnung gegeben und schließlich einen Rückzieher gemacht. Weil ich an mir selbst gescheitert bin.

Schweigend sitzen wir nebeneinander, weil es nichts gibt, was einer von uns sagen könnte, ohne den anderen zu verletzen. Normalerweise genieße ich die Stille, aber im Augenblick wünschte ich, umgeben von Lärm zu sein, weil die Gedanken in meinem Kopf viel zu laut sind und mich zwingen, ihnen zuzuhören.

Du hast es vermasselt. Du bist ein Idiot. Sag ihr die Wahrheit. Vergiss sie. Denk an das Geld. Scheiß auf die Kohle. Sei kein Egoist, hierbei geht es nicht nur um dich. Es ist das Haus deiner Familie. Es ist Cassies und Kadens Zuhause. Es ist dein Zuhause. Was würden deine Eltern sagen, wenn du dich über die Familie stellst? Wieder einmal.

Bei dem Gedanken dreht sich mir der Magen um. In den letzten Jahren habe ich kaum an sie gedacht. Weil es einfacher ist weiterzumachen. Nicht zurückzusehen. Einfach zu funktionieren. Den Schmerz nicht zuzulassen, um nicht an ihm zu zerbrechen. Aber indem ich Aspen eine Tür zu mir geöffnet habe, habe ich sie auch für all die Dinge aufgestoßen, die ich so erfolgreich verdrängt hatte. Ich hatte die Hölle, aus der ich gekrochen war, unter Kontrolle. Irgendwie jedenfalls. Und dann bin ich Aspen begegnet.

Ich balle die Hände zu Fäusten, als die Bilder wie ein Film vor meinem inneren Auge ablaufen, mich dorthin mitnehmen, wo ich nie wieder hinwollte, und ich kann rein gar nichts dagegen tun, als mich ihnen zu ergeben.

Mom bereitet für alle Frühstück zu. Dad drückt ihr zum Abschied einen Kuss auf die Wange, bevor er zur Arbeit aufbricht. Cassie motzt Kaden an, weil er das Badezimmer blockiert. Grandma liest die Bellbrook Post *und trinkt ihren Tee. Und ich, der neben ihr am Esstisch sitzt und für Biologie büffelt. Ein normaler Morgen. Einer von vielen.*

Der Geruch von frisch gefallenem Schnee, weil es in der Nacht zuvor geschneit hat. Kaden rutscht auf dem spiegelglatten Fußweg vor unserem Haus aus und landet auf dem Hintern. Cassie lacht, dann klammert sie sich an meinen Arm, damit sie nicht ebenfalls fällt. Ein letztes Mal werfe ich einen Blick über die Schulter. Mom steht in der offenen Haustür und winkt uns zum Abschied, bevor sie die Strickjacke fester um sich wickelt und zurück ins Haus geht.

»Ich hasse Schnee«, schimpft meine Schwester.

»›Hass‹ ist ein ziemlich mächtiges Wort, das man nicht leichtfertig benutzen sollte«, antworte ich. Ich mag Schnee und die

Art, wie er alles in ein friedliches Weiß taucht. Zugefrorene Pfützen. Sonnenstrahlen, die auf Eisblau treffen und es glitzern lassen.

Heute fahren wir nicht zusammen mit Grandma zur Highschool, weil sie einen Arzttermin hat. Wir drei steigen in den Schulbus. Cassie setzt sich zu Latisha und Kaden sitzt lieber allein als neben seinem großen Bruder. Vier Haltestellen nach uns steigt Madison ein. Ich kann mich nicht daran erinnern, irgendwann nicht in sie verliebt gewesen zu sein. Aber genauso wenig kann ich mich daran erinnern, dass sie mich je beachtet hat. Bis heute, denn sie setzt sich auf den freien Platz neben mir. Mein Herz pocht wild. Wie ein Trottel starre ich sie an.

»Cameron, richtig?«, sagt sie.

Vor Nervosität übergebe ich mich beinahe, weil sie tatsächlich meinen Namen kennt. Ich reiße mich zusammen. Wir unterhalten uns. Tauschen Telefonnummern. Plötzlich ist es so einfach, verliebt zu sein. Die nächsten Stunden verbringe ich mit Tagträumen. Den Biotest setze ich in den Sand. Nach dem Unterricht warte ich wie vereinbart auf Madison. An diesem Tag bekomme ich meinen ersten Kuss. Mein Herz setzt vor Freude ein paar Schläge aus, nur um Stunden später ganz damit aufzuhören.

Etwas berührt mich an der Schulter. Das gehört hier nicht her. Das ist nicht real. *Du bist nicht hier, Cameron.* Erinnerung verschwimmt mit Realität.

Als ich mich selbst aus der Angst herausreiße, zucke ich heftig zusammen. Mein Atem geht schnell, abgehackt, und mein Herz hämmert wie besessen in meiner Brust.

»Sorry, ich wollte dich nicht erschrecken. Tut mir wirklich leid«, poltern die Worte nur so aus ihr heraus. Ruckartig wird das Bild vor meinen Augen klarer. Wie konnte ich nur so weit vom Hier und Jetzt abdriften? Das passiert mir nicht mehr. Ich kontrolliere meine Angst, nicht sie mich. In dem Augenblick, in dem ich Aspen ansehe und die Sorge in ihrem Gesicht entdecke, habe ich die Antwort. Ich habe aufgehört zu fühlen, und sie sorgt dafür, dass es nicht mehr so ist. Sie ist die Achillesferse der Angst tief in mir.

»Alles okay?«, fragt sie vorsichtig, weil ich sie mit meinem Kontrollverlust erschreckt habe.

Die Situation ist mir extrem unangenehm. Um sie nicht länger ansehen zu müssen, lasse ich meinen Blick schweifen. »Ja«, antworte ich matt. Mit zittrigen Fingern greife ich nach der Saftflasche, schraube sie auf und nehme einen großen Schluck. Spüle damit den schalen Geschmack herunter.

Langsam setzt die Abenddämmerung ein, taucht alles in Rot, Orange und Violett. Wäre die Situation eine andere, wäre es durchaus romantisch. Aus dem Augenwinkel sehe ich wieder zu Aspen, die die Arme fest um ihren Oberkörper geschlungen hat, weil es sich inzwischen deutlich abgekühlt hat. Damit sie nicht frieren muss, krame ich den extra für sie eingepackten Pullover aus dem Rucksack.

»Hier, zieh den an, bevor du noch krank wirst«, sage ich und werfe ihn ihr zu. Sie fängt ihn auf, klemmt ihn zwischen ihre Knie und schält sich aus ihrer viel zu dünnen Lederjacke. Unachtsam wirft sie sie auf die Picknickdecke, dann streift sie sich den dunkelgrünen Strickpulli mit Rautenmuster über.

Ein, zwei Sekunden heftet sich meine Aufmerksamkeit an ihren Anblick. Am liebsten würde ich sie bitten, das Teil wieder auszuziehen. Weil es Jaspers ist. Weil sie darin aussieht, als würde sie zu ihm gehören. Nur zu gerne würde ich sie in einen meiner Hoodies hüllen, um das Bild von ihr in einem Kleidungsstück von Jasper aus dem Kopf zu bekommen. Mit etwas zu viel Nachdruck stopfe ich die Dinge zurück in den Rucksack.

»Lass uns gehen«, sage ich und stehe auf. Als ich nach der Decke greife, springt Aspen auf und macht einen Schritt zur Seite. Kräftig schüttle ich die Decke aus und klemme sie mir unter den Arm. Statt den Rucksack aufzusetzen, behalte ich ihn in der Hand. Das mit dem Picknick hatte ich mir irgendwie anders vorgestellt, und sie sicher auch.

Ich habe es vermasselt. Sie und ich, das wird nicht klappen. Weil ich nur funktioniere, wenn ich nicht alles fühle, es bei ihr aber unbedingt will. Aspen ist mein Trigger und gleichzeitig der Hoffnungsschimmer. Wie paradox das eigentlich ist, darüber will ich nicht nachdenken. Weil ich weiß, wie es einen zerstört, wenn man erst das verliert, was man am meisten liebt, und anschließend sich selbst.

Drei Jahre lang habe ich mich immer wieder selbst durch die Hölle geschickt, um mich endgültig aus ihr zu befreien. Zwei Jahre später renne ich erneut auf sie zu, ohne zu wissen, ob ich diesmal den Weg heraus allein schaffen werde. Das Einzige, dessen ich mir absolut sicher bin, ist, dass ich es nicht verhindern kann und dass ich mich selbst wieder zusammensetzen werde, nachdem ich mich meinem größten Feind gestellt habe. Mir selbst.

Wortlos setze ich mich in Bewegung. Um sicherzugehen, dass Aspen den Abstieg ohne meine Hilfe schafft, schaue ich über die Schulter. Vorsichtig setzt sie einen Fuß vor den anderen, den Blick auf den Boden gerichtet, um nicht versehentlich einen falschen Schritt zu machen. Als sie zu mir aufsieht, kommt sie ins Straucheln. Die kleinen Steinchen unter ihren Schuhen geraten ins Rutschen.

Schlagartig lasse ich den Rucksack und die Decke fallen, überbrücke die Distanz zwischen uns und strecke die Arme nach ihr aus, als sie nach vorne kippt. In dem Moment, in dem ich sie auffange, verliere ich selbst den Halt unter den Füßen. Sofort klammert sie sich an mich und ich schlinge meine Arme schützend um sie. Gemeinsam rutschen wir ein Stück den Abhang hinunter, bis ich schließlich auf dem Hintern lande und sie mit mir zu Boden reiße. Steine bohren sich schmerzhaft in meinen Rücken, während Aspens Körper schwer auf meinem liegt. So eng, dass kein Blatt mehr zwischen uns passt, presse ich sie an mich, wodurch wir beide nicht atmen können. Sofort lockere ich meinen Klammergriff und schnappe nach Luft.

»Hast du dich verletzt?«, frage ich panisch, weil die Angst um sie in diesem Moment überwiegt und alles andere in den Hintergrund rücken lässt.

Sie stützt sich auf die Arme und sieht auf mich herab. »Bin weich gelandet, bei dir alles klar?« Ihr Gesicht schwebt dicht über meinem. Sie ist mir viel zu nah und doch nicht nah genug. Auf einmal sind da nur noch sie und ich.

»Habe noch nie besser gelegen«, erwidere ich gequält.

Frech grinst sie mich an. Bevor ich es wirklich realisiere, wandern meine Hände an ihre Taille und treffen dort auf Haut. Warm, weich und mein Untergang. Mein Blick heftet sich auf ihre Lippen, die sich in diesem Moment leicht teilen. Instinktiv wird mein Griff um ihre Taille fester, zieht sie noch enger an mich. Ich zwinge mich, ihr in die Augen zu schauen, und bereue es sofort, als ich das Verlangen darin entdecke. Als Reaktion schnellt mein Puls so unkontrolliert in die Höhe, dass ich kurzzeitig Sterne sehe. Fuck! Fuck! Fuck!

Ich gebe ein kurzes Stoßgebet ab, dass mir das Blut nicht jeden Augenblick in eine einzige Körperregion schießt. Zu spät! Nur Sekunden später drückt sich meine Härte unangenehm gegen die Jeans. Hoffentlich spürt sie es nicht, und gleichzeitig will ich, dass sie weiß, was sie mit mir anstellt, wenn sie mir so nah ist.

Federleicht streiche ich über die Haut unter meinen Fingerspitzen und entlocke ihr damit ein wohliges Seufzen. Mit jedem Atemzug mischt sich die Luft, die ich inhaliere, mit Aspen. Ihr Geruch hüllt mich ein. Honig und eine Spur Zimt, aber ich bin mir sicher, ihre Lippen würden nach Cranberrys schmecken, würde ich sie küssen. Erneut suche ich ihren Blick. Das sonst so klare Blau ihrer Augen spiegelt die Abenddämmerung wider. Das verleiht ihnen etwas Feuriges, unterstreicht das Verlangen, das in ihnen tobt, und vertreibt das Eisblau, das mich immer wieder in den Abgrund stößt.

»Hey«, haucht sie. Und damit hat sie mich. Es ist nur ein Wort, aber es ist zu unserem geworden. Ein simples Hey, das die Macht besitzt, einen Funken zu entzünden und uns gemeinsam in Flammen aufgehen zu lassen. Als sie ihre Position verändert und ihr Becken meine Erektion streift, stöhne ich frustriert auf. Das war's. Mein Widerstand fällt wie ein Kartenhaus in sich zusammen. Wenn ich schon ertrinke, dann gemeinsam mit ihr.

40.

ASPEN

Jaspers Hände schieben sich tiefer unter das Sweatshirt und streicheln über meine völlig überhitzte Haut. Jede Faser meines Körpers verzehrt sich nach ihm und fleht ihn an, der Qual endlich ein Ende zu setzen. Dass ihn meine Nähe nicht kaltlässt, habe ich in dem Moment deutlich zu spüren bekommen, als meine Hüfte mit seinem Schritt Bekanntschaft gemacht hat. Nicht absichtlich, aber es war aufschlussreich. Er will mich. Und ich will ihn.

Dennoch werde ich nicht diejenige sein, die einen erneuten Versuch startet. Die Initiative muss er ergreifen. Es war sein Wunsch, dass ich ihn nicht küsse, und ich habe nicht vor, mich darüber hinwegzusetzen. Ich werde ihn nicht zu etwas verleiten, das er hinterher bereuen könnte. Nicht nach dem, was eben passiert ist.

Wohin auch immer seine Gedanken gewandert sind, sie haben ihn erstarren lassen und in seine ganz eigene Hölle geschickt. Während ich auf ihn eingeredet habe, habe ich all das gefühlt, was er in diesem Moment durchlebt hat. Noch nie habe ich mich so hilflos und gleichzeitig verstanden gefühlt.

Seine Finger wandern meine Wirbelsäule entlang, lassen mich erschaudern. Nur einen Wimpernschlag später entzieht er mir seine Berührung. Mir entweicht ein protestierender Laut, worauf ein Schmunzeln auf seinen Lippen erscheint und das Grübchen auf seiner Wange zum Vorschein bringt.

Komm schon, spring über deinen Schatten und küss mich. Nicht denken, nur fühlen. So schwer ist das nicht.

Einer seiner Arme schiebt sich zwischen unseren Oberkörpern hindurch und streift dabei meine Brust. Er will mich umbringen, oder? Der zweite Arm sucht sich ebenfalls seinen Weg. Sanft umfasst er mit beiden Händen mein Gesicht. Sein Blick hält meinen fest und zieht mich immer tiefer mit sich in einen Strudel aus Verlangen, Vorsicht und Unsicherheit. Zweifel, die zu groß sind, um sie zu ignorieren.

»Ich werde dich nicht küssen, außer du bittest mich darum«, flüstere ich. Durchbreche die Stille zwischen uns. Riskiere, dass er den Schalter umlegt und mich von sich stößt.

Minimal übt er Druck aus und zieht mich näher an sich heran. So nah, dass ich seinen Atem auf meinen Lippen spüren kann. Meine Arme beginnen zu zittern, weil ich mich nach wie vor auf sie stütze, um ihn nicht vollständig unter mir zu begraben.

»Sag es«, hauche ich gegen seine Lippen. Er öffnet den Mund, und gerade als ich mir sicher bin, dass er mir erlauben wird, ihn zu küssen, ertönt aus der Ferne Gelächter.

Ignorier es. Mach diesen Augenblick nicht kaputt, flehe ich ihn stumm an.

»Hey, ihr zwei da!«, brüllt eine tiefe Stimme.

Sofort lässt Jasper seine Hände sinken, legt sie an meine Schultern und schiebt mich so weit von sich, bis ich auf ihm sitze. Am liebsten würde ich laut schreien, dass wer auch immer uns gestört hat verschwinden soll. Aber es würde nichts bringen. Der Moment ist vorbei.

Auch wenn ich es nicht will, klettere ich von ihm herunter und richte mich vollständig auf. Jasper springt so schnell auf die Füße, dass ich einen Schritt zurücktreten muss, damit er nicht gegen mich prallt. Dann sieht er in die Richtung, aus der die Stimme kam. Mein Blick folgt seinem. In Sichtweite entdecke ich eine Gruppe, die geradewegs auf uns zukommt.

Hastig bückt er sich nach dem Rucksack und hebt ihn auf.

»Anderson, bist du das?«

»Shit!«, entfährt es ihm leise. Er macht zwei Schritte vorwärts, dann sieht er zu mir. Wie angewurzelt stehe ich auf der Anhöhe. Ich bin frustriert, dass unser Beinahe-Kuss ein so jähes Ende gefunden hat. Ach was, frustriert ist gar kein Ausdruck für das, was ich im Augenblick empfinde. Tatsächlich verspüre ich das dringende Bedürfnis, Jasper anzubrüllen, während ich ihn schüttle. Zu allem Überfluss streckt er mir auch noch die Hand entgegen, um mir beim Abstieg behilflich zu sein. Der Blick, den ich ihm als Antwort zuwerfe, sagt unmissverständlich: *Vergiss es, Jasper Anderson oder wer auch immer du bist, du hattest deine Chance!*

Demonstrativ ignoriere ich seine Hand und gehe an ihm vorbei, darauf bedacht, keine erneute Bruchlandung hinzulegen. Hinter mir flucht Jasper leise, folgt mir jedoch. Je näher ich der Gruppe komme, die sich unten versammelt hat, desto deutlicher kann ich ausmachen, wer sie sind. Es sind vielleicht zehn Leute. Eine Handvoll kenne ich flüchtig aus den Kursen, die ich belege. Unter anderem Easton aus dem Schauspielkurs. Er ist für die Bühnentechnik zuständig. Ein hübscher Kerl mit großer Klappe. Jedenfalls ist das mein erster Eindruck von ihm. Für ein abschließendes Urteil kenne ich ihn zu wenig.

»Ach, sieh mal an, die bezaubernde Julia und der widerspenstige Romeo«, feixt er, sobald er uns erkennt. Mit einem breiten Grinsen im Gesicht hält er mir, genau wie Jasper zuvor, helfend die Hand entgegen, damit ich vom untersten Felsen hüpfen kann. Was völlig übertrieben ist, da er nicht höher als ein Regenfass ist. Ich würde es ohne Probleme alleine schaffen, aber aus Trotz ergreife ich Eastons Hand. Jasper springt neben mir schnaufend vom Felsvorsprung, landet mit beiden Füßen sicher auf dem Boden und stakst davon.

Ernsthaft? Will er mich hier einfach so stehen lassen?

Ein breiter Typ geht auf ihn zu und versperrt ihm den Fluchtweg. Er legt Jasper einen Arm um die Schultern und führt ihn zur Gruppe zurück.

»Wir sind auf dem Weg zur alten Ruine. Bisschen feiern. Kommt doch mit. Die anderen –«

»Nein«, sagt Jasper, noch bevor der Kerl seinen Satz überhaupt beenden kann. Sein Blick wandert zu mir. Was? Soll ich ihm jetzt zu Hilfe eilen und ihn aus dem Klammergriff des Gorillas neben ihm befreien? Darauf kann er lange warten. Die Nummer hat er sich selbst eingebrockt.

»Aber du kommst doch mit, Julia, oder?«, fragt Easton und spiegelt die Geste des anderen wider, indem er ebenfalls einen Arm um meine Schultern legt. Da ich mit ihm bisher kaum mehr als zehn Worte gewechselt habe, ist es mir unangenehm, dass er mir so auf die Pelle rückt. Ein leichter Biergeruch steigt mir in die Nase. Das ist zwar keine Entschuldigung, aber eine Erklärung, warum er so ungeniert auf Tuchfühlung geht.

Jaspers Augen verengen sich. Dass ein anderer Kerl mir zu nahe kommt, passt ihm also nicht. Wie wirft man jemandem einen Tja-du-hättest-mich-haben-können-Blick zu? Da es vermutlich in einer Grimasse enden würde, versuche ich es erst gar nicht. Stattdessen schlüpfe ich unter Eastons Arm hindurch, um seinen Fängen zu entkommen.

»Also, kommt ihr jetzt mit?«, mischt sich ein anderer Typ mit blassroten Haaren ein. Wenn mich nicht alles täuscht, sitzt Jasper im Wirtschaftskurs neben ihm. Er kommt auf mich zu und lächelt freundlich. »Hey, ich bin William, aber du kannst mich Will nennen«, stellt er sich vor.

Flüchtig sehe ich zu Jasper, der keine Miene verzieht. William alias Will ist anscheinend keine Bedrohung.

»Aspen, freut mich«, erwidere ich und lächle zurück.

»Wir wollten gerade den Rückweg antreten«, sagt Jasper.

Erneut legt Easton seinen Arm um meine Schultern. So schnell gibt er wohl nicht auf. »Wenn Romeo schon ins Bett muss, springe ich gerne für ihn ein«, raunt er mir so laut zu, dass es auch ja jeder mitbekommt.

Wow, ein hübsches Gesicht reißt es nicht raus, wenn so offensichtlich am Charakter gespart wurde. Ich will gerade zu einem passenden Kommentar ansetzen, als Easton abrupt von mir ablässt und ich sanft, aber bestimmt weggezogen werde.

»Und ich springe dir gleich ins Gesicht, wenn du nicht mit dem Bullshit aufhörst!«

Mein Kopf schnellt nach rechts. Huch, stand Jasper nicht eben noch ganz woanders? Und was ist das für ein schneidender Ton? Den kenne ich gar nicht von ihm. Zufrieden grinse ich in mich hinein. Wir machen also doch Fortschritte auf der Gefühlsebene. Eifersucht wäre damit abgehakt.

»Okay, es beruhigen sich jetzt alle brav. Easton, du behältst die Finger bei dir, damit Anderson deine Visage verschont«, ermahnt ihn der Kerl, der Jasper am Gehen gehindert hat.

»Kann ja keiner ahnen, dass die Pfeife null Spaß verträgt«, verteidigt sich Easton und lacht. Der Griff um meinen Oberarm wird fester.

»Alles okay?«, flüstere ich, aber Jasper scheint mir gar nicht zuzuhören, denn er fixiert Easton mit seinem Blick. Behutsam lege ich meine Hand auf seine, um sie zu lösen, bevor er mir noch einen blauen Fleck verpasst. Erschrocken zuckt er zusammen und sieht mich verwirrt an.

»Du tust mir weh«, sage ich leise, ohne einen Vorwurf in der Stimme, sondern eher besorgt.

»Sorry«, murmelt er, senkt den Blick und lässt von mir ab.

»Ich bin übrigens Jason.« Der Typ im Schrankformat streckt mir ebenfalls seine Hand entgegen. Ich ergreife sie und rechne damit, dass er sie viel zu fest drücken und schütteln wird, aber er ist erstaunlich feinfühlig. Ihn würde ich eindeutig dem Sportteam zuordnen. Denn er scheint nur aus Muskeln zu bestehen. Allein seine Nackenmuskulatur ist beeindruckend.

»Können wir dann?«, fragt jemand genervt. Die Dämmerung ist inzwischen so weit fortgeschritten, dass die Umgebung in dunkle Schatten getaucht wird. Wir werden es nie bis zum Campus schaffen, ohne uns in der Dunkelheit zu verirren, außer Jasper hat an Taschenlampen gedacht oder verfügt über Fledermaus-Sinne. Wie will die Gruppe bis zu der Ruine kommen, so ganz ohne Licht? Als hätte Jason meine Frage gehört, setzt er seinen Rucksack ab und holt ein paar Taschenlampen heraus. Da hat eindeutig jemand mitgedacht. Eine davon reicht er an Jasper weiter.

»Gekniffen wird nicht. Ihr kommt mit, oder ich packe ein paar Internatsgeschichten über dich aus, von denen du nicht willst, dass sie die Schönheit neben dir erfährt.«

Die beiden sind zusammen zur Schule gegangen? Liege ich mit meiner Vermutung womöglich daneben, und er ist doch der, der er vorgibt zu sein? Neugierig sehe ich zu Jasper und warte seine Reaktion ab. Der scheint völlig unbeeindruckt von dem Erpressungsversuch, denn er zeigt keinerlei Regung. Stattdessen wendet er sich mir zu und mustert mein Gesicht nachdenklich. *Bist du Jasper Anderson oder bist du es nicht?*

»Soll ich dich nach Hause bringen oder willst du mitgehen?«, fragt er mich und ignoriert Jason, der ihn abwartend ansieht. Eigentlich bin ich eher weniger in Partystimmung, aber ich würde gerne etwas mehr Zeit mit ihm verbringen, um ihm ein paar Informationen zu entlocken. Mein Versuch vorhin ist zwar gewaltig in die Hose gegangen, aber ich gebe nicht auf.

»Ein bisschen Spaß haben klingt verlockend«, erwidere ich und bin mir durchaus bewusst, wie doppeldeutig es sich anhört, obwohl ich es nicht beabsichtigt habe. Jasper gibt einen schnaubenden Laut von sich.

»Okay, dann lass uns Spaß haben.« Bei ihm schwingt nicht ansatzweise so etwas wie Begeisterung oder Zweideutigkeit mit. Er hat keinen Bock.

Jason johlt und gibt den Startschuss für die Gruppe, damit sie sich in Bewegung setzt. Sobald sie sich ein paar Schritte entfernt haben, halte ich Jasper zurück, der sich ihnen gerade anschließen will.

»Wir müssen nicht mitgehen, wenn du nicht möchtest.«

41.

CAMERON

Für einen Augenblick habe ich wirklich darüber nachgedacht, Easton von Aspen wegzuzerren und ihn von einem der Felsvorsprünge zu stoßen. Ich kann mich nicht erinnern, jemals auf einen Typen eifersüchtig gewesen zu sein, aber gerade eben war ich es. Und Eifersucht setzt Angst voraus. Großartig, ich bin auf dem besten Weg, mich mit dem Schnellzug ins Chaos zu befördern. *Dafür verdienst du Applaus, Cameron.*

»Lass uns mitgehen«, antworte ich, damit sie mich nicht für einen Langweiler hält, der miserable Picknicks veranstaltet.

»Okay. Wenn es doof ist, verschwinden wir gemeinsam, versprochen.« Aspen sieht mich an, als würde sie jeden Moment einen Fingerschwur von mir verlangen.

»Abgemacht«, antworte ich, und wir grinsen einander tatsächlich an, als hätten wir gerade einen Pakt fürs Leben geschlossen. Gemeinsam setzen wir uns in Bewegung und schließen zu den anderen auf. Sie unterhalten sich untereinander so lautstark, dass sich die vielen Stimmen nur schwer auseinanderhalten lassen. Mit Aspen bilde ich das Schlusslicht und halte Abstand zu der Gruppe, die vornweg läuft. Die Taschenlampen verleihen dem Ganzen den Touch einer Nachtwanderung, wie damals im Ferienlager. Ob Aspen je in einem Ferienlager war? Vermutlich nicht.

Bis zur Klosterruine sind es maximal zehn Minuten. Aus den Augenwinkeln sehe ich immer wieder zu Aspen, deren Gesicht im Dunkeln liegt, weil ich mit der Taschenlampe auf den Weg vor uns leuchte. Schweigend laufen wir nebeneinander her. Es ist nicht so, dass ich nichts zu sagen habe. Im Gegenteil, da ist so viel, von dem ich will, dass sie es weiß. Wer ich bin. Wer ich nicht bin. Wer ich gerne wäre. Wie hübsch sie ist. Wie gerne ich sie geküsst hätte. Wie sehr ich es immer noch möchte. Die Liste der Dinge, die ich aussprechen will, scheint schier unendlich. Und doch kommt nichts über meine Lippen, weil ich keine Ahnung habe, wie ich die Wahrheit verpacke, ohne dass Aspen mich hasst und davonläuft.

Etwas stößt gegen meinen Oberarm. Ich sehe zu Aspen, die mich anscheinend mit dem Ellenbogen angestupst hat, um meine Aufmerksamkeit zu bekommen.

»Du schaust immer so ernst«, stellt sie fest. Woher will sie das wissen? Um uns herum ist es stockdunkel.

»Ich denke viel nach, wenn es still ist«, antworte ich ehrlich. Vermutlich glaubt sie jetzt erst recht, ich habe einen Knall, schließlich sind wir umgeben von Stimmengewirr. Aber was ich meine, ist die Stille, die entsteht, wenn die Gedanken so laut sind, dass der Rest zu einem monotonen Brei verschwimmt. Eine Art Taubheit, die sie wahrscheinlich kennt. Aspen ist so lebendig. Hell. Laut. So viele Farben, die sie umgeben. Sie widerspiegeln. Und doch ist da auch dieser Schatten, der hin und wieder auf ihrem Gesicht liegt, wenn sie sich unbeobachtet fühlt. Dann ertrinkt sie genau wie ich in einem Meer aus Gedanken.

»Und worüber denkst du nach, wenn es zu still um dich herum ist?«, fragt sie vorsichtig. Ich mag es nicht, dass sie offenbar glaubt, mich mit Samthandschuhen anfassen zu müssen, und doch bin ich froh, dass sie es macht. Dass sie mir das Gefühl gibt, es ist okay, wenn ich nicht auf alle ihre Fragen eine Antwort habe. Dass sie das gar nicht von mir erwartet, sondern eher damit rechnet, keine zu erhalten.

»Darüber, wer ich gerne wäre«, beantworte ich ihre Frage.

»Und wer wärst du gerne?«, bohrt sie nach.

»Nicht der, der ich im Moment bin.« Und damit meine ich nicht Cameron Monroe, sondern die Rolle, die ich ihr vorspiele. Ich will nicht Jasper Maxwell Anderson sein, wenn Aspen in meiner Nähe ist. Ich will ich sein. Nur ich, mit all der ohrenbetäubenden Stille in mir, die Aspen zum Schweigen bringt, weil meine Gedanken durch sie weniger grau erscheinen und endlich wieder an Farbe gewinnen.

Sag es ihr, das ist deine Chance.

»Lass uns für heute Abend einfach die sein, die wir gerne wären und die wir nicht sind«, schlägt sie vor. Fragend ziehe ich die Augenbrauen hoch, auch wenn sie es nicht sehen kann, aber ich kann ihr nicht ganz folgen. Meint sie, was ich denke, das sie meint?

»Und wer wärst du heute Abend gerne?«, frage ich sie und spüre, wie meine Kehle trocken wird. Ich schlucke schwer. Will ich die Antwort wirklich wissen? Nein. Vielleicht. Verdammt, ja. *Erzähl mir, wer du sein möchtest, Aspen Hill.*

Ohne Vorwarnung schiebt sich ihre Hand in meine. Mir ist klar, ich sollte das nicht zulassen, weil es falsch ist, aber es fühlt sich so verdammt richtig an. Ihre Hand in meiner. Wir gemeinsam gegen die Angst und alles, was gegen uns spricht. Es könnte so einfach sein.

»Heute Abend möchte ich das Mädchen sein, das du ansiehst, als wäre es der Mond zwischen all den funkelnden Sternen und es wert, von dir geküsst zu werden.«

Ach, du heilige Scheiße! Ich habe mit allem gerechnet, aber ganz sicher nicht damit.

»Du willst also der Mond sein. Warum nicht einer der funkelnden Sterne?«, presse ich hervor. Mein Herz schlägt mir bis zum Hals.

»Weil es unzählige Sterne gibt, aber nur einen Mond. Ich will nicht jemand unter vielen sein.« Statt einer Antwort verschränke ich meine Finger mit ihren. Sie versteht mich, auch ohne dass ich ausspreche, dass sie das nicht ist. Jedenfalls nicht für mich. Für mich ist sie so viel mehr, als sie glaubt. Sie ist mein Mondlicht, das die Nächte erhellt, damit ich mich in der Dunkelheit nicht verirre.

Das Dröhnen von Bässen erregt plötzlich meine Aufmerksamkeit. Ich hebe den Kopf und entdecke direkt vor uns die Ruine, die durch Fackeln beleuchtet ist. Je näher wir kommen, desto lauter wird die Musik. Und je mehr ich den Bass in meinem Körper spüre, desto unwohler fühle ich mich. Die letzte Party war kein Problem, diese könnte eine echte Herausforderung werden. Weil sich seitdem ein paar Dinge geändert haben und weil Aspen an meiner Seite ist.

Ich schalte die Taschenlampe aus, während mein Griff um Aspens Hand fester wird. Plötzlich scheint es mir keine gute Idee zu sein, auch nur einen Fuß in die Klosterruine zu setzen, dennoch lasse ich mich von Aspen mitziehen. Konzentriere mich auf meine Atmung und rede mir ein, so schlimm wird es schon nicht werden. Ein Schritt. Noch einer.

Mit einem Mal finde ich mich in einer Menschenmenge wieder, werde von jemandem angerempelt und verliere für einen kurzen Moment die Orientierung. Es ist laut, und doch scheint alles dumpf zu klingen, als hätte man dem Ganzen eine Glocke aufgesetzt und die Höhen und Tiefen gestrichen. Ich hasse dieses Gefühl, die Kontrolle über meine Umgebung zu verlieren. Mich schlaftrunken zu fühlen.

Ohne darüber nachzudenken, ob Aspen es eigenartig finden könnte, ziehe ich sie von den Leuten weg und positioniere mich und somit auch sie so weit abseits, wie es die Enge innerhalb der Ruine und die nah beieinanderstehenden Partygäste zulassen. Langsam wandert mein Blick von rechts nach links, um alles zu erfassen. Die verbliebenen Mauern flackern im Schein der Fackeln und lassen sie dadurch lebendig wirken. Große Boxen stehen auf dem sandigen Untergrund verteilt. Eine davon direkt neben uns. Es ist viel zu laut. Ein Typ mit Kopfhörern steht hinter einem provisorisch aufgebauten DJ-Pult. Er ist also für den Lärm zuständig. Links von ihm entdecke ich einen Generator, der als Stromquelle dient. Vereinzelt bewegen sich Gäste zum Takt. Alles ist gut. Einatmen, ausatmen. Ich schaffe das.

Mit drei Bechern in der Hand kommt Jason auf uns zu. Er streckt die Arme aus, damit wir die Getränke entgegennehmen. Aspen nimmt ihm einen Pappbecher ab und hält ihn mir unter die Nase. Der Gestank von Alkohol steigt mir in die Nase und setzt für den Bruchteil einer Sekunde eine Erinnerung frei. Sofort dränge ich sie zurück. Auch wenn ich weiß, dass ich das Zeug nicht trinken werde, nehme ich ihr das Bier ab. Jason sagt etwas, das im Meer aus Tönen untergeht.

Meine Hände werden feucht. Damit Aspen es nicht bemerkt, löse ich meine Finger von ihren. Ein leichter Schweißfilm bildet sich auf meinem Rücken, als die Unsicherheit darüber, ob das hier wirklich gut geht, sich mit blanker Panik mischt. Jemand packt Jason am Arm und zerrt ihn zu einer Gruppe, die gerade Selfies macht. Unauffällig stelle ich den Becher mit dem Bier beiseite, dann sehe ich mich nach einer Ecke um, die deutlich ruhiger ist. Auf der gegenüberliegenden Seite werde ich fündig. Aspen ist meinem Blick gefolgt, denn als ich sie ansehe, schaut sie auf die Stelle, die ich gerade als unser neues Ziel ausgemacht habe. Ich tippe sie an, damit sie sich mir zuwendet. Sobald sie mich ansieht, fixiere ich ihr Gesicht.

»Lass uns da rübergehen, da ist es nicht so laut.«

Okay, formen ihre Lippen. Sie stellt ihren Becher ebenfalls unangetastet ab. Dann greift sie völlig selbstverständlich nach meiner Hand und geht voran. Wann haben wir entschieden, diese Grenze endgültig zu übertreten? Aber ich lasse es zu. Es mag komisch klingen, doch ich fühle mich deutlich sicherer, wenn sie mich festhält. Sie lässt mich auch dann nicht los, als wir unser Ziel erreicht haben.

Ein Klassiker aus den Achtzigern dröhnt aus den Boxen. Aspen wiegt sich im Takt, weil ihr der Song offenbar gefällt, während ich einfach nur dastehe und versuche, mich zu entspannen. Es gelingt mir nicht. Der Druck in meiner Brust wird immer stärker, droht mich zu ersticken. Aspen löst ihre Finger von meinen und nimmt mir damit meinen Anker, der mich am Davontreiben hindert. Ein vertrautes Kribbeln bahnt sich einen Weg durch meinen Körper.

Bevor ich darüber nachdenken kann, ob das wirklich eine gute

Idee ist, habe ich mich Aspen zugewandt, greife nach ihren Händen, ziehe sie näher an mich heran und lege ihre Arme um meinen Hals. Dann platziere ich meine Hände an ihre Seiten. Eine Weile stehen wir einfach nur da, sehen einander an. Und dann schließe ich die Lücke zwischen uns. Lasse mich von ihr einhüllen und im Hier und Jetzt halten. Und es funktioniert. Der Druck in meiner Brust lässt nach, als ich ihren Körper an meinem spüre und mich nur noch auf sie fokussiere.

Ihr Kopf sinkt an meine Schulter, dann vergräbt sie ihr Gesicht in meiner Halsbeuge. Ich spüre ihren warmen Atem auf meiner Haut. Als sie sich im Takt zu bewegen beginnt, lasse ich mich führen, folge ihren Bewegungen und blende alles andere um uns herum aus. Nur sie und ich. Ein Song. Noch einer. Erst als die Musik zu einem Up-Tempo-Song wechselt, löst sich Aspen von mir, bringt zu viel Abstand zwischen uns. Ich unterdrücke den Impuls, sie wieder an mich zu ziehen, und gewähre ihr etwas Raum. Aspen hopst eher herum, als dass sie tanzt, und ich beobachte sie dabei.

Es ist okay, ich bekomme das hin. Ich bin immer noch hier, weil sie es auch ist. Es geht mir gut.

Sie bewegt sich ein Stück auf die Menge zu, ich nicht. Der Abstand zwischen uns wird noch größer. Konzentriert behalte ich sie im Blick. In meinen Fingerspitzen beginnt es zu kribbeln. Jason tanzt auf sie zu. Er grinst mich an. Das Kribbeln breitet sich in meine Unterarme aus. Um dem Gefühl entgegenzuwirken, balle ich die Hände zu Fäusten. Jasons Gestalt schiebt sich zwischen uns. Auch wenn er es nicht absichtlich macht, versperrt er mir für einen Moment die Sicht auf Aspen.

Meine Nackenhaare stellen sich auf, als die Panik ihre Klauen nach mir ausstreckt. *Das hier ist real, das in meinem Kopf nicht,* rufe ich mir ins Gedächtnis. Die beiden tanzen zusammen. Nicht innig, so wie wir zuvor, sondern wie es zwei Freunde tun, die Spaß zusammen haben. Jason streckt die Hände nach Aspens Händen aus. In der Sekunde, als sie sie ergreift, zieht er sie mit sich. Beide verschmelzen mit der Menge. Sie ist weg. Als die Information in meinem Hirn ankommt, legt sich der Schalter in meinem Verstand ohne weitere Vorwarnung um.

Hinter meinen Schläfen beginnt es gefährlich zu pochen. Gedanken werden zu Bildern. Bilder, die ich nicht sehen will, die sich aber auch nicht abstellen lassen. Gewaltsam rammt die Panik ihre Krallen in meinem Körper. Kontrolliert mich und zwingt mich, ihr zu folgen.

Plötzlich bin ich nicht mehr in der Gegenwart, sondern werde um Jahre zurückkatapultiert.

Meine Eltern sind ausgegangen. Granny El ist übers Wochenende verreist. Ich soll auf Cassie und Kaden aufpassen. Wieder einmal. Nachdem ich sie ins Bett gebracht habe, schleiche ich mich aus dem Haus, weil ich die Nase voll davon habe, immer den Babysitter für die beiden zu spielen. Treffe mich mit Madison. Gehe auf eine Party, auf der ich nicht sein will, aber es ihretwegen bin. Mit Alkohol im Blut taumle ich durch das Haus von Taylor, der einen Jahrgang über mir ist. Suche nach Madison, die ich nicht finde, weil sie mit Gabe davongeschlichen ist.

Mit einem Mal steht mein Dad vor mir. Zerrt mich hinter sich her. Ich schreie ihn an, dass er mich loslassen soll. Ich bin kein Kind mehr. Mom wartet im Auto. Mein Dad stößt mich auf die Rückbank unseres silbergrauen SUVs. Lichter rauschen an mir vorbei, als wir durch die Straßen von Bellbrook fahren. Dad ist wütend und schimpft ununterbrochen. Aber ich höre ihm nicht zu, weil mir egal ist, was er zu sagen hat.

Vom Alkohol schwirrt mir der Kopf. Mir wird übel. Ich sage meinem Dad, dass er anhalten soll, weil ich kotzen muss. Meine Mom dreht sich auf dem Beifahrersitz zu mir um und sieht enttäuscht in meine Richtung. Grelles Licht blendet mich. Ein lauter Knall. Stille. Endlose Stille. Die Welt um mich herum ist verstummt.

Das ist nicht real, kämpfe ich gegen die Angst an, die mich in den Abgrund ziehen will. *Das ist nicht echt.* Ich hänge zwischen der Erinnerung und dem Hier und Jetzt fest. Beide zerren an mir, versuchen mich auf ihre Seite zu ziehen.

Mein Kopf fühlt sich an, als hätte man ihn in einen Schraubstock gespannt. Alles um mich herum wird zu einem dumpfen Rauschen, während mein Körper unangenehm vibriert. *Atmen, du musst atmen.* Aber wie, wenn der Brustkorb plötzlich so eng ist, dass man es nicht kann?

Der Schwindel setzt so akut ein, dass mir übel wird. Ich muss hier raus. Unkontrolliert setze ich einen Fuß vor den anderen und stolpere aus den Gemäuern der Ruine. Das Bild entzerrt sich. Die Erinnerungen verblassen und machen nur langsam der Realität Platz. Keine Ahnung, wie weit ich letztlich komme, bis ich auf die Knie sinke. Kalter Schweiß zieht sich über meine Haut. Aber ich kann wieder atmen. Die Übelkeit lässt nach. Erschöpft setze ich mich auf den Boden, warte darauf, dass die Attacke vorüber ist und mein Verstand wieder die Kontrolle über meinen Körper übernimmt. Von irgendwo ertönt Gelächter. Minuten vergehen, die sich wie Stunden anfühlen.

»Hier bist du.« Diese Stimme würde ich überall erkennen. Egal wie matschig sich mein Hirn gerade anfühlt, alle meine Sinne fixieren sich in diesem Augenblick auf Aspen. Ich ziehe die Knie an, stütze die Ellenbogen darauf und presse meine Stirn gegen die Handflächen. Konzentriere mich auf die Atmung, besinne mich darauf, wo ich wirklich bin, und nicht, wohin meine Gedanken mich geschickt haben.

Jemand rüttelt an dem Rucksack und kramt darin herum. »Hier, trink das!«

Ein, zwei Sekunden lang massiere ich meine Schläfen, dann fahre ich mir frustriert über das Gesicht. Das hier ist keiner meiner Glanzmomente.

»Danke«, presse ich hervor und greife nach der Flasche. Ich nehme einen Schluck und stelle sie dann auf dem Boden ab.

»Geht es wieder?«, fragt sie zögerlich. Keine Ahnung, was ich gerade mehr hasse. Den erbärmlichen Zustand, in dem ich mich befinde, oder die Tatsache, dass sie mich so sieht.

»Ja. Ich komme klar«, antworte ich ebenso zögerlich und vermeide es, sie anzusehen. Aspen setzt sich neben mich. Erst jetzt nehme ich meine Umgebung richtig wahr. Der Klostereingang liegt nur wenige Schritte links von mir.

»Brauchst du eine Papiertüte, in die du atmen kannst?«

»Wie bitte?«, entfährt es mir leise.

»Das macht man doch bei einer Panikattacke, oder nicht?«, erwidert sie ernsthaft besorgt.

»Ich habe keine …«, mitten im Satz breche ich ab, weil sie recht hat und es sinnlos ist, das Gegenteil zu behaupten, weil sie diesen Zustand selbst kennt. Also atme ich einmal tief durch und suche nach den richtigen Worten. »Ich komme nicht besonders gut zurecht, wenn die Welt um mich herum zu lebendig ist.« Wow, das klingt, als wäre ich völlig übergeschnappt. Aber ich darf ihr nicht von dem Abend erzählen, als meine Eltern in einem silbergrauen SUV starben, weil ich meine eigenen Bedürfnisse über die Familie gestellt hatte, und das Schicksal mich verschonte, um mich dafür zu bestrafen.

Aspens Hand legt sich auf meine. Ihre Berührung erdet mich, holt mich aus dem Schwebezustand, in dem ich mich bis jetzt befunden habe. Ich dränge den Schmerz in die Ecke zurück, aus der er gekrochen ist.

»Du magst also keinen Trubel«, schlussfolgert sie.

»So kann man es auch nennen«, erwidere ich und lächle sie zaghaft an. Meine Finger gleiten zwischen ihre.

»Bist du deswegen bei unserer ersten Begegnung aus dem Schauspielkurs abgehauen? Weil es dir zu laut war?« Sie betont *laut*, als wäre es zu einem Codewort geworden.

»Kann man so sagen.« Meine Antworten klingen monoton. Aber ich weiß beim besten Willen nicht, was ich ihr sagen soll. Dank meiner erbärmlichen Vorstellung, die ich gerade abgeliefert habe, glaubt sie nun, Jasper leidet an Panikattacken. Dem Kerl traue ich einiges zu, aber ganz sicher nicht, dass er sich wie ein Ball zusammenrollt und Atemübungen macht, weil er mit seinem Leben nicht klarkommt. Er wird begeistert sein, wenn sich das auf dem Campus herumspricht.

»Du bist also nicht vor mir geflüchtet«, sagt sie und grinst mich an. Doch im Grunde war es genau das, was ich versucht habe, woran ich aber in der Umsetzung erstklassig gescheitert bin. Ich lehne mich etwas zu ihr hinüber und nähere mich ihrem Gesicht.

»Würde ich es denn überhaupt schaffen, vor dir davonzulaufen?« Die Frage stelle ich eher mir als ihr und beantworte sie im selben Atemzug: Nein.

»Sag du es mir, du bist im Sportteam«, erwidert sie frech und entlockt mir damit tatsächlich ein Lachen.

»Wer wärst du jetzt gerne?«, will sie wissen.

Während ich sie ansehe, denke ich über ihre Frage nach. Ich wäre gerne der Junge, der das Mondmädchen heute Nacht küsst. Diesen Gedanken behalte ich allerdings für mich.

42.

ASPEN

Mit beiden Händen umfasst er mein Gesicht. »Wir können nicht sein, wer wir wollen. Das funktioniert nicht, Aspen. Nicht für den Augenblick. Vielleicht sogar nie«, sagt er, und ich kann die Enttäuschung in seiner Stimme hören.

Sanft streichen seine Finger über meine Wangen. Nur mit Mühe halte ich seinem Blick stand, weil ich eine Ahnung habe, wie die Sache hier ausgehen wird. Er lässt mich nicht gewinnen, sondern das, was ihn dazu zwingt, sich von mir fernzuhalten. Tränen sammeln sich in meinen Augen. Weil die Erkenntnis, dass dies hier kein Anfang, sondern das Ende ist, mir den Boden unter den Füßen wegreißt. Weil meine Hoffnung, dass es nur einen kleinen Stoß braucht, um seine Mauern einzureißen, verpufft. Weil es Schlachten gibt, die man für niemanden gewinnen kann, wenn derjenige nicht will, dass man sie für ihn schlägt.

Warm laufen die Tränen über meine Wangen und werden von seinen Fingern in ihrem Fluss gestoppt. Als er es bemerkt, wischt er die salzige Flüssigkeit mit den Daumen weg. Dann lässt er seine Stirn gegen meine sinken.

»Es tut mir leid. Ich wollte nicht, dass das passiert. Es war nie meine Absicht, dir wehzutun. Irgendwann fügen sich unsere Leben vielleicht zu einem Ganzen zusammen, aber nicht jetzt. Dann bin ich der Mondjunge, den du küsst, aber heute Nacht kann ich es nicht sein«, flüstert er und seine Stimme bricht. In diesem Moment hasse ich ihn dafür, dass ich ihn nicht hassen kann.

Eine halbe Ewigkeit schweigen wir einander an. Seine Stirn gegen meine. Halten einander fest. Nicht bereit, den anderen loszulassen. Warum macht er das? Er belügt sich gerade eindeutig selbst. Ich fühle es einfach.

Still. Es ist so verdammt still um uns herum. Dabei sollte es laut sein. So laut wie meine Gedanken, die mich anschreien. Sie sollten ihn anschreien. Weil das, was hier gerade geschieht, so unglaublich falsch ist und er es nicht bemerkt. Er löst sich von mir, dann spüre ich die federleichte Berührung seiner Lippen auf meiner Stirn. Mit dieser Geste bricht er mir endgültig das Herz, weil es sich nach einem Abschied anfühlt. Aber ich bin nicht bereit, ihn gehen zu lassen und dabei zuzusehen, wie er mein Herz mitnimmt. Weil ich weiß, dass er etwas für mich empfindet. Ich weiß, dass ich ihm nicht egal bin und er mich trotzdem von sich stößt. Damit zerstört er nicht nur mich, sondern auch sich selbst. Weil ich es in jeder Faser spüre, wie er sich gerade quält, als wäre es mein eigener Schmerz.

»Sag mir, dass das hier etwas bedeutet. Dass wir es gemeinsam hinbekommen. Dass wir echt sind«, spreche ich meine wirren Gedanken aus, von denen ich nicht sicher bin, ob er sie versteht, aber hoffe, dass es so ist. Denn sie erdrücken mich, schnüren mir die Luft ab, während mein Herz schlägt und doch irgendwie damit aufgehört hat.

Jasper erwidert nichts. Und dieses Schweigen ist schlimmer als jede Antwort, die er geben könnte.

Enttäuscht reiße ich mich von ihm los und springe auf. »Sag es!«, brülle ich ihn an und spüre, wie sich erneut Tränen in meinen Augen sammeln. Wut. Verzweiflung und so viel Schmerz, dass man damit ganze Ozeane füllen könnte.

»Das kann ich nicht«, erwidert er ruhig. Als würde es ihn keinerlei Überwindung kosten, die Worte auszusprechen. Ich wünschte, er hätte weiterhin geschwiegen. Weil ich mich geirrt habe. Worte können viel mehr bewirken als ein demonstratives Schweigen.

Zusammengesunken sitzt er auf dem Boden, den Kopf gesenkt. Ein, zwei Sekunden warte ich, ohne zu wissen, worauf. Vielleicht, dass er mich ansieht? Dass er seine Worte zurücknimmt? Oder darauf, dass er mir endgültig den Rest gibt? Nicht nur mein Herz, sondern auch meinen Stolz bricht. Nichts davon geschieht. Also mache ich das Einzige, was mir noch bleibt, und gehe mit erhobenem Haupt, lasse ihn alleine vor den Klostermauern zurück. Gehe in die Dunkelheit hinein. Und hoffe, den richtigen Weg zu finden. Ohne ihn.

»Aspen!«, ertönt seine Stimme nur wenige Augenblicke später hinter mir. Unbeirrt gehe ich weiter.

»Aspen, bleib stehen, verdammt! Du läufst in die falsche Richtung.« Woher will er das wissen, wenn er mein Ziel nicht kennt? Meine Richtung war immer die zu ihm hin und jetzt treibt es mich so weit wie möglich von ihm weg.

Ich höre seine Schritte hinter mir. Höre, wie er näher kommt. Statt zu beschleunigen, werde ich langsamer. Als er mich an der Schulter packt, fahre ich herum.

»Fass mich nicht an«, zische ich und er weicht erschrocken zurück. Die Taschenlampe in seiner Hand spendet gerade so viel Licht, dass wir einander sehen, während alles um uns herum im Schwarz versinkt.

»Der Campus ist in der anderen Richtung«, presst er hervor. Der Ausdruck auf seinem Gesicht verrät absolut nichts darüber, was er gerade denkt. Fühlt. Als wäre er eine emotionslose Hülle. Ich greife nach der Taschenlampe und reiße sie ihm aus den Händen.

»Du findest den Weg sicher auch ohne das Ding zurück. Deine Orientierung ist ja fantastisch«, zische ich. Meine Worte klingen schneidend, bissig, gekränkt. Für einen Augenblick verspüre ich den Drang, mich bei ihm zu entschuldigen.

Das wirst du ganz sicher nicht, er hat dir wehgetan, ermahne ich mich selbst und setze meinen Weg fort. Jasper kommt ebenfalls in Bewegung, hält aber Abstand zu mir. Das Geräusch, das seine Schuhe auf dem steinigen Untergrund von sich geben, nervt mich. Und es beruhigt mich gleichzeitig, weil er immer noch da ist und ich nicht alleine durch die Nacht laufen muss. Mein dummes Herz redet sich ein, dass er mir nur folgt, weil er mich nicht gehen lassen kann. Mein Herz ist ein hoffnungsloser Fall.

»Hör auf, mir hinterherzurennen«, sage ich in die Stille.

»Ich renne dir nicht hinterher, sondern muss in dieselbe Richtung«, erwidert er. Natürlich muss er das.

Da ich keine Ahnung habe, wo genau ich entlangmuss, lasse ich mich zurückfallen, bis er zu mir aufschließt. Minutenlang laufen wir schweigend nebeneinander her. Es ist deprimierend, ausgerechnet mit dem Menschen nach Hause zu gehen, der mir gerade sehr deutlich zu verstehen gegeben hat, dass er mich nicht will, obwohl es ganz offensichtlich doch so ist. Und dennoch halte ich die Stille zwischen uns nicht aus.

»Darf ich nur kurz anmerken, dass du es dir etwas zu einfach machst, wenn du diesen Weg wählst?« Keine Antwort, aber ich habe auch keine erwartet. Unbeirrt laufe ich weiter, bis wir schließlich den Campus erreichen.

Wir lassen die Sportanlagen und das Verwaltungsgebäude hinter uns, bis das Hauptgebäude in Sichtweite kommt. An der Gabelung bleibe ich stehen. Hier trennen sich unsere Wege. Alles wirkt, als würde es im Tiefschlaf liegen, während ich mich wie betäubt fühle. Die Straßenlaternen tauchen alles in ein Spiel aus Licht und Schatten.

»Ich werde dich noch zu deinem Bungalow begleiten.«

Auf keinen Fall. »Nicht nötig«, lehne ich ab.

»Bitte, Aspen«, sagt er gequält.

»Nein! Du hast deine Entscheidung getroffen, also lass mich jetzt auch meine treffen.« Meine Antwort klingt schroff, aber ich bin verletzt und habe jedes Recht dazu, es zu sein.

»Okay.« Er nickt, bewegt sich aber nicht von der Stelle.

Ein Seufzen entfährt mir, als mein Blick auf seinen trifft. Gequält, erschöpft und irgendwie verloren. Ich würde lügen, würde ich behaupten, dass ich mich nicht exakt so fühle, aber im Augenblick überwiegt die Enttäuschung. Ich habe mir so sehr gewünscht, die Dinge zwischen uns hätten sich in eine andere Richtung entwickelt. Stattdessen verrennen wir uns immer wieder in einer Sackgasse. In diesem Moment wird mir klar, dass er von Anfang an recht hatte, die Sache wird für uns beide nicht gut ausgehen. Dieses Eingeständnis lässt mein Herz ein weiteres Mal zerspringen, dabei hätte ich gedacht, das ist unmöglich, weil es bereits in tausend Scherben liegt.

Erneut sammeln sich Tränen in meinen Augen, bevor ich es verhindern kann. Er macht einen Schritt auf mich zu und streckt eine Hand nach mir aus. Instinktiv weiche ich zurück.

»Nicht. Mach es nicht noch schlimmer. Geh einfach«, bitte ich ihn. Erst glaube ich, er wird es nicht tun, aber dann zieht er sich zurück. Sein Blick ruht auf mir. Eins, zwei, drei, vier. In der Sekunde, in der er sich abwendet und geht, fühlt es sich endgültig an. Und als ich mich ebenfalls umdrehe, ist es, als hätte ich mich damit abgefunden.

»Hey, Aspen?« Ich erstarre in der Bewegung. »Ich wähle nie den einfachsten Weg, absolut nie.« Er verpasst seinen Worten so viel Nachdruck, dass ich sie ihm sogar glaube, es ändert allerdings rein gar nichts. Weil sein Weg nicht zu mir führt. Ohne auf das von ihm Gesagte zu reagieren, gehe ich weiter. Lasse ihn hinter mir.

Sobald ich im Bungalow ankomme, stelle ich mich unter die Dusche, um ihn von mir abzuwaschen. Seinen Geruch. Das Gefühl von seinen Fingern auf meiner Haut. Einfach alles. Eine Weile lasse ich mich von dem warmen Wasser einhüllen, in der Hoffnung, damit meine Gefühle für ihn den Abfluss herunterspülen zu können. Vergebens. Träge schlüpfe ich in den Bademantel, als es an der Tür klingelt. Die Optionen, wer es sein könnte, sind überschaubar.

Dion und Abbie sind übers Wochenende in Manhattan, um Kleider für den Winterball auszusuchen. Da ich nicht vorhabe hinzugehen, habe ich beschlossen, in Waterbury zu bleiben und die Sache mit Jasper in Angriff zu nehmen. Nur deswegen bin ich vor seinem Bungalow aufgetaucht. Und habe doch gekniffen, ihn auf meinen Verdacht anzusprechen. Dass dieser Tag so endet, hätte ich mir nicht einmal in meinen Träumen zusammenspinnen können.

Ich sollte ihm nicht die Tür öffnen. Wenn es doch nur so einfach wäre, es nicht zu tun.

43.

CAMERON

Ich bin ein Idiot. Es ist genau das eingetreten, was ich so dringend verhindern wollte. Erst habe ich ihr wehgetan und anschließend mir selbst. Wenn Aspen mich vor verschlossener Tür stehen lässt, könnte ich das verstehen, aber ich hoffe, dass sie sie öffnet und mir zuhört.

Wenige Augenblicke später erscheint sie im Türrahmen, und ich atme erleichtert auf, nur um dann ein Schmunzeln zu unterdrücken. Der Bademantel, den sie trägt, scheint ebenfalls zu einem Running Gag zu werden. Sie sagt kein Wort, tritt aber einen Schritt beiseite, um mich hineinzulassen. In dem Moment, als die Tür hinter mir ins Schloss fällt, weiß ich, dass es kein Zurück mehr gibt.

Ich schlüpfe aus meiner Jacke und hänge sie an die Garderobe. Dann streife ich die Schuhe von meinen Füßen und stelle sie neben ihre Boots. Die Anspannung in meinem Körper steigt mit jedem Atemzug weiter an. Das wird niemals funktionieren. Und wenn doch? Vielleicht sollte ich anfangen, nach Gründen zu suchen, die für uns und nicht gegen uns sprechen. Es besteht immerhin eine minimale Chance, dass wir es hinbekommen. Irgendwie jedenfalls.

»Ich zieh mir schnell etwas anderes an«, sagt sie eine Spur zu hektisch und eilt durch den Flur, während ich wie festgewachsen im Eingangsbereich zurückbleibe. »Mach es dir bequem«, ruft sie, als sie es bemerkt.

Auf dem Weg ins Wohnzimmer sehe ich mich um. Die Einrichtung gleicht der in meinem Bungalow und doch wirkt alles persönlicher. Als würde hier wirklich jemand wohnen und nicht nur auf seine Abreise warten. Ich biege in den offenen Wohnbereich ab und bleibe mitten im Raum stehen. Wie geht es jetzt weiter? Packe ich direkt alle Karten auf den Tisch oder verabreiche ich ihr die Wahrheit dosiert? Darüber hätte ich mir Gedanken machen sollen, bevor ich an ihrer Tür geklingelt habe. Dann heißt es wohl improvisieren.

»Du kannst dich auch hinsetzen, außer du willst lieber stehen, dann ist das natürlich auch okay. Willst du was trinken oder was Süßes? Die gesunden Sachen sind leider gerade aus«, plappert sie ohne Pause hinter mir. Sie ist nervös. Wenn ich nervös bin, werde ich deutlich stiller.

Ich drehe mich zu ihr um. Verdammt, sie hätte den Bademantel anbehalten sollen, denn nun trägt sie kurze grüne Shorts und dazu ein viel zu enges Top. Die Haare hat sie zu einem lockeren Knoten zusammengebunden. Ich schlucke trocken. Aspen huscht in die Küche und öffnet einen der Hängeschränke. Mein Blick nimmt ihre Rückansicht genauer unter die Lupe, wandert von ihrem schlanken Hals zu ihrem runden Po und verharrt einen Moment zu lange auf ihren nackten Beinen. Das ist die reinste Folter. Macht sie das absichtlich?

Konzentrier dich. Erinnere dich daran, warum du hier bist. Du willst es geradebiegen, nicht noch schlimmer machen, also mach endlich den Mund auf und sag es ihr.

»Ich will nicht, dass du mich gehen lässt. Ich will, dass du mich bleiben lässt, und genau das ist das Problem. Je mehr ich versuche, mich von mir fernzuhalten, desto mehr hoffe ich, dass du es nicht tust. Damit ich eine Ausrede habe, warum das mit uns letztendlich schiefgegangen ist, obwohl ich hoffe, dass es funktioniert«, sage ich, weil mir die Worte um einiges leichter über die Lippen kommen, wenn ich sie dabei nicht ansehen muss. Vermutlich klingt es in ihren Ohren so wirr, wie ich mich fühle. All das hier verwirrt mich und es macht mir Angst. Höllische Angst.

Sie nimmt zwei Gläser aus dem Schrank, erst dann dreht sie sich zu mir um und sieht mich unsicher an. »Okay.«

»Ich weiß, ich habe gesagt, ich werde dich nicht fragen, was das mit deinem Dad gewesen ist, aber ich glaube, wir sollten darüber reden, und auch über ein paar Dinge, die mich betreffen.«

Sie versteift sich, weil sie weiß, worauf ich anspiele und dass das hier nicht in die Richtung läuft, die sie vielleicht angenommen hat. Aber wir können nicht so weitermachen wie zuvor. Wir müssen das, was zwischen uns ist, klären, bevor es gänzlich aus dem Ruder läuft. Denn das wird es, wenn wir nicht endlich ehrlich zueinander sind und die unangenehmen Themen weiterhin aussparen. Wenn wir einander nicht vertrauen. Und ich bin bereit, es auf einen Versuch ankommen zu lassen und mein Schicksal in Aspens Hände zu legen.

Wenige Sekunden später nickt sie, stellt die Gläser auf dem Tresen ab und kommt auf mich zu.

»Können wir uns dazu hinsetzen?«, fragt sie und geht zur Couch. Sie wirkt so angespannt, dass ich mich frage, ob es wirklich eine gute Idee ist, sie mit diesem Gespräch so zu überrumpeln. Wenn sie sich unwohl fühlt, ist das nicht die beste Voraussetzung, um sie mit der Wahrheit zu konfrontieren. Ich will nicht der Grund sein, der bei ihr eine weitere Panikattacke auslöst, weil ich sie überfordere. So wird das nichts. Das weiß ich aus eigener Erfahrung.

»Warte«, sage ich, als mir etwas einfällt, das dabei helfen könnte, dass sie sich etwas entspannt und ich mich ebenfalls. »Komm her«, fordere ich sie auf, ohne dabei drängend zu klingen. Irritiert blickt sie mich an, wechselt dann aber die Richtung. Als sie vor mir steht, lächle ich sie an, um ihr wenigstens etwas von der Unsicherheit zu nehmen. »Vertraust du mir?« Was für eine bescheuerte Frage. Nach dem, was vorhin geschehen ist, wird sie das unmöglich.

Wider Erwarten verlässt ihre Lippen ein leises »Ja«.

Für einen Augenblick bringt mich ihre Reaktion aus dem Konzept, dann besinne ich mich auf mein Vorhaben. »Darf ich?« Mit dem Zeigefinger deute ich auf den Haarknoten.

Statt zu antworten, mustert sie mich neugierig und nickt. Ich trete näher an sie heran, versuche zu ignorieren, wie nah ich ihr auf einmal bin. Sie riecht nach Lavendel. Ihr warmer Atem trifft auf mein Schlüsselbein, als ich mich vorbeuge und den Knoten vorsichtig löse, um das Haargummi zu befreien. Sobald ich es geschafft habe, vergrößere ich den Abstand zwischen uns.

»Gib mir deinen linken Arm«, sage ich, und sie macht es, ohne zu zögern. Ich wickle das ausgeleierte Gummi zweimal um ihr Handgelenk, dann ziehe ich einmal dran und lasse es gegen ihre Haut schnellen. Sie zuckt zusammen. Gut.

»Wenn es dir zu viel wird, lass das Haargummi gegen dein Handgelenk schnipsen, verstanden?«

»Okay«, antwortet sie und wirkt ein wenig verwirrt. Vermutlich fragt sie sich gerade, ob ich übergeschnappt bin.

»Es hilf dir, die Kontrolle zu behalten. Setz dich hin.«

»Hier? Auf den Boden?«

»Ja.«

»Warum?«

»Weil ich dich darum bitte, Aspen«, sage ich sanft und sie folgt tatsächlich meiner Anweisung. »Ich bin gleich zurück«, versichere ich ihr, dass ich mich nicht aus dem Staub machen werde, und gehe zur Tür. Ich dimme das Licht, bis ich nur noch Aspens Silhouette erkenne, dann gehe ich wieder zu ihr. Statt mich neben oder vor sie zu setzen, platziere ich mich im Schneidersitz hinter ihr.

»Lehn dich an mich«, fordere ich sie auf.

»Was?«, fragt sie nervös.

Weil sie nicht versteht, was ich von ihr will, rücke ich näher an sie heran, bis mein Rücken gegen ihren stößt. Sie weicht zurück, also erkläre ich es ihr. »Manchmal ist es leichter, wenn man niemanden ansehen muss, während man über unangenehme Dinge spricht, aber es hilft, zu fühlen, dass jemand da ist.«

Als Sie sich leicht gegen mich lehnt, lächle ich zufrieden.

»Erzähl mir etwas über Aspen.«

»Was möchtest du denn wissen?«

»Es geht nicht darum, was ich wissen will, sondern was du bereit bist zu erzählen. Keine Fragen, nur Antworten.«

»Okay.« Ich kann spüren, wie sie sich anspannt. Sie wird nichts sagen.

Bevor ich das Wort ergreife, atme ich einmal tief durch. Dass das hier ein Risiko ist, ist mir durchaus bewusst. Wenn es richtig dumm läuft, lässt sie mich und Jasper auffliegen, aber mit etwas Glück kommen wir alle heil aus der Nummer heraus.

»Ich war sieben, als mein Hamster gestoben ist und meine Eltern ihn durch einen neuen ersetzt haben. Sie meinten, ich würde ihn genauso lieb haben wie den anderen. Es war nicht so, ich mochte ihn nicht und war erleichtert, als er zwei Jahre später gestorben ist. Ich habe es ihnen nie gesagt, weil ich dachte, sie wären dann enttäuscht. Danach hatte ich nie wieder ein Haustier«, fange ich an, etwas über Cameron zu erzählen. Was sie nicht weiß, weil sie keine Ahnung hat, dass Cameron überhaupt existiert.

»Mit sieben habe ich Klavier gespielt. Ich mochte es nicht und hätte meine Zeit lieber mit Abbie und Dion verbracht. Aber es hat meine Mom stolz gemacht«, antwortet sie, weil sie verstanden hat, worauf ich abziele. Wir fangen langsam an und arbeiten uns zu den schwierigen Themen vor. So weit der Plan, und ich hoffe, er geht am Ende auf.

»Mit zwölf habe ich einen Mitschüler verprügelt, weil er meine Brille absichtlich kaputt gemacht hat. Ich war richtig wütend. Meine Mom war enttäuscht, weil ich ein Problem auf diese Art gelöst habe.« Adam hatte mir die Brille geklaut, sie lachend in zwei Teile zerbrochen und mich Blindschleiche genannt. Ich habe ihm eine Abreibung verpasst. Danach hat er mich zwar nie wieder so genannt, aber das enttäuschte Gesicht meiner Mom ist es dennoch nicht wert gewesen.

»Mit dreizehn habe ich mir von Abbie und Dion die Haare türkis färben lassen. Ich war stolz auf mich, weil ich eine eigene Entscheidung getroffen habe. Meine Mom war furchtbar wütend und hat meine Haare umfärben lassen. Danach habe ich mir nie wieder die Haare gefärbt, weil sie es nicht wollte.« Aspen lässt sich tiefer gegen meinen Rücken sinken. Durch den Stoff kann ich ihre Wärme spüren. Ich stütze die Hände rechts und links neben mir auf dem Boden ab, um das Gewicht, das ihr Körper auf meinen ausübt, abzufangen und nicht nach vorne zu sacken.

»Ich habe immer gerne gemalt und wollte später ein Haus für meine Familie entwerfen, damit wir mehr Platz haben. Als wir ihn nicht mehr brauchten, habe ich mit dem Zeichnen aufgehört. Ich wollte Architektur studieren«, erzähle ich ihr mehr über mich.

»Warum machst du es dann nicht?«, fragt sie leise. »Entschuldige«, schiebt sie hinterher, als sie bemerkt, dass sie nachgehakt hat.

Einen Augenblick denke ich über meine Antwort nach. Ich will nicht zu schnell vorpreschen. »Mein Leben hat eine unerwartete Wendung genommen.«

»Ich habe immer angenommen, dass ich keinen Lebensplan brauche, weil ich eine Hill bin. Jetzt habe ich das Gefühl, ich brauche einen, weil alle einen haben.«

»Es gab da dieses Mädchen. Ich war verliebt und dachte, sie wäre es auch. Sie war es nicht. Für die Erkenntnis habe ich einen hohen Preis bezahlt, den ich kein zweites Mal bezahlen kann.« Für die nächsten zwei Minuten herrscht Stille, und ich gebe ihr die Zeit, die sie braucht, um dieses Gespräch fortzuführen.

»Ich wollte immer so eine Liebe, wie meine Eltern sie haben. Jetzt weiß ich, dass das keine Liebe ist.« Noch ein Schritt mehr. Ich bin am Zug.

Indem ich mich auf Aspens Nähe konzentriere, mache ich sie zu meinem Anker und bete, dass es funktioniert.

»Ich war sechzehn, als ich das erste Mal die Kontrolle über meinen Körper und dadurch auch über mich selbst verloren habe. Danach war nichts mehr wie vorher«, sage ich eine Spur leiser. Niemand außer Granny El weiß davon. Dass Aspen es jetzt weiß, fühlt sich seltsam befreiend an. Weil es etwas ist, das nur jemand wirklich versteht, der es am eigenen Leib erlebt hat. Man wird es nicht los, aber man lernt, es zu kontrollieren, sobald man seine Trigger kennt.

Ihr Körper drückt sich fester gegen meinen und ich rede weiter. »Ich weiß, was es heißt, Gedanken nicht zum Schweigen bringen zu können. Ich kenne das Gefühl, wenn die Realität in Bildern verschwimmt und etwas die Wirbelsäule hochkriecht und seine Klauen um dich legt. Ich weiß, wie es ist, wenn man dieser Hölle nicht entkommt.« Als ihre Finger meine streifen, halte ich inne. Mein Herz klopft schlagartig so heftig in meiner Brust, dass es unangenehm ist, aber ich werde das hier durchziehen. Für sie und für mich.

»Ich weiß, wie es sich anfühlt, wenn dir dein Leben um die Ohren fliegt und du rein gar nichts dagegen tun kannst, außer anschließend die Scherben aufzusammeln und alles mühsam wieder zusammenzusetzen. Einige der Splitter finden wir nie wieder und das ist okay. Wir sind deswegen nicht kaputt, wir laufen hin und wieder nur etwas unrund.«

Ihre Finger verschränken sich mit meinen. Und ich lasse zu, dass sie es tun.

44.

ASPEN

Wir halten einander an den Händen fest. Nach der Sache in der Damentoilette hatte ich so eine Ahnung. Er hat einfach zu genau gewusst, was er tun musste, um mir da wieder herauszuhelfen. Aber so richtig sicher war ich mir erst in dem Moment, als er auf der Party vor meinen Augen in sich zusammengefallen ist. Alles, was er gerade gesagt hat, habe ich in diesem Augenblick gefühlt. Als wären wir zu etwas verschmolzen. Etwas, das sich nicht mehr voneinander lösen lässt. Als wären wir jetzt miteinander verbunden. Weil er etwas mit mir geteilt hat, das er sonst für sich behält.

»Als du mich in der Damentoilette gefunden hast, das war nicht das erste Mal«, beginne ich und halte kurz inne, um nach den richtigen Worten zu suchen. »Monate bevor das College begonnen hat, ist mir das schon mal passiert. Niemand weiß davon, selbst Abbie und Dion nicht. Ich habe mich geschämt, ihnen davon zu erzählen. Weil ich mich so schwach gefühlt habe. Dion ist immer so tough und lässt sich durch nichts erschüttern. Abbie hat ihren Dad verloren und dennoch ist sie so stark. Ich musste das nie sein. Mein Leben war perfekt. Jedenfalls dachte ich das. Es gab einen Plan für mich und meine Zukunft. Und das war okay für mich.« Mein Griff um Jaspers Finger wird fester. Als Reaktion streicht er sanft mit dem Daumen über meine Haut.

»Was hat sich geändert?«, fragt er, obwohl wir vereinbart haben, keine Fragen zu stellen. Aber ich will ihm antworten, weil er mich versteht. Weil er das Gefühl kennt, das man niemandem erklären kann, weil man es nicht zu fassen bekommt.

»Mein perfektes Leben ist mir um die Ohren geflogen«, sage ich und wähle die Worte, die auch er zuvor benutzt hat.

Immer wieder streicht er beruhigend über meinen Handrücken. Drängt mich nicht dazu weiterzureden. Überlässt mir die Entscheidung, wie diese Unterhaltung aussehen wird. Bei ihm habe ich das Gefühl, einfach mal alles rauslassen zu können. Ohne darüber nachzudenken, wie er mich anschließend sieht. Er wird mich danach nicht anders sehen und davonrennen. Ich weiß es einfach. Weil sich zwischen uns etwas verändert hat. Weil wir in diesem Augenblick unsere Ängste miteinander teilen.

»Meine Eltern waren für mich immer das perfekte Paar. Ich habe ihre Liebe nie infrage gestellt. Wir haben gemeinsam immer funktioniert. Ich war die Tochter, die sie haben wollten, und habe mich nie fragen müssen, wer ich tatsächlich bin. Vielleicht bin ich nicht selbstbestimmt durch die ersten achtzehn Jahre meines Lebens gegangen, aber ich hatte auch nie einen Nachteil dadurch. Ich habe die besten Schulen besucht. Musste mir nie über Geld Gedanken machen und hatte immer mehr, als ich brauchte oder mir hätte wünschen können. Es gab keinen Grund, undankbar zu sein. Aber ich habe immer gedacht, dass ich nach der Highschool meine eigenen Entscheidungen treffen würde, egal wie sie aussehen. Ich habe mich geirrt. Vielleicht hat mein Dad recht und ich verhalte mich unreif und übertreibe maßlos.«

Jasper drückt meine Hand, als wäre es eine Warnung, die Schuld nicht bei mir selbst zu suchen.

»Ich wollte gar nicht nach Waterbury. Meine erste Wahl wäre die NYU gewesen. Ich wollte nicht von zu Hause weg. Meine Eltern haben auf Waterbury bestanden. Es gab einen riesigen Knall. Der erste überhaupt, weil ich versucht habe, meinen Willen durchzusetzen. Sie haben gedroht, mir den Geldhahn zuzudrehen, sollte ich ihrem Wunsch nicht nachkommen. Schlussendlich habe ich eingelenkt. Erst viel später habe ich begriffen, dass ich mich von ihnen habe kaufen lassen. Trotzdem bin ich froh, dass ich jetzt hier bin, denn ich habe dich gefunden, und auch mich selbst.«

Er zieht meine Hände etwas näher zu sich heran. Es fühlt sich richtig an, ihm davon zu erzählen, also rede ich weiter und nähere mich dem tragischen Teil. »Ein paar Wochen vor Semesterstart wollte ich meinen Dad spontan mit Essen seines Lieblingsrestaurants im Büro überraschen. Er hat schon immer oft bis spät in die Nacht gearbeitet. Ich habe angenommen, das sei der Preis für seinen Erfolg. Ich war so naiv.«

Meine Hände werden feucht und mein Puls beschleunigt sich, als meine Gedanken mich zurück in das Bürogebäude von *Alpha Solution Technology* führen. Ich kann das Putzmittel riechen, als ich an dem Reinigungstrupp vorbeigehe, um zu den Fahrstühlen zu gelangen. Mein Blick liegt auf der Anzeigetafel für das Stockwerk und in den Händen halte ich die Takeaway-Pappschachteln. Ich höre das Signal, als der Fahrstuhl in der siebenunddreißigsten Etage hält. Sehe den Flur, der dunkel ist, weil die Mitarbeiter längst Feierabend haben. Ich gehe weiter. Im Büro meines Dads brennt noch Licht. Die Tür steht offen. Ein Schmerz, der nicht in diese Erinnerung gehört, durchzuckt mich. Einmal, zweimal.

Der Flur verschwimmt, als ich realisiere, was hier passiert. Mein Atem geht viel zu schnell, und ich versuche, ihn unter Kontrolle zu bekommen. Ich erinnere mich daran, wie Jasper mit mir zusammen geatmet hat. Langsam einatmen, Luft anhalten und noch langsamer ausatmen.

Jasper ist real. Er ist immer noch hier. Ich spüre seinen warmen Körper an meinem. Sein Gesicht taucht vor meinem inneren Auge auf. Er lächelt mich an. Das Haargummi schnipst ein letztes Mal gegen mein Handgelenk. Aber es bin nicht ich, die das Gummi schnellen lässt, es ist Jasper. Er hat es bemerkt, obwohl er mit dem Rücken zu mir in einem schwach beleuchteten Raum auf dem Fußboden sitzt. Egal, wie fest die Panik mich in ihren Klauen hat, Jasper würde mich immer von ihr befreien. Weil meine Gefühle für ihn stärker sind als die Angst in meinem Kopf.

»Ich habe meinen Dad dabei erwischt, wie er seine Assistentin gefickt hat.« Die Worte verlassen so schnell meine Lippen, dass ich mir vor Schreck die Hand vor den Mund halte, weil ich es nicht weniger ordinär verpackt habe.

Aspen, so reden wir nicht!, hallt die Stimme meiner Mom in meinem Ohr wider. Nein, *sie* redet so nicht, ich schon.

Und dann fällt alles von mir ab. Der Druck in meiner Brust lässt nach, und ich habe nach Monaten wieder das Gefühl, frei atmen zu können. Ich habe es laut ausgesprochen. Zum allerersten Mal habe ich jemandem erzählt, was ich seit Monaten mit mir herumschleppe und von dem ich keine Ahnung habe, wie ich damit umgehen soll.

»Meine Mom weiß von den Affären meines Dads«, sage ich mit zittriger Stimme.

Ich kippe leicht nach hinten, als Jasper ohne Vorwarnung aufsteht, nur um wenige Sekunden später vor mir Platz zunehmen. Sein Körper ist in warmes Licht getaucht und dennoch nicht mehr als ein Schatten.

»Weißt du, was sie zu mir gesagt haben? Ich solle mich nicht so anstellen. Es ändere nichts, wir seien immer noch dieselbe Familie.« Ein leises Schnauben entfährt mir. »Aber das stimmt nicht. Es ändert alles. Es fühlt sich an, als würde ich meine Eltern überhaupt nicht kennen. Als würde ich mich selbst nicht kennen. Vor meiner Abreise habe ich ihnen gesagt, dass ich das nicht kann. Ich kann nicht so tun, als wäre alles wie immer, weil es einfach nicht so ist. Mein Dad hat darauf nur erwidert: ›Aspen, du schaffst das schon.‹ Das hat er schon mein ganzes Leben zu mir gesagt. Ich hasse diesen Satz. Und weißt du, warum? Weil er keinen Spielraum zum Scheitern lässt.«

»Du darfst scheitern. Wir alle dürfen das. Ich bin an dir gescheitert, und es ist okay, denke ich.«

»Wie meinst du das, du bist an mir gescheitert?«, frage ich ihn, weil ich nicht verstehe, was er mir damit sagen will.

»Ich wollte es so unbedingt schaffen, mich von dir fernzuhalten, und habe versagt.«

»Und warum wolltest du das?«, flüstere ich. Mein Herz rast, weil ich mir nicht sicher bin, ob ich die Antwort tatsächlich hören will.

»Weil ich nicht der bin, den du in mir siehst.«

Ist das ein Eingeständnis, dass er nicht Jasper ist?

Ich rücke näher an ihn heran und lege meine Hände an seine Wangen. »Dann zeig mir, wer du wirklich bist.«

Er seufzt. Seine Finger umfassen meine Handgelenke, aber er löst meine Hände nicht von seinem Gesicht. Einen Moment verharren wir in der Position. Unsicher. Bisher hat es immer in einem Desaster geendet, wenn wir uns auf diese Art nähergekommen sind. Aber da haben wir uns vorher auch nicht einander geöffnet und uns gegenseitig Dinge anvertraut, sondern sind als Opfer der Anziehung miteinander kollidiert. Diesmal ist es anders. Es ist mehr.

»Küsst du mich, wenn ich dich darum bitte?«, fragt er mit leicht neckendem Ton. Ein leises Lachen entfährt mir. Der Griff um meine Handgelenke wird fester, weil er es falsch interpretiert. Lächelnd nähere ich mich seinem Gesicht.

»Immer«, hauche ich gegen seine Lippen, bevor ich sie mit meinen verschließe. Sanft und mit einer gehörigen Portion Vorsicht. Seine Knie stoßen gegen meine, als er näher an mich heranrückt und den Kuss vertieft. Seine Finger lösen sich von meinen Handgelenken und im nächsten Augenblick spüre ich sie an meinen Seiten. Mit leichtem Druck fordert Jasper mich auf, noch näher zu kommen. So weit wie möglich rutsche ich an ihn heran und schlinge meine Beine locker um seine Taille.

Federleicht streichen seine Fingerspitzen über meinen Körper, erkunden ihn, während seine Zunge nach meiner tastet. Fordernd. Leidenschaftlich und bedingungslos. Die Mauern zwischen uns sind gefallen. Ab diesen Zeitpunkt gibt es nur noch ihn und mich. Keine Zweifel. Kein zurück. Alles von ihm. Alles von mir. Wir haben uns schon geküsst, aber nicht so. Die Verzweiflung ist der Akzeptanz gewichen, als wir unsere Gefühle zugelassen haben, und dafür werden wir jetzt belohnt.

In der Sekunde, als ich meine Finger in seinen Haaren vergrabe, schieben sich seine unter meinen Po. Mühelos hebt er mich auf seinen Schoß. Mein Körper presst sich gegen seinen. Nur noch fühlen. Lust durchflutet mich, und ich würde gerne die Schenkel zusammenpressen, damit mich das Verlangen nicht vollkommen um den Verstand bringt und ich ihm einfach die Kleider vom Leib reiße. In den letzten Wochen hat sich zwischen uns so viel sexuelle Anspannung angestaut, dass ich befürchte, sie könnte wie ein Pulverfass hochgehen.

Wie ein Schraubstock schlingen sich meine Beine enger um ihn und halten ihn gefangen. Ziehen ihn damit noch näher heran, bis kein Blatt mehr zwischen uns passt. Immer ungehaltener küssen wir uns. Er stöhnt in meinen Mund, als ich mein Becken kreisen lasse, um das Pochen zwischen meinen Beinen zu besänftigen. Und ihm scheint es genauso zu gehen, denn er spannt sich unter mir an und drängt seine Mitte gegen meine. Aber es ist nicht genug. Es reicht nicht aus, um das Verlangen zu stillen.

Meine Finger schieben sich unter sein Shirt. zärtlich kratzen meine Nägel über seine völlig überhitzte Haut. Wir wollen beide mehr. Nein, wir brauchen mehr. Seine Hände streichen über meine nackten Oberschenkel, streifen den unteren Rand meiner Shorts. Ich löse meine Lippen von seinen und sehe ihn im gedimmten Licht an.

»Ist das okay?«, frage ich ihn und ziehe sein Shirt ein Stück nach oben, um ihm zu verdeutlichen, was ich will. Er nickt und hebt die Arme über seinen Kopf, damit ich ihm das T-Shirt ausziehen kann.

Langsam schiebe ich den Stoff über seinen Oberkörper. Mein Herz schlägt so schnell, dass ich es in jeder Faser meines Körpers spüren kann. Unachtsam werfe ich das Shirt neben uns auf den Boden, dann greife ich nach dem Saum meines Tops und ziehe es ebenfalls aus. Ich lege meine Hände auf seine Brust, streiche zärtlich darüber. Er erschaudert unter meinen Fingerspitzen und stöhnt kaum hörbar.

Erneut küsse ich ihn, aber diesmal weniger drängend, sondern behutsam. Bewusst nehme ich das Tempo raus. Genieße seine samtweichen Lippen und das Gefühl seiner Haut unter meinen Händen, lasse diese zu seinen Schultern wandern und drücke ihn zu Boden. Er lässt sich auf den Rücken sinken, schlingt die Arme um meine Taille und zieht mich mit sich. Meine Brüste pressen sich gegen seinen Oberkörper. Küssend erkunde ich jeden Teil von ihm. Hals, Schlüsselbein. Tiefer. Lasse die Zungenspitze um seine Brustwarze kreisen. Necke sie und reize sie, indem ich sie mit meinen Lippen umschließe und ganz leicht daran sauge.

Das Stöhnen, das er als Reaktion von sich gibt, schießt direkt in meinen Unterleib. Mit beiden Händen umfasst er meinen Po und animiert mich dazu, mich auf ihm zu bewegen, um einen Schritt weiter zu gehen. Ich kann den Jeansstoff an meinen Schenkeln spüren und fühlen, wie sich seine Erektion gegen meine Mitte drängt.

Erst als ich einen Rhythmus gefunden habe, wandern seine Hände meinen Rücken nach oben, streichen über den Rand meines BHs, folgen ihm, bis er mit den Fingerspitzen kaum merklich meine Brüste streift und erstarrt. Ein frustrierter Laut entweicht mir, weil er sich zurückhält.

Ich richte mich auf und sehe auf ihn hinab.

»Du kannst jederzeit aussteigen. Es ist okay, wenn dir das hier zu viel wird.« Ich will, dass er weiß, dass ich nichts von ihm erwarte, wozu er nicht bereit ist. Irgendwie rechne ich damit, dass er jeden Augenblick die Notbremse zieht.

Er setzt sich ebenfalls auf. »Ich will das hier, aber nur, wenn du es auch willst, obwohl es Dinge gibt, die du nicht von mir weißt, weil ich sie dir nicht sagen kann. Noch nicht. Im Moment kann ich dir nicht mehr als das Versprechen geben, dass du mein Mondmädchen bist und ich der Junge sein will, der dich küssen darf.«

Daran erinnert er sich? Bei seinen Worten droht mein Herz vor lauter Gefühlen für ihn zu platzen.

»Ich will dich, solange das hier zwischen uns echt ist und eine

Bedeutung hat«, erwidere ich. Etwas tief in mir weiß, dass nichts meine Liebe zu ihm erschüttern kann. Egal, was er mit sich herumträgt, zusammen bekommen wir das hin.

»Es bedeutet alles, Aspen. Einfach verdammt alles.«

Ein Lächeln schleicht sich auf meine Lippen, bevor sich meine Finger unter die BH-Träger schieben und sie über meine Schultern abstreifen. Der Verschluss springt auf, als Jasper ihn öffnet, und der Stoff rutscht von meinen Brüsten.

Einen Moment lang sieht er mich an, obwohl er im gedimmten Licht kaum etwas erkennen kann. Aber ich will, dass er mich sieht. Ich will ihn ansehen. Hauchzart gleiten seine Finger über meine Haut, fahren die Linie zwischen meinen Brüsten entlang und lassen mich erschaudern.

»Ich möchte dir in die Augen sehen können, wenn du unter mir erbebst«, haucht er gegen meine Lippen und lässt damit alles in mir vibrieren, weil er mir gerade alles von sich in Aussicht stellt. Keine Notbremse. Kein Rettungsseil. Nur er und ich.

45.

CAMERON

Über die moralische Grauzone, in der ich mich gerade bewege, will ich gar nicht nachdenken. Aber in dem Moment, als ich das zwischen uns zugelassen habe, habe ich eine Entscheidung getroffen. Für sie und gegen das Geld. Ob sie sich am Ende für mich entscheidet, liegt nicht in meiner Hand, aber ich bin bereit, alles auf eine Karte zu setzen. Ich habe ohnehin keine andere Wahl. Weil ich die Frau, die halb nackt auf mir sitzt, mit jeder Faser meines Seins liebe.

Im Augenblick stütze ich mich darauf, dass ihre Gefühle für mich stärker und nicht an einen Namen gebunden sind. Dass sie es ahnt, da bin ich mir ziemlich sicher. Dennoch hätte ich es ihr sagen müssen, aber ich habe den richtigen Moment verpasst oder ihn absichtlich verstreichen lassen, da bin ich mir nicht ganz sicher. Irgendwie haben wir den Teil, der meine Wahrheiten betrifft, übersprungen und sind direkt im Strudel aus Gefühlen und Verlangen gelandet. Fühlen statt reden. Und ich habe nicht protestiert, weil es sich nicht falsch anfühlt, obwohl es das vielleicht sollte.

Aspen klettert von meinem Schoß und steht auf. Auffordernd streckt sie mir ihre Hand entgegen, die ich, ohne zu zögern, ergreife, bevor ich ebenfalls aufstehe. Als ich sie zu mir heranziehe, legen sich ihre Arme um meinen Nacken und ihre Finger vergraben sich in meinen Haaren. Mit einem Grinsen auf den Lippen fasse ich unter ihren Po und hebe sie hoch. Sofort schlingt sie ihre Beine um meine Taille. In dem Moment, als sie mich küsst, wünschte ich, sie würde nie wieder damit aufhören. Denn wenn sie mich küsst, ist es wie Davontreiben und Ankommen zugleich.

Ich platziere sie so auf meinen Hüften, dass ich mich in Bewegung setzen kann. Trage sie in den Flur, während sie eine heiße Abwärtsspur aus Küssen auf meinem Hals verteilt.

»Welche Tür?«, frage ich sie. Als sie nicht antwortet, kneife ich ihr leicht in den Hintern.

»Die mittlere.«

Etwas unbeholfen öffne ich die Schlafzimmertür und schalte mit dem Ellenbogen das Licht an. Zielstrebig gehe ich auf das Bett zu. Ich verschwende keine Zeit damit, mich in dem Raum umzusehen, und lasse mich rücklings auf die Matratze fallen. Aspen fängt sich mit den Armen ab, damit sie nicht ungebremst auf mich stürzt. Mit verhangenem Blick sieht sie auf mich herab. Die blonden Haare umrahmen ihr wunderschönes Gesicht, ihre geröteten Wangen und von unseren Küssen leicht geschwollenen Lippen. Sie war nie schöner.

In einer schnellen Bewegung drehe ich sie auf den Rücken und nehme sie unter mir gefangen. Sehe ihr tief in die eisblauen Augen, die ihren Schrecken verloren haben. Weil das, was ich jetzt fühle, wenn ich in ihnen versinke, Liebe ist, nicht Angst.

Einen Moment lang halte ich inne und präge mir ihren Anblick ein, um ihn mir jederzeit wieder ins Gedächtnis rufen zu können. Ihr Blick wandert von meinem Gesicht über meinen nackten Oberkörper, tiefer, und verharrt unmissverständlich auf meiner Mitte. Unter ihrem intensiven Blick schwillt meine Erektion weiter an.

Weil ich die Hose in der Position unmöglich ausziehen kann, klettere ich vom Bett. Ungeduldig knöpfe ich die Jeans auf, steige heraus und kicke sie unachtsam mit dem Fuß zur Seite. In dem Augenblick, als ich zu ihr ins Bett steige, wird mir schlagartig etwas klar. Auf eine gemeinsame Nacht mit Aspen bin ich absolut nicht vorbereitet. Sobald sie mich zu fassen bekommt, zieht sie mich auf sich. Meine Lippen wandern zu ihrem Ohr.

»Ich habe diese Wendung des Abends nicht geplant. Wir haben also ein kleines Problem«, flüstere ich ihr zu, dass das hier wohl kaum mehr als eine Trockenübung wird.

Kurz scheint sie zu überlegen, was ich meinen könnte, dann rollt sie sich auf die Seite, zieht das Schubfach des Nachtschranks auf und holt eine Handvoll Kondome heraus. Grinsend wirft sie sie auf die Matratze. Und dann geht alles verdammt schnell.

Ich umfasse ihre Knöchel, ziehe sie wieder zu mir heran. Meine Finger greifen nach dem Bund ihrer knappen Shorts. Als sie das Becken anhebt, streife ich sie ihr von den Hüften. Meine Lippen finden ihre, teilen sie. Unsere Zungen verschmelzen miteinander. Es ist eine Mischung aus Necken und alles einfordern, was möglich ist.

Aspen gibt ein protestierendes Seufzen von sich, als ich mich ihr entziehe. Ich platziere federleichte Küsse auf ihrem Hals, ihrem Dekolleté, lasse meine Zunge um ihre Brustwarze kreisen, die sich unter meiner Berührung aufrichtet, während ich eine Hand zwischen ihre Beine schiebe. Ihr Körper bäumt sich mir entgegen, als ich sie mit den Fingern reize und näher an den Rand der Klippe treibe.

Immer tiefer wandern meine Lippen ihren Körper entlang. Alle meine Sinne sind auf sie gepolt. Ich kann Aspen schmecken, ihr Duschgel riechen, ihre Haut fühlen. Ich richte mich auf und sehe ihr ins Gesicht. Führe meine süße Folter fort, bis ihre Muskeln um meine Finger pulsieren.

Als ihr Orgasmus in Wellen abebbt, ziehe ich mich zurück, streife die Boxershorts ab, reiße das Folienpäckchen auf und streife das Kondom über. Ich schiebe mich über sie und suche ihren Blick. Versinke so tief darin, dass ich ihr die Führung überlasse. Aspens Beine legen sich um mich und ziehen mich näher an sie heran, bis meine Härte auf ihre Mitte trifft. Für den Hauch einer Sekunde erstarre ich, weil das hier echt ist. Keine Fantasie, nichts, was sich mein Hirn zusammenspinnt. Plötzlich bin ich nervös. Sie bemerkt es und lässt etwas von mir ab.

»Alles okay oder möchtest du die Stopptaste drücken?« Sie sieht mich so verständnisvoll an, dass sich ein Schmunzeln auf meine

Lippen schleicht. Nicht einmal im Traum würde ich jetzt einen Rückzieher machen, dafür habe ich mir das hier zu oft in genau jenen Träumen vorgestellt.

»Ich drücke eher die Repeat-Taste«, erwidere ich und verschließe ihren Mund mit meinem. Ich kann spüren, wie sie an meinen Lippen lächelt. Als sie weiter Druck auf mein Becken ausübt und ich in sie hineingleite, halte ich für einen Augenblick die Luft an.

Wir verharren in der Position, um uns an das Gefühl voneinander zu gewöhnen. Sehen uns einfach nur an. Als ich mir sicher bin, dass es für uns beide okay ist, bewege ich mich in ihr. Erst vorsichtig, dann bestimmter. Gemeinsam finden wir einen Rhythmus. Werden eins. Funktionieren gemeinsam perfekt. Und ich befürchte, dass ich ohne Aspen gar nicht mehr funktionieren, nicht einmal mehr unrund laufen werde. Weil ich die Scherben niemals alle aufsammeln kann, wenn sie mir das Herz bricht.

* * *

Es wird gerade hell draußen, als ich aufwache, weil etwas schwer auf mir liegt. Ich taste danach. Als ich auf nackte Haut treffe, steigen Bilder der letzten Nacht in mir hoch.

Shit! Mein Gewissen meldet sich augenblicklich und hebt ermahnend den Zeigefinger. Das hätte nicht passieren dürfen. Nicht so, und schon gar nicht, bevor sie die Wahrheit kennt. Warum habe ich es ihr nicht gesagt? Deswegen bin ich doch überhaupt zu ihr gegangen. Weil ich gekniffen habe.

Vorsichtig schiebe ich ihren Arm von mir, dann schaue ich sie an. Sie schläft und sieht dabei mehr als zufrieden aus. Natürlich ist sie das, weil sie glaubt, dass zwischen uns jetzt alles geklärt ist, und dabei fängt der schwierigste Teil erst an. Weil ich es vermasselt habe. Mich von meinen Gefühlen habe treiben lassen und mir für diesen Moment eingeredet habe, es würde funktionieren. Dass es okay ist, mit ihr zu schlafen und anschließend alle Karten auf den

Tisch zu legen. Wie dumm kann man eigentlich sein? Sobald sie wach ist, werde ich ihr alles beichten, und ich kann nur hoffen, dass sie mich nicht zum Teufel jagt. Das Recht dazu hätte sie allemal.

Mit den Fingerspitzen streiche ich die Haarsträhne, die ihre linke Wange bedeckt, aus ihrem Gesicht. Einen Moment lang zögere ich, dann krieche ich aus dem Bett, um mir ein Glas Wasser aus der Küche zu holen, weil sich mein Hals staubtrocken anfühlt. Ich will gerade das Schlafzimmer verlassen, als ein leises Klingeln durch das Zimmer schallt und meine Aufmerksamkeit erregt.

Suchend sehe ich mich in dem Raum um und versuche, das Geräusch zu lokalisieren. Mein Blick fällt auf den Schreibtisch, der unter dem Fenster steht. Das Display des Tablets leuchtet auf. Das verursacht also das leise Klingeln. Mir ist klar, dass ich das nicht tun sollte, aber ich bin neugierig. Es ist noch nicht einmal richtig hell draußen, also wer kontaktiert sie so früh?

Mein Blick huscht zu Aspen, die sich in diesem Augenblick auf die Seite rollt und mir somit den Rücken zudreht. Lautlos schleiche ich zum Schreibtisch, nehme das Tablet in die Hand und werfe einen Blick auf das Display.

Dein Perfect Match hat sich gerade in Be My Date eingeloggt.

Noch während ich die Worte lese, spüre ich, wie mir eins nach dem anderem die Kehle zuschnürt. Sie hat ein Match? Nach der Sache mit ihrem Dad habe ich angenommen, dass sie unter keinen Umständen am Spiel teilnehmen würde.

Meine Finger schweben über dem Display und öffnen schließlich den Chatverlauf.

Hazelnut: Wie sieht deine Traumfrau aus?

Mecaron: Ist das eine Fangfrage?

Hazelnut: Vielleicht.

Mir wird schlecht. Sie hat ein Match mit Jasper. Er hat weitergespielt? Ich bin davon ausgegangen, dass er das Spiel nach dem ersten Date beendet hat, weil es seinen Zweck verfehlt hat. Offenbar ist das nicht der Fall, und ihn hat die Neugier gepackt, herauszufinden, wen sein Algorithmus für ihn ausgespuckt hat. Immerhin hat er gesagt, dass der Algorithmus funktioniert und nur sein Ergebnis – wie auch immer – beeinflusst hat. Wenn also jemand seinen Trojaner entfernt hat und der Algorithmus stattdessen das richtige Ergebnis ausspuckt, dann …

Um schlau aus der ganzen Sache zu werden, überfliege ich die Nachrichten, bis ich auf bekannte Zeilen stoße.

Ich lege das Tablet zurück auf den Schreibtisch.

Für eine Weile starre ich zu Aspen, die friedlich schläft, während mein Herz vergessen hat, in welchem Takt es zu schlagen hat, weil es in diesem Augenblick in tausend Teile zerspringt. Meine Gedanken beginnen sich zu überschlagen und spucken immer wieder dasselbe aus. Jasper und Aspen. Nicht Cameron und Aspen. Und da sie immer noch spielt und nicht ausgestiegen ist, bedeutet das … Ich muss hier raus.

Panisch haste ich durch den Raum, hebe meine Jeans und Socken auf und stolpere aus ihrem Zimmer. Im Wohnzimmer suche ich nach meinem Shirt. Mein Blick fällt auf ihr grünes Top und den Spitzen-BH. Das Blut beginnt in meinen Ohren zu rauschen. Und zwar so laut, dass es die Stille um mich herum verschluckt und zu einem unerträglichen Lärm wird.

Ich zerre mir das T-Shirt über den Kopf. Ihr Parfüm hängt noch in dem Stoff und erinnert mich daran, was genau auf diesem Fußboden passiert ist. Unser Gespräch. Die plötzlich wechselnde Atmosphäre. Ihre Lippen auf meinen. Haut auf Haut. Das Gefühl, wie ihr Körper mit meinem verschmilzt. Hat das alles nichts bedeutet? Habe ich mich geirrt? Nein, dafür hat sich das zwischen uns zu echt angefühlt. Und was, wenn doch? Wie wird sie reagieren, wenn sie auf den wirklichen Jasper trifft und feststellt, dass er ihr Match ist?

Ich bin mir nicht sicher, ob ich die Antwort wirklich wissen will. Ob ich sie ertragen kann. Wenn sie die Wahl zwischen mir und ihm hat, wen wird sie wählen? Bestimmt nicht den Kerl, der sie von Anfang an getäuscht hat. Ein verhasstes Kribbeln breitet sich in meinem Körper aus, lässt ihn vibrieren. Bevor ich die Kontrolle verliere, stürme ich aus dem Haus. In der Hoffnung, dass meine Gedanken verstummen und das Engegefühl in meiner Brust nachlässt, atme ich gierig die kühle Morgenluft ein. Aber es funktioniert nicht.

Wie betäubt laufe ich im Morgengrauen über den Campus zum Bungalow, schließe die Tür auf, stolpere ins Badezimmer, klappe die Klobrille hoch und falle auf die Knie.

»Guten Morgen, harte Nacht gehabt?«

Ich betätige die Klospülung, dann drehe ich mich zu ihm um. »Fahr zur Hölle, Anderson!«

46.

ASPEN

Blind taste ich nach Jasper und schrecke hoch. Er ist weg. Sofort bin ich hellwach und springe aus dem Bett, um nachzusehen, ob er in der Küche ist. Seine Kleidung ist weg, genau wie er selbst. Er hat sich heimlich aus dem Staub gemacht. Warum hat er das getan? Nach letzter Nacht kann er sich nicht aus meinem Bett schleichen, als wäre das zwischen uns nicht mehr als ein One-Night-Stand gewesen.

Ich haste in mein Zimmer, öffne den Kleiderschrank, zerre saubere Unterwäsche, eine Hose und ein Top heraus und ziehe mich an. Das wird er mir erklären müssen. Damit kommt er nicht durch.

Das Geräusch einer eingehenden Chatnachricht lässt mich innehalten. Mein Blick wandert zum Schreibtisch. Als das Tablet nicht wie gewohnt auf dem Bücherstapel liegt, sondern daneben, stutze ich. Das kann nicht sein, oder?

Ich nehme es in die Hand und gehe die Benachrichtigungen durch. Das Chatfenster öffnet sich.

Mecaron: Du bist aufgeflogen, Aspen Hill.

Bevor ich reagieren kann, wird das Display schwarz und der Schriftzug *Never Be My Date* erscheint in Neongelb. Der Kerl hat es herausgefunden. Verdammt! Sollte Jasper über den Chat gestolpert sein, und davon gehe ich aus, kann ich mir in etwa vorstellen, was er jetzt denkt. So hätte das wirklich nicht laufen sollen.

Hoffentlich lässt sich das geradebiegen. Vielleicht ist es nicht die beste Idee, ein klärendes Gespräch führen zu wollen, wenn er wütend ist, aber ich möchte es ungern aufschieben. Denn ich könnte mir vorstellen, wenn er zu viel Zeit zum Nachdenken hat, komme ich gar nicht mehr zu ihm durch, weil er mich so weit von sich stößt, dass ein ganzer Kontinent zwischen uns passen würde.

Warum habe ich das Spiel nicht sofort beendet, als mir klar wurde, dass er niemals Jasper sein kann?

Weil ich zu neugierig war, wer der Typ auf der anderen Seite ist. Das kann ich nicht abstreiten. Denn wäre es nicht so, hätte ich längst die Abbruch-Taste gewählt. Dabei ist der Typ nicht mal charmant und sorgt für alles, aber ganz sicher nicht für Herzklopfen. Ich wollte einfach herausfinden, warum er sich bei *Be My Date* für Jasper ausgibt.

Abbie hatte mir mehrfach versichert, dass nichts schiefgelaufen ist. Damit hatten sich die Möglichkeiten minimiert, warum die virtuelle Version so gar nicht Jasper entspricht. Jasper, der nicht Jasper ist. Denn dass er es nicht ist, hat er gestern zwischen den Zeilen angedeutet, ohne es wirklich auszusprechen.

Ich nehme meine Jacke vom Haken, schlüpfe in die Boots und ziehe die Tür hinter mir zu. Mit schnellen Schritten laufe ich zu dem Bungalow-Komplex, in dem Jasper untergebracht ist. Ohne darüber nachzudenken, klingle ich an der Tür und warte darauf, dass er sie öffnet. Und das passiert tatsächlich schneller, als ich erwartet habe.

Ich blinzle, als er im Türrahmen erscheint. Er trägt schwarze Slipper, gemusterte Socken, die unter einer dunkelgrünen Chino-Hose hervorblitzen, und einen orange-grünen Argyle-Sweater. Dann sehe ich ihm ins Gesicht.

Erschrocken taumle ich einen Schritt zurück. »Wer zur Hölle bist du?«, entfährt es mir.

»Aspen, nehme ich an«, sagt er völlig ruhig. Vor mir steht eine Kopie von Jasper und scheint nicht im Geringsten überrascht zu sein, mich zu sehen. Es dauert nur den Bruchteil einer Sekunde, bis mich die Erkenntnis darüber trifft, was hier gespielt wird. Die beiden haben die Rollen getauscht.

»Wo ist Jasper?«, frage ich ihn. Dass er es nicht ist, war mir in dem Augenblick klar, als ich einen Blick in sein Gesicht geworfen habe. Es mögen nur kleine Details sein, aber wenn man sich so nah gekommen ist wie wir, schreien sie einen regelrecht an. Außerdem hat der Typ, der mir gegenübersteht, tatsächlich einen kaum hörbaren britischen Akzent. Das hier ist der echte Jasper Anderson.

»Vielleicht kommst du erst mal rein und wir trinken eine Tasse Tee zusammen, oder magst du lieber Kaffee?«

»Willst du mich verarschen?«, fahre ich ihn an.

»Nein, aber ich denke, wir sollten uns dringend mal unterhalten, immerhin hast du mein Spiel sabotiert.« Lässig schiebt er seine Hände in die Hosentasche.

»Du bist mein Perfect Match?«, rutscht es mir heraus. Was total bescheuert ist, weil er es natürlich nicht ist, da ich ihn dazu gemacht habe. Aber er ist derjenige, mit dem ich die Dates hatte. Ich habe also wirklich recht. Mit einer Das-doppelte-Lottchen-Nummer habe ich allerdings nicht gerechnet. Und jetzt wird mir auch klar, woher er meinen Namen kennt. Jasper, also der andere Jasper, wird ihn ihm gesagt haben, nachdem er heute Morgen dahintergekommen ist.

»Wir wissen beide, dass ich das nicht bin, aber mich würde interessieren, wie du es angestellt hast.«

»Warte, was meinst du mit ›mein Spiel‹?«

Statt zu antworten, macht er auf dem Absatz kehrt und verschwindet im Inneren des Bungalows. Weil ich dringend ein paar Antworten will, folge ich ihm. Ich bin überrascht, wie wenig mich die Tatsache schockiert, dass der Typ dem falschen Jasper so verdammt ähnlich sieht. In meiner Vorstellung hatte er nie ein Gesicht, sondern war nur der Kerl, dessen Identität ein anderer gestohlen hat. Was sind die beiden, bei der Geburt getrennte Zwillinge?

Suchend sehe ich mich um, obwohl ich nicht damit rechne, dass er hier ist. Ich fühle es einfach, und das lässt die Wut in mir unterschwellig brodeln.

»Wo ist Jasper?«

»Steht vor dir. Wenn ich mich höflich vorstellen darf. Jasper Maxwell Anderson.« Er grinst mich so breit und selbstgefällig an, dass ich ihm beinahe aus Reflex eine Ohrfeige verpasse. Verdient hätte er es für die Nummer, die beide abgezogen haben, jedenfalls.

»Wo ist der andere Jasper?«, formuliere ich meine Frage neu. Auch wenn ich geahnt habe, dass Jasper nicht Jasper ist, habe ich nie darüber nachgedacht, wie sein echter Name lauten könnte.

»Du meinst Cameron. Der hat seine Koffer gepackt und ist auf dem Weg zurück nach Ohio.«

Ohio? Was denkt er sich dabei, sich aus dem Staub zu machen, ohne vorher mit mir zu reden? »Und warum genau hat er seine Koffer gepackt?«, will ich wissen, weil sich mir das nicht ganz erschließt. Jasper wird ihn doch in Bezug auf *Be My Date* eingeweiht haben, oder?

»Das ist eine gute Frage, das wollte er mir partout nicht verraten, aber ich vermute, es hängt mit dir zusammen.«

»Mit mir?«, sage ich eine Spur zu überrascht, was ihn genervt eine Augenbraue heben lässt. Natürlich hat es mit mir zu tun. Er ist sicher nicht grundlos aus meinem Schlafzimmer geflüchtet.

»Da er die Nacht nicht in seinem Bett verbracht hat, sondern, wie ich annehme, in deinem und anschließend direkt vom Campus geflüchtet ist, ist es das Naheliegendste. Korrigiere mich, sollte ich mich irren.«

Damit hat er nicht ganz unrecht, auch wenn ich nicht nachvollziehen kann, warum, wenn er offenbar Bescheid weiß.

»Damit hast du mir jetzt zweimal die Tour vermasselt. Das ist nicht nett, Aspen.« Er spricht mit mir, als würden wir uns schon ewig kennen und als würde ihn der Umstand, dass er und Jasper – nein, Cameron – gerade aufgeflogen sind, nicht nervös machen.

Cameron. Das ist sein Name.

»Wovon zum Teufel sprichst du? Vielleicht fängst du mal von ganz vorne an und weihst mich in das ein, was hier gespielt wird. Seid ihr Zwillinge und wolltet euch einen Spaß erlauben?«

»Ich bin mir ziemlich sicher, ein Einzelkind zu sein. Und mir sagt man nicht unbedingt nach, ein Spaßvogel zu sein.« In aller Ruhe setzt er Teewasser auf. Der hat Nerven. Ich verspüre gerade den Drang, ihm seine Teebeutel in den Rachen zu stopfen, damit er die Klappe hält. Aber dann bekomme ich gar nichts mehr aus ihm heraus.

»Was wird hier dann gespielt?«

Mit zwei Tassen in den Händen kommt er auf mich zu, geht an mir vorbei und setzt sich an den Küchentisch. »Vielleicht besprechen wir das nicht unbedingt im Stehen.«

Das ist eindeutig der Typ aus dem Chat. Er hat so eine Art, sich auszudrücken, die etwas zwischen freundlich und belehrend ist. Dieser Jasper weckt eindeutig Gefühle in mir, die in eine gänzlich andere Richtung gehen. Im Augenblick würde ich ihn gerne erwürgen.

Widerwillig komme ich seiner Aufforderung nach, weil mit Sicherheit kein einziges Wort seine Lippen verlässt, wenn ich mich nicht auf meinen Hintern setze. Mit einem selbstgefälligen Grinsen schiebt er die Tasse zu mir über den Tisch. Ich ignoriere sie. Mir ist nicht nach einer gemütlichen Teeparty.

»Gut. Wer hat für dich das Spiel manipuliert und dafür gesorgt, dass du mit mir ein Match bildest?«

»Niemand«, antworte ich. Ich werde ihm sicher nicht Abbie ans Messer liefern.

Eine seiner Augenbrauen wandert nach oben, während er an seinem Tee nippt. Langsam stellt er die Tasse wieder auf dem Tisch ab. »Wirklich? Dann verrat mir doch bitte, wo meine Backdoor abgeblieben ist«, fordert er.

»Deine was?«, rutscht es mir heraus. Okay, damit ist klar, dass ich die Nummer nicht ohne Hilfe durchgezogen habe.

»Eine Backdoor trickst die Zugriffssicherung aus. Und da du das offenbar nicht weißt, würde mich interessieren, wer dir geholfen hat, damit ich sie wiederbekomme.«

»Vergiss es! Ich verpfeife niemanden. Wozu brauchst du überhaupt so ein Backdings?«

»Ich brauche ein paar Daten.«

»Was für Daten?«

»Herrje, du stellst dieselben Fragen wie Cam, das ist süß«, sagt er und grinst.

Cam. Bei der Erwähnung stolpert mein Herz einen Augenblick. Dabei sollte ich wütend auf ihn sein. Aber ich bin es nicht. Ich habe den Verdacht, dass er bei Jasper in eine Falle getappt ist, aus der er nicht so einfach wieder herauskommt. Zu dem Kerl, der mir gegenübersitzt, würde das eindeutig passen. Seine Aura ist so abgebrüht.

»Warum habt ihr die Rollen getauscht? Also, du und Cameron?« Wie das klingt, *Cameron*. Fremd und irgendwie auch nicht. Es ist nur ein Name, er definiert die Person nicht, die ich in den letzten Wochen kennengelernt habe. Romeo hat also tatsächlich den verhassten Namen gegen einen anderen eingetauscht. Bei dem Gedanken schleicht sich ein Grinsen auf meine Lippen. Keine Ahnung, warum mir das gerade in den Sinn kommt, aber ich erkenne da durchaus eine Parallele zu Shakespeares Tragödie.

»Weil ich leider nicht die Fähigkeit besitze, an zwei Orten gleichzeitig zu sein.«

»Wo warst du denn stattdessen?«

»Ihr stellt wirklich dieselben Fragen.« Er lacht, und es klingt nicht mal ansatzweise so wie das von Jas… *Cameron*. Sein Lachen klingt stumpf.

»Was hast du ihm geboten, damit er deinen Platz am College einnimmt?«, frage ich ihn, weil ich mir nicht vorstellen kann, dass Cameron des Spaßfaktors wegen beim Rollentausch mitgemacht hat. Dafür hat er sich viel zu passiv verhalten.

»Was Cameron dazu bewogen hat, dem Rollentausch zuzustimmen, musst du ihn schon selbst fragen. Es steht mir nicht zu, das für ihn zu übernehmen und dich aufzuklären. Aber wenn es dich beruhigt: Er wollte mehrfach abbrechen und dir alles beichten.« Der Kerl wirkt so unglaublich geradlinig, fast schon steif, dass es auf eine schräge Art sympathisch ist. Er würde Cameron genauso wenig verpfeifen wie ich Abbie.

»Und warum hat er es nicht getan?« Ich bin tatsächlich enttäuscht, dass er mir so wenig vertraut, dass er es mir nicht gesagt hat. Spätestens nach dem ersten Kuss hätte er es aufklären müssen.

Wirklich? Und wann genau hattest du vor, ihm zu sagen, dass du ihm mit dem Datingspiel sein Geheimnis entlocken wolltest?, meldet sich mein Gewissen. Okay, vielleicht haben wir beide Fehler gemacht. Trotzdem kann er nicht mit mir die Nacht verbringen und dann ohne ein Wort abhauen. Das macht man einfach nicht.

»Weil ich ihn in Bezug auf dich manipuliert habe«, antwortet Jasper, als wäre es keine große Sache, mal eben mit den Gefühlen anderer zu spielen. Habe ich ihn gerade für sympathisch gehalten? Streichen wir das, er ist ein Arschloch.

»Was hast du ihm denn aufgetischt, dass er regelrecht vor mir davongelaufen ist?«

»Das, von dem ich ausging, es würde zutreffen. Aber ich glaube, ich habe mich das erste Mal bei etwas geirrt. Du überraschst mich, kleine Hill.« Nachdenklich mustert er mein Gesicht und dann blitzt etwas in seinen braunen Augen auf. Augen, in die ich so oft versunken bin und die es dennoch nicht sind. Es ist seltsam, wie vertraut mir sein Anblick ist und wie fremd er sich gleichzeitig anfühlt.

Ein Grinsen erscheint auf seinen Lippen.

»Vergiss es!«, sage ich sofort.

»Was soll ich deiner Meinung nach vergessen?« Seine stoische Ruhe macht mich wahnsinnig.

»Egal, was dir gerade durch den Kopf geht. Vergiss es.«

»Vielleicht hörst du es dir erst einmal an. Könnte sein, dass es für beide Seiten interessant ist.« Abwartend lehnt er sich auf dem Stuhl zurück. Das ist der Augenblick, in dem ich die Beine in die

Hand nehmen sollte. Was ich längst hätte tun sollen. Aber ich habe jetzt eine ungefähre Ahnung, wie Cameron in die ganze Sache hineingeschlittert ist. Jasper weiß genau, an welchen Stellschrauben er drehen muss, um sein Gegenüber erfolgreich zu ködern.

»Okay. Dann schieß mal los.«

* * *

In der nächsten halben Stunde erzählt Jasper mir eine Story, die so abgedreht ist, dass sie tatsächlich wahr sein könnte. Allerdings lässt er bewusst alle Details zu Cameron aus. Ich weiß nur, dass sie sich auf einer Veranstaltung in Cincinnati zum ersten Mal begegnet sind und er keine Ahnung hatte, warum genau Jasper ihn hierhergeschickt hat, bis es zu dem Match bei *Be My Date* kam. Er hat sich geweigert zu spielen und Jasper hat das übernommen, um herauszufinden, was schiefgelaufen ist.

Welcher vernünftige Mensch kommt auf die Idee, sich in den Server eines Colleges einzuhacken? Warum genau er das versucht hat, das verrät er natürlich nicht. Offenbar teilt der Typ nur Informationen, die er für relevant hält, und nicht die, nach denen man sich erkundigt.

»Hast du dich auch in Dions Instagram Account gehackt?«, rutscht es mir heraus und ich bereue es sofort.

Jasper sieht mich an, als hätte ich ihn gerade beleidigt. »Das ist nicht meine Liga. Hat sie dir geholfen?«

Verdammt! Das hätte ich nicht sagen dürfen. Der Kerl ist clever genug, um eins und eins zusammenzuzählen.

»Ich verrate es dir, wenn du mir verrätst, wonach du genau suchst und was daran so wichtig ist, dass du so einen Aufwand betreibst.« Herausfordernd blicke ich ihn an.

»Ich suche bestimmte Geldströme, die durch das Waterbury College rein- und wieder rausfließen.«

»Und wozu?«

Ermahnend hebt er eine Augenbraue. Er mag es nicht, wenn man zu viele Fragen stellt. Da hat er immerhin etwas mit Cameron gemeinsam.

»Willst du dir das Geld unter den Nagel reißen?«

»Nein, ich will mir dieses Geld nicht aneignen, aber ich will auch nicht, dass es andere tun.«

»Was hast du vor, willst du Robin Hood spielen und das Geld an die Armen verteilen? Dann besorg dir vorher ein paar hübsche Strumpfhosen oder ein Superhelden-Kostüm«, ziehe ich ihn auf. Da seine Mundwinkel nicht einmal zucken, findet er die Vorstellung wohl nicht so amüsant wie ich.

»Also?«, erinnert er mich daran, dass ich ihm eine Antwort schulde.

»Jemand hat mir einen Kontakt außerhalb des Colleges vermittelt. Der hat sich darum gekümmert.«

Er nickt. Dass er nicht weiter nachhakt, macht mir ein wenig Sorgen. »Und warum wolltest du genau dieses Match und nicht das, welches der Algorithmus für dich ausgespuckt hätte?«

»Cameron hat sich eigenartig benommen, und ich wollte wissen, warum. Er ist in der Hinsicht nicht sehr gesprächig.«

»Und du dachtest, er plaudert alles fröhlich aus, nur weil er hofft, da sitzt die eine auf der anderen Seite des Bildschirms?« Seine Lippen verziehen sich zu einem Grinsen, dann lacht er. Und diesmal klingt es aufrichtig. Der Kerl hat einen eigenartigen Humor.

Ich stehe vom Stuhl auf, beuge mich über den Tisch und verpasse ihm einen Fausthieb gegen den Oberarm. Er zuckt zusammen, verzieht für einen kurzen Augenblick das Gesicht und fängt sich wieder. Während ich ihn nachdenklich mustere, lasse ich mich zurück auf den Stuhl sinken.

»Vermutlich hätte das sogar funktioniert, wenn er gewusst hätte, dass du es bist«, räumt er ein.

Das ist kein Trost, denn abgehauen ist er trotzdem. Warte … »Wie lange weißt du es denn schon?«

»Kurz nach dem zweiten Date habe ich das Rätsel um deine Identität geknackt.«

»Hast du ihn eingeweiht, nachdem du es herausgefunden hattest?«, frage ich ihn und mein Herzschlag nimmt deutlich an Tempo zu. Das kann doch alles nicht wahr sein. Was für ein großer Haufen Mist.

»Natürlich nicht. Er wollte mit dem Spiel nichts zu tun haben. Außerdem habe ich angenommen, du würdest das gerne selbst aufklären. Über die Beweggründe anderer spekuliere ich ungern und Cameron hätte mich danach gefragt. Er ist hin und wieder zu neugierig. Etwas, das ihr gemeinsam habt.« Soll das ein entschuldigendes Lächeln sein?

»Großartig, dann glaubt er vermutlich, ich habe nach einem Perfect Match gesucht und im Reallife nur mit ihm gespielt.«

»Und warum sollte er das denken?«, hakt er nach, weil er vermutlich keine Ahnung hat, was in den letzten Wochen zwischen mir und seinem Doppelgänger abgelaufen ist.

»Es gab da ein Missverständnis mit meinem Dad.«

»Ich hörte davon. Ich wurde seitens meiner Familie um ein Statement gebeten«, antwortet er und grinst tatsächlich.

Das amüsiert ihn? Wow, er hat wirklich einen schrägen Humor. Meine Wangen werden heiß, weil es mir unangenehm ist, dass er davon weiß.

»Ich hoffe, ich habe dir nicht auch noch die Tour mit Ava Fitzgerald versaut?«, frage ich und lächle schwach.

»Wer ist Ava Fitzgerald?«

Okay, keine Pseudoverlobte. »Also bist du nur deswegen nach Hause gekommen, um dich mithilfe des Spiels in irgendeinen Server zu hacken?«, greife ich das Thema erneut auf, weil mir noch einige Zusammenhänge unklar sind.

»Ich bin nicht nach Hause gekommen. Mein Zuhause ist in England. Aber nein, das ist nicht der einzige Grund.«

»Weil dein Profivertrag geplatzt ist?« Ganz kurz sieht er mich irritiert an. Kein geplatzter Profivertrag. Hätte mich auch gewundert. Ein Profisportler, der sich in seiner Freizeit munter im Darknet herumtreibt, wäre schon eine seltsame Kombination.

»Können wir jetzt zu dem Teil kommen, der unser beider Problem löst?«

»Unser beider Problem?«

»Cameron.«

»Cameron? Warum ist er denn ein Problem?«

»Ich brauche ihn und du willst ihn«, antwortet er sachlich.

Wow, es ist erschreckend, wie nüchtern Jasper zwischenmenschliche Beziehungen betrachtet.

»Was macht dich da so sicher? Immerhin hat er mich die letzten Wochen an der Nase herumgeführt. Im Grunde habe ich überhaupt keine Ahnung, wer er ist.« Ist das wirklich so? Cameron hat mir zwar seinen richtigen Namen nicht gesagt, aber alles andere hat sich nicht angefühlt, als würde er ein Spiel mit mir spielen. Vielmehr hat er versucht, mich auf Abstand zu halten. Ich habe ihm gar keine andere Wahl gelassen, als mich in seiner Nähe zu dulden.

»Du sitzt immer noch hier«, antwortet er und sein Mund verzieht sich zu einem siegessicheren Schmunzeln. Erstaunlich, wie ähnlich sie sich sehen und wie unterschiedlich ihre Gestik doch ist. Camerons ist viel sanfter. Seine Lippen sind voller und sein Kiefer nicht so markant. Jasper wirkt viel ernster, fast schon überheblich.

»Hast du keine Angst, dass ich dich verpfeife?«, frage ich ihn, weil er das überhaupt nicht in Betracht zu ziehen scheint. Geht er wirklich davon aus, dass ich niemandem erzähle, was er vorhat? Er will ja nicht eben mal einen alten Kaugummi-Automaten knacken.

»Komm schon, Aspen, du wirst weder mich noch Cameron ans Messer liefern. Das wissen wir beide.«

»Du bist ziemlich von dir überzeugt.« Demonstrativ verschränke ich die Arme vor der Brust. Würde ich Cameron wirklich verpfeifen, nur weil er mir so wenig vertraut hat? Das hängt vermutlich davon ab, was seine Beweggründe waren, bei der Sache mitzumachen. Ach, wem mache ich eigentlich etwas vor, ich würde ihn nicht ans Messer liefern. Immerhin habe ich ebenfalls nicht fair gespielt. Ich bin also nicht besser als die beiden. Jasper könnte mich genauso anschwärzen. Reicht Spielmanipulation, um vom College zu fliegen?

»Wenn du mir hilfst, hast du einen Gefallen bei mir gut«, bietet er an. Als ob ich ausgerechnet ihn irgendwann mal um einen Gefallen bitten müsste. Ich bin mir sicher, dass ich in absehbarer Zeit keinen Computerfreak brauchen werde.

»Danke, aber wenn mein Laptop spinnt, bringe ich ihn eher in ein Fachgeschäft, als ihn dir in die Hand zu drücken.«

»Langsam verstehe ich, was Cam an dir mag.« Soll das jetzt ein Kompliment sein? Aus seinem Mund hört es sich nicht unbedingt wie eins an.

»Okay, ich lasse euch nicht auffliegen, wenn du mir versprichst, dass du niemandem schadest, aber ich werde dir ganz sicher nicht dabei helfen, was auch immer du vorhast.«

»Ich verspreche dir, ich schade niemandem, der es nicht verdient hat.« Dieser selbstgefällige Ausdruck in seinem Gesicht sollte mich wirklich beunruhigen, aber ich glaube ihm. In meiner Vorstellung gibt der Kerl seltsamerweise die perfekte moderne Version eines Robin Hoods ab. Allerdings ohne Strumpfhosen, dafür im Argyle-Sweater und mit Slippern.

»Weißt du, wo ich Cameron finde?«, frage ich ihn, weil ich wirklich gerne mit ihm reden würde, um das zwischen uns zu klären, egal wie es schlussendlich ausgehen wird.

»Vielleicht.«

»Verrätst du es mir auch?«

»Laut GPS-Daten ist er in einem Motel ungefähr fünf Meilen von hier.«

Ich stehe vom Stuhl auf, um mich direkt auf den Weg zu machen, um Cameron aufzusuchen. »Welches Motel?«

»Old Stagecoach Inn.«

»Danke.«

Jasper erhebt sich ebenfalls und begleitet mich zur Tür. Lässig lehnt er sich gegen den Türrahmen, nachdem ich aus dem Bungalow getreten bin, die Hände tief in seinen Hosentaschen vergraben.

»Wenn du ihn zurück ans College bringst, sorge ich dafür, dass er bleibt«, sagt er, als ich die Einfahrt entlanglaufe.

Und wie will er das anstellen? In Waterbury füllt man nicht einfach ein Anmeldeformular aus und dann läuft die Sache. Dafür bräuchte Cameron schon ein Empfehlungsschreiben und die finanziellen Mittel. Vermutlich bekommt er weder das eine noch verfügt er über das andere. Mir fällt nämlich kein anderer Grund ein, als dass Jasper ihn für den Rollentausch bezahlt hat.

Ich werfe einen Blick über die Schulter und mustere Jasper einen Augenblick. Wenn ich aus unserem Gespräch etwas mitgenommen habe, dann, dass er nicht unüberlegt agiert. Wenn er also sagt, dass er einen Weg findet, damit Cameron am College bleiben kann, dann hat er ihn wahrscheinlich bereits gefunden. Vorausgesetzt, Cameron möchte das überhaupt.

»Vielleicht will er ja gar nicht bleiben«, merke ich an, dass diese Entscheidung weder er noch ich treffen können, sondern einzig und allein Cameron.

»Er wird. Du bist hier.«

47.

CAMERON

Ich löse das Frotteehandtuch von meinen Hüften und lasse es unachtsam zu Boden fallen. Aus der Reisetasche nehme ich saubere Boxershorts heraus, die ausnahmsweise nicht kitschig sind. Keine Punkte, keine Papageien oder Blümchen. Simples Schwarz ohne Schnickschnack. Ich habe meine Klamotten vermisst. Als ich den Bungalow verlassen habe, habe ich lediglich nach der Tasche gegriffen, die ich genau für den Fall gepackt hatte, dass ich schnell verschwinden muss. Alles, was sich darin befindet, ist Cameron, kein Jasper. Nur ich, sonst nix. Und es fühlt sich verdammt gut an, wieder ich zu sein.

Warum ich mich allerdings nicht direkt in den nächsten Bus nach Ohio gesetzt habe, sondern in einem billigen Motel abgestiegen bin, weiß ich selbst nicht genau. Vermutlich, weil ich mich noch nicht dazu durchringen kann, Waterbury endgültig den Rücken zu kehren. Dabei gibt es nichts, was mich dort noch länger hält. Aspen hat mich getäuscht. Sie hat mir vorgegaukelt, an mir interessiert zu sein, nebenbei nach etwas Besserem Ausschau gehalten und es in Jasper gefunden.

Allein bei dem Gedanken, dass ausgerechnet er nun die Frau bekommt, die ich will, könnte ich kotzen. Er ist eindeutig die bessere Partie und verfügt zufälligerweise auch noch über ähnliche optische Merkmale. Wie praktisch für beide. Sie braucht sich an kein neues Gesicht zu gewöhnen, und er braucht sie sich nur nehmen, weil ich vorgearbeitet habe.

Das ist Bullshit, und das weißt du, merkt die Stimme in meinem Kopf an. Ja, vielleicht ist es das, es ändert aber nichts an der Tatsache, dass sie an ihm interessiert ist. Die Nachrichten im Chat waren da sehr eindeutig. Der Einzige, der als Verlierer aus der Nummer herausgeht, bin ich. Keine Aspen. Kein Geld. Alles zurück auf Anfang. Ich stehe genau an dem Punkt wie vor wenigen Wochen, nur dass ich mir obendrein noch das Herz habe brechen lassen. Ich habe es geahnt und dennoch mein Schicksal herausgefordert. *Glückwunsch, Cameron, du hast auf ganzer Linie versagt.*

Habe ich ernsthaft geglaubt, es gäbe irgendeine Möglichkeit, dass es nicht so endet, wie es schließlich gekommen ist? Wir werden das Haus verlieren und uns eine neue Bleibe suchen müssen. Mit etwas Glück bekomme ich meinen Job im Truckstop zurück und kann uns damit über Wasser halten.

Ein lautes Klopfen an der Tür verhindert, dass ich meinen Gedanken weiterspinne. In der Annahme, dass es der Pizzadienst ist, schlüpfe ich in meine ausgewaschene Jeans und krame zehn Dollar aus der Hosentasche, während ich die Tür öffne.

»Das ging aber schnell«, sage ich und sehe auf.

Fuck! Aus Reflex würde ich die Tür gerne direkt wieder zuschlagen, weil mir gerade einfällt, dass ich etwas vergessen habe, das aber zwingend erforderlich ist: die Kontaktlinsen. Sofort senke ich den Blick. Wie unvorsichtig kann man eigentlich sein? Dann fällt mir ein, dass es inzwischen überflüssig ist, weil es nicht mehr notwendig ist, mich zu verstellen und jemand anders als Cameron Monroe zu sein.

»Du hast blaue Augen.« Das ist das Erste, was Aspen sagt, als ich sie ansehe. Unsicher blickt sie mir entgegen. Mein Herz setzt einen Schlag aus, als mir bewusst wird, dass sie zum ersten Mal *mich* anschaut. Nicht die Kopie eines anderen. Ich ertappe mich bei der Frage, ob ihr gefällt, was sie sieht, oder ob sie enttäuscht ist.

»Wie hast du mich gefunden?«, frage ich sie, weil niemand weiß, wo ich bin.

»Jasper hat mir einen Tipp gegeben.« Jasper, natürlich. Er hat sie also eingeweiht. Aber was will sie dann hier, wenn sie bereits alles weiß? Ich trete einen Schritt zur Seite, um sie reinzulassen, auch wenn ich es eigentlich nicht will. Neugierig sieht sie sich in dem schäbigen Motelzimmer um. Es ist nicht der Ort, an dem sie absteigen würde, aber es ist das Einzige, was ich mir leisten kann. Was das betrifft, könnten wir nicht weiter auseinander sein. Wie bin ich nur auf die Idee gekommen, das mit uns könnte funktionieren? Das ist lächerlich.

»Warum bist du hier, Aspen?« Damit ich nicht länger halb nackt vor ihr stehe, greife ich nach dem weißen Shirt, das über dem Stuhl hängt.

»Was glaubst du denn, warum ich hier bin?«, erwidert sie viel zu gefasst. Eigentlich habe ich erwartet, dass sie mich anschreit, sobald die Tür hinter uns ins Schloss fällt. Dass sie so ruhig ist, macht mich nervös.

»Was hat er dir erzählt?«, will ich wissen, weil ich keine Ahnung habe, wie dieses Gespräch zwischen uns ablaufen soll. Ich wollte ihr so viel sagen, und jetzt, da ich die Chance dazu habe, ist es zu spät.

»Nicht viel. Er hat so eine Art, nur für ihn notwendige Informationen zu teilen«, antwortet sie und lächelt schwach. Lächelt sie, weil sie gerade an ihn denkt? Auch wenn ich es nicht will, spüre ich die aufkeimende Eifersucht in mir. »Warum bist du heute Morgen ohne eine Erklärung gegangen?«

»Ist das nicht offensichtlich?« Meine Worte klingen schneidender, als ich beabsichtigte. Aber ich habe das Gefühl, sie wird mich jeden Augenblick in die Enge treiben.

»Um ehrlich zu sein, nein. Also erklär es mir.«

»Was willst du hören? Dass mir Jasper einen Haufen Geld geboten hat, damit ich seinen Platz einnehme, oder dass ich so dumm war, mich auf dich einzulassen, obwohl du mich für jemand anderen gehalten hast?«

»Warum hast du es mir denn nicht einfach gesagt? Du hättest mir vertrauen können.«

Meint sie die Frage ernst? Das ist keine Story, die man mal eben erzählt, ohne zu wissen, ob einen jemand verpfeift. »Keine

Ahnung, warum hast du mir nichts von der Suche nach deinem Perfect Match erzählt?«

»Darum geht es, um dieses alberne Spiel?«, fragt sie und klingt, als würde sie jeden Augenblick anfangen zu lachen.

»Du hast mich verarscht«, antworte ich schroff.

»Du hast mich ebenfalls getäuscht.« Sie streitet also nicht mal ab, dass sie mit mir gespielt hat?

»Dann sind wir ja quitt«, spotte ich.

»Du warst nicht gerade zugänglich, ich musste auf *Be My Date* zurückgreifen.«

Wie bitte? Was zur Hölle will sie mir damit sagen? Dass sie mich nicht schnell genug ins Bett bekommen hat und deswegen auf das Spiel zurückgegriffen hat? Es brodelt in mir, weil ich in ihre Falle getappt bin. Das schlechte Gewissen, weil ich mit ihr geschlafen habe, bevor ich ihr alles beichten konnte, hätte ich mir sparen können. Ich bin ein Idiot.

»Entschuldige, dass ich mich dir nicht direkt vor die Füße geworfen habe. Ich habe genug Probleme, dich konnte ich da nicht auch noch als Sahnehäubchen obendrauf gebrauchen.«

»Was hätte ich denn deiner Meinung nach tun sollen?«

»Mich in Ruhe lassen. Ich hätte die paar Monate durchgezogen und wäre wieder verschwunden. Ende der Geschichte. Aber nein, du musstest dir ja unbedingt in den Kopf setzen, mich aus der Reserve locken zu wollen. Warum, Aspen? Wenn du doch offenbar auf der Suche nach etwas ganz anderem als mir warst?«, frage ich sie und kann nicht verhindern, dass ich dabei verzweifelt klinge. Und das bin ich auch. Vor mir steht die Frau, in die ich mich nicht hätte verlieben dürfen, und dennoch ließ ich es geschehen.

»Ich war neugierig. Mir war von Anfang an klar, dass etwas mit dir nicht stimmt. Du hast nicht hierhergepasst und ich wollte herausfinden, warum das so ist.« Sie hat also von Anfang an geahnt, dass ich nicht Jasper bin, und hat nichts gesagt. Das macht es noch viel schlimmer. Ich passe nicht nach Waterbury und somit auch nicht zu ihr, das ist es doch, was sie mir zwischen den Zeilen verklickern will, oder? Unsere Welten liegen so weit auseinander. Sie passt nicht in meine und ich nicht in ihre, das habe ich gewusst und dennoch zu hoffen gewagt, es könnte funktionieren.

»Hast du dich nur deswegen für mich interessiert, weil mir der Upperclass-Stempel auf der Stirn fehlt und du hinter mein Geheimnis gekommen bist? Was hattest du vor, dir den Jungen aus der Unterschicht zu angeln, weil dir dein perfektes Leben um die Ohren geflogen ist und du gegen deine Eltern rebellieren wolltest? Weil Daddy sich durch Manhattan vögelt und deine Mom lächelnd dabei zusieht?«

In der Sekunde, als die Worte meine Lippen verlassen, weiß ich, dass ich zu weit gegangen bin. Das hätte ich nicht sagen dürfen. Sie hat mir das erzählt, weil sie sich bei mir sicher gefühlt hat. Weil sie angenommen hat, dass ihre Ängste bei mir sicher sind, und nicht, damit ich sie ihr bei der ersten Gelegenheit an den Kopf werfe. Aber im Augenblick weiß ich nicht, wohin mit all meinen Gefühlen. Wut, Enttäuschung, Angst und Verzweiflung mischen sich gerade zu einem gefährlichen Cocktail, der meinen Verstand vernebelt. Sie hat mich die ganze Zeit an der Nase herumgeführt, die Erkenntnis ist wie ein Faustschlag ins Gesicht, den man nicht kommen sieht. Mit allen Mitteln habe ich versucht, sie von mir fernzuhalten, um sie nicht zu verletzen, jetzt wird mir klar, dass ich das gar nicht konnte. Weil mein Geheimnis gar keins gewesen ist. Weil sie es die ganze Zeit gewusst hat.

Der toxische Gefühlscocktail, der sich in meinem Inneren zusammengebraut hat, schwappt über und setzt völlig unkontrolliert einen Teil meiner Emotionen frei.

»Wenn wir uns auf einer deiner High-Society-Veranstaltungen, bei denen ich für zwölf Dollar die Stunde kellnere, begegnet wären, hättest du mich dann überhaupt bemerkt, oder hättest du den Blick abgewendet, sobald ich dich angesehen hätte? Wir wissen beide, dass es so gewesen wäre. Weil Menschen wie du Leute wie mich nicht sehen«, setze ich noch einen obendrauf, wohlwissend, dass ich damit das Fass zum Überlaufen bringe. Aber ich habe auch nichts mehr zu verlieren. Ich war auf genug Veranstaltungen, um zu wissen, dass man sich für den Champagner auf dem Tablett und nicht für die Person, die ihn serviert, interessiert. Wie konnte ich nur so naiv sein und glauben, dass jemand wie Aspen, die so weit über mir in der Gesellschaft steht, sich wirklich für mich interessieren könnte? Abwartend sehe ich sie an.

»Du hast recht, du bist nicht der, den ich in dir gesehen habe«, sagt sie leise. Ihre Augen schimmern verdächtig. Ich habe sie verletzt, und es fühlt sich nicht nach dem Triumph an, den ich mir erhofft habe. Sie macht auf dem Absatz kehrt und geht auf die Tür zu.

Sofort legt sich der Schalter in meinem Kopf um. Was habe ich getan? Das bin nicht ich. Ich sage keine Dinge, um anderen absichtlich wehzutun.

»Aspen«, sage ich und durchquere den Raum, bleibe aber stehen, als sie sich zu mir umdreht.

»Mach's gut, Cameron.« Und dann verschwindet sie durch die Tür, und ich bleibe wie erstarrt stehen, anstatt ihr nachzulaufen, als die Tür ins Schloss fällt. *Cameron*. Sie hat mich Cameron genannt. Nicht Jasper. Nicht Romeo. Einfach nur Cameron. Unzählige Male habe ich mir vorgestellt, dass ihre Lippen meinen Namen formen, allerdings nicht, um mir Lebewohl zu sagen. Mit dem Rücken lehne ich mich gegen die Tür, durch die Aspen vor wenigen Augenblicken verschwunden ist, und rutsche an ihr hinab, bis ich den Boden unter meinem Hintern spüre. Fuck!

Die nächste halbe Stunde bin ich wie betäubt. Wehre mich nicht, als meine Gedanken zu laut werden und meine Dämonen ihre Krallen in meinen Körper rammen, um mich mit in die Tiefe zu ziehen. Lasse es einfach über mich ergehen, nehme die Qual an und hoffe, dass die Hölle, in die ich mich freiwillig begeben habe, mich nie wieder ausspuckt. Dass ich aufhöre zu fühlen. Ich scheitere erneut. Aspen steckt zu tief in jeder Faser meines Seins, als dass ich sie hinter irgendeiner Tür in meinem Bewusstsein wegsperren könnte.

Taumelnd rapple ich mich vom Boden auf und gehe ein zweites Mal duschen, um den salzigen Film von meiner Haut zu spülen. Keine Ahnung, wie lange ich unter dem heißen Wasserstrahl stehe, ich habe jegliches Zeitgefühl verloren. Zehn Minuten, zwanzig, vielleicht auch länger. Der Badezimmerspiegel ist beschlagen, und ich wische mit der flachen Hand darüber, um einen Blick hineinzuwerfen. Ich habe befürchtet, dass ich irgendwann einen Blick in den Spiegel werfen und mich selbst darin nicht wiederfinden würde, aber ich habe nicht geahnt, wie sehr ich die neue Version von mir hassen würde.

Das Geräusch von splitterndem Glas dringt in meine Ohren, bevor der Schmerz durch meine geschlossene Faust schießt. Blut läuft über meine Fingerknöchel. Für wenige Sekunden sehe ich dabei zu, wie es in das Waschbecken tropft und im Abfluss verschwindet. Anschließend stelle ich das Wasser an, spüle das Blut ab und wickle ein Handtuch um die Schnittwunde, um die Blutung zu stoppen. Dann atme ich tief durch und verlasse das Badezimmer.

»Wow, du siehst echt übel aus.«

»Wie bist du hier reingekommen?«, frage ich, ohne in die Richtung zu sehen, aus der Jaspers Stimme kommt.

»Donna von der Rezeption war so freundlich, mich reinzulassen, als sie mich für dich hielt. Ich war so frei und habe deine Pizza entgegengenommen.«

Mein Blick landet auf dem schwarzen Wäschesack, der auf dem Bett liegt. Ich ignoriere ihn, krame eine Trainingshose aus der Reisetasche und streife sie mir über, weil meine Jeans noch im Badezimmer liegt. Es ist mir egal, ob ich Jasper gerade meinen blanken Hintern präsentiere. Im Grunde ist mir alles egal. Ich will nicht mal wissen, warum er hergekommen ist oder woher er weiß, dass ich hier bin.

»Ich wollte mich wirklich nicht einmischen –«

»Dann lass es!«, schneide ich ihm das Wort ab.

»Würde ich gerne, aber ihr beide scheint es ja ohne Hilfe nicht hinzubekommen.«

Jetzt sehe ich doch zu ihm. Mit übereinandergeschlagenen Beinen sitzt er auf dem Stuhl und sieht verstimmt aus. Anscheinend ist sein Plan nicht aufgegangen. Er hätte Aspen nicht gesteckt, wo sie mich findet, wenn er sich nicht etwas davon erhoffen würde.

»Wollen wir das Szenario durchspielen, das sich hier mit Aspen abgespielt hat, oder weißt du bereits, dass du dich wie ein Arschloch aufgeführt hast?«

»Was willst du, Jasper?«, frage ich erschöpft. Ich bin müde und es leid, mich von ihm belehren lassen zu müssen.

»Die Frage ist, was willst du?«

»Tu mir einen Gefallen, sag, was du zu sagen hast, und verpiss dich anschließend«, bitte ich ihn und ziehe mir einen Pullover über. Das Sweatshirt aus Bellbrooks Walmart erscheint mir gerade wie der reinste Segen.

Scheiß auf Jaspers Rautenpullis und Designer-Blümchenhemden.

»Du bist angepisst, das verstehe ich sogar, aber ich hätte dich für klüger gehalten und angenommen, dass du die Sache nicht wegen eines verletzten Egos gegen die Wand fahren würdest.«

»Mein Ego ist nicht verletzt, sie hat mich verarscht.«

»Was genau ist eigentlich dein Problem, Cam? Dass die kleine Hill dich austricksen wollte oder dass sie mit mir gematcht wurde? Klär mich auf, ich verstehe es nicht.«

»Was gibt es da nicht zu verstehen? Sie hat von Anfang an gewusst, dass ich nicht du bin. Sie hat sich nie für mich interessiert. Vermutlich hatte sie einen Heidenspaß dabei, mir etwas vorzugaukeln. Und als i-Tüpfelchen datet sie ausgerechnet die Rich-Kid-Version von mir.«

»Du checkst es echt nicht, oder?«, fragt er, als ich die herumliegenden Sachen einpacke. »Aspen wollte mit *dir* gematcht werden, weil sie auf dich steht. Glaub mir, ich bin ganz sicher nicht der Mann ihrer Träume, und sie entspricht auch nicht ansatzweise meinen Vorstellungen, was du weißt, weil wir gemeinsam den Fragebogen ausgefüllt haben. Wir sind kein Perfect Match, sie hat uns zu einem gemacht.«

Ich ziehe den Reißverschluss der Reisetasche zu. Es dauert einen Augenblick, bis seine Worte bei mir ankommen und Sinn ergeben. »Warte, Aspen hat deinen Algorithmus geknackt?«

»Nein, aber sie hat jemanden gefunden, der das für sie übernommen hat. Hat sie dir das nicht erzählt? Deswegen war sie doch hier. Sie wollte reinen Tisch machen.«

Nein, das hat sie nicht, und ehrlicherweise habe ich ihr auch nicht wirklich die Chance dazu gegeben. Aber das ändert nichts.

Und wenn doch? Dann habe ich die Sache gehörig in den Sand gesetzt.

»Seit wann weißt du das?«

»Ich habe letzte Woche herausgefunden, dass sie dahintersteckt und wir wahrscheinlich aufgeflogen sind.«

»Und du hast es nicht für nötig gehalten, mich darüber zu informieren?«

»Ehrlich gesagt, habe ich es nicht in Betracht gezogen. Ich wollte ihr die Chance geben, es dir selbst zu erklären. Ich vermeide es, mich in Beziehungsangelegenheiten anderer einzumischen. Ist mir zu viel Drama«, sagt er und hat tatsächlich die Nerven, gleichgültig mit den Schultern zu zucken. Es lässt sich nicht in Worte fassen, wie sehr ich ihn in diesem Augenblick hasse.

»Sollte ich sie deshalb einweihen, damit sie uns nicht verpfeift?«

»In erster Linie wollte ich genau dieses Szenario zwischen euch verhindern. Verletzte Gefühle führen zu unüberlegtem Handeln. Was wiederum zur Folge hat, dass man Fehler macht. Und Fehler kann ich mir nicht leisten. Im Übrigen, mit einer Frau zu schlafen, ohne ihr zu sagen, wer man ist, ist nicht die feine englische Art, egal ob man sie liebt oder nicht.«

»Sie hat es auch nicht für nötig gehalten, mir alles zu erzählen«, verteidige ich mich, auch wenn ich weiß, dass es armselig klingt.

»Ja, ihr habt euch beide nicht mit Ruhm bekleckert, aber noch kannst du das Ruder herumreißen und den richtigen Kurs einschlagen. Wenn du dich nach Ohio verdrückst, bezweifle ich, dass ihr gemeinsam in den Sonnenuntergang reitet.«

»Ich bin mir ziemlich sicher, dass es dazu nicht kommen wird. Ich habe ihr üble Dinge an den Kopf geworfen.«

»Abwarten. Sie liebt dich. Lass dir etwas einfallen und bieg das mit ihr gerade.«

Bei ihm klingt das, als wäre es die leichteste Sache der Welt. Selbst wenn ich es hinbekommen sollte, dass sie mir verzeiht, stünden wir vor dem nächsten Problem. Sie geht in Waterbury aufs College und ich bin auf dem Weg zurück nach Bellbrook. Und die Distanz, die dann zwischen uns läge, wäre nicht einmal die größte Hürde.

»Im Augenblick habe ich ganz andere Probleme, um die ich mich kümmern muss«, blocke ich ab. In Bellbrook wartet bereits die nächste Katastrophe auf mich, denn ich werde Granny El und meinen Geschwistern erklären müssen, dass ich versagt habe, und anschließend versuchen zu retten, was noch zu retten ist.

»Hör zu, Cam, wenn du gehen willst, dann geh. Ich werde dich nicht aufhalten, aber ich glaube, dass du einen Fehler machst. Du liebst sie, sie liebt dich. Die Gleichung ist recht einfach. Die Frage ist nur, wie viele unnötige Variablen du hinzufügst, um sie kompliziert zu machen. Ich habe die Hypothek, die auf dem Haus deiner Familie lastet, bereits bei der Bank ausgelöst und eure Rücklagen mit einem anständigen Polster aufgefüllt.«

»Du hast was?!« Er verarscht mich doch, oder? »Woher weißt du überhaupt davon?«, schiebe ich neugierig hinterher, weil ich ihm nie erzählt habe, wofür ich das Geld brauche.

»Ich habe da so meine Methoden.« Natürlich hat er die.

»Du kannst nicht einfach die Schulden meiner Familie bezahlen und noch ein Trinkgeld obendrauf legen, als würdest du die Rechnung in einem billigen Diner übernehmen! Ich habe unseren Deal nicht erfüllt«, sage ich entsetzt. Warum zum Teufel hat er das gemacht?

»Doch, genau das kann ich. Es ist nur Geld, Cam.«

Nur Geld? Klar, wenn man nicht jeden Cent zweimal umdrehen muss, kann man den Wert von Geld durchaus mit einem betonten *nur* definieren. »Mach das rückgängig«, fordere ich.

»Das werde ich nicht«, hält er seelenruhig entgegen.

»Woher hast du überhaupt so viel Geld? Hast du es mit deinen Fähigkeiten geklaut?«

Er lacht. Das ist nicht sein Ernst!?

»Traust du mir echt zu, dass ich dir schmutziges Geld unterschiebe? Mein Grandpa hat mir einiges hinterlassen, als er verstorben ist. Ich schwöre, das Geld ist sauber, und die Summe ist für mich in der Tat nicht mehr, als in einem Diner für dich die Rechnung zu übernehmen.«

Vergeht ihm eigentlich jemals dieses selbstgefällige Grinsen? »Ich will dein Geld nicht!« Egal, woher es ist.

»Wenn du dich besser fühlst, betrachte es als zinsloses Darlehen. Zahl es mir irgendwann zurück.«

»Das werde ich ganz sicher nicht.«

Ein genervtes Seufzen entweicht ihm, weil ich nicht vorhabe nachzugeben und er ebenso wenig. Was stimmt mit dem Kerl nicht? Wir kennen uns kaum und er will mir unbedingt unter die Arme greifen. Wozu?

»Okay, Cam, vielleicht wird es Zeit, ausnahmsweise auch mal an dich selbst zu denken und nicht immer an andere. Deine Familie ist in den vergangenen Wochen großartig ohne dich ausgekommen. Granny El ist hinreißend –«

»Du warst bei mir zu Hause?«, entfährt es mir panisch. Ist er übergeschnappt? Er kann doch nicht einfach bei meiner Grandma auf der Matte stehen.

»Und deine Geschwister sind keine kleinen Kinder mehr«, fährt er unbeirrt fort. Was soll das hier werden?

»Lass das, du hast keine Ahnung von meiner Familie.«

»Ich denke, Granny El hat mir alles erzählt, was ich wissen muss. Was mit deinen Eltern passiert ist, ist Scheiße, aber du musst dich nicht auf ewig selbst dafür büßen lassen und deine Bedürfnisse an die letzte Stelle setzen. Wenn du willst, bleib in Waterbury. Wenn du Architektur studieren willst, dann mach das. Wenn du mit Aspen zusammen sein willst, bekomm den Arsch hoch und such nicht nach tausend Ausreden, warum es nicht funktioniert. Du hast es in der Hand, niemand sonst.« Sobald er seinen kurzen Monolog beendet hat, steht er von dem Stuhl auf.

»Das war's, du gehst einfach?«

»Ich habe alles gesagt, was ich zu sagen habe, und jetzt verpisse ich mich, so wie du es wolltest.« Bevor ich ihn davon abhalten kann, fällt die Tür hinter ihm ins Schloss. Fassungslos starre ich ihm nach und warte darauf, dass er zurückkommt. Doch Jasper kommt nicht zurück. Mein Blick wandert zu dem Wäschesack, den er nicht zufällig auf dem Bett liegen gelassen hat. Vergiss es, Anderson!

Ich nehme das Handy vom Nachttisch und rufe Granny El an.

»Cameron, ist etwas passiert?«

Ob Jasper sie bereits informiert hat? Wie lange weiß sie es schon? Was hat er ihr erzählt?

»Ich bin auf dem Weg nach Bellbrook«, sage ich erschöpft.

»Ich warte zu Hause auf dich, mein Junge«, erwidert sie so liebevoll, dass ich mir sicher bin, dass sie bestens informiert ist.

48.

ASPEN

FÜNF WOCHEN SPÄTER

Heute Morgen ist der erste Schnee gefallen und taucht den Campus in ein Winterbild, das selbst Monet nicht hätte schöner malen können. Somit ist offiziell die kalte Jahreszeit am College eingezogen und das Semester neigt sich dem Ende zu. Nach dem Ball werden alle ihre Koffer packen und erst im Januar zurückkehren. Für die kommenden Wochen ist das College geschlossen und öffnet seine Tore erst mit dem neuen Semester wieder.

In fünfzehn Tagen ist Weihnachten. Das erste ohne meine Eltern. Ein bisschen fühle ich mich wie ein Scheidungskind, das für die Feiertage aufgeteilt wird. Thanksgiving habe ich bei Abbie und ihrer Mom verbracht. Weihnachten bin ich bei Dion und ihrer Familie eingeladen. In diesem Jahr ist alles anders. Aber das heißt nicht, dass es schlecht ist, es weicht nur vom Gewohnten ab.

Ratlos betrachte ich den Kleiderstapel auf dem Bett, dann sehe ich zu Abbie, die am Schreibtisch sitzt und sich die Nägel, passend zu ihrem Ballkleid, rosé lackiert.

Wie erklärt man seinen Freundinnen die wohl verrückteste Story, die sich jemand ausdenken kann? Gar nicht.

Ich hatte wirklich vor, die beiden sofort einzuweihen, habe es aber schließlich nicht getan. Natürlich haben sie gemerkt, dass etwas nicht stimmt. Wir kennen uns zu lange, als dass ich es hätte vor ihnen verstecken können. Allerdings habe ich ihnen eine leicht abgewandelte Version erzählt, die im Grunde darin bestand, dass Cameron die Spielmanipulation herausgefunden hat, wir uns daraufhin fürchterlich gestritten haben und er seine Sachen gepackt hat und verschwunden ist. Das sind immerhin die ganz groben Eckpfeiler.

Welches Spiel er und Jasper in den vergangenen Monaten gespielt haben, habe ich ihnen nicht erzählt. Nicht weil ich den beiden nicht vertraue, sondern weil ich Jasper mein Versprechen gegeben habe, es für mich zu behalten, und vielleicht auch, weil es Cameron in ein schlechtes Licht rücken würde, weil er bei der Nummer mitgemacht hat.

Abbie hat mich misstrauisch beäugt, und Dion hat Cameron so ziemlich alles an den Hals gewünscht, was ihr Repertoire an Flüchen hergibt. Beide sind in den vergangenen Wochen nicht von meiner Seite gewichen und haben mich aufmuntern wollen. Sie geben sich so viel Mühe und sind geduldig mit mir, aber Cameron hat einen Teil von mir mitgenommen und eine Lücke hinterlassen, die meine Freundinnen nicht füllen können. Allerdings habe ich all meinen Mut zusammengenommen und ihnen von meinen Eltern erzählt. Und es hat gutgetan, mich davon zu befreien.

Seit dem Knall mit Cameron habe ich viel über mich nachgedacht und dadurch mich selbst kennengelernt. Meine Eltern mögen meine Vergangenheit geprägt haben, aber meine Zukunft habe ich selbst in der Hand. Niemand zwingt mich, in die Richtung zu laufen, deren Weg sie geebnet haben. Es liegt an mir, meinen eigenen zu finden. Vielleicht weiß ich nicht, wo er mich am Ende hinführen wird, aber es macht mir keine Angst mehr, das Ziel noch nicht zu kennen. Weil ich daran glaube, es zu erkennen, sobald es vor mir liegt. Weil ich an mich selbst glaube.

Viel zu lange habe ich meine Selbstsicherheit davon abhängig gemacht, was meine Eltern in mir sehen. Habe versucht, ihre Erwartungen zu erfüllen, und dabei völlig vergessen, mir eigene aufzubauen. Ich habe herausgefunden, was ich mag, und nicht, was jemand von mir erwartet, das ich mögen muss.

Wirtschaft mag ich nicht, Schauspiel hingegen sehr. Es gefällt mir, eine andere Person zu verkörpern. Die Ironie daran ist, dass ich mein ganzes Leben in einer Rolle verbracht habe. Der Unterschied ist allerdings, dass ich sie mir zukünftig aussuchen kann.

Carter hat nach Camerons Verschwinden die Rolle des Romeo übernommen und wir harmonieren gut miteinander. Mit Cameron an meiner Seite war es dennoch intensiver, weil dieses Stück ein Teil unserer Geschichte ist. Wir haben unsere eigene Tragödie geschrieben, und doch habe ich das Gefühl, dass es sie gebraucht hat, um mich selbst zu finden.

Bis zum Tag der Vorstellung habe ich gehofft, Cameron würde zurückkommen und es gemeinsam mit mir durchziehen, weil er uns noch nicht aufgegeben hat. Dass er nicht aufgetaucht ist, ist schmerzhaft und fühlt sich endgültig an. Als hätten wir das Buch zugeklappt, mit dem alles begonnen hat, und es zurück ins Regal gestellt. Als würden wir einfach zum nächsten greifen und darauf hoffen, dass sich die Geschichte darin besser liest.

Das Einzige, was uns nach wie vor wie ein zartes Band miteinander verbindet, ist Jasper. Was mehr als schräg ist. Ich habe Cameron verloren und Jasper gefunden. Auf eine ganz andere Weise, aber nicht weniger intensiv. Es vergeht kein Tag, an dem er mir nicht wenigstens eine Nachricht schickt und fragt, wie es mir geht. Wenn ich ihn ignoriere, ruft er an, bis ich ans Telefon gehe. Und dann reden wir. Manchmal will ich ihn durch das Telefon ziehen, weil er mir den letzten Nerv raubt, aber ganz oft bin ich froh, dass er mir zuhört. Weil es manchmal wirklich einfacher ist zu reden, wenn man niemanden dabei ansehen muss.

Seine nüchterne Betrachtungsweise hat mir mehr Erkenntnisse über mich selbst beschert, als ich je für möglich gehalten hätte. Von ihm habe ich gelernt, mich selbst zu reflektieren und meiner Familie die Macht über mich abzusprechen. Wir sind zu Freunden geworden, was sich anfangs seltsam, aber inzwischen vertraut anfühlt.

Gestern hat er mir eine kurze Nachricht geschickt, dass er im Bungalow mit einer Tasse Tee auf mich wartet. Warum er tatsächlich hier ist, wollte er mir natürlich nicht verraten, aber ich habe so eine Ahnung, dass er seinen Plan nicht aufgegeben hat und heute Abend versuchen wird, an die Daten zu kommen. Ich habe ihn in den vergangenen Wochen so oft nach Cameron gefragt und nie eine Antwort bekommen, doch diesmal ist er eingeknickt. Er hat mir zwar nicht jedes Detail erzählt, aber genug, dass ich verstehe, warum Cameron sich auf den Deal mit ihm eingelassen hat. Leider ändert das nichts daran, dass Cameron mich absichtlich verletzt hat. Seine Worte sind ihm nicht einfach so herausgerutscht. Er wollte mir wehtun. Aber leider ändert es auch nichts an meinen Gefühlen für ihn.

Mein Gemütszustand springt seit unserem Streit zwischen *Ich bin wütend auf ihn* und *Ich vermisse ihn schrecklich* hin und her. Es ist zum Verrücktwerden. Liebe wäre so viel einfacher, wenn man selbst entscheiden könnte, wann sie einen trifft. Aber so läuft es nun mal nicht. Liebe passiert und man kann rein gar nichts dagegen tun. Mit etwas Glück geht die Sache gut und mit etwas Pech sammelt man die Scherben seines Herzens auf und setzt es wieder zusammen. In einem hat Cameron allerdings recht: Man kann nicht alle Splitter aufheben, weil man sie nicht wiederfindet. Wir funktionieren noch, aber laufen hin und wieder etwas unrund.

»Warum hast du deine Meinung geändert?«, fragt Abbie und reißt mich aus meinen Gedanken. Die Wahrheit ist, ich habe keine Ahnung. Will ich meinem Dad begegnen? Nein. Will ich ihm die Macht über mich geben, mein Leben zu bestimmen? Nein. Und sollte ich heute auf ihn treffen, werde ich hoffentlich stark genug sein, ihm das auch zu sagen.

»Aspen?«, versucht Abbie meine Aufmerksamkeit zu bekommen, weil ich ihre Frage nicht beantwortet habe.

»Ich kann dich doch nicht alleine hingehen lassen«, sage ich. Abbie hat kein Date für den Ball, Dion geht mit Henry. Das zwischen den beiden scheint doch ernster zu sein. Auch wenn Dion ständig schimpft, wie anhänglich er ist, stört sie das deutlich weniger, als sie behauptet.

»Wow, du bist also das Date für die Loserin«, erwidert sie niedergeschlagen.

Ich eile zu ihr und schlinge die Arme um sie. »Nein, ich bin das Date für den wunderbarsten Menschen, den ich kenne.«

»Das bezweifle ich, immerhin habe ich dabei geholfen, dass Jasper dir das Herz bricht.«

Cameron, nicht Jasper, korrigiere ich sie in Gedanken, obwohl sie keine Ahnung hat, dass Cameron existiert. Und das bricht erneut eine Ecke aus meinem geflickten Herzen, weil ihre Unwissenheit den Anschein erweckt, als wäre er bedeutungslos, aber das ist er nicht.

»Glaub mir, das haben er und ich ganz alleine geschafft, dafür hat es niemand anderen gebraucht.«

»Ich habe mir so sehr ein Happy End für euch gewünscht.«

»Tja, für Romeo und Julia soll es halt einfach keins geben, so will es das Shakespeare-Gesetz. Aber immerhin ist diesmal niemand gestorben.« Ich drücke ihr einen Kuss auf die Wange.

»Das ist nicht witzig.« Nein, das ist es nicht, aber was soll ich sonst sagen? Nicht jeder bekommt sein Happy End.

»Ich wusste, dass du es dir anders überlegen würdest«, ertönt Dions Stimme aus dem Flur, bevor sie im Türrahmen erscheint. In ihren Händen hält sie eine Kleiderhülle.

»Was machst du denn hier?«, frage ich sie, weil sie bereits vor Stunden zu Henry aufgebrochen ist.

»Kein Kerl ist es wert, seine besten Freundinnen hängen zu lassen. Und wenn ich mir euch beide so ansehe, könnt ihr dringend meine Hilfe gebrauchen.« Sie wirft einen Blick auf die Kleider, die ich als mögliche Optionen ausgewählt habe. »Sag mir nicht, dass du irgendwas davon anziehen willst?«

»Doch, eigentlich schon.«

»Du kannst dich wirklich glücklich schätzen, eine Freundin wie mich zu haben«, sagt sie und reicht mir den Kleidersack. »Mit freundlichen Grüßen von meiner Mom. Liam hat es vor zehn Minuten gebracht, nachdem ich sie angerufen und ihr dein Dilemma geschildert habe.«

Neugierig ziehe ich den Reißverschluss auf. Hellblaue Seide springt mir entgegen. Mein erster Gedanke ist, dass Camerons Augen denselben Farbton haben. Mein Herz zieht sich bei dem Gedanken schmerzhaft zusammen. Was er wohl gerade macht?

Ich nehme das Kleid heraus und betrachte es genauer. »Wow, es ist wunderschön«, hauche ich. Es ist schulterfrei, besitzt aber Spitzenärmel, die vermutlich nur bis zu den Ellenbogen reichen. Sie sind nicht eng, sondern werfen leichte Falten. An der Taille ist es schmal geschnitten und ab der Hüfte ausgestellt. Eine klassische A-Linie.

»Ich habe es in einer Boutique entdeckt, als Abbie und ich unsere Kleider gekauft haben. Ich wusste sofort, das ist dein Kleid. Du wirst wunderschön darin aussehen.«

Ja, das werde ich. Es ist nur schade, dass niemand auf mich wartet, dem ich unbedingt gefallen will, weil derjenige in Ohio ist.

»Okay, Ladys, wir haben nicht viel Zeit. Haare und Make-up machen sich nicht von allein. Abbie, du flitzt ins Bad und holst meinen Beautykoffer, und du setzt dich hin, damit ich aus dir eine Ballprinzessin machen kann.«

»Prinzessin? Heißt es nicht Ballkönigin?« Jetzt klinge ich schon wie Cameron, wenn er den Klugscheißer raushängen lässt. Ich vermisse ihn wirklich, wenn ich ihn bereits adaptiere. Was kommt als Nächstes? Blusen mit Blümchenmuster oder Batikkleider? Vermutlich trägt er gar keine schrägen Klamotten, sondern Jasper hat sie ihm für den perfekten Rollentausch angedreht.

»Darling, wenn jemand die Ballkönigin wird, dann ich. Sorry, ich liebe dich, aber der Ballkönig gehört mir.«

Den kann sie haben. Mir würde der Hofdiener, der mir den Champagner reicht, zum Glücklichsein völlig genügen.

49.

CAMERON

Die letzten Wochen waren die Hölle. Bis ich Aspen begegnet bin, war mir nicht klar, wie sehr man einen Menschen vermissen kann. Ich habe so richtig Mist gebaut und bisher noch nicht den Mut gefunden, die Sache mit Aspen zu klären. Was hauptsächlich daran liegt, dass ich Angst davor habe, sie könnte mir die Tür vor der Nase zuschlagen und mich zum Teufel jagen. Aber es nicht zu versuchen wäre noch viel schlimmer, weil die Frage bliebe, was wäre gewesen, wenn?

Heute ist der Ball. Geht sie hin? Wenn ja, mit wem? Es ist zum Verrücktwerden. Ich sollte an ihrer Seite sein. Nein, ich will es sein. Stattdessen hänge ich in Bellbrook fest. Die Theateraufführung letzte Woche habe ich verpasst und mich vorher pausenlos gefragt, wer wohl meinen Part übernommen hat. Wer nun ihr Romeo ist. Diese Frage hat mich zermürbt. Mit gepackter Tasche und dem Autoschlüssel in der Hand stand ich bereits in der Tür und habe letztlich gekniffen. Ich hasse dieses Gefühl, das mich dazu zwingt, hierzubleiben. Wie viel Zeit ist genug, um der Schuld zu entkommen? Fünf Jahre, zehn oder der Rest meines Lebens?

Nach dem Gespräch mit Jasper bin ich direkt nach Bellbrook aufgebrochen und habe mich noch nie so fremd in dieser Stadt gefühlt. Sie erscheint mir plötzlich farblos, viel zu eng, und schnürt mir die Luft zum Atmen ab. Ich habe mich zwar gefreut, Granny El, Kaden und Cassie wiederzusehen, dennoch will ich nicht hier sein. Ich will nicht jeden Tag für ein paar Dollar die Stunde im Truckstop stehen, und doch mache ich genau das.

Mein Leben setzt exakt da an, wo es vor meiner Abreise aufgehört hatte, als wäre ich nie weg gewesen. Aber ich war es und habe einen Teil von mir dort zurückgelassen. Mehr als einmal habe ich darüber nachgedacht, meine Sachen zu packen und wieder zu verschwinden. Allerdings gibt es nur einen Ort, an dem ich sein will, und dort führt nur über den Namen Jasper Maxwell Anderson ein Weg rein. Waterbury.

Jaspers Worte haben mich tatsächlich zum Nachdenken gebracht. Irgendwann hatte ich mal Träume, nur um sie mit meinen Eltern zu begraben. Jetzt kämpfen sie sich wieder an die Oberfläche. In den letzten Jahren habe ich mich so sehr daran geklammert, dass Kaden und Cassie mich brauchen, dass ich mich dabei selbst verloren habe. Und ich habe angenommen, es müsste so sein. Dass ich es verdient hätte, ein Schatten zu sein, weil ich die Schuld trage für das, was an dem Abend passiert ist. Ich habe nicht nur mein Leben zerstört, sondern auch ihres. Was mir jedoch entgangen ist: Sie kommen damit deutlich besser klar als ich, und ich habe mich hinter ihnen versteckt, anstatt meinem Leben eine neue Richtung zu geben.

Seit ich zurück bin, habe ich meine Geschwister kaum gesehen, weil sie zu sehr mit ihrem eigenen Leben beschäftigt sind, während ich keines habe. Wie konnte ich das übersehen? Wollte ich es nicht sehen, weil mir nichts außer ihnen übrig geblieben ist? Habe ich sie deshalb zu meinem Lebensinhalt gemacht? Ich denke, genau so ist es gewesen.

Es klopft an der Tür, bevor sie sich einen Spalt öffnet. Ein Teller mit einem Stück Apfelkuchen schiebt sich hindurch.

»Komm einfach rein, Granny El.«

Mit einem Lächeln auf den Lippen betritt sie mein Zimmer. »Ich dachte, ich brauche vielleicht etwas zur Bestechung, immerhin verkriechst du dich seit Wochen hier drin.«

Ich nehme ihr den Teller ab und richte mich auf. Sie setzt sich zu mir auf die Bettkante.

»Es tut mir leid«, sagt sie. Verwundert sehe ich sie an. »Es tut mir leid, dass du so schnell erwachsen werden musstest und dachtest, du müsstest all deine Träume für Kaden und Cassie aufgeben, um für sie da zu sein.«

»Granny«, sage ich. Wir haben dieses Gespräch in den vergangenen fünf Jahren mehr als einmal geführt, bis ich ihr gesagt habe, dass wir darüber nicht mehr reden werden.

»Nein, Cameron, du hörst mir jetzt mal zu. Deine Eltern hätten nicht gewollt, dass du dich selbst verlierst, nur um alles zusammenzuhalten. Du kannst deinen Geschwistern die Eltern nicht ersetzen, du bist ihr Bruder. Und es tut mir leid, dass ich zugelassen habe, dass du es überhaupt versucht hast«, sagt sie, als hätte sie meine Gedanken zuvor gehört und müsste mir diese Bestätigung geben, damit ich ihnen Glauben schenke. Aber das muss sie nicht. Denn ausnahmsweise bin ich mal einer Meinung mit dem Chaos in meinem Kopf.

»Der Verlust war für uns alle schwer, und ich habe mich auf dich gestützt, weil ich es alleine nicht geschafft hätte. Aber damit ist jetzt Schluss. Jasper hat recht, du solltest endlich der sein, der du sein willst, und nicht der, von dem du glaubst, dass wir ihn brauchen«, fährt sie fort.

Keine Ahnung, wie Anderson es angestellt hat, aber Granny El ist ganz angetan von dem Kerl. Was auch immer er ihr erzählt hat, hat ihm einen Logenplatz auf der Sympathieliste der alten Dame eingebracht. Sie war nicht einmal wütend, als ich zurück nach Bellbrook gekommen bin, sondern hat mich einfach in den Arm genommen und geweint.

Jasper ist eine penetrante Nervensäge. In den vergangenen Wochen hat er unzählige Male angerufen. Ich habe nicht ein einziges Gespräch angenommen. Als Reaktion hat er mich mit belanglosen Nachrichten bombardiert, auf die ich sporadisch mit einem Mittelfingerfoto geantwortet habe. Was ihn allerdings nicht davon abhielt, es weiter zu versuchen. Ich frage mich, ob er mir einfach nur auf die Eier gehen will oder ob er ein Ziel verfolgt. Wahrscheinlich beides. Gestern Abend hat er mir ein Selfie davon geschickt, wie er im Auto sitzt. Kein Text. Was zur Hölle will er mir damit sagen?

»Ich will, dass du weißt, dass wir dich nicht brauchen, du hier aber immer ein Zuhause haben wirst. Ich weiß, dass du dich in ein Mädchen verliebt hast. Was ich nicht verstehe, ist, warum du hier in deinem alten Kinderzimmer hockst, anstatt bei ihr zu sein.« Überrascht sehe ich Granny El an. Sie lächelt zufrieden. Entgeht mir hier gerade etwas?

Bisher hat sie Aspen mit keiner Silbe erwähnt, vermutlich weil Jasper nichts von Aspen erzählt hat. Und ich habe es ebenfalls tunlichst vermieden, über sie zu reden. Weil es keine Rolle spielt, weil es kein Wir, sondern nur ein Sie und ein Ich gibt. Also wie kommt Granny jetzt darauf?

Mich beschleicht ein Verdacht. Niemals, so dreist ist er nicht …

»Granny El, wofür ist der Apfelkuchen wirklich?«

»Unten steht ein junger Mann, um dich zu einem Ball abzuholen, weil dort dieses Mädchen auf dich wartet.«

Mein Herz setzt ein, zwei Schläge aus, bevor es sich polternd wieder in Bewegung setzt. Boah, wie ich diesen Kerl hasse, und doch schleicht sich ein Grinsen auf meine Lippen.

Sie nimmt mir den Teller ab und steht auf.

»Er wird wohl ohne mich gehen müssen, weil ich nämlich nicht vorhabe hinzugehen.«

»Und warum nicht?«

»Weil dort niemand auf mich wartet.« Und wenn doch?

»Bist du dir da wirklich sicher, oder nimmst du das nur an, weil du Mist gebaut hast?«

»Es ist kompliziert, Granny El.«

»Das ist Liebe immer. Wäre sie es nicht, würde sie nicht so viele Herzen brechen. Lass nicht zu, dass sie dir deins bricht, indem du vor ihr davonläufst.«

Einen Moment lang denke ich über ihre Worte nach. Will ich, dass Aspen diesen Abend mit jemand anderem verbringt? Nein. Will ich sie einem anderen überlassen, ohne dass ich versucht habe, sie zurückzugewinnen? Nein. Sie ist mein Mondmädchen, und ich will der Einzige sein, den sie küsst, weil ich ihr Mondjunge bin. Verdammt, ich bin wirklich so ein Idiot!

Ich springe vom Bett auf und drücke Granny fest an mich. »Ist es wirklich okay, wenn ich gehe?«, frage ich sie.

»Cameron, ich wollte nie mehr, als dass du endlich wieder lächelst. Und wenn Aspen dich zum Lächeln bringt, dann solltest du sie festhalten und Bellbrook hinter dir lassen.«

»Du weißt, dass ich dich liebe, Granny El, oder?« Seit dem Tod meiner Eltern habe ich diese Worte nicht mehr in den Mund genommen. Ich hatte immer das Gefühl, sie stünden mir nicht zu. Aber ich will, dass sie weiß, dass ich nie damit aufgehört habe, sie zu lieben, sondern lediglich für eine Weile vergessen habe, wie das funktioniert.

Sie lächelt. »Natürlich weiß ich das. Liebe ist nichts, was Worten bedarf, es ist etwas, das man fühlt, und du hast dieses Gefühl endlich für dich wiedergefunden.«

»Danke.« Ich küsse sie auf die Stirn. Dann nehme ich die Reisetasche, stopfe einige Klamotten hinein. Anschließend greife ich nach dem Kleidersack, in dem sich der Smoking befindet, und mache mich auf den Weg, um mir Aspen zurückzuholen. Ich bin schon fast die Treppe hinunter, als ich sie wieder nach oben renne, um das kleine Buch mit rotem Einband vom Nachtschrank zu holen.

»Du bist echt ein hartnäckiger Mistkerl«, sage ich und grinse Jasper breit an. Mit einer von Grannys geblümten Teetassen sitzt er in der Hollywoodschaukel auf der Veranda. Kurz habe ich ein Déjàvu von unserer ersten Begegnung, ein selbstgefälliges Grinsen auf den Lippen, während er wie ein kleiner Junge fröhlich vor sich hin schaukelt. Dieses Bild von Jasper hat sich in mein Gedächtnis gebrannt und könnte ihn nicht besser widerspiegeln.

»Was soll ich sagen, Granny El backt den besten Apfelkuchen und versteht etwas von Tee«, antwortet er. Er stößt sich mit den Füßen ab, bringt damit die Schaukel zum Schwingen und steht in einer fließenden Bewegung auf.

»Können wir los?«, fragt er und stellt die Tasse auf dem Tisch ab.

»Woher wusstest du, dass du nicht umsonst kommen würdest?«

»Du hast den Smoking aus dem Motel mitgenommen«, antwortet er und zuckt mit den Schultern. Warum weiß der Kerl immer, warum man Dinge macht, bevor man es selbst weiß?

»Ich werde dir jeden Cent zurückzahlen. Nur damit das klar ist«, sage ich, weil die Zahlungen sich nicht rückgängig machen ließen. Zu gerne würde ich wissen, wie er es anstellt, dass er immer mit allem durchkommt. Dass er ausgerechnet an Aspen gescheitert ist, muss ihn wahnsinnig machen. Eine Sache, die wir gemeinsam haben, allerdings aus unterschiedlichen Gründen.

»Wenn es dich glücklich macht«, antwortet er leicht genervt.

Der schwarze Mustang steht in unserer Einfahrt. Pears von gegenüber verrenkt sich beim Versuch herüberzuspähen beinahe den Hals. Das ist kein Wagen, den man in unserer Straße alle Tage sieht. Als er mich entdeckt, hebt er die Hand. Ich grüße zurück.

»Ihr seid schon ein schräges Städtchen«, merkt Jasper an und drückt den Knopf für die Zentralverriegelung.

»Sagt der Typ, der Blümchenhemden, Rautenpullis und Slipper trägt«, erwidere ich.

»Das nennt sich Stil, etwas, das dir nicht schaden könnte. Und nur so am Rande, es heißt Argyle-Sweater und nicht Rautenpulli«, zieht er mich auf.

Ein lautes Lachen verlässt meine Kehle und zu meiner Verwunderung lacht er ebenfalls. Wer hätte gedacht, dass der Kerl zu einem aufrichtigen Lachen fähig ist.

»Hier, du fährst«, sagt er und wirft mir den Autoschlüssel zu. Ich kann ihn gerade noch auffangen, bevor er zu Boden fällt. »Ich bin die komplette Nacht durchgefahren und brauche vier Stunden Schlaf, danach können wir von mir aus eine Unterhaltung darüber führen, wie du die Sache ins Reine bringst.«

»Warum hast du nicht den Flieger genommen?«, frage ich ihn, das wären nur drei Stunden gewesen.

»Ich hasse fliegen.« Er öffnet die Beifahrertür und sinkt auf den Sitz. Ich stelle meine Reisetasche auf die Rückbank und lege den Smoking quer darüber. Sobald ich hinter dem Steuer Platz genommen habe, gibt es nur noch ein Ziel. Waterbury.

Jasper schläft, kaum dass wir Bellbrook verlassen haben. Ich stelle das Radio an und schüttle schmunzelnd den Kopf. Wäre auch zu schön gewesen, wenn der Kerl wenigstens Musikgeschmack bewiesen hätte. Sofort suche ich einen anderen Sender und biege auf die Interstate nach Pennsylvania ab.

Immer wieder sehe ich zu Jasper und frage mich, wie ich ausgerechnet an ihn geraten konnte und warum ich froh bin, dass es so ist. Er treibt mich in den Wahnsinn. Ich verstehe selten, was er meint, und trotzdem würde ich sagen, wir sind uns ähnlicher, als ich anfangs gedacht habe. Und das bezieht sich nicht auf die Optik. Er ist ein einsamer Wolf, der dringend ein Rudel braucht. Und ich befürchte, ich werde ihn nicht wieder los.

Ich lasse Ohio hinter mir und lege in New York einen kurzen Stopp an der Tankstelle ein. Knapp zehn Stunden später erreichen wir Waterbury. Da ich unmöglich einfach auf das Gelände fahren kann, während Jasper auf dem Beifahrersitz schläft, fahre ich auf einen nahe gelegenen Parkplatz und wecke ihn.

»Aufwachen, Dornröschen, wir sind da.«

Verschlafen streckt er sich und sieht sich um. »Okay, hier steige ich aus. Wir treffen uns im Bungalow.« Er öffnet das Handschuhfach und reicht mir den Studierendenausweis und die Schlüssel. Grinsend setzt er seine Sonnenbrille auf. »Langsam macht mir diese Nummer echt Spaß.« Im nächsten Moment steigt er aus dem Wagen und verschwindet zwischen den parkenden Autos.

Ich setze meinen Weg fort und fühle eine seltsame Erleichterung, als das College vor mir auftaucht. Es fühlt sich an, als würde ich nach Hause kommen.

Nur wenige Minuten später betrete ich den Bungalow. Hier ist nichts mehr fremd, ich habe genug Zeit in diesen Räumen verbracht. Ich hänge den Smoking an die Garderobe und stelle meine Tasche im Wohnzimmer ab, dann krame ich die Ausgabe von *Romeo und Julia* heraus und setze mich damit an den Küchentisch.

»Glaubst du, das ist der richtige Zeitpunkt, um ein Buch zu lesen?«

Erschrocken klappe ich das Buch zu und lege den Stift beiseite. Der Typ kann echt wie ein Geist aus dem Nichts auftauchen.

»Wir haben eine Stunde.«

»Wir?«

Er grinst vielsagend. Das ist nicht sein Ernst, er will das immer noch durchziehen? Natürlich will er das, es ging ihm nie um etwas anderes. Nur deswegen hat er mir vor Monaten den Deal angeboten. Und diesmal werde ich ihm völlig freiwillig dabei helfen. Weil Freunde sich immer gegenseitig den Rücken freihalten. Auf eine wirklich verquere Art sind wir tatsächlich zu welchen geworden.

»Dann los. Du holst dir die Daten und ich mir Aspen.«

»Klingt nach dem besten Plan, den ich je gehört habe.«

50.

ASPEN

Wir sind spät dran. Der Ball hat vor einer Stunde angefangen. Die Eröffnungsrede haben wir bereits verpasst. Aber für gewöhnlich sind die ohnehin eher lahm als unterhaltsam. Ich hebe mein Kleid vorne an, als wir die Treppen nach oben steigen, um nicht auf den Stoff zu treten und direkt auf die Nase zu fallen. Für meine Körpergröße ist es leider etwas zu lang, aber das stört mich nicht. Meine Mom würde Schnappatmung bekommen, weil es nicht wie angegossen sitzt. Ich liebe es, weil es nicht perfekt ist.

»Aspen.«

Wie erstarrt bleibe ich auf der Treppe zum Ballsaal stehen. Ich bin stärker. Abbie und Dion halten ebenfalls inne. Mit zittrigen Fingern taste ich nach dem Haargummi an meinem Handgelenk. Seit Cameron es dort platziert hat, habe ich es nicht mehr abgenommen. Es ist zu meinem Anker geworden. Außerdem wäre es, als würde ich Cameron loslassen, würde ich es ablegen. Das mag albern klingen, aber dadurch habe ich das Gefühl, er ist immer noch hier und passt auf mich auf. Erst als ich das Gummiband umklammere, drehe ich mich zu meinem Dad um.

»Ich komme gleich nach«, sage ich zu meinen Freundinnen.

»Bist du sicher?«, fragt Abbie besorgt.

»Ja.«

Sie nickt, während Dion einen skeptischen Blick auf meinen Dad wirft, bis Abbie sie am Oberarm packt und mit sich zieht. Bewusst bleibe ich auf der Treppe stehen, statt zu ihm zu gehen. Abwartend sieht er zu mir rauf. Wenn ich nachgebe, lasse ich ihn gewinnen.

»Würdest du zu mir kommen, damit wir uns unterhalten können.« Das ist weder eine Frage noch eine Bitte, sondern ein Befehl. Tapfer recke ich ihm das Kinn entgegen.

»Nein. Wenn du mir etwas zu sagen hast, dann wirst du die Treppen zu mir hochsteigen müssen.«

In den nächsten Sekunden sehen wir einander an, führen einen stummen Kampf. Er wird aus Prinzip nicht nachgeben, und ich werde es auch nicht tun, weil ich ihm damit einen Teil seiner Macht über mich zugestehen würde, die ich ihm bereits entzogen habe.

»Könntest du dich bitte so benehmen, wie man es von dir erwartet, und deine überzogene Rebellion beenden?«

»Das ist keine Rebellion, das ist, was ich bin. Ich habe die letzten Monate dazu genutzt herauszufinden, wer ich sein will. Unabhängig von euch. Und mir ist etwas klar geworden. Es steht mir nicht zu, darüber zu urteilen, wie Mom und du eure Beziehung definiert. Wenn ihr damit cool seid, ist das okay, aber ich muss es nicht sein. Ich muss mich auch nicht damit arrangieren, wenn ich mich damit unwohl fühle. Und das tue ich. Im Moment fühle ich mich bei dem Gedanken unwohl, in eurer Nähe zu sein. Wenn du dich durch Manhattan vögeln willst und Mom währenddessen freundlich lächelt, obwohl sie davon weiß, ist das eure Sache, aber macht sie nicht zu meiner, indem ihr erwartet, dass sich für mich nichts ändert. So ist es nämlich nicht.«

»Bist du fertig?«

Meine Finger schieben sich unter das Gummiband und beginnen, damit zu spielen. »Nein. Ich werde zukünftig meine eigenen Entscheidungen treffen. Eine davon ist, dass ich Abstand von den Hills brauche, um herauszufinden, wo ich meine Zukunft sehe. Das heißt nicht, dass ich euch nie wiedersehen will, sondern nur, dass ich noch nicht bereit dazu bin, nach Hause zu kommen.«

»Die Leute reden bereits. Du wirst über die Feiertage nach Hause kommen und, wie es sich gehört, mit der Familie Weihnachten verbringen.«

»Nein, es ist meine Entscheidung, nicht eure.« Mit diesen Worten drehe ich mich um und nehme die restlichen Stufen zum Ballsaal. Mein Dad ruft mir nach, dass ich zurückkommen solle, weil er unsere Unterhaltung noch nicht beendet habe. Zufrieden lächle ich. Ich habe es geschafft.

Als ich um die Ecke biege, entdecke ich Dion und Abbie, die neugierig in meine Richtung blicken.

»Geht es dir gut?«

»Ja, alles bestens.« Dieses kurze Gespräch war wie ein Befreiungsschlag, den ich dringend gebraucht habe. Ich strecke den beiden meine Hände entgegen, damit sie sie ergreifen und wir gemeinsam den Saal betreten. Abbie tritt an meine rechte, Dion an meine linke Seite. Im Augenblick habe ich alles, was ich brauche, und dennoch fehlt ein Splitter meines Herzens, um es im richtigen Takt schlagen zu lassen. Diesen Teil habe ich bei Cameron im Motel zurückgelassen, und ich habe keine Ahnung, ob er ihn mir zurückbringen wird oder ob er für immer verloren ist.

In dem Augenblick, als wir den Ballsaal betreten, der sich im Dachgeschoss des Haupthauses befindet, verschlägt es mir den Atem. Es ist ein Traum einer Winterlandschaft. Runde eingedeckte Tische. Auf jedem steht ein Blumengesteck, das wie ein Eiskristall aussieht. Alles ist bis ins Detail aufeinander abgestimmt. Ein riesiges Büffet befindet sich rechts, eine Bar links von uns. In der Mitte des Raums steht eine imposante Eisskulptur in Form eines Herzes. In ihm pulsiert der Schriftzug *Be My Date* und haucht ihm damit Leben ein.

Ich sehe nach oben. Ein Projektor erweckt den Eindruck, als befände man sich direkt unter den Polarlichtern. Ein zartes Grün schwebt durch den Raum und verläuft in ein Violett. Aber was mich am meisten fasziniert, ist die Glaskuppel, die einen direkt in den Sternenhimmel schauen lässt.

»Wow«, entfährt es Abbie neben mir. Ja, das beschreibt es gut. Es ist atemberaubend.

Ich lasse meinen Blick weiterschweifen. Auf einer Bühne, die

Ähnlichkeit mit einer Eisscholle hat, steht eine Band und spielt gerade *California Dreamin'*. Davor befindet sich eine Tanzfläche, auf der sich bereits einige Paare zur Musik bewegen. Ganz automatisch wippe ich im Takt mit.

»Ich habe Durst«, sagt Dion und schiebt uns in Richtung Bar. Dort hat sich seit unserer Ankunft eine beachtliche Schlange gebildet. Wir brauchen zwanzig Minuten, bis wir an der Reihe sind. Dion flucht, als wir lediglich eine alkoholfreie Winterbowle bekommen. Ich nehme einen kleinen Schluck. Sie schmeckt nach Orange, Anis und einer Spur Zimt.

Wir setzen uns an einen der freien Tische und beobachten das Treiben. Obwohl so viel Bewegung herrscht, hat man das Gefühl, alles ist sanft, fast schon ruhig. Die Atmosphäre lässt sich gar nicht in Worte fassen. Es ist wie ein Wintertag, an dem der erste Schnee fällt.

Abbie hält es genau zehn Minuten auf ihrem Stuhl aus, dann nimmt sie das Buffet unter die Lupe und kommt mit einem gut gefüllten Teller zurück, den sie in der Mitte des Tisches abstellt.

»Die Maske juckt«, flucht sie und schiebt sie etwas nach oben, um sich zwischen den Augen zu kratzen.

»Die Masken fallen erst in einer Stunde. So lange wirst du noch durchhalten müssen«, erinnere ich sie.

»Das ist bescheuert. Warum müssen die Loser des Spiels überhaupt Masken tragen?«, mault Abbie weiter.

»Weil es trotz allem ein Maskenball ist«, antworte ich. Sie schüttelt verständnislos den Kopf.

Punkt Mitternacht werden sich alle, die sich für ihr Match entschieden haben, auf die Suche nacheinander begeben. Klingt durchaus romantisch. Wir suchen einander, unsere Masken fallen, und Jasper erkennt, dass ich die eine für ihn bin. Allerdings hat sich die Realität als weniger romantisch entpuppt. Jasper, der nicht Jasper ist. Kein Perfect Match und keine Liebesgeständnisse im Mondschein. Stattdessen sitze ich mit Abbie und Dion an einem Tisch und esse Kanapees. Gut, es könnte schlimmer sein. Zum Beispiel, wenn ich allein hier säße, während ich Häppchen in mich hineinstopfe. Das wäre deprimierend.

»Ich geh mal schauen, ob ich Henry irgendwo finde, der weiß bestimmt, wie man die Winterbowle etwas aufpeppt.«

Nur wenige Augenblicke später folge ich Abbies Blick, als etwas ihre Aufmerksamkeit erweckt. Jemand verschwindet gerade hinter einer der Seitentüren. Abbie springt auf.

»Bin gleich zurück.«

»Wo willst du denn hin?«

»Aufs Klo«, lügt sie und eilt davon. Sie huscht ebenfalls durch die Seitentür. Einen Moment lang starre ich auf die Tür und warte darauf, dass sie zurückkommt. Und somit hätten wir das trostlose Szenario, in dem ich in Gesellschaft eines halb vollen Tellers Kanapees am Tisch sitze.

Als ich mir sicher bin, dass sie so schnell nicht zurückkommt, richte ich meine Aufmerksamkeit auf die Tanzfläche. Mit den Fingern trommle ich den Takt des Songs mit, den die Band gerade spielt. Ich glaube, es ist irgendeine Filmmusik. Jedenfalls kommt er mir bekannt vor.

Meine Gedanken driften ab, und ich lasse die Erinnerung daran aufleben, wie ich auf der Party mit Cameron getanzt habe, bevor der Abend völlig aus dem Ruder gelaufen ist, wir uns wiedergefunden und schlussendlich doch verloren haben. Ich sollte ihn nicht so sehr vermissen, aber die Entscheidung trifft nicht mein Verstand, sondern mein Herz.

Nach wenigen Minuten löse ich meinen Blick, greife nach einem der Lachshäppchen und stutze. Wo kommt das denn her? Mein Puls beschleunigt sich, als hätte ich mir gerade einen Energydrink verpasst, um in Fahrt zu kommen. Hastig sehe ich mich um. Das kann nicht sein, oder?

Ich nehme das Buch, das ich nur zu gut kenne, in die Hand. Es ist eine Ausgabe von *Romeo und Julia*. Eine von denen, die Professorin Simmons ausgegeben hat. Ich klappe den Buchdeckel auf und grinse. *Be my Romeo* und eine mir sehr bekannte Telefonnummer springen mir direkt ins Auge.

Cameron. Erneut sehe ich mich um. Er ist hier, wie sonst sollte das Buch auf dem Tisch gelandet sein?

Mit Shakespeares Werk in der Hand stehe ich auf und gehe ihn suchen. Noch zwanzig Minuten vor Mitternacht. Allerdings ist es gar nicht so einfach, überhaupt jemanden zu erkennen. Zu viele Smokings, zu viele Masken. Ich halte nach einem dunklen Haarschopf Ausschau. Sobald ich einen entdecke und nah genug bin, sehe ich dem Kerl in die Augen. Suche nach dem Schokoladenbraun, das mir so vertraut ist.

Nach etlichen Fehlversuchen bemerke ich meine falsche Herangehensweise. Er wird nicht als Jasper hier aufkreuzen, sondern als Cameron. Also suche ich nach blauen Augen, die die Farbe meines Kleides widerspiegeln.

Schließlich entdecke ich ihn etwas abseits vom Trubel. Natürlich. Cameron hält sich immer im Hintergrund. Ich mache einen Schritt auf ihn zu. Noch einen. Und dann sieht er in meine Richtung. Unsere Blicke treffen sich. Die Menschen und die Geräusche um mich herum verschwimmen. Plötzlich ist da nur noch Cameron, der einen Smoking trägt und mich zaghaft anlächelt. Mein Herz schlägt so wild in meiner Brust, dass ich befürchte, dass es mir gleich herausspringt.

»Hey«, sagt er unsicher, als er direkt vor mir steht.

»Hey«, erwidere ich. Damit hat unsere Geschichte angefangen. Mit einem simplen Hey, das seine Lippen verlassen hat und alles zu bedeuten schien.

»Was soll ich damit?«, frage ich ihn und deute auf das Buch.

»Schlag die letzte Seite auf.«

Einen Augenblick lang mustere ich Cameron, bevor ich die Ausgabe von *Romeo und Julia* aufklappe.

Cameron Monroe. Einundzwanzig. Pleite. Geboren am 25. November in Bellbrook, Ohio.
Präferenz: neugierige Blondinen mit rotem Lippenstift.

Meine perfekten Dates mit dir wären:
1. gemeinsam kochen.
2. ein Picknick bei Sonnenuntergang.
3. auf einem Ball tanzen.
Wofür entscheidest du dich?

Be My Date or Never Be My Date

Blinzelnd sehe ich ihn an, während er mir einen Kugelschreiber reicht. Ich nehme ihn entgegen und klemme ihn zwischen die Seiten, anschließend drücke ich das Buch Cameron in die Hand. Er senkt den Blick und tritt einen Schritt zurück. Bevor er das Weite suchen kann, greife ich nach dem schwarzen Stoff seines Jacketts und ziehe ihn zu mir heran. Sein Blick sucht meinen. Blau trifft auf Blau. Verschmilzt miteinander. Meine Hände legen sich an seine Wangen, streichen über die kurzen Bartstoppeln unter meinen Fingerspitzen, bevor sie sich unter die Maske schieben und sie ihm abnehmen. Ich habe dieses Gesicht so sehr vermisst. Habe ihn vermisst.

Es gibt vieles, über das wir reden müssen, aber dieser Moment ist einer des Fühlens, nicht des Redens. Cameron sieht das allerdings anders, denn er durchbricht die Stille.

»Vielleicht sollten wir uns unterhalten und du triffst dann deine Entscheidung?«

Ich wollte immer nur, dass er auf mich zu- statt vor mir davonläuft. Und jetzt steht er hier vor mir und sieht mich hoffnungsvoll an, während die Unsicherheit in seiner Stimme nicht zu überhören ist. In diesem Augenblick ergreife ich den Cameron-Splitter und setze ihn dort ein, wo er hingehört. In mein Herz. Ein, zwei Schläge stolpert es, bevor es in einem völlig neuen Rhythmus schlägt. Einem, der sich wieder nach Liebe anfühlt.

Ich löse meine Hände von seinem Gesicht und nehme das Buch an mich. »Okay, lass uns über die wichtigsten Dinge reden.«

Cameron nickt und wirkt plötzlich noch nervöser.

»Liebst du mich und bist du morgen früh noch da?«, frage ich ihn ernst.

Er schmunzelt und das Grübchen auf seiner linken Wange erscheint. Ich liebe es. Ich liebe alles an diesem Gesicht. Aber vor allem liebe ich in diesem Moment seine blauen Augen, in denen sich widerspiegelt, was auch ich empfinde. Liebe.

»Ich habe mich in dem Moment in dich verliebt, als ein Hey meine Lippen verlassen hat und du mich herausfordernd angelächelt hast. Ich schwöre, ich bleibe so lange, wie du mich bleiben lässt.«

Mehr brauche ich nicht. Mit dem Kugelschreiber zeichne ich ein Herz um *Be My Date* und streiche den dritten Punkt ab.

»Warum hast du das durchgestrichen?«, fragt Cameron verwundert, als ich das Buch zuklappe.

»Das Date löse ich jetzt ein«, sage ich und lächle ihn an. Verhalten lächelt er zurück. Irgendwas scheint ihn noch nicht davon zu überzeugen, dass ich ihn nicht jeden Moment in die Wüste schicke.

Ich greife nach seiner Hand, verschränke meine Finger mit seinen und ziehe ihn hinter mir her, bis wir die Tanzfläche erreichen. Cameron nimmt mir das Buch ab und klemmt es hinten in den Bund der Anzughose, damit wir beide die Hände frei haben.

Meine Arme legen sich um seinen Nacken, und ich schließe die Lücke zwischen uns, dann sehe ich zu ihm auf. »Tanz mit mir.« Im nächsten Augenblick bewegen wir uns gemeinsam zum Takt von *Every Breath You Take*. Fühlen füreinander mehr, als Worte je ausdrücken könnten.

»Küsst du mich, wenn ich dich darum bitte?«, frage ich ihn. Seine Hände wandern zu meinem Gesicht, lösen ebenfalls die Maske. Mit den Fingerspitzen streicht er über meine Wange, lässt sie über meinen Kiefer gleiten, bevor er sie in meinen Nacken schiebt und sich meinem Gesicht nähert.

»Immer«, haucht er an meinen Lippen und streicht mit seinen sanft darüber. »Ich liebe dich, Aspen, und ich werde nie wieder damit aufhören, wenn du mich dich lieben lässt.« Ich blinzle die Tränen weg, die sich an die Oberfläche kämpfen wollen. »Ich sehe alles von dir. Alles, was du bist, alles, was du nicht bist, und alles, was du sein willst. Ich sehe dich. Immer nur dich. Du bist mein Mondmädchen zwischen all den funkelnden Sternen.«

Eine Träne kullert über meine Wange. Er fängt sie mit den Lippen auf und dann küsst er mich endlich. Alles daran fühlt sich perfekt an, weil er es ist, der mich küsst. Cameron, mit allem, was er zu geben hat, und mit allem, was er ist.

»Ich liebe dich, Cameron Monroe aus Bellbrook. Du bist mein weißes Jelly Bean.«

Er lächelt und ich erwidere es aus ganzem Herzen, dann küsse ich ihn, ohne ihn vorher um Erlaubnis zu bitten, weil ich es endlich darf. Immer.

Und das ist der Moment, in dem unsere Geschichte beginnt. Cameron und Aspen. Das Mondmädchen und das weiße Jelly Bean.

EPILOG

ASPEN

VIER WOCHEN SPÄTER IN BELLBROOK, OHIO

Cameron hat einen Arm um mich geschlungen, während mein Kopf auf seiner Brust ruht. Im Fernsehen läuft der erste Teil von *The Lord of the Rings*, nachdem wir zuvor *Dirty Dancing* gesehen haben. Gemeinsame Filmabende funktionieren doch.

Seit dem Ball haben wir viel geredet. Sehr viel. Über Vergangenes, über das Jetzt und über die Zukunft. Cameron hat sich an einigen Colleges in der Nähe von Waterbury beworben, wird aber frühestens im Sommer einen Platz bekommen. Fernbeziehungen sind furchtbar. Ich würde sofort meine Koffer packen und nach Bellbrook ziehen. Ich mag es hier. Es ist gemütlich, ruhig und friedlich. Aber er lehnt das partout ab. Nicht, weil er mich nicht in seiner Nähe haben will, sondern weil er der Ansicht ist, dass wir Bellbrook sonst nie wieder verlassen würden.

Mir wäre das sogar recht, ich liebe alles an diesem Ort. Aber vor allem liebe ich das Haus seiner Familie. Er war so nervös, als wir gemeinsam zu ihm nach Hause gefahren sind. Die Anspannung hat ihn so still werden lassen, dass er auf der Fahrt kaum ein Wort gesagt hat. Schon in der Einfahrt wusste ich, dass ich es lieben würde. Die bunt bepflanzten Beete. Die Hollywoodschaukel auf der Veranda. Den alten Dielenboden. Den abgeplatzten Lack am Handlauf der Treppe. Einfach alles.

Das Haus riecht nach Apfelkuchen mit Zimt. Ich habe das erste Mal Weihnachten ohne meine Familie gefeiert und stattdessen die Feiertage mit Cameron in Bellbrook verbracht. Dion hat es mir nicht übel genommen, dass ich ihre Einladung so kurzfristig ausgeschlagen habe. Gemeinsam mit Cameron habe ich drei Stunden lang nach dem hässlichsten Weihnachtsbaum gesucht, den Bellbrook zu bieten hatte. Er hat versprochen, ihn später hinter dem Haus einzupflanzen. Niemand hat gesagt, dass man Traditionen nicht an Lebenslagen anpassen darf. Aus der Hill-Tradition wird mit etwas Glück eine Cameron-Aspen-Tradition.

Heiligabend stand Jasper mit einem Berg Geschenken vor der Tür und meinte, er wäre zufällig in der Nähe gewesen. In den letzten Wochen ist er ziemlich häufig zufällig in der Nähe gewesen. Granny El hat einen Narren an Jasper gefressen. Sie nennt ihn immer ihren verlorenen Jungen. Vermutlich hat sie damit recht.

Jasper gehört fortan zu uns, weil auch er ein Teil unserer Geschichte ist. Ohne seinen verrückten Plan hätten Cameron und ich einander nicht gefunden. Auch wenn der Weg steinig war und eine Menge Herzschmerz verursacht hat, ist er es dennoch wert gewesen, ihn bis zum Ende zu gehen. Granny El würde sagen: Selten ein Schaden, der nicht auch einen Nutzen hat. Camerons Grandma hat so viele Lebensweisheiten auf Lager, dass sich damit ein ganzes Buch füllen ließe. Sie ist großartig.

Mit meinen Eltern ist es immer noch schwierig, aber ich telefoniere hin und wieder mit meiner Mom. Ihr liegt doch mehr an mir, als ich angenommen habe, und sie scheint ein paar Entscheidungen für sich selbst getroffen zu haben. Mein Dad ist vorübergehend in ein Hotel gezogen, nachdem sie ihn vor die Tür gesetzt hat. Ich hatte angenommen, dass ich mich mit dieser Tatsache wohler fühlen würde, aber so ist es nicht. Wenn eine Familie zerbricht, tut das immer weh, egal was der Grund dafür ist.

»Worüber denkst du nach?«, fragt Cameron und streicht eine lose Strähne aus meinem Gesicht.

»Darüber, dass ich für immer in deinem alten Kinderzimmer bleiben will.« In zwei Wochen startet das neue Semester, und ich werde Bellbrook verlassen, während Cameron hierbleibt. Bis er einen Platz am College bekommt, jobbt er im Truckstop, um ein bisschen Geld auf die Seite zu legen. Zusätzlich hat er sich um ein Stipendium beworben. Ich würde ihm sofort finanziell unter die Arme greifen, aber er würde es niemals zulassen. Und ich verstehe ihn. Das Geld anderer anzunehmen, geht immer mit einer gewissen Abhängigkeit einher, aus der man sich nur schwer lösen kann.

»Wirklich? Es stört dich also nicht, dass hier alle naselang jemand ins Zimmer stürmt? Dass Kaden und Cassie sich bereits morgens in den Haaren liegen und Granny einen furchtbaren Musikgeschmack hat?«, fragt er mich grinsend.

»Nein. Alles an deiner Familie ist toll.« Und sie ist so ganz anders als meine. Niemand muss perfekt sein oder Erwartungen erfüllen. Man darf Fehler machen und an Kleinigkeiten scheitern. In meinem Fall war das zuletzt der Versuch, Granny El beim Backen ihres Apfelkuchens zu unterstützen. Es endete mit einem Pflaster an meinem Finger, weil ich es geschafft habe, mich beim Äpfelschälen am Sparschäler zu schneiden.

Als hätte er es heraufbeschworen, klopft es an der Tür.

»Das hast du jetzt davon«, sagt er und haucht einen Kuss auf meine Lippen. Im selben Atemzug vibriert sein Handy auf dem Nachtschrank.

»Geh ruhig ran, ich gehe zur Tür.« Bevor er protestieren kann, klettere ich aus dem Bett.

Granny El hält einen Umschlag in der Hand. »Das kam gerade per Kurier für Cam an. Ich dachte, es ist vielleicht wichtig.« Entschuldigend lächelt sie mich an. Ich werfe einen Blick auf den Absender und stutze. Es gibt keinen.

»Danke, Granny, ich werde ihn Cameron geben.« Als ich das Zimmer wieder betrete, lacht er ungehalten.

»Was ist so witzig?«, frage ich und werfe einen Blick zum Fernseher. Warum sieht er sich die Nachrichten an?

»Der Mistkerl hat es echt geschafft.« Ich schwöre, er grinst stolz. Ein Einspieler läuft durchs Bild.

Geldwäscheskandal in Waterbury. Anderson Real Estate involviert. College bangt um Ruf.

Danach hat Robin Hood im Argyle-Sweater also gesucht?

»Was ist das?«, will Cameron wissen, als er den Umschlag in meiner Hand entdeckt.

»Der wurde für dich abgegeben«, antworte ich und gebe ihm den Umschlag.

Neugierig beäugt er das Kuvert, bevor er es aufreißt. Cameron zieht einen Stapel Papiere heraus, auf dem das Waterbury-Logo prangt. Ein Post-it klebt auf der ersten Seite. Dann lacht Cameron erneut und reicht mir kopfschüttelnd den Klebezettel.

Ich erwarte dich pünktlich zum Semesterbeginn.
Bring Apfelkuchen von Granny El mit.
J

DAS LETZTE WORT

JASPER

ZUR SELBEN ZEIT AN EINEM ANDEREN ORT

Ich weiß, ihr habt Fragen, was mich betrifft, aber alles zu seiner Zeit. Und bis es so weit ist, genießt eine gute Tasse Tee.

ENDE VON BUCH 1

DANKSAGUNG

Ausnahmsweise danke ich mal mir selbst. Kein Buch hat mir mehr schlaflose Nächte verschafft als dieses. Noch nie habe ich so viel gelöscht, neu geschrieben und wieder gelöscht. *Projekt Schredder* hat seinem Namen alle Ehre gemacht. Ich habe sogar befürchtet, niemals das Wort *Ende* darunterzusetzen und es zu meiner persönlichen Neverending Story werden zu lassen. Verrückt. Da ihr jetzt diese Worte lest, bedeutet das, dieser Fall ist nicht eingetreten und ihr haltet *Never Be My Date* in euren Händen. Verrückt.

Ich möchte den großartigen Menschen im Hintergrund danken. Allen voran meiner Familie, die mir immer den Rücken freihält. Dann wäre da noch Nadine Wilmschen, die sich die Nächte mit mir um die Ohren schlägt, Motivationspäckchen schickt, wenn sie nötig sind, und die grauen Haare, die ich ihr mit meiner chaotischen Art beschere, mit Fassung trägt. Lest ihre Bücher, sie schreibt ganz wunderbar.

Larissa Bendl, danke, dass du auch dieses Buch als Lektorin mit mir durchgezogen hast, obwohl ich dir vermutlich den letzten Nerv geraubt habe, als ich kurz vor der Deadline das Skript gekippt und ein Puzzle für uns beide daraus gemacht habe. Ich würde gerne sagen, beim nächsten wird es anders. Nun ja, ich denke, du kennst mich inzwischen besser.

Pia Cailleau, dir danke ich dafür, dass du seit unserem ersten Telefonat an mich und meine verrückten Ideen glaubst.

Und ich danke dem Carlsen Verlag dafür, dass sie Träume wahr werden lassen, und jedem, der meine Bücher kauft und liest.

Kisses Kate

CONTENT NOTE

Dieses Buch enthält Elemente, die triggern können. Diese sind:

A. *Angststörungen*

B. *Panikattacken*

C. *Tod, Verlust und Trauer*